SUPER BIEN, MERCI

MONICA HEISEY

SUPER BIEN, MERCI

roman

Traduit de l'anglais (Canada)
par Valentine Leÿs

Robert Laffont

Titre original : REALLY GOOD, ACTUALLY

ISBN 978-2-221-27005-9
(édition originale : ISBN 978-0-06-323541-0, William Morrow, an imprint of HarperCollins Publishers, New York)
Dépôt légal : juin 2023
Éditions Robert Laffont – 92, avenue de France, 75013 Paris

Pour Louise, avec mes remerciements

Lorsque j'étais enfant et que je regardais
la vie de mes parents, tu sais
ce que je me disais ? Je me disais
affreusement triste. Maintenant je me dis
affreusement triste, mais aussi
complètement folle. Très drôle
aussi.

Louise Glück, « Le Recul de Télémaque »

Mon mariage a pris fin parce que j'étais méchante. Ou parce que je mangeais au lit. Ou parce qu'il aimait l'électro et les films pénibles sur des hommes qui partent vivre dans la nature. Ou parce que moi, je n'aimais pas ça. Ou parce que mes angoisses me donnent tendance à vouloir tout contrôler. Ou parce que le vin rouge me rend critique. Ou parce que la faim, le stress et le vin blanc me rendent critique aussi. Ou parce que je le collais trop en soirée. Ou parce qu'il fumait des joints tous les jours, et que je ne trouvais pas que c'était « la même chose, en fait » que mes deux tasses de café du matin. Ou parce que nous étions tombés amoureux trop jeunes : comment nos vies réelles auraient-elles pu faire le poids face à ce que nous avions imaginé à tout juste vingt ans, alors que nos corps étaient d'une fermeté presque impensable ? Ou parce que nous avions testé le polyamour pendant trois mois en 2011 et que c'était pas mal, mais pas dingue non plus. Ou parce qu'il mettait de la sauce piquante sur tout sans même avoir goûté, y compris quand j'avais passé des heures à obtenir un parfait équilibre des saveurs, non sans m'être tapé le récit détaillé des vacances d'une inconnue sur Internet avant de pouvoir accéder à la recette. Ou parce qu'une fois, il avait oublié notre anniversaire de mariage. Ou parce que je ne faisais jamais la lessive. Ou parce que sa grande famille grecque ne m'avait jamais complètement acceptée, même quand j'avais appris par cœur le poème préféré de sa *yaya* pour son anniversaire. Ou parce qu'une fois, il était entré dans les toilettes pendant que je faisais caca. Ou parce qu'en 2015, nous étions allés à neuf mariages et que tout ça nous était monté à la tête : d'un seul coup, organiser une grande fête où tout le monde nous répéterait que nous étions des génies parce que nous nous aimions avant de nous donner 3 000 dollars nous a semblé une bonne idée. Ou bien parce que nous sommes allés à Paris et que nous avons passé notre temps à nous disputer au lieu de tomber encore plus amoureux l'un de l'autre ou, à défaut, de nous bouffer le cul. Ou parce que j'avais arrêté de m'imaginer à quoi ressembleraient nos enfants. Ou parce qu'il n'avait jamais commencé à le faire. Ou parce que je manquais de confiance en moi et que j'étais parfois mesquine. Ou parce qu'il insistait sans arrêt pour qu'on devienne vegan, puis allait se chercher des pizzas en douce pendant que je dormais. Ou parce qu'on avait terminé *Les Soprano* et jamais commencé *Sur écoute*. Ou parce qu'au début de notre histoire, quand nous venions à peine de nous mettre ensemble, j'avais embrassé quelqu'un d'autre et que parfois je pensais encore à elle. Ou parce qu'il était agressif sans raison et un peu pédant sur les bords. Ou parce que je n'étais qu'une lâche, dont la profession n'avait pas pour but premier d'« œuvrer activement au démantèlement de l'État ». Ou parce que lorsqu'il disait ça, je pouffais avant de le questionner sur les retombées socialistes de sa dernière publicité pour Burger King. Ou parce qu'il me traitait de connasse. Ou parce que parfois, j'en étais une. Bref, c'était fini.

Enfin, plus ou moins. Déjà, il avait déménagé en emportant avec lui le chat (provisoirement), une console de jeux et trois guitares acoustiques. Imaginer Jon en train d'écrire des chansons de rupture dans une sous-loc mal éclairée me remplissait, à égales mesures, de profond désespoir et d'incroyable soulagement – désespoir à l'idée que j'aie pu lui causer une douleur assez grande pour qu'il se lance dans la chanson expérimentale et soulagement de ne pas avoir à l'écouter.

Ce n'est pas que je lui en voulais d'avoir pris les devants. Ce matin-là, presque aussitôt après son départ, j'avais pris un selfie dans l'intention d'« immortaliser le moment », pleine d'idées grandioses sur l'excellent potentiel créatif de cette terrible période de deuil. Je pourrais peut-être prendre une photo de mon visage chaque jour important de ma vie, jusqu'à ce que j'en aie suffisamment pour les exposer dans une galerie d'art le jour de mon quatre-vingtième anniversaire : ma pomme en train de sourire à ma soutenance de doctorat, de pleurer à l'enterrement de ma mère, de mâcher d'un air songeur la première bouchée cuisinée par mon enfant ; sans oublier quelques gros plans transgressifs de mon visage en plein orgasme, histoire de faire du buzz. Au lieu de cela, j'ai pris la photo, j'ai vu mes cernes et j'ai téléchargé Facetune. Dans la vraie vie, les cernes m'allaient plutôt bien. En les regardant dans la glace, je me disais : *voilà une fille de vingt-huit ans qui en a bavé.* Sauf que sur la photo, ai-je alors compris, je voulais avoir l'air sexy.

C'était un soulagement qu'il soit parti de l'appartement pour de bon, non pas parce que la vie était plus agréable ou plus calme sans lui, mais parce que les deux semaines qui s'étaient écoulées entre son « je vais déménager d'ici » et son « j'ai loué une camionnette » avaient été parmi les plus longues de ma vie. La période avait été totalement décousue : un jour nous marchions sur des œufs en nous parlant sur le même ton guindé que de nouveaux collègues de travail à un séminaire d'entreprise, puis nous retombions dans nos vieilles habitudes : nous embrasser pour nous dire au revoir, piquer dans l'assiette de l'autre, faire l'amour. Chaque fois que nous retrouvions nos modes de fonctionnement de toujours – si faciles, si familiers –, je me demandais si nous n'allions pas laisser tout cet épisode derrière nous, comme si tout ça n'avait été que quelques mois un peu difficiles. Mais un soir, il est rentré à l'appartement avec des cartons et nous avons dû décider quels disques appartenaient à qui, et ce que nous allions faire de notre canapé pourri acheté même pas un an plus tôt. La garantie du pire canapé du monde avait duré plus longtemps que notre mariage.

Nous avons juré que nous n'avions l'un comme l'autre « rien vu venir ». Après tout, nous n'avions traversé aucune des crises sérieuses qui peuvent mener à ce genre de situation. Nous avions bien quelques problèmes : en plus de mon habitude de manger au lit, je ne savais pas baisser la voix quand j'étais à l'intérieur et je ne respectais pas son système d'organisation du frigo ; lui, il avait mauvais caractère et il voulait qu'on se mette au jogging. Mais nous n'étions pas malheureux, seulement insatisfaits... jusqu'au jour où, d'un seul coup, nous nous sommes sentis tellement, mais tellement malheureux que nous n'arrivions plus ni à rire, ni à faire l'amour, ni à commander un thaï à emporter sans regarder l'autre fixement en se demandant : « Mais qui es-tu ? », les yeux rivés sur cette personne inconnue que nous avions choisie à l'âge de dix-neuf ans et dix-neuf ans et demi respectivement, sans vraiment la détester mais en imaginant que si cette personne mourait du jour au lendemain – de cause naturelle ou bien dans un accident atroce –, ce qui ne veut pas dire qu'on le souhaitait, bien sûr, ça aurait été tragique... mais si cela se produisait – eh bien, peut-être que notre vie serait d'un coup devenue plus facile. Un soir, à table, une question m'a échappé : « Est-ce que ça marche, tout ça ? » Et aucun de nous deux n'avait de réponse à proposer, ce qui en soi était déjà une réponse.

Ça avait marché, en tout cas en apparence, pendant presque une décennie. Jon et moi étions tombés amoureux à la fac, tout étonnés de découvrir à quel point son nihilisme joyeux et ma tendance chronique à trop réfléchir se complétaient à merveille. Nous avions d'abord été amis (très important, à ce qu'il paraît), et nous avions même passé notre première année de fac à vagabonder et à multiplier les plans cul, avant de découvrir pendant le premier semestre de notre deuxième année que non seulement nous nous entendions fort bien, mais qu'en plus nous nous désirions sauvagement. Nous sommes alors restés soudés l'un à l'autre au niveau de la bouche et des organes génitaux jusqu'à la fin de nos études. Nous avions suffisamment de points communs, nous nous trouvions drôles et nos disputes n'étaient pas plus dramatiques que celles de nos amis du même âge. Nous sommes partis en vacances ensemble et nous nous sommes présentés à nos parents respectifs. Nous avons fini par emménager ensemble, parce que nous étions en couple depuis assez longtemps et qu'aucun de nous deux n'avait les moyens de vivre seul. Nous avons peint un bout de mur avec de la peinture pour tableau noir. Il y a eu quelques cadeaux d'anniversaire malavisés, quelques petits épisodes de jalousie et une ou deux tromperies sans importance, mais ce qui comptait plus que tout, c'était notre confort relatif et notre bonne entente. Puis, après six ans à sortir en amoureux, à s'occuper d'un animal domestique et à apprendre la recette des pâtes à la carbonara, nous nous sommes retrouvés à court de nouvelles choses à faire. Jon disait : « T'en penses quoi, Maggie ? », et je répondais « Ouais, d'accord », et c'est comme ça que nous nous sommes mariés : parce que c'était ce que tout le monde faisait et parce que, comme rien n'allait particulièrement mal, nous avions l'impression que tout allait bien.

Notre statut officiel de couple marié m'a toujours paru un peu surréaliste. Quand je disais « mon mari », les gens levaient les sourcils et je pensais : « C'est vrai, c'est carrément bizarre. » Jon, lui, ne voyait rien de bizarre là-dedans. Il n'était pas à proprement parler romantique, mais ses parents étaient le dernier couple de parents encore amoureux sur terre : sa foi en l'institution du mariage était donc supérieure à la moyenne. Pour lui, c'était l'aboutissement naturel de toute relation amoureuse qui dure plus d'un certain temps. Pendant notre lune de miel, quand nous étions descendus dans un hôtel bon marché en Italie où nous avions réservé la suite nuptiale, le concierge, un Américain volubile, avait gloussé : « Oh, mon Dieu, vous avez l'air d'une enfant mariée de force ! » Jon avait ri, mais je m'étais sentie bizarrement gênée. Mon embarras avait quelque chose de naïf. N'avais-je pas déjà fait le calcul ? Croyais-je vraiment que mon mariage allait durer, là où tellement d'autres échouaient ? Peut-être que si j'étais gênée, c'était justement parce que je croyais en toute sincérité que oui. J'aurais voulu pouvoir tapoter l'épaule de mon moi passé pour lui dire : « Ma poulette, si tu es gênée maintenant, attends un peu la suite… »

Le premier matin sans lui, je jure que je me suis réveillée en pleurant. En tout cas, mon oreiller était mouillé et au lieu de le retourner ou de changer la taie, je me suis laissée tomber hors du lit et j'ai atterri lourdement sur le sol. « Même si on s'y prend de la manière la plus humaine possible, me suis-je dit, ça va quand même être horrible. » Même si nous réussissions à être des ex bien élevés, de ceux qui ne médisent pas l'un de l'autre, qui ne couchent pas avec le ou la collègue de travail dont l'autre a toujours été jaloux, qui s'abstiennent de poster des selfies sexy et vengeurs sur les réseaux sociaux, ou des rafales de Tweet enthousiastes sur les joies du célibat, même dans ces conditions, j'allais me sentir très mal pendant des années et peut-être pour toujours. En tout cas, pour le moment, c'était le cas.

Il était important pour moi de réussir un *bon divorce.* Tandis qu'il empilait ses vêtements dans une valise, nous nous étions mis d'accord : aborder la suite des événements avec bienveillance serait une belle manière de rendre hommage à ce que nous représentions (ou avions représenté) l'un pour l'autre. Nous avions préparé un petit discours à l'attention de nos amis – « nous nous sommes éloignés avec le temps » – ce qui était à la fois vrai et vide de sens, et nous nous étions promis de rester en contact, en tout cas dans un premier temps. Il y avait vingt-quatre heures qu'il était parti et nous avions déjà pris des nouvelles l'un de l'autre plusieurs fois par SMS, avec diverses variations sur le thème du Ça va, toi ?, du Désolé que ça se termine comme ça, et du Tu en as parlé à tes parents ? À plus long terme, je nous voyais bien comme le genre d'ex qui vont à la fête d'anniversaire l'un de l'autre, ne boivent pas plus que l'exige la bienséance, font la bise au nouveau copain ou à la nouvelle copine, et s'en vont avant que la soirée ne parte en vrille. Mais pour le moment, tout ce que j'arrivais à voir, c'était que nous avions merdé, que l'appartement était trop silencieux sans lui et que je n'avais rien à faire de tout le week-end.

Je suis restée allongée par terre jusqu'au milieu de l'après-midi. Je n'aimais pas particulièrement la sensation, mais c'est le genre de chose qu'on est censée faire quand notre mariage s'est désintégré. Dans les films, quand on divorce, on reste allongée par terre, on prend une cuite, puis on se remonte par la peau du string et on apprend à se reconstruire en partant vivre dans un bungalow sur la plage, loué à un homme plus vieux mais plein de charme et plutôt beau gosse dont la première femme est décédée, et même si clairement il lui voue encore un amour respectueux, il sent qu'il est peut-être temps pour lui de passer à autre chose, et qu'avec nous il pourra guérir de ses blessures. Dans les films, quand on divorce, on se lance dans une bataille juridique par avocats interposés et c'est très douloureux parce que les enfants nous en veulent à mort, et on se bagarre pour la maison – cette grande et belle maison qu'on a passé des années à décorer ensemble, à laquelle on a consacré les économies de toute une vie, où on a élevé plusieurs enfants ou a minima un chien de taille honorable. Dans les films, on est Diane Lane, ou Keaton, ou Kruger à la rigueur : une Diane canon entre deux âges, professionnellement indépendante et capable de choisir elle-même un bon vin blanc. Et dans tous les cas, on ne continue pas à vivre avec son ex pendant des semaines, simplement parce qu'on n'a pas les moyens de payer seule le loyer de son deux-pièces poussiéreux. En temps normal, on n'est pas une assistante de recherche mariée à un concepteur rédacteur, dont le seul avantage financier notable est d'avoir un ami qui reçoit des téléphones portables gratuits par son travail. Ce qui est sûr, c'est qu'on n'est pas censée avoir vingt-huit ans et se donner pour mission d'organiser une soirée d'anniversaire déguisée sur le thème « club Troputana ».

Et pourtant j'en étais là : couchée à plat ventre avec une jambe repliée, en train de poster sur un groupe WhatsApp pour demander combien il nous en coûterait de faire imprimer une banderole portant les mots DÉFONCE-MOI LA PAPAYE, et si Clive saurait nous préparer un gâteau saveur margarita. Nous sommes tombés d'accord sur le fait que premièrement, c'était dans ses cordes, et que deuxièmement, l'ennemi juré de Clive, un chef cuisinier de la télévision au physique avantageux qui avait récemment enseigné aux téléspectateurs comment faire bouillir un épi de maïs, en aurait été incapable. Amirah avait par ailleurs trouvé un autobus à louer équipé de sièges lavables : À mon avis il doit servir pour des partouzes roulantes ou un truc dans le genre plutôt que pour des anniversaires, mais il coûte au moins 100 dollars de moins que l'autre... Et Lauren dont c'était l'anniversaire a répondu : Sinon on se prend pas la tête avec ça et on utilise les $$$ pour acheter plus d'alcool, OK ? Tout le monde a validé.

Le groupe était constitué de mes quatre plus proches amis de fac : Amirah, une infirmière un peu lessivée à la vie sentimentale mouvementée, que j'avais rencontrée en résidence étudiante ; Clive, un gay costaud et bien habillé qui se décrivait toujours comme « bordélique » quand il faisait des choses normales comme payer un taxi en liquide ; ainsi que deux Lauren, une qui pleurait pour un oui ou pour un non, et une autre qui affirmait n'avoir pleuré qu'une seule fois dans sa vie, le jour où McDonald's avait arrêté de faire des pizzas. Pour simplifier, nous appellerons la première « Lauren Sensible ».

Je n'avais pas avoué aux autres que Jon était parti. Ils savaient qu'on parlait de se séparer – que ces derniers temps, ce n'était pas la folie – mais je n'arrivais pas à me résoudre à écrire les mots : *il n'est plus là.* Je crois qu'une partie de moi pensait que nous allions nous remettre ensemble, même une fois qu'il avait décidé de partir, même après tout ce qui s'était passé. Je n'imaginais pas que ça puisse durer, cette période de séparation. À qui allais-je me plaindre de la lenteur du Wifi ? Comment allait-il se souvenir de l'anniversaire de sa mère ? Avec qui allais-je débattre de chacune des décisions que je prenais chaque jour de ma vie ? Et le dimanche, qu'est-ce que nous allions bien pouvoir faire ? Je supposais qu'il finirait par revenir, qu'on s'exclamerait : « Ouf, c'était bien relou tout ça ! », qu'on roulerait un joint et qu'on regarderait *The Great British Bake Off*, une activité qui, pour ce que j'en sais, occupe pas moins de 60 % du temps de tous les couples mariés.

Mais si je ne leur disais rien, c'est aussi parce que je me sentais incroyablement stupide. Difficile d'expliquer à quel point il est embarrassant d'avoir organisé un mariage, quand ledit mariage se termine presque aussitôt après. Notre histoire avait duré plus longtemps que notre mariage – bien plus longtemps, même – mais qu'est-ce que ça changeait ? Avoir orchestré toute cette journée, avec tous ces regards braqués sur nous, tous ces « félicitations pour ce grand jour », tous ces « jusqu'à ce que la mort vous sépare », tous les préparatifs, les disputes avec la famille, les dilemmes sur la liste d'invités, les milliers de dollars dilapidés, pour qu'au final toute l'opération s'avère n'avoir été rien de plus qu'une séance photo ultra-coûteuse pour le profil Tinder de vos amis, c'est… disons que ce n'est pas idéal. Et en plus de ça, vous ne pouvez même pas utiliser les photos pour votre compte Tinder à vous, déjà parce que vous ne savez pas vous servir de l'appli, et ensuite parce que sur toutes les photos, vous portez une robe de mariée.

Au lieu de tout avouer, j'amusais la galerie : je parlais des derniers chiens rigolos que j'avais vus, ou encore d'un rendez-vous médical où je m'étais vantée auprès de ma docteure de mon mode de vie sain et actif tandis qu'elle posait sur moi un regard sceptique en tapotant de l'index la section rouge orangé de son tableau consacré à l'indice de masse corporelle agrafé à son carnet de notes. On va éviter de lancer Maggie sur la question de l'IMC, a écrit Lauren, sinon on va y passer la nuit. Clive a écrit qu'il avait décidé que le sigle IMC voulait dire « indice de mec canon », ce qui ne manquait pas de logique vu que le sien était plutôt élevé. Amirah a partagé le lien d'une vidéo sur une mouette voleuse avant de partir dans une tirade sur les gangs d'animaux marins, puis de glisser quelques ragots sur des connaissances communes, pour enfin protester avec la même véhémence contre l'injustice dans le monde et le profil hyper-gênant d'une certaine micro-célébrité torontoise sur les réseaux sociaux.

Tôt ou tard, je le savais, il allait falloir que je les mette au courant, mais j'attendais la bonne occasion. Je ne supportais pas l'idée d'affronter leurs questions tant que je n'aurais pas trouvé moi-même les réponses. Étais-je prête à me retrouver célibataire ? Où allais-je habiter ? Comment allais-je m'en sortir financièrement ? J'avais de l'argent, bien sûr, mais Jon, lui, en avait beaucoup – à cause de son travail, de sa famille et de ses choix budgétaires judicieux. Il savait économiser, investir et éviter de claquer son salaire durement gagné en crop tops périlleux ou en croquettes premium pour chat. C'était lui qui subventionnait ma part du loyer et qui payait les courses, et quand nous partions en vacances, je ne payais que mon billet d'avion – il voulait bien que je « contribue » aux dépenses, un peu comme quand on dit des enfants qui débarrassent leur assiette après le repas de Thanksgiving qu'ils « participent » à la vaisselle. Quelques semaines avant la cérémonie, j'avais dit en plaisantant qu'il ne me restait plus beaucoup de temps pour le convaincre de signer un contrat de mariage : et si nous nous séparions, et qu'il me traînait devant un tribunal pour me dépouiller de toutes mes richesses ? Il avait répondu que je pouvais garder mes 80 dollars. (À l'époque, on avait trouvé ça drôle.)

Les jours ont passé, durant lesquels j'ai erré dans l'appartement telle Miss Havisham, la vieille fille qui s'est fait planter par son fiancé dans un roman de Dickens, sauf que dans mon cas le mariage avait déjà eu lieu. En regardant les murs de notre appartement vide et silencieux – ou plutôt à moitié vide – je me suis aperçue que c'était mon mari (ex-mari) qui avait payé la télévision, les tableaux au mur, les chaises de la cuisine et le truc sur lequel on posait nos pieds quand on était assis sur notre canapé pourri. Par définition, la plupart des objets dans notre appartement lui appartenaient. Je l'avais encouragé à emporter tout ce qu'il avait acheté, mais il m'avait quand même laissé de quoi faire en sorte que l'appartement reste fonctionnel, même si on sentait bien que quelque chose n'allait pas : l'armoire trop vaste dans la chambre où il manquait une étagère à chaussures, le tiroir à couverts sans les grands couteaux, la table de la cuisine sans chaises pour s'y asseoir. Je me suis laissée tomber sur le canapé dur comme la pierre, j'ai posé mon verre par terre à l'endroit où se trouvait autrefois notre chariot à boissons, et je me suis mise à chialer comme une Madeleine.

Je ne savais pas où poser le regard, ni à quoi penser, ni comment passer le temps. Chaque objet dans l'appartement dégoulinait de signification. Le grille-pain était un cadeau de mariage, donc je mangeais mes tartines à température ambiante. La porte du frigo recouverte de petits papiers – reçus, listes de courses, petits mots sur les bananes et les œufs, projet d'achat d'antivol de vélo – était trop douloureuse à regarder, donc je prenais mon café sans lait. J'ai scotché un bout de papier par-dessus une photo encadrée dans la salle de bains, car je n'étais pas encore prête à la décrocher mais ne supportais plus de la voir. Une guirlande qui restait de notre fête de fiançailles scintillait sur un mur, au-dessus de l'espace vide laissé par les tableaux de Jon. Le mot FÉLICITATION brillait en lettres pailletées. Le S s'était décroché mais nous avions gardé la guirlande parce qu'elle nous plaisait encore plus comme ça : nous la trouvions marrante. Maintenant, la voir me déprimait au plus haut point.

J'ai aussi fait quelques découvertes positives : une fois débarrassée de la pression de devoir concilier nos goûts à tous les deux, je me suis rendu compte que presque tous les objets de déco que mon mari avait apportés à la maison me déplaisaient. Toutes les choses que j'avais regardées en me disant « un jour, il faudra qu'on remplace ce truc » lui appartenaient – ou alors, c'étaient des choses que nous avions choisies ensemble, suivant le principe du compromis qui consistait à opter pour un objet que nous détestions autant l'un que l'autre. Maintenant, la plupart de ces objets étaient partis. Mes maigres possessions donnaient à l'appartement un aspect légèrement déprimant. Je n'avais pas pu garder les grands draps de bain, mais au moins, il n'y avait plus les posters de groupes de rock sur les murs, les verres à shots humoristiques dans la cuisine, ni le caillebotis en bois légèrement moisi qu'il avait acheté sur eBay un jour après avoir fumé. J'avais maintenant toute latitude d'exposer mes petits bibelots, d'allumer ma bougie qui d'après Jon sentait « chelou », d'écouter de la pop des années quatre-vingt-dix qu'il trouvait ennuyeuse et sans âme. Mais bien entendu, écouter les Backstreet Boys en faisant brûler une bougie tabac-genièvre ne fait pas le poids face au sentiment d'être aimée.

Tous les articles et tous les forums que j'avais consultés au prix de recherches Google déprimantes (divorcer conseils pratiques ; mariage échec jeune ; solitude première fois comment) m'avaient mise en garde contre les insomnies. Et malgré cela, je n'aurais jamais pu imaginer à quel point mes nuits seraient longues. Autre surprise : j'arrivais encore à ingérer des aliments. On m'avait mis dans la tête que les chagrins d'amour vous coupent l'appétit. Pendant mon adolescence, j'avais patiemment attendu le fameux cœur brisé – incontournable si l'on en croyait les séries pour ados où des vampires sexy croquaient des jeunes filles mineures – qui me laisserait incapable de m'alimenter et me ferait dépérir en beauté : svelte, tourmentée et ravie de l'être. Avoir aimé, puis perdu un homme – et, par la même occasion, quelques tailles de vêtement, si possible assez pour pouvoir entrer dans une de ces saloperies de polos qu'Abercrombie vendait dans ses caves moites et parfumées, dans les tréfonds des galeries marchandes : je ne pouvais rien imaginer de plus désirable.

À mon grand désespoir, j'avais été forcée de grandir au sein d'une famille aimante, ce qui m'avait permis de développer une estime de moi déplorablement haute. Ma scolarité dans un lycée à l'atmosphère artistique m'avait permis de canaliser mon énergie sexuelle latente en écrivant des pièces de théâtre à haute intensité émotionnelle, qui mettaient en scène des femmes entre deux âges souffrant de fixation orale. C'est pourquoi je ne sortais avec aucun garçon, et que je suis restée rondouillarde et heureuse jusqu'à la fin du lycée environ. Puis le simple fait de n'avoir toujours pas eu de rapport sexuel m'a suffisamment stressée pour me faire perdre, rapidement et sans autre effort qu'une abstinence quasi complète de nourriture et une surveillance sans relâche de mes apports caloriques, un total de vingt-sept kilos. Tout le monde était content pour moi, jusqu'au jour où je me suis évanouie en cours après avoir m'être contentée d'une glace à l'eau pour seul déjeuner.

La vérité c'est que, si vous êtes en surpoids, même léger, au moment où vous déclenchez un trouble alimentaire, le temps que votre entourage se rende compte de quoi que ce soit, vous serez déjà arrivée au point où vous ne vous nourrissez plus que de deux bols de soupe par jour. Bref, on m'a fait les gros yeux, on m'a parlé de nutrition et d'équilibre, puis je suis allée voir un hypnothérapeute qui m'a dit de me visualiser en maillot de bain avec ma silhouette idéale et j'ai été guérie. Non, je rigole. En réalité, je suis tombée amoureuse et j'ai pensé à autre chose pendant un moment. À cet âge, j'avais un corps confortablement moelleux : je faisais partie de celles que les gens qualifient avec condescendance de « rondes », de « pulpeuses » ou, plus souvent encore, de femmes qui « assument leurs formes » – une expression qui croule sous le poids de l'euphémisme. Parfois, pendant les périodes de stress, quand j'avais lu trop de magazines ou écouté une amie beaucoup plus mince se plaindre de la largeur de ses jambes, je retombais l'air de rien dans le comptage des calories, les repas constitués en tout et pour tout d'un œuf et l'idée fixe d'atteindre les soixante-dix kilos. Aucune femme, raisonnais-je, n'entretient une relation totalement saine avec la nourriture et le sport, en tout cas aucune femme qui soit entrée dans l'âge adulte pendant ces années où chaque couverture de magazine people au supermarché était une variation sur le thème « célébrités en maillot : horreur et cellulite ». Du moment que je ne tenais plus, comme je l'avais fait dans mon adolescence, des inventaires détaillés de tous mes apports caloriques quotidiens, je me considérais comme plus ou moins en bonne santé.

Et maintenant, grande était la tentation de ressortir du placard ma bonne vieille anorexie pour devenir une de ces héroïnes de roman dont les os toujours plus saillants font l'inquiétude de leurs amis et les auréolent d'une beauté douloureuse mais irrésistible. « Avec ses grands yeux d'un bleu rendu plus intense encore par les coulures de mascara, Maggie était trop triste pour manger parce que tout le monde voulait coucher avec elle. » Ou un truc dans le genre. Il était hors de question que je sois la seule femme sur terre à traverser une catastrophe amoureuse sans profiter de ses effets soudains et spectaculaires sur le relief de mes clavicules.

Et pourtant, de ce point de vue, je m'étais un peu trop bien remise de la rupture : impossible de me défaire de la sale habitude de m'alimenter. Mes fesses molles et moi-même restions toujours aussi bien nourries. Pendant ma première semaine sans Jon, les repas étaient la seule occasion que j'avais de briser la lente succession des heures. Peu à peu, j'ai vidé tous nos placards, exhumant une pâte de curry oubliée de longue date et des nouilles instantanées stockées « en cas d'urgence ». Chaque fois que j'attaquais une plâtrée réconfortante de nouilles sautées, que je découpais une quesadilla maison dégoulinante de fromage, j'imaginais le commentaire apaisant de David Attenborough dans ses documentaires animaliers : « Même dans les heures les plus sombres… la vie finit toujours par reprendre ses droits. » Tôt ou tard, je le savais, j'allais finir par me trouver à court de nourriture, et c'était une source de stress parce que je ne pouvais pas envisager de quitter la maison pour me ravitailler.

L'absence de sommeil m'inquiétait moins : de nos jours, plus personne ne dort vraiment. Le monde s'écroule et nous scrollons, le visage éclairé par le halo de notre téléphone, pour découvrir la dernière déclaration de notre président ou la nouvelle coupe de cheveux de notre ex. Quand j'avais vraiment besoin de repos, je pouvais toujours boire de l'alcool ou avaler un somnifère. Avant de partir, Jon m'avait dit qu'il en prenait, mais j'avais pensé sur le moment que c'était parce que le canapé était particulièrement inconfortable. En partant, il m'avait proposé un cachet. J'avais failli accepter, mais j'avais eu l'impression que dire non serait une manière de lui faire passer un message sur la manière dont je vivais la situation. C'est pourquoi la plupart des nuits, je ne dormais pas et je regardais des séries policières anglaises sur Netflix.

Jusque-là, ces programmes me faisaient trop peur – nous vivions (je vivais) dans un appartement en rez-de-chaussée dont les fenêtres fermaient mal, nous avions (j'avais) le sommeil léger et je m'effrayais d'un rien. Mais désormais, je les trouvais apaisants. J'aimais leur côté répétitif, leur hiérarchie bien établie entre le bien et le mal. D'accord, l'inspecteur tourmenté buvait trop et il trompait sa femme, mais au moins ce n'était pas un pédophile assassin planqué dans un bunker de psychopathe du côté de Swansea. Le pédophile assassin finissait toujours par se faire arrêter, et le partenaire de l'inspecteur, au bout du rouleau, était obligé d'admettre que ce dernier était quand même très bon dans son job. C'était agréable de sentir que la différence entre coupable et non-coupable pouvait être aussi nette. En plus, j'avais plaisir à entendre David Tennant dire des gros mots. Par ailleurs, les épisodes avaient perdu beaucoup de leur suspense le jour où j'avais compris que le meurtrier était toujours la personne qui parle le plus lentement.

Les fois où j'arrivais à dormir, je me réveillais en plein milieu de la nuit, sonnée et déboussolée. Je tendais le bras en travers du lit, qui me semblait maintenant gigantesque, cherchant de la main la masse tiède et familière du corps de Jon… et je ne trouvais rien. La peur me gagnait, mes yeux s'ouvraient d'un coup et luttaient pour s'accommoder à l'obscurité. Je me mettais à transpirer, perdue, effrayée et un peu en colère. J'ai raté un texto, ou quoi ? On est quand même censés se tenir au courant ! Prévenir l'autre quand on va rentrer tard, dans un mariage, c'est la base ! Et là, bien entendu, tout me revenait.

Quand cela se produisait, je me sentais, dans l'ordre : stupide ; triste ; déçue ; ensuite je me sentais légitime, parce que Joan Didion racontait la même expérience dans *L'Année de la pensée magique* ; puis honteuse de m'être comparée à Joan Didion ; puis secrètement fière parce qu'il y avait peut-être des points communs entre nous deux ; puis triste à nouveau ; et pour finir, fatiguée. Sauf que je n'étais pas la voix d'une génération, ni une femme à l'élégance subtile qui vient de perdre l'amour de sa vie. Je n'étais même pas foutue de comprendre quelle était la coupe de pantalon de la saison, et ma plus grande œuvre littéraire était une thèse de master inachevée sur « l'histoire vécue des objets » dans le théâtre des débuts de l'époque moderne. Et même une fois finie, personne n'avait voulu la lire. Par ailleurs, je n'avais pas perdu mon mari : je l'avais seulement quitté. Enfin, j'avais suggéré qu'il parte, et il avait pris ma suggestion au pied de la lettre avec un empressement déconcertant. En un sens, c'était la dernière chose sur laquelle nous avions réussi à tomber d'accord.

Et voilà donc que notre mariage s'était achevé, six cent huit jours après avoir commencé. Un matin nous étions amoureux, et le lendemain le sentiment s'était figé. D'un seul coup nous n'avions plus que deux modes : silence ou exaspération. Quand nous n'étions pas en train de parler de choses et d'autres sur un ton léger et faussement primesautier, nous avions des centaines, des milliers de disputes pendant lesquelles, à grand renfort de soupirs et d'yeux levés au ciel, nous échangions des piques sur des sujets aussi variés que :

— Notre satisfaction professionnelle (ou pas) ;

— Le travail émotionnel (définition du terme) ;

— Lequel de nous deux a fini le paquet de café ;

— Lequel de nous deux a payé les trois dernières factures d'eau ;

— Lequel de nous deux, en réalité, prend l'autre de haut ;

— S'il est acceptable, ou même normal, de rester éveillé jusqu'à 4 heures du matin pour jouer à des jeux vidéo en ligne avec des ados européens énervés ;

— Nos parents, les compétences parentales de nos amis, le spectre de la parentalité ;

— Nos consommations respectives de pornographie ;

— L'existence d'une pornographie féministe ;

— La validité de l'argument de la pornographie féministe pour justifier la souscription à un compte PornHub Premium par un homme hétérosexuel ;

— Les ongles de pieds (longueur et évacuation des rognures) ;

— Si déménager de Toronto constitue oui ou non un « renoncement » ;

— La prononciation correcte du mot « Ibiza » ;

— Le fait que notre chambre à coucher soit toujours peinte en violet, malgré notre intention déclarée de la repeindre en emménageant des années auparavant ;

— La fois où il m'a accidentellement qualifiée de « professeure adjacente », erreur tout à fait innocente vu que le mot est en effet très proche d'« adjointe », mais étant donné qu'à l'époque déjà je n'allais pas bien, j'ai pris le lapsus comme une allusion au fait que ma carrière peinait à évoluer et, comme j'avais faim et que j'étais fatiguée et en période prémenstruelle, je me suis mise à pleurer devant tout le monde, et comme nous en avions marre tous les deux l'un de l'autre, nous nous sommes dit des choses méchantes que nous ne pensions pas et des choses tristes que nous pensions, et toute l'affaire a duré vingt-quatre heures de plus que les quatre ou cinq secondes qu'il m'aurait normalement fallu pour le corriger et passer à autre chose, et je n'ai jamais admis que c'était de ma faute, même plus tard quand il s'est excusé.

Une rupture sans histoires. Pas de tromperie, pas de crise majeure. Rien de plus qu'une série de petits incendies que nous avons laissés s'allumer tout autour de nous, comme le chien du mème Internet assis au milieu des flammes avec son mug de café à la main : *THIS IS FINE.*

Et je me retrouvais là, toute seule par cette chaude soirée de juin, à manger des tartines beurrées vêtue de la lingerie de mon mariage, parce que tous mes autres sous-vêtements étaient au sale. J'ai saupoudré de sel un morceau de baguette et j'ai dit tout haut le mot « divorce » pour voir quel effet ça faisait, ou peut-être pour dramatiser davantage. J'ai tiré sur la dentelle coûteuse qui me rentrait dans les fesses en me demandant, comme toutes les heures depuis une semaine environ, si tout ça n'était pas qu'une énorme erreur. C'était tellement facile d'évoluer en couple dans le monde : diviser les frais en deux, partager nos gros pulls, avoir quelqu'un avec qui faire la queue à la banque…

Jon et moi commencions tout juste à nous faire des amis de couple, à sortir dîner par groupes de quatre ou six pour échanger des plaisanteries inoffensives autour de petites assiettes à partager, avant de rentrer chez nous faire l'amour, pleins d'idées sarcastiques sur Ben et Esther qui manifestement ne le faisaient jamais. Les couples étaient tous des gens mariés un peu plus âgés que nous, que Jon connaissait de son travail ; c'était lui qui allait les garder, comme il avait gardé nos torchons, et je ne serais plus jamais invitée à un dîner improvisé entre amis. Et tout ça, pile au moment où les choux de Bruxelles revenaient à la mode ! J'ai pouffé à cette idée, et j'ai regretté de ne pas pouvoir la partager avec Jon par SMS. J'avais déjà utilisé mon texto quotidien, mais rien au monde ne me donnait plus de satisfaction que de le faire rire.

Toute cette situation avait des airs de canular, comme si à n'importe quel instant l'un de nous deux allait appeler l'autre en riant aux larmes : « Oh putain, t'aurais dû voir ta tête ! » Je détestais ce genre de plaisanteries, mais Jon adorait ça. Après nos fiançailles, il s'était mis à faire une blague qui consistait à feindre de mourir dès que je sortais de la pièce. En revenant, je le retrouvais affalé dans le canapé ou écroulé sur la table de la cuisine, ses yeux sombres éteints et sans vie. Je lui ai dit que je trouvais ça malsain. Il m'a dit que l'aboutissement naturel d'un mariage, dans le meilleur des cas, c'était que l'un des deux trouve l'autre mort. Et comme en général, les femmes vivaient plus longtemps que leur mari et qu'il prenait beaucoup moins bien soin de son corps que moi (je le cite), ce serait forcément moi qui trouverais son cadavre et non l'inverse. De cette façon, raisonnait-il, sa mort – qui serait l'une des pires expériences de ma vie – deviendrait un moment de rire et de partage, comme une *private joke* entre nous. Tous les gens à qui j'en parlais étaient d'un autre avis mais moi, je trouvais ça mignon.

C'est nul d'être triste en été.

Recherches Google, 10 juin

cernes teint pâle
routine beauté coréenne version rapide
veines visibles sous la peau
produits naturels pour dormir
teint gris ?
regarder stories Instagram anonymement
kate bush pas sur iTunes
kate bush this woman's work
kate bush youtube télécharger
canada loi divorce
dormir sur le ventre donne des rides ?
définition légale intolérable
bell hooks pdf
costume jacquard
botox double menton
bill hader divorce
bill hader en tee-shirt
bill hader rire chaleureux
personne normale épouse célébrité
gua sha vidéos

Monica Heisey

jacquard définition
rester amis après séparation
gymnastique poitrine ferme
règles de tinder
population toronto
population masculine toronto
horaires caviste ossington avenue
recette risotto facile
substitut riz arborio
manger parmesan périmé dangereux
livraison 24/24 toronto
livraison alcool toronto
tiktok définition
kate bush this woman's work karaoke
comment désinstaller tiktok

J'ai traversé mon premier mois de solitude dans un état embrumé. Je me réveillais à treize heures, puis je restais allongée dans mon lit à me masturber tristement avec pour fond sonore la comédie musicale *The Last Five Years* (enregistrement original des représentations *Off Broadway*). Mes après-midi consistaient pour l'essentiel à m'efforcer de travailler, avant de laisser tomber et de poster des stories Instagram contenant des références obliques à mon état émotionnel. À un moment, au milieu de tout ça, j'ai eu vingt-neuf ans.

C'est cette occasion qui m'a forcée à tout avouer à mes amis. En tant que groupe, nous étions très portés sur les grandes occasions, et les anniversaires ne dérogeaient pas à la règle. Plusieurs mois auparavant, nous nous étions mis d'accord pour fêter le mien par une excursion sur la plage nudiste de Toronto Island, en emportant pour tout bagage un gâteau et des cocktails. Nous étions profondément absorbés dans des débats sur l'importance de la crème solaire et les mérites respectifs des différentes compagnies de bateaux-taxis privés, et c'est là que j'ai craqué. vais devoir reporter, ai-je écrit. jon est parti… je crois que c'est pour de bon. Après plusieurs minutes d'un silence insoutenable, Clive a écrit : j'arrive ds 30 min.

Je me suis laissée retomber sur mon lit et j'ai fixé une tache de dégât des eaux au plafond, jusqu'à ce que j'entende Clive monter les marches du perron d'un pas léger. Je me suis levée et recoiffée, je suis allée à la porte et pendant un bref instant j'ai hésité à le faire entrer. Il allait voir l'appartement nu, les livres manquants sur les étagères, les empilements de barquettes de repas à emporter pour une personne. Si je montrais tout cela à Clive, il allait ensuite falloir que je le montre aux autres. J'allais devoir affronter le monde, toute seule.

Alors j'ai cloué dans mon cœur un courage de fer, comme dirait Lady Macbeth, et j'ai ouvert le verrou.

— Sur une échelle de un à dix, à quel point tu es prête à faire de l'humour sur ta situation ?

— Euh, six ? ai-je répondu après réflexion.

— D'accord. Alors je vais attendre un peu avant de te parler de tes sourcils.

Clive et moi nous étions connus au club de théâtre en deuxième année de fac, et nous étions devenus proches quand il avait joué mon soupirant dans ce qu'il appelait une « version spéciale pour petits gros » de la comédie musicale *The Music Man*. Quand il avait bu, il lui arrivait parfois encore de bramer « Madam Libraaaaarian ! » et de m'attirer contre lui pour me donner un gros baiser baveux. Nous sommes restés adossés contre la table de la cuisine (il allait falloir que j'achète des chaises) tandis que je me teignais les sourcils avec de la teinture pour barbe, et Clive m'a assuré que tout reviendrait à la normale en un rien de temps.

— Ce sont des choses qui arrivent, a-t-il expliqué. Si tu étais restée fidèle à ce que tu voulais quand tu avais dix-neuf ans, tu serais encore en train de porter cet affreux petit débardeur. Et puis statistiquement parlant, les gens les plus heureux au monde sont les femmes célibataires sans enfants. Tu as gagné le jackpot !

Il a pris mes deux mains dans les siennes comme si notre équipe junior de base-ball venait de remporter la finale.

C'était tout à fait son style de se montrer blasé face à ce genre de catastrophes. Les seules choses qu'il prenait au sérieux dans la vie étaient la cuisine, son travail de producteur de télé-réalité, et sa résolution du Nouvel An 2011 de « devenir célèbre », à laquelle il était encore en train de travailler. À la même époque (et dans le but de faciliter la réalisation de ce vœu), il nous avait demandé de l'appeler dorénavant Clive au lieu de Brandon, son prénom de naissance. Il nous avait fallu un peu de temps pour nous y faire, mais nous avions convenu que les gens stylés répondant au nom de Brandon étaient en effet assez rares, et que l'idée n'était pas si mauvaise.

Clive et moi avons partagé un sachet de chips ondulées à basses calories et trinqué en l'honneur du début de ma « période chaudasse », mais ma lèvre s'est mise à trembloter au moment où nos verres ont tinté, ce qui l'a forcé à faire machine arrière et à me rappeler que même une chaudasse a le droit de prendre les choses à son rythme. Puis son assistant lui a envoyé un SMS pour lui signaler qu'ils étaient sur le point de perdre Scott Moir comme juge invité dans un nouveau programme où des joueurs de hockey apprennent à danser en couple avec des patineuses artistiques professionnelles. Clive s'est alors enfui en promettant de prendre des nouvelles le lendemain.

Amirah est arrivée environ une heure plus tard pour me distraire de ma situation en me relatant l'une de ses traditionnelles intrigues amoureuses au travail. Même si elle était en couple depuis plus d'un an et que tout allait bien avec son copain, Amirah passait son temps à entretenir des relations ambiguës avec des collègues de l'hôpital qui se prenaient de passion pour elle. Le dernier malheureux en date était un aide-soignant du nom de Brian.

— Ça commence à devenir ingérable, a annoncé Amirah, mi-consternée, mi-ravie. La semaine dernière, il m'a fait une playlist. Il n'arrête pas de me demander si je l'ai écoutée, mais il faut bien poser des limites.

— La limite, pour toi, c'est d'écouter une playlist ?

— Oui, a-t-elle répondu gravement. On ne sait jamais ce qu'il pourrait y avoir là-dedans.

Il n'était pas difficile de comprendre pourquoi Amirah faisait des ravages parmi les cœurs du service C. Elle était belle sans efforts, même en blouse blanche, et elle avait une petite tendance à la méchanceté qui les rendait tous dingues. Quand j'avais emménagé au même étage qu'elle dans la résidence étudiante, elle était déjà complètement installée dans sa chambre de l'autre côté du couloir et occupée à redresser un poster des Pussycat Dolls collé près de la fenêtre. J'avais demandé : « Celles qui ne sont pas Nicole, est-ce qu'elles ont un prénom ? » Elle m'avait répondu : « Peut-être qu'elles s'appellent toutes Nicole ? », et c'est comme ça que tout avait commencé.

« Et tes parents, comment ils prennent la chose ? » m'a-t-elle demandé quand nous avons eu fini d'examiner les morceaux de la playlist de Brian (écrits à la main sur du bristol, les paroles les plus évocatrices surlignées au feutre fluo… pauvre Brian). J'ai répondu qu'ils s'alignaient sur moi : autrement dit, nous n'en parlions pas vraiment. Ma mère avait immédiatement proposé de venir me chercher à Toronto pour que je reste à Kingston aussi longtemps qu'il le faudrait ; elle me nourrirait de toutes sortes de gâteaux réconfortants et nostalgiques ; mais j'avais préféré rester chez moi. En un sens, c'était un soulagement que ma famille – ma mère, mon père et Hannah, ma sœur plus-jeune-mais-plus-sensée – vive là-bas, à une distance de sécurité de quelques heures. L'intensité de leur inquiétude n'était perceptible que dans le SMS quotidien de mon père : toujours en vie ? Répondre : o/n.

Toute personne s'essayant à me remonter le moral était confrontée à une tâche insurmontable : trop d'attention et de soins et j'avais l'impression qu'on avait pitié de moi ; pas assez et je prenais cela comme la preuve que je ne valais rien et que personne ne voulait de moi. J'ai dit à Amirah que la situation idéale pour moi (enfin, dans la mesure où on pouvait parler d'idéal) aurait été que tout le monde soit au courant du divorce sans que j'aie besoin de leur en parler, et que je puisse rester allongée dans un genre de caisson de décompression anti-stress jusqu'à me sentir prête à réintégrer la société. J'avais besoin de quelques semaines pour être minable dans mon coin et m'adapter à ma nouvelle vie : celle d'une coquille vide, desséchée et privée d'amour. Amirah a replié ses longues jambes sous elle et j'ai senti qu'elle allait dire quelque chose d'énervant.

— Tu veux le numéro du psy de ma mère ?

Non, je ne voulais pas son numéro. Ce n'était qu'un divorce, et qui en plus n'avait rien de particulièrement croustillant. Je n'avais même pas fait de rêves intéressants : de quoi aurais-je bien pu parler à un psy ?

— Je crois que de manière générale, je ne suis pas très « psy », ai-je répondu. Ce n'est pas trop pour moi.

J'en étais convaincue. La seule psy que j'avais rencontrée de ma vie était Penelope, la cousine de Jon : une petite blonde avec des dreadlocks filandreuses, qui organisait des ateliers où les participants se creusaient une tombe et s'y faisaient enterrer pour ressentir la mort du moi.

— Je ne pense pas que ça serait le même genre de psy, a expliqué Amirah, l'air pensif, en se mordillant le coin d'un ongle qu'elle a fini par arracher avec ses dents. Mais je ne t'ai jamais vue dans cet état, et c'est pour ça que je me dis que s'il y a bien un moment où tu aurais besoin d'un chouia de thérapie, c'est peut-être maintenant, non ?

— Je vais bien, ai-je assuré. J'ai téléchargé cette appli de méditation, tu sais, et puis je vais aller courir un peu plus souvent... Et sinon, Tom est au courant pour Brian ?

Tom était le petit ami d'Amirah : un colosse aux mains gigantesques et au rire tonitruant, qui avait un poste important dans une microbrasserie branchée du centre de Toronto. Ils s'étaient connus au printemps précédent sur une appli de rencontres et depuis, ils étaient inséparables. Leur langage amoureux consistait à se mentionner mutuellement sur les réseaux sociaux, sur des photos flatteuses accompagnées de légendes interminables décrivant l'affection qu'ils se portaient et l'aventure passionnante qu'était leur quotidien. Leur activité préférée consistait à aller au restaurant. Tom commençait par poster une photo d'Amirah, un verre de vin blanc sec à la main – apéro en amoureux –, puis, quand arrivait le plat principal, Amirah postait une photo de Tom – bon appétit big boy –, après quoi Tom repostait la photo de lui, puis Amirah bouclait la boucle en partageant en story tout le post du jour. Cela permettait à toutes leurs connaissances de découvrir la table où ils avaient dîné sans rater un seul angle de vue. Ce comportement n'était pas du tout du genre d'Amirah, mais l'amour rend les gens gagas et un peu absurdes, c'est comme ça.

J'étais curieuse de savoir comment toutes ses intrigues amoureuses cohabitaient avec les séances photos, les soirées huîtres et le *big boy* lui-même.

« Ces mecs, je ne fais rien avec eux, disait Amirah. Et puis pour le moment, Tom est juste mon copain. »

J'avais oublié la définition peu orthodoxe qu'Amirah donnait au mot « copain », qui pour elle n'impliquait aucun engagement en dehors des moments passés ensemble. Elle était toujours d'une désinvolture implacable, jusqu'au moment où elle décidait qu'un homme était le *bon*. Jusque-là, ils avaient été deux à mériter ce titre – son copain au lycée et un étudiant en médecine qui lui envoyait encore des textos de temps à autre –, mais Tom semblait sur le point de recevoir une promotion.

— Et d'abord, a déclaré Amirah, il y en a un qui l'est pour de bon et un autre qui est un délire. Sur le long terme, je sais ce que je veux, sauf que parfois, j'ai besoin de sentir qu'un mec n'a jamais rien vu au monde d'aussi beau que mon cul.

Il est vrai que l'idée n'était pas désagréable. Peut-être que moi aussi, je pouvais m'offrir un ou deux délires, même si à la fin, je reviendrais toujours à la case « coquille vide et desséchée ». Amirah a reçu un SMS lui demandant de remplacer une collègue de travail.

— Ça te dérange si j'y vais ? a-t-elle lancé. J'essaie de me faire bien voir pour ne pas avoir à travailler le soir du Nouvel An. Et puis j'ai promis à une patiente de fabriquer des bracelets brésiliens avec elle.

— J'ai des raisons d'être jalouse ? ai-je demandé.

— Ben, c'est une fillette de sept ans qui a un cancer des os, donc pas trop.

Je me suis mordu l'intérieur des joues.

— Meeeeerde ! Merde. Enfin, je voulais dire…

— Oui, je sais ce que tu voulais dire, m'a-t-elle rassurée en riant. Et son pronostic est plutôt bon. T'inquiète.

J'étais toujours sidérée par la légèreté avec laquelle Amirah encaissait la lourdeur de son travail quotidien : comment faisait-elle pour aller à l'hôpital, annoncer des nouvelles terribles à des parents ou aider des enfants à gérer une douleur qu'ils allaient devoir supporter toute leur vie, pour ensuite passer son dîner à écouter nos plaintes sur les mauvaises manières des gens sur Internet ? Chaque fois qu'elle révélait un nouveau détail accablant sur son travail à l'hôpital, nous nous mettions à paniquer, même si elle nous rappelait souvent que tout ça n'était pas un concours : le stress de Clive n'était pas moins recevable sous prétexte qu'il était provoqué par les vies privées tumultueuses de quelques personnalités sportives mineures. (« Est-ce qu'on est bien sûrs de ça ? » avait alors demandé Clive. Personnellement, je n'étais pas convaincue.)

— Qu'est-ce que c'est intense, ai-je compati. Je ne sais pas comment tu fais pour ne pas craquer tout le temps.

— En fait, on a une salle pour pleurer au troisième étage, a concédé Amirah. Mais dans l'ensemble, c'est plutôt agréable de pouvoir être là pour aider les gens dans des moments difficiles. C'est dur, mais c'est bon. Je suis sûre que c'est pareil pour toi quand tu… expliques *Macbeth*, ou, euh… Sérieux, je n'ai aucune idée de ce que tu fais pour gagner ta vie.

— Alors : la moitié du temps, ça consiste à trouver des titres d'articles avec un bon jeu de mots pour des revues scientifiques, ai-je répondu. Mais sinon, c'est vrai que par plein de côtés, c'est un peu la même chose que d'aider des enfants malades du cancer. Laisse-moi t'offrir à manger avant que tu partes, ai-je ajouté en me levant pour fouiller dans mes placards.

J'ai sorti les ingrédients de son sandwich favori : un mariage détonant de pickles et de houmous, avec du miel et de la moutarde brune. Amirah est restée debout derrière moi pendant que je préparais le sandwich, trempant son index dans les pots ouverts avant de les refermer et de les remettre au frigo.

— Pourquoi tu n'envoies pas un texto aux Lauren ? a-t-elle suggéré en mordant dans son sandwich baveux. Ne reste pas toute seule chez toi. C'est nul, ici, sans Janet.

Pour éviter de fondre en larmes à l'évocation du nom de mon chat, j'ai crié « BONNE IDÉE » avec une vigueur peu convaincante et j'ai sorti mon téléphone. Il se trouve que les Lauren étaient à une distance très commode, dans un bar près du bureau de Lauren Sensible qui servait du vin à la pression. J'ai répondu à Amirah que je ne me sentais pas d'humeur très sociable, mais que quelques litres de vin me feraient le plus grand bien.

— Parfait, a-t-elle décrété. Tu peux m'accompagner à pied jusqu'à mon travail.

Elle a ramassé son sac et nous nous sommes dirigées vers l'entrée. Au passage, j'ai essayé de me rendre à peu près présentable – un mascara traînait justement sur l'étagère à côté de mes clés. J'ai enfoncé mon index dans les poches sous mes yeux en poussant un profond soupir.

— C'est tellement dommage que tout ça me tombe dessus juste au moment où ma beauté juvénile vit ses derniers feux, ai-je déclaré.

— Ne dis pas ça, m'a réprimandée Amirah en enfilant ses sabots en plastique décorés. Oh, ce Jon, je pourrais le buter. Je suis tellement en colère contre lui.

— Ce n'est pas sa faute, ai-je dit en fourrant mes clés dans mon sac à main et en lui tenant la porte.

Vraiment. Si c'est la faute de quelqu'un, c'est plutôt la mienne.

— Comment ça, ta faute ? a demandé Amirah avec une grimace perplexe.

Je ne savais pas pourquoi, mais c'était l'impression que j'avais.

Le lendemain, j'étais censée aller au travail mais je n'arrivais pas à me motiver. Pour commencer, le climat à Toronto était passé de son niveau habituel d'humidité, genre brumisateur, à une ambiance d'aisselle géante digne du mois d'août. Et pour ne rien arranger, j'étais moche et je me sentais triste en permanence.

En été, même si je ne faisais pas cours, j'étais censée être présente quelques jours par mois dans mon petit bureau du département d'anglais : je servais d'assistante de recherche à Merris, une moderniste d'âge avancé et de tempérament compréhensif qui avait dirigé mon mémoire de master et qui occupait dans mon imaginaire une position située quelque part entre la tante crainte-mais-aimée et la vénérable sorcière dotée de grands pouvoirs. Je n'étais pas venue depuis deux mercredis et je lui avais envoyé par SMS quelques excuses vagues et peu convaincantes. Mais ce mercredi-ci, elle m'a téléphoné.

— Merris, désolée, je...

— Qu'est-ce que ça va être, votre excuse, aujourd'hui ? Votre grand-mère a un rendez-vous urgent chez le dentiste ?

J'aimais bien travailler pour Merris. C'était la personne la plus cultivée que je connaissais ; cependant elle n'en profitait jamais pour rabaisser les gens même si parfois, comme ce jour-là, elle ne pouvait pas résister au plaisir de les faire marcher un peu. Je l'imaginais assise à son bureau, un sourire malin aux lèvres, entortillant le fil de son téléphone autour de son pouce noueux. Elle devait porter une paire de lunettes de lecture, avec une autre paire posée au sommet de sa tête. Parfois, elle en avait aussi une troisième, suspendue à son cou par une chaîne élégante.

— Je crois que je suis en train de divorcer, ai-je répondu. Enfin, je suis en train, mais je ne sais pas bien quand, ni comment.

— Ah.

Je n'avais jamais pris plaisir à annoncer la nouvelle à quiconque mais, en disant ces mots à Merris, je me suis sentie tout particulièrement ridicule. J'étais une fille dans la vingtaine qui était en train de se séparer : et alors ? Merris avait été mariée deux fois, elle avait divorcé une fois, elle était maintenant veuve et elle vivait « sa meilleure vie », pour reprendre ses mots : elle partageait un grand duplex dans l'est de la ville avec deux autres professeures de fac, un peu comme dans la série *Les Craquantes* mais en version intello.

— Désolée pour vous, a-t-elle dit. Vous pouvez travailler de chez vous pour le moment, et vous reviendrez au bureau quand vous vous sentirez prête.

Je lui ai répondu que ça n'arriverait peut-être jamais. Merris a éclaté de rire et tenté de faire passer le bruit pour un hoquet.

— Prenez tout le temps qu'il vous faudra. Du moment que vous revenez en septembre.

Merris n'avait jamais tenu Jon en haute estime, principalement parce que quelques années plus tôt, à un apéritif du département, il avait selon elle passé « plusieurs heures » à lui asséner un cours magistral sur le cinéma canadien francophone. Quand j'avais questionné Jon sur cet épisode, il m'avait raconté qu'ils avaient discuté pendant un quart d'heure, au cours duquel il n'avait quasiment pas parlé de cinéma, sauf pour dire qu'il venait d'aller voir *Mommy* de Xavier Dolan. J'imagine qu'ils avaient été aussi imbuvables l'un que l'autre, et qu'aucun des deux n'avait apprécié de voir sa prétention reflétée dans celle de son interlocuteur. À notre mariage, il avait tenté de la mettre dans sa poche en citant le Sonnet 18, et elle avait lancé : « Du Shakespeare à un mariage ? Ça, c'est original. » Comme tous les gens que j'aime, ils avaient tous les deux une certaine tendance à dépasser les bornes.

Après avoir raccroché, j'ai repris le cours de mes activités habituelles : travailler, manger, échafauder des excuses pour éviter de prendre une douche. La plupart du temps, après quelques heures passées à examiner à la loupe des pièces de théâtre du XVIe siècle qui, déjà à l'époque, n'intéressaient personne, je m'accordais une récompense et/ou une punition en consultant le profil de Jon sur différents réseaux sociaux. Ces derniers temps, il avait mis un frein à nos échanges déjà limités au strict minimum et je faisais de mon mieux pour prendre la chose avec désinvolture et élégance, en essayant de ne pas péter entièrement les plombs. Sur un ton faussement dégagé, j'avais suggéré que nous nous bloquions mutuellement de nos réseaux sociaux, afin de « faciliter notre transition vers des vies indépendantes ». Il s'était exécuté avec une diligence choquante, même si aucun de nous deux n'avait bloqué le compte Instagram commun que nous avions créé pour notre chat.

Si je me déconnectais de mon propre compte pour me connecter en tant que @janetchatondamour, je pouvais voir Jon : il ne postait pas grand-chose, mais il jouait du piano et il chantait (!) dans ses stories, qui semblaient filmées dans un sous-sol mal éclairé. Je faisais le tour des photos où il était identifié et j'épluchais les stories de ses amis à la recherche de quelque chose de douloureux pour moi – un audio de lui en train de rigoler à une fête, une vidéo d'un concert où il se tenait à côté d'une femme que je ne connaissais pas –, ou bien de signes de joie et de satisfaction dans sa nouvelle vie d'homme non marié. En toute objectivité, ce cyberharcèlement par animal domestique interposé n'était pas loin du déséquilibre mental, mais je trouvais du réconfort dans le fait que Janet, elle aussi, regardait parfois mes stories, ce qui voulait dire que Jon faisait la même chose que moi.

Nous n'avions pas encore décidé de qui garderait la chatte, qui était de loin notre bien commun le plus précieux. Techniquement elle lui appartenait à lui, mais nous (Janet et moi) avions vécu ensemble aussi longtemps que nous (Jon et moi) et je lui portais un amour ardent, même si ses principaux passe-temps consistaient à brailler et à vomir sur mes meubles et mes vêtements. C'était une dure à cuire, une énorme créature bagarreuse à la fourrure tigrée en bataille et aux yeux verts intelligents. Quand je corrigeais des copies d'étudiants au lit, elle se faufilait dans la chambre, attirée par le froissement des feuilles de papier. Le temps que je m'aperçoive qu'elle se dirigeait vers moi, c'était déjà trop tard : elle avait pris son envol, décollant du sol pour atterrir directement sur la copie que je tenais à la main. Plus d'une fois, j'avais dû m'excuser auprès de mes étudiants perplexes, en leur rendant leur mémoire de fin de trimestre chiffonné et plein de petits trous. J'aurais laissé cette chatte détruire tout ce que je possédais – mission dont elle s'acquittait parfois avec enthousiasme.

Sans elle, la maison était tellement calme. Ça me faisait tout drôle de ne plus devoir surveiller le haut du frigo quand j'entrais dans la cuisine (elle avait la mauvaise habitude de se laisser tomber sur la tête des gens) ; dans le placard, la vue de chaque paquet entamé de croquettes malodorantes me brisait le cœur. Jon et moi nous étions mis d'accord pour prendre le temps de réfléchir à la solution qui lui conviendrait le mieux, et nous envisagions une garde partagée. Comme une grande partie de ce qui faisait ma vie d'avant, elle me manquait souvent.

Je passais mes soirées à regarder des séries policières (après avoir fait le tour des productions britanniques, j'avais opté pour les crimes sexuels scandinaves), à penser à la solitude et parfois juste à rester debout en soupirant. Quand j'étais d'humeur ambitieuse, je me brossais les cheveux, j'ouvrais et je fermais les fenêtres, et je remplissais des paniers de boutiques en ligne avec des tenues coûteuses en vue de célébrations imaginaires. Le groupe WhatsApp prenait de mes nouvelles régulièrement, mais je n'avais jamais rien d'intéressant à leur raconter et je savais qu'ils étaient occupés à profiter de la vie – ils n'avaient pas besoin d'une divorcée pathétique pour leur casser le moral. Je dormais mal, mais je faisais souvent la sieste. Je mangeais léger pendant la journée, puis je me lançais dans une bolognaise, des fajitas ou autre projet dînatoire ambitieux, avant d'abandonner et d'avaler un bol de céréales en regardant un homme du nom d'Anders ou de Lars errer dans les rues d'Helsinki ou de Stockholm, le regard sombre, furieux contre son ex-femme qui avait eu l'audace de se faire assassiner. Cuisiner pour une seule personne me paraissait épuisant et déprimant.

J'ai essayé d'utiliser l'appli de méditation de pleine conscience, mais sans réussir à m'y tenir. Je ne voulais pas m'ancrer dans le moment présent. Le moment présent était tellement minable ! J'ai tenté de me remémorer mes triomphes passés – par exemple mon diplôme de licence, ou bien cette fellation que j'avais faite, une fois, dans le sud de la France –, mais ma vie tout entière s'était déroulée sous le regard de Jon. Pour l'éviter, il fallait que je remonte au temps du lycée, et ces souvenirs-là étaient ennuyeux. Il ne m'était presque rien arrivé avant de le connaître. Ma rencontre avec lui m'apparaissait comme l'événement le plus important de ma vie et jusqu'à quelques semaines plus tôt, chaque année qui passait n'avait fait que renforcer ce sentiment. « Et maintenant ? » me demandais-je. Je ne pouvais pas non plus passer mes journées à relire le poème « One Art » d'Élizabeth Bishop : « Maîtriser l'art de perdre, ce n'est pas difficile… » Sa lecture ne m'occupait que trois ou quatre minutes, plus quelques autres pour pleurer. Je lisais le poème et quelques instants plus tard, j'étais revenue au même point : « Et maintenant ? » Eh oui : et maintenant ?

En plus de Janet, Jon avait emporté les meilleures bouteilles de notre bar (sans compter le bar lui-même) : je me préparais donc des cocktails à base de Cointreau, de jus de citron et d'eau gazeuse, bientôt remplacée par de l'eau plate, bientôt remplacée par du Cointreau tout court. Quand le Cointreau commençait à faire effet, une faim violente me prenait et je regrettais mon projet avorté de dîner, alors je commandais ce que j'appelais des « Burgers de Nuit » au seul restaurant encore ouvert à quatre heures du matin sur mon appli de livraison : une chaîne de pubs impersonnels qui proposait entre autres le hamburger le plus insignifiant de l'histoire. Le Burger de Nuit correspondait exactement à cette description : sans fioritures, avec un cornichon et des frites. Il était pâteux et insipide et il arrivait toujours froid, mais je n'attendais pas de mes aliments qu'ils m'offrent une expérience gustative. Je voulais qu'ils soient l'exact reflet de mon état : le néant. Je voulais une galette de viande tiède et la plupart du temps, c'est ce que j'obtenais.

C'était la toute première fois de ma vie que je vivais seule. J'avais grandi dans une maison toujours animée, avec mes parents, ma sœur, deux chiens et une succession de hamsters malchanceux et interchangeables. Puis, sans transition, je m'étais retrouvée dans le vacarme de la résidence étudiante où les garçons arrachaient les portes de nos toilettes inexplicablement mixtes, et envoyaient rouler des bacs de glace à la fraise du haut des onze étages de l'escalier de secours, laissant partout des traînées roses qui rendaient la moitié de l'étage inutilisable pendant une semaine. Dès que nous en avons eu la possibilité, Amirah, Lauren et moi nous sommes installées dans un appartement où nous regardions des programmes de télé-réalité, fumions des joints pendant la journée et évitions de nettoyer la salle de bains.

Après notre licence, nous nous sommes aventurées plus au centre de Toronto où Lauren Sensible et moi sommes devenues les cinquième et sixième colocs d'une gigantesque maison du West End où s'entassaient artistes, baristas et étudiants de second cycle, sans oublier – nous ne l'avons découvert qu'une fois installées dans la maison – une chauve-souris dans le sous-sol, propriété du copain d'une des résidentes qui n'avait pas le droit de la garder dans son appartement à lui.

Quand Jon et moi nous sommes installés ensemble, c'était la première fois que j'habitais avec un si petit nombre de personnes et j'ai adoré ça. J'avais vingt-trois ans quand nous avons pris notre premier appartement. La plupart de mes semblables vivaient encore dans des colocs crasseuses (Lauren Sensible avait toujours une chauve-souris dans son sous-sol). Je me sentais incroyablement adulte. J'aimais rentrer chez moi et n'y trouver qu'une seule personne – une personne que j'avais choisie ; j'aimais préparer des cupcakes à dix heures du soir ; j'aimais mettre sur la platine un des disques bizarres de Jon et passer l'aspirateur pour qu'on puisse faire l'amour sur le tapis. Les rares fois où je me trouvais seule dans l'appartement, c'était parce que Jon était bloqué au travail ou en week-end avec des amis :

je savourais ces moments comme un cadeau, sachant que bientôt il rentrerait à la maison pour briser le silence ou m'arracher à mon bain. Une fois mariée, j'avais parfois l'impression que c'était dommage de n'avoir jamais vécu seule, mais je concluais que je n'aurais pas été très douée pour ça. Jusque-là, les faits m'avaient donné raison.

Ma situation actuelle présentait tout de même quelques avantages : elle me fournissait une excuse recyclable à volonté pour échapper à tout et n'importe quoi, et je ne me privais pas d'en faire usage. J'ai ainsi pu me dispenser de participer à ma propre fête d'anniversaire, à des réunions de famille, à des cafés avec des collègues ou des amis de lycée avec qui j'avais perdu contact depuis des années. Je ne me déplaçais que quand j'en avais vraiment envie, c'est-à-dire quasiment jamais, pas même pour le méga-anniv-Troputana-dans-le-bus-à-partouze. Lauren avait été compréhensive. Lauren Sensible m'avait texté pour me dire qu'elle avait ajouté mon nom à la carte d'anniversaire : j'ai imité ton écriture. il me restait le papier de la fois où on avait joué au baccalauréat quand on était bourrées... dans la colonne métiers pour la lettre D, tu avais mis DAME PIPI ☹. Quelque part au fond de moi, j'avais l'impression que c'était malpoli, voire même un peu lâche, de me défiler aussi souvent. Mais après tout, est-ce que les femmes n'étaient pas censées apprendre à dire non ?

Mon moi d'avant aurait redouté que les gens se mettent à me détester à cause de ça. Avant, je me faisais du souci à peu près tout le temps pour à peu près tout. Mais cette anxiété sourde et constante avait été remplacée par une sensation d'invincibilité morose que je désignais sous le nom de « haha, et alors ? ». Peur d'attraper un rhume ? Aucune maladie ne peut être pire que ce trou béant que tu sens tout au fond de ton âme, haha. Tu crains d'avoir fait une gaffe dans une soirée ? Et alors ? La personne qui t'a promis, devant tous les gens que tu connais, de t'aimer pour le restant de tes jours n'a même pas tenu deux ans. Tu as raté une deadline au travail ? Sache bien que la vie n'est qu'une vaste blague, qu'on ne peut compter sur rien, que toutes les choses que tu croyais assurées te seront probablement arrachées au moment où tu t'y attendras le moins et que par-dessus le marché, il se pourrait fort bien qu'au fond, tu ne sois qu'une loque infâme que personne n'aimera jamais, ce qui est bien plus grave qu'un papier en retard – allez, tous en chœur : haha, et alors ?

Quand nous étions mariés, il était rare que Jon sorte le soir. Les rares fois où ça arrivait, je passais une bonne soirée jusqu'à deux heures du matin environ et ensuite, je restais éveillée à regarder le plafond en réfléchissant à tout ce qui pourrait arriver de grave. Et s'il y avait une coupure de courant, et que j'avais besoin de manipuler la grosse boîte à fusibles dans la cave ? Notre porte de derrière était tordue et pas très rassurante. Malgré tout mon soin à tirer les verrous, à vérifier et revérifier que tout était bien fermé, la peur me tenait éveillée. Je me levais dix fois dans la nuit pour reverrouiller la porte, au cas où un cambrioleur serait sur le point d'entrer et de me tuer. Et maintenant, je ne me souciais plus de tout cela. Je me disais : « Peut-être que quelqu'un va entrer et me tuer. Parfait. »

À : j_____@gmail.com
De : m_____@gmail.com
Le : 28 juin, 01:12

Jon,

Je sais qu'on a dit qu'il fallait qu'on « prenne nos distances », et je comprends pourquoi, mais je t'écris parce que j'ai parlé à une copine de la tante de Lauren, je crois que je t'ai déjà parlé d'elle, celle qui est avocate spécialisée dans les divorces… j'ai appris que pour divorcer, il faut qu'on prouve qu'on est légalement séparés depuis un an, donc on ne peut pas lancer la procédure avant le printemps de l'année prochaine. Il y a aussi tout un tas de paperasse, etc., que j'espérais pouvoir éviter vu qu'on n'a pas d'objets de valeur, mais en fait non, on va avoir beaucoup de choses à régler dans les semaines/mois à venir, donc ce serait mieux que tu répondes à mes e-mails à un moment donné.

Pardon si mon message te paraît brutal, ou trop formel, mais je crois que c'est important qu'on mette les choses en route, surtout avec cette période d'attente dont je n'avais jamais entendu parler. Évidemment, la situation n'est pas idéale pour nous deux, mais je repense souvent à ce que tu m'as dit le jour de ton déménagement : je veux qu'on fasse les choses le plus humainement possible. Peut-être qu'on peut considérer ce message comme une déclaration de notre intention de divorcer, pour marquer le début de notre année de séparation.

… ça fait bizarre, hein ? La vie est tellement bizarre.

Je t'aime, désolée.

M.

Envoyé de mon iPhone

À : j______@gmail.com
De : m_____@gmail.com
Le : 28 juin, 01:16

OK, je viens de m'apercevoir que j'avais laissé le truc qui dit « envoyé de mon iPhone » en bas de mon mail. Je te jure qu'en fait, j'ai vraiment pris le temps d'écrire ça sur mon ordinateur, c'est juste que je l'ai envoyé depuis mon téléphone parce que j'étais aux toilettes en train de regarder le brouillon et je me suis dit : « Tu dois l'envoyer maintenant, sinon tu ne le feras jamais. » Vraiment désolée, j'espère que tu n'as pas cru que j'avais laissé ça en mode manipulation, pour te donner l'impression que je m'en fous. Pareil pour ce que je viens de dire à propos des toilettes, c'est vraiment là que j'étais. C'est la vérité.

Je suis en train de traverser une des périodes les plus dures de ma vie, et je sais que c'est dur pour toi aussi, et je ne voudrais surtout pas que tu penses que tout ça ne compte pas pour moi. Ça compte beaucoup.

Envoyé de mon iPhone

À : j______@gmail.com
De : m_____@gmail.com
Le : 28 juin, 02:40

Merde. Désolée.

J'étais tombée de haut en découvrant que je ne pouvais pas simplement divorcer comme ça : il fallait une période d'attente, une quantité de formulaires à remplir et différentes formalités, parmi lesquelles notre déclaration de revenus. Lors de mon premier rendez-vous avec une avocate, j'avais dû encaisser encore quelques coups durs : la découverte du tarif d'un avocat ; une tentative ratée de porter un gobelet d'eau fraîche à ma bouche ; sans oublier l'humiliation de devoir montrer mes relevés bancaires à une femme qui se fait 215 dollars de l'heure. J'ai dit à l'avocate – Lori, une amie de la famille d'une amie, au visage doux et à la voix feutrée – que je supposais que Jon et moi pourrions utiliser une partie de l'argent que nous avions reçu comme cadeau de mariage pour couvrir nos frais juridiques. Elle a ri – un aboiement bref et tranchant – avant de reprendre son sérieux : « Ah, d'accord. Vous ne dites pas ça pour rire. »

Lori a ouvert un de ses dossiers tandis qu'une jeune femme, vêtue d'un pantalon que nous qualifierons de chic décontracté, lui apportait un café. « Merci, Lindsey », a dit l'avocate en avalant une petite gorgée. Lindsey est partie en emportant des dossiers. Sur la base de ces quelques instants passés dans les bureaux de Janson Parker Stevenson LLP, j'ai conclu que la profession de juriste consistait pour l'essentiel à savoir très bien classer des papiers. Les murs de Lori étaient tapissés d'étagères où étaient posés des certificats, des livres à reliure de cuir et des photographies d'enfants souriants dont j'ai présumé qu'ils étaient les siens. Je me suis tortillée dans mon siège en faisant de mon mieux pour avoir l'air adulte et compétente, et pour oublier que je portais un haut de bikini relâché en guise de soutien-gorge.

— Eh bien, je suppose que cela fait partie des avantages de se séparer après, voyons, combien de temps... deux ans ? de mariage. Moins que ça, ouille ! Bref, pas d'inquiétude, a-t-elle déclaré. Vous savez, on dit que les gens entament une procédure de divorce en moyenne deux ans après le moment où ils y ont pensé pour la première fois. Désolée, je ne sais pas pourquoi je vous dis ça.

Après ma visite à l'avocate, j'ai demandé à Merris s'il lui serait possible de me faire faire des heures supplémentaires. Elle m'a promis de se renseigner autour d'elle, même si les perspectives pour une personne dotée de mes compétences (une maîtrise moyenne de JSTOR, la base de données des revues scientifiques, la faculté de distinguer un *s* long d'un *f* minuscule, et pas grand-chose de plus) n'étaient pas franchement fulgurantes. Je lui ai rappelé que j'étais aussi très forte pour faire des photocopies, et pour signaler avec tact à un étudiant de première année que son devoir était visiblement un plagiat de l'introduction d'un livre trouvable partout sur Internet, et elle m'a dit qu'elle allait voir ce qu'elle pouvait faire.

Je regrettais les petits boulots de rédaction publicitaire que Jon me procurait parfois, et qui consistaient à trouver des slogans pour des marques de chaussures de running ou de pizzas surgelées, ou bien à « proposer une perspective féminine » sur des céréales allégées enrichies en fibres. Au départ, j'avais été désagréablement surprise de constater que je m'en sortais plutôt pas mal : au fond, c'était un peu la même chose que d'essayer de convaincre des gens de s'intéresser à une pièce de théâtre du XVIIe siècle dans laquelle les cinq sens sont convoqués devant un tribunal par le langage personnifié, pour décider lequel est supérieur aux autres. Par bien des côtés, il était plus aisé de comprendre l'utilité d'expliquer à des ménagères de moins de soixante-cinq ans qu'avec les céréales allégées Earth Eve enrichies en fibres, « PERDRE des kilos, vous avez tout à y GAGNER ! ».

De retour chez moi, j'ai commandé des Burgers de Nuit, jeté un œil aux petites annonces d'appartements à louer et fait des cauchemars dans lesquels les parents de Jon me disaient que j'étais une mauvaise personne, avant de se métamorphoser en deux filles avec qui j'avais travaillé dans un magasin de glaces l'été avant mon entrée au lycée. La plupart du temps, j'avais l'impression d'être un vieux torchon essoré. Et puis parfois, sans raison particulière, une bonne journée me prenait par surprise. C'était rare mais ça pouvait arriver. Grosso modo, je fonctionnais sur un ratio de 98,9 % de mauvais jours longs et solitaires mais de temps à autre, malgré mon sommeil perturbé, mon régime à base de viande bovine et mes nuits passées à la lumière de mon écran de portable, je me réveillais avec un sentiment de calme – j'avais l'impression que tout allait bien se passer, même si je ne savais pas comment.

Ces matins-là je devenais, pour citer Amirah, « dangereusement introspective ». Je faisais des étirements, je mélangeais du jus de citron dans de l'eau chaude (pour, euh… l'alcaliniser ?) et je m'offrais de longues promenades éplorées et méditatives. Je lisais beaucoup de livres repérés sur les comptes Instagram de femmes stylées, photographiés dans un rayon de soleil à côté d'un cristal. Ils étaient pleins de longues phrases descriptives et de digressions fantaisistes sur de vieux films dont je n'avais jamais entendu parler. J'avais toujours trouvé ces livres un peu gênants, avec leur célébration excessive de la vulnérabilité et leurs descriptions ampoulées de couchers de soleil, mais ces derniers temps, je ne pouvais plus m'en passer.

J'en ouvrais un, je posais une fleur en travers de ses pages et je le prenais en photo : il allait me falloir changer intégralement de personnalité et de groupe d'amis avant d'assumer de poster ce genre d'image en ligne. Puis je lisais une phrase du style : « Si quelqu'un a essayé de te briser, cela ne veut pas dire que tu es brisée » et je me disais : « Waouh, c'est tellement ça ! », même si je n'avais jamais vécu aucune expérience qui me permette de me reconnaître dans une telle affirmation. Ces livres ont été le prétexte à diverses expérimentations créatives et à quelques faux pas sans gravité.

Je me suis d'abord lancée corps et âme dans la mission de « prendre mon cœur brisé pour en faire une œuvre d'art », principalement par le biais du collage, activité tacitement encouragée par ces livres. D'un seul coup, je n'avais plus qu'un désir : m'asseoir par terre dans mon appartement pour découper des images illustrant mes sentiments, porter une chemise de nuit en forme de rideau et apprendre la vérité sur les quatre styles d'attachement. Dans cette visée, j'ai invité le groupe WhatsApp chez moi pour une « célébration du solstice », en leur promettant un genre de cérémonie lunaire.

c'était pas la semaine dernière, le solstice ? a écrit Lauren Sensible.

au secours !!! c'est le retour des sorcières ! ils les ont pas déjà toutes brûlées ?!? a texté Amirah.

T con, a écrit Lauren Sensible.

apportez de la sauge SVP, ai-je répondu.

En arrivant, ils m'ont trouvée en train de fouiller dans mon tiroir à épices pour en sortir tout ce que j'avais de vert. « En fait, j'ai appris que la purification à la sauge, c'est de l'appropriation culturelle », ai-je soupiré. J'avais lu ça dans un article. « On pourrait peut-être utiliser des herbes de Provence ? » Ce n'était pas pratique pour faire des bouquets, alors nous en avons roulé une pincée dans une feuille de papier absorbant que nous avons allumée dans un bol sur la table de la cuisine.

— Ça sent…, ai-je hésité en reniflant l'air.

— Le poulet, a répondu Clive. On mange du poulet ?

J'ai secoué la tête. On mangeait la même chose que d'habitude : un assortiment de restes.

— Bon, a dit Lauren. C'est très puissant, tout ça. Il faut qu'on fasse autre chose, maintenant ? C'est quoi, la cérémonie ?

Je ne m'étais pas vraiment penchée sur la question, alors j'ai improvisé en suggérant que nous pensions tous à quelque chose dont nous souhaitions nous détacher, puis que nous crachions dans le bol.

« Euh, j'aime mieux pas… », a commencé Amirah, aussitôt rappelée à l'ordre par Lauren Sensible. Amirah a levé les yeux au ciel et craché dans le bol. Les autres ont échangé des regards perplexes mais, bonnes âmes, ils ont obtempéré. J'ai fermé les yeux et j'ai imaginé que tous mes sentiments – ma honte, ma tristesse, mon désir mesquin qu'une certaine amie de Jon ait un accident de vélo – remontaient à travers mon corps, prêts à être expulsés. J'ai fait tourner ma langue plusieurs fois dans ma bouche jusqu'à accumuler une quantité suffisante de salive, que j'ai molardée dans le bol. J'ai ouvert les yeux et me suis retrouvée face à un cocktail peu ragoûtant composé de romarin noirci, d'un élastique, d'un bout de Sopalin carbonisé et de la salive de cinq adultes.

— En fait, c'est pas un peu dégueu ? ai-je demandé.

Mes amis ont acquiescé. Nous avons noyé le feu et nettoyé soigneusement le bol, puis Lauren Sensible, la mystique du groupe, a tiré les tarots à tout le monde tandis que Clive disposait sur une assiette une pile géante de biscuits apéritifs et la prenait en photo.

Lauren a ouvert une bouteille de lambrusco et nous a parlé d'un collègue qui lançait un crowdfunding pour financer une série de photographies ayant pour but « la réappropriation du fessier humain » et composée pour l'essentiel de photos du sien. Je suis sortie chercher des glaçons et quand je suis revenue, Amirah avait pris ma place sur le canapé. En l'absence de tout autre mobilier, je me suis assise en boule à ses pieds comme l'aurait fait Janet.

— Il n'a qu'à prendre ses *nudes* dans sa chambre, comme tout le monde ! s'est-elle écriée, avant de nous montrer un exemple particulièrement saisissant de photo d'elle qu'elle avait envoyée à Tom l'autre jour – elle s'inquiétait qu'elle soit gâchée par la présence d'un bol de soupe à moitié vide à l'arrière-plan. « Je ne veux pas qu'il croie que j'ai fait une pause dans ma soupe brocoli cheddar pour lui envoyer une photo sexy », a-t-elle expliqué, alors que c'était exactement ce qu'elle avait fait.

Chacun de nous a fait circuler son téléphone pour montrer aux autres ses plus beaux autoportraits dénudés ; nous voulions nous réapproprier ensemble nos fessiers humains. Nous sommes tombés d'accord sur le fait que les *nudes* devenaient de plus en plus compliqués à prendre à mesure que nous approchions la trentaine. Nos poses devenaient toujours plus contorsionnées, pour creuser ou faire saillir les bons endroits : fini le temps où il nous suffisait de nous planter devant un miroir et de laisser le flash brouiller notre visage. Il devenait de plus en plus tentant de garder son soutien-gorge.

— Je vous comprends, a compati Clive. L'autre jour, un mec m'a demandé une photo de moi et je voulais faire un truc un peu subtil ou artistique, mais je me sentais trop mal dans mon corps et j'arrivais à rien, alors j'ai craqué et je lui ai juste envoyé un gros plan de mon trou de balle.

Nous avons consulté la page de crowdfunding du collègue de Lauren et j'ai dû reconnaître que cet homme savait se mettre en valeur. J'ai mentalement pris note d'une de ses poses, une sorte de torsion horizontale en mode bretzel. Lauren a déclaré que le crowdfunding était une « pente savonneuse », que l'humanité avait probablement déjà eu droit à « toutes les web-séries qu'il était possible de produire sur des Blancs qui testent le polyamour », et qu'il suffisait de relâcher son attention pendant cinq minutes pour qu'une ex-copine de classe vous réclame 12 dollars par mois pour pondre une série d'aquarelles féministes. Lauren Sensible a dit qu'elle serait partante pour acheter une aquarelle féministe, puis nous avons perdu le fil parce que quelqu'un que nous n'aimions pas venait de poster des photos bizarres de ses fiançailles sur Instagram. Une mini-dispute a éclaté lorsque Lauren a fait remarquer que les posts d'Amirah sur Tom n'étaient pas si éloignés de l'album photo que nous venions de parcourir, où la future mariée apparaissait à demi immergée dans un lac tandis que son futur mari arrivait à son secours, pataugeant tel un roi Arthur en polo de rugby. Après une heure environ de méchanceté gratuite, j'ai expliqué au groupe le concept du « haha, et alors », en insistant sur le sentiment de libération qu'il me procurait.

— Avant, je m'inquiétais trop de mon apparence et de ce que les gens pensaient de moi, ai-je expliqué. Alors que l'autre jour, je suis descendue au café en pyjama avec mon maquillage de la veille, et quand je suis tombée sur un collègue de travail, je lui ai juste dit que je traversais une mauvaise phase. C'était très libérateur.

J'ai enroulé un dé de fromage dans une tranche de salami et j'ai avalé le tout. Comme personne ne posait de question pour me relancer, j'ai poursuivi :

— Ça fait tellement du bien ! C'est comme si d'un coup je n'avais plus à attendre d'avoir un pied dans la tombe pour comprendre qu'au bout du compte, rien n'a d'importance et qu'on va tous crever seuls comme des chiens. Je ne comprends pas pourquoi vous prenez ça tellement au sérieux. Pour moi, c'est très fun, comme idée.

Mes amis ont eu l'air encore plus sceptiques que devant la potion aux crachats, mais je ne me suis pas arrêtée là. Je leur ai expliqué que c'était très agréable de revoir mes exigences à la baisse, vu qu'il ne pouvait rien m'arriver de plus pourri que cette séparation. Maintenant, je dormais mieux – et même, je dormais souvent –, et je mangeais sans me torturer avec des considérations comme la valeur nutritionnelle des aliments ou la nécessité de faire du sport.

J'éprouvais vis-à-vis du monde qui m'entourait un détachement très agréable, comme si j'observais la vie sous-marine, ce qui me permettait de prendre tout mon temps avant de réagir aux facteurs de stress et de moins me tourmenter pour des choses insignifiantes. J'étais convaincue que j'étais sur la bonne voie, et heureuse d'y être enfin parvenue, même s'il m'avait fallu pour cela traverser une épreuve traumatisante. Mes amis m'écoutaient avec sollicitude, en hochant la tête comme un groupe d'animateurs radio. Lauren a trempé une endive dans du yaourt, s'est essuyé le coin de la bouche et a demandé d'un ton curieux et poli :

— Est-ce que ce n'est pas, euh... exactement comme ça que les gens définissent la dépression ?

Après leur départ, j'ai empilé la vaisselle dans l'évier avec celle de la veille et du jour d'avant. Dans l'ensemble, j'avais passé une excellente soirée et c'était rassurant d'avoir à nouveau du monde chez moi. J'ai imaginé mes voisins du dessus surexcités : « Pas de Kate Bush ce soir ! Et écoute ça : on dirait... des gens qui rient ? » Pourtant, j'étais frustrée par ce que Lauren avait dit de ma nouvelle vision du monde. Pour moi, ça n'avait rien à voir avec la dépression. J'avais l'impression de m'enfoncer au plus profond des ténèbres, tout en restant positive. Le lendemain, j'ai vidé le rayon « développement personnel » du bouquiniste de ma rue, puis j'ai parcouru mes nouveaux achats un stylo à la main, en laissant dans les marges des « !!! », des « ??? » et des « TU N'AS PAS À DEMANDER LA PERMISSION ». Chaque geste me semblait investi d'une signification : faire du thé devenait un rituel, le temps que je passais à ignorer des e-mails de travail était sacré, acheter un rouge à lèvres flashy que je ne porterais jamais devenait un geste fondamental d'autopréservation.

L'été s'est écoulé. Je travaillais à la maison, je m'offrais des moments de repos, furieusement déterminée à « laisser le tendre animal de mon corps aimer ce qu'il aime », comme dit Mary Oliver, c'est-à-dire, en l'occurrence, les patates. Je passais mes moments de détente en compagnie des auteurs de développement personnel, acquiesçant énergiquement à chaque ligne que je lisais, puis oubliant tout la seconde d'après. Une douzaine de fois, j'ai été à deux doigts de m'inscrire à une retraite silencieuse de dix jours. Les collages sont devenus de plus en plus bizarres. Je les accrochais à mes murs en pensant : « C'est bien. Je construis un autel à mon chagrin. » Puis je me disais : « Non mais ça va pas, la tête ? », sans les décrocher pour autant. Je me suis inscrite à de nombreuses listes de diffusion consacrées à la vie émotionnelle.

Un jour, après une session de découpage particulièrement intense, j'ai baissé les yeux et j'ai remarqué mes mains. Ces derniers temps, remarquer des choses était devenu une de mes activités principales. Récemment, j'avais par exemple remarqué que le café était chaud, que le soleil était radieux et que j'étais triste. Ce matin-là, j'ai remarqué mes mains et j'ai été traversée par une pensée qui me revenait de plus en plus souvent depuis quelques années : « Ma mère avait raison. » Cette fois-ci, c'était au sujet de mes mains. Mes ongles cassants et rongés, mes doigts trop longs pour être boudinés mais trop courts pour être élégants, mes phalanges dodues et mes paumes trop petites.

C'était quelque chose que ma mère m'avait souvent fait remarquer pendant mon adolescence, en tenant sa main à côté de la mienne. « Regarde ça », disait-elle, comme si elle se souvenait d'un coup que cette personne dans sa cuisine était quelqu'un qu'elle avait fabriqué avec son propre corps. « Exactement les mêmes. »

Je n'avais jamais vraiment prêté attention à ces mots ni à rien d'autre de ce que ma mère me disait quand j'étais jeune. J'étais trop occupée à chercher à donner à mes mains et au reste de mon corps l'apparence la plus repoussante possible, en utilisant du Tipp-Ex comme vernis à ongles et en écrivant des phrases dénuées de sens sur mes paumes et mes avant-bras, afin qu'un certain garçon qui passait son temps à parler de punk pop décide un jour de parler de punk pop avec moi.

Mais ce soir-là, j'ai écrit un e-mail à ma mère. Il était long et émouvant, et il portait principalement sur nos mains à toutes les deux. Je lui ai dit combien j'aimais voir les miennes, parce qu'elles me rappelaient les siennes : c'était elle qui avait fait mes mains, elle qui m'avait élevée de ses propres mains, nourrie et modelée pour que je devienne la personne que j'étais. En écrivant, j'ai pensé qu'elle serait touchée par ma franchise, mon éloquence et ma gratitude. Je l'ai imaginée en train de finir la lecture de mon message et, après un temps, de se dire : « Vous voyez, elle était plus difficile que sa sœur mais elle a fini par devenir quelqu'un de bien. Maintenant, je sais qu'elle comprend tout ce que j'ai fait pour elle. » Je l'ai imaginée en train de verser une larme. De chercher le mot « inchoatif » dans le dictionnaire. Je pensais sincèrement tout ce que j'avais écrit dans cet e-mail, et je m'étais efforcée de l'exprimer clairement, avec un maximum d'impact émotionnel.

Peut-être fallait-il voir là un effet positif des ruptures amoureuses : non pas « haha, et alors ? », mais plutôt une nouvelle forme de tendresse et d'ouverture. La possibilité de dire toutes les choses qui n'avaient pas été dites et qui auraient dû l'être. Peut-être que tout cela avait valu la peine : cet épisode de déception et de souffrance m'avait appris à habiter mes émotions, à les observer sans peur. C'était quelque chose que j'avais lu dans un article de magazine de soixante mille mots, où la chroniqueuse dispensait ses conseils à une malade en phase terminale dont je trouvais la situation assez proche de mes tourments personnels : peut-être que j'étais belle comme ça, guidée par la lune noire de ma personnalité sublime et complexe. Peut-être qu'en fait, j'étais une guerrière. Une chose était sûre : j'étais pour ma mère une fille géniale, bordel. Quand j'ai cliqué sur « Envoyer », je dégoulinais d'amour et de positivité par tous les pores. J'ai respiré un grand coup et je suis allée me coucher, souriante et satisfaite de moi.

En me réveillant le lendemain matin, j'ai trouvé un SMS de ma sœur : maman m'a dit de prendre de tes nouvelles. paraît que t'es en dépression.

Conversations bien intentionnées avec mes proches, interrompues au moment précis où le sujet du *kintsugi* arrive sur le tapis

« Je crois qu'une période sans contact avec lui te fera du bien. Vous finirez par vous retrouver un jour. Neuf ans, c'est un gros investissement ! Si vous avez été ensemble, il y a bien une raison. Et parfois, une chose qui a été un peu cassée n'en devient que plus belle. Tu sais qu'en poterie japonaise, il y a une technique… »

« Désolée, mais il ne peut pas t'en vouloir d'être un peu une connasse. Il s'est marié avec toi en sachant que tu es une connasse. Ce serait vraiment injuste de divorcer à cause de ça. Et puis ce n'est même pas officiel – d'un point de vue juridique, tu es toujours sa connasse de femme qu'il aime tant. Ça va lui passer. Ça va lui passer et il reviendra, et là vous déciderez de quoi faire de ses posters ou je ne sais pas quoi, mais au final ça vous rendra tellement plus forts. Moi, une fois, j'ai eu une histoire avec un mec à la fac et j'ai cru que Greg ne me pardonnerait jamais, mais on a dépassé ça et maintenant, on ne s'engueule qu'une fois par an, ou deux si on a vraiment trop bu. Je crois que je ne regrette même pas de l'avoir fait. Traverser tout ça ensemble, c'est ce qui nous a donné la force qu'on a aujourd'hui. Une fois, on est allés voir une expo au musée des Beaux-Arts de l'Ontario, et… »

« Tu as déjà pensé à une thérapie de couple ? Je sais que Jon peut être difficile… et ne le prends pas mal, mais… j'imagine qu'être avec toi, c'est pas toujours une partie de plaisir non plus. Je te dis ça comme un compliment : tu es une fille qui sait ce qu'elle veut. Je crois qu'au fond, j'aimerais bien être comme toi, mais je crois qu'Ade péterait les plombs, et en toute honnêteté peut-être que moi aussi. Je pense que tu devrais l'appeler. Tu auras peut-être une surprise. L'autre jour, je suis allée à un salon de l'artisanat avec ma mère : on a rencontré une femme qui vendait des céramiques trop belles, et elle nous a parlé de… »

« Il a TOUJOURS pas répondu à ton e-mail ? Les mecs sont vraiment des merdes. Tous les mecs sans exception sont des gros tas de merde. Et sinon, tu veux pas que je t'arrange un coup ? Mon cousin est célibataire. Il a un bon boulot, il est super gentil, son seul défaut, c'est qu'il fait partie de ces mecs blancs qui sont obsédés par le Japon. Il passe son temps à parler de… D'ailleurs, il m'a raconté ce truc qui devrait t'intéresser… »

« Ça alors, j'aurais jamais imaginé que c'était si dur de divorcer. Quand on s'est séparées avec Sammy, elle a juste pris son métier à tisser et hop, elle est partie. Bon, au moins, ça te laisse le temps de devenir super bonne et de débarquer après pour signer les papiers en mode : “Excusez-moi, on se connaît ?” Tu devrais t’acheter des boucles d’oreilles géantes. D’ailleurs, fais-moi penser à t’envoyer un lien vers cette vidéo que j’ai vue quelque part, il faut que je la retrouve. Ça explique qu’il faut apprendre à aimer les craquelures dans les choses, genre si tu… »

« Meuf, désolée pour toi. J’étais pas du tout au courant. Je suis tombée sur lui l’autre jour. Ça me fait mal de te dire ça, mais il avait l’air en pleine forme. Il était avec une… Hé, t’as déjà entendu parler du k… »

Au mois de juillet, la propriétaire a commencé à m'envoyer des e-mails. Quelqu'un dans l'immeuble l'avait avertie que Jon avait déménagé, et elle voulait savoir si je souhaitais changer le bail, pour me protéger et aussi parce que les frais de dossier étaient de 70 dollars. Je me suis demandé si elle se faisait du souci à propos de ma capacité à payer mon loyer. Dans notre dossier de demande de bail, il nous avait fallu donner le montant de nos salaires respectifs, en plus de notre revenu total commun ; peut-être avait-elle pressenti à juste titre que, vu la supériorité de son salaire, c'était Jon qui couvrait la plus grande part de nos dépenses mensuelles. C'était maintenant son revenu à elle qui était mis en péril par la présence du maillon faible dans un de ses deux-pièces milieu de gamme.

Je me suis connectée à mon compte en banque : j'avais 200 dollars et un relevé où les dépenses correspondaient principalement à des achats de hamburgers. Au lieu de répondre à ma propriétaire, je suis allée sur des boutiques en ligne d'objets pour la maison, de vêtements et de petits accessoires que j'avais repérés sur Instagram, remplissant panier sur panier tout en buvant du vin et en imaginant la vie que j'aurais si je possédais ces objets.

Parfois, mon choix se portait sur le pratique, d'autres fois sur le fantasque ou l'extravagant. J'imaginais un événement important – les Oscars, un second mariage – et je me concoctais la tenue ou la panoplie d'accessoires qui me permettrait d'être suffisamment originale pour me fondre dans la masse mieux que personne. Je décidais que mon avenir contenait une villa italienne, et je meublais ma chambre dans la section soldes d'Urban Outfitters – en évitant soigneusement les objets vintage qui me renvoyaient à mon enfance pas si lointaine –, à la recherche de l'édredon idéal pour faire une sieste tandis que ma focaccia lèverait dans la pièce d'à côté. C'était agréable d'imaginer que la possession de la bonne chemise de nuit résoudrait mes problèmes, même si son seul effet réel serait de creuser le découvert de ma carte de crédit. Je n'appuyais sur « Passer ma commande » que dans 20 % des cas environ mais au total, j'arrivais quand même à accumuler un nombre impressionnant d'achats.

Par exemple : j'ai acheté une lampe de luminothérapie. J'ai acheté un harnais correcteur de posture. J'ai acheté une bougie à 113 dollars, que j'ai ensuite renvoyée. J'ai acheté de nouvelles culottes monstrueusement grandes. J'ai acheté un peignoir. J'ai acheté une boîte d'aquarelles et je me suis assise avec mon petit bol d'eau pathétique avant de m'apercevoir que je n'avais pas acheté de pinceau. J'ai acheté un gros vibromasseur agressif, puis un second moins ambitieux. J'ai acheté à manger pour mon dîner. J'ai acheté une fiole d'acide à 90 dollars pour me l'appliquer sur le visage. J'ai acheté une appli de sommeil et une appli de méditation. J'ai acheté des plantes. J'ai acheté un tapis de yoga, des haltères et des bandes élastiques de fitness. J'ai acheté un vernis à ongles expérimental. J'ai acheté des patchs anti-boutons coréens en forme de cœurs. J'ai acheté un masque pour les cheveux, un masque pour le visage et un masque pour les mains. J'ai acheté des petits sacs plastiques pour mettre sur mes pieds et me débarrasser de mes peaux mortes. J'ai espéré qu'elles se décrocheraient en un seul long morceau, comme la mue d'un serpent, mais au lieu de cela j'ai eu l'impression de me promener avec deux sachets de parmesan râpé accrochés aux chevilles.

J'ai acheté une consultation avec une médium qui a passé trente minutes à me dessiner le portrait d'un homme : « Est-ce que cet homme signifie quelque chose pour vous ? » C'était difficile à dire, parce que son dessin n'était pas bon. J'ai menti et j'ai répondu que oui, cet homme signifiait beaucoup pour moi. Elle m'a dit que c'était parce qu'il serait présent au moment de ma mort. J'ai acheté une superbe cafetière sculpturale qui prenait un temps infini à accomplir son unique fonction. J'ai acheté des cafés à emporter en bas de chez moi, en attendant que ma nouvelle acquisition ait fini de m'en préparer. Leur café était meilleur que le mien.

J'ai acheté du vin. J'ai acheté un « spray sommeil » à la lavande pour mon oreiller et l'intérieur de mes poignets. J'ai acheté une épilation du maillot qui m'a fait saigner un peu, m'a laissé la peau nette pendant trois heures le lendemain, puis a déclenché une furieuse éruption de boutons annonciateurs de poils incarnés. J'ai acheté une crème solaire minérale qui ne marchait pas. J'ai acheté un pantalon large que j'avais vu sur Instagram. J'ai acheté la chemise assortie. J'ai acheté du stockage supplémentaire sur le Cloud. J'ai acheté un shaker à cocktails ébréché dans un magasin discount, puis un autre moins ébréché dans le même magasin la semaine suivante.

J'ai acheté une robe très chère sur une boutique en ligne, puis je me suis aperçu que les 350 dollars que j'avais accepté de payer n'étaient qu'un premier versement et que la boutique s'attendait à en recevoir trois de plus. J'ai envoyé un e-mail paniqué pour me faire rembourser. J'ai acheté une tisane pour dormir, une tisane laxative et une tisane pour rééquilibrer les hormones. J'ai acheté une centaine de livres expliquant comment vivre seule, cuisiner seule, habiter son corps seule, et comment faire de l'exercice. J'ai acheté des écharpes pour l'hiver à venir, des chapeaux pour l'été finissant, et un ensemble de verres à cocktail pour une soirée glamour d'anniversaire de mariage qui n'aurait jamais lieu.

Quand j'ai reçu ma facture de carte de crédit, j'ai presque tout renvoyé, puis j'ai résilié ma carte et j'ai commencé à chercher sérieusement un autre endroit pour vivre. Tout était trop cher, ou bien trop désagréable à regarder ou même à envisager. J'ai passé quelques appels, j'ai répondu à quelques annonces sur Craigslist et sur Facebook. Tous les gens à qui je parlais avaient quelque chose qui ne tournait pas rond – trop joyeux, trop laconiques, trop jeunes, trop vieux, trop proches ou trop éloignés de mon âge et de ma situation –, de même que tous les appartements que je visitais – étriqués, moisis, surpeuplés, trop éloignés du métro, trop susceptibles d'être dans un immeuble où un voisin joue de la batterie.

Toujours partante pour un nouveau projet, Lauren m'a fait suivre par e-mail des liens accompagnés de petites notes d'encouragement (près de chez moi ! avec chat ! proprio avec voix sexy ???), mais rien ne m'emballait. J'avais imaginé un loft minimaliste baigné de soleil, ou bien un deux-pièces verdoyant parfait pour une divorcée, et au lieu de cela je ne trouvais que des pavillons délabrés des années soixante avec une cour cimentée et quatre « graphistes sympas et sociables » occupant trois chambres et un abri de jardin.

Lauren m'a forcée à contacter quelques personnes, mais j'étais incapable d'expliquer qui j'étais et ce que je cherchais aux sympathiques Christopher, Briana et Evany qui voulaient en savoir plus sur ma « vibe » et mon hygiène personnelle. Qu'est-ce que je considérais comme important ? Étais-je bordélique, ou seulement plus bordélique que Jon qui était particulièrement ordonné ? Aimais-je sortir, ou bien rester à la maison ? Me considérais-je comme étant « du matin » ? Jon aimait dormir tard tandis que moi, je me réveillais presque tous les jours à 8 h 15, quoi que j'aie fait la veille.

J'avais beaucoup de mal à réfléchir en dehors d'un cadre comparatif. J'étais moins fêtarde que Jon, mais pouvais-je vraiment me considérer comme casanière ? Dans mon mariage, j'avais remplacé mes caractéristiques essentielles par des comparaisons : j'étais la plus râleuse des deux, celle qui lisait le plus, celle qui n'était pas contente quand les serviettes de toilette restaient humides. J'avais besoin d'un endroit où me poser le temps de décider qui j'allais devenir, sauf que tous les propriétaires ou colocataires potentiels tenaient à savoir qui j'étais, là, tout de suite.

J'ai fait de mon mieux : *Je suis une universitaire rousse de taille moyenne qui souffre d'anémie. Je suis presque végétarienne le week-end. Je suis gauchère et myope. Techniquement parlant, je suis une femme « de taille moyenne » et pourtant, j'ai des difficultés à acheter des pantalons, ça me paraît limite infaisable, et je ne comprends pas vraiment pour qui sont faits les pantalons si ce n'est pour les gens de taille moyenne. Je n'ai pas d'opinion sur les « activités de plein air ». Sur le plan politique, je suis de gauche, ce qui pour le moment veut dire que je signe de nombreuses pétitions, que je donne des petites sommes d'argent à des gens qui travaillent plus dur que moi à résoudre les problèmes et que je vais à des manifestations pour tenter d'exprimer ma solidarité avec les gens concernés par ces mêmes problèmes. Je vais à un festival par an, même si je n'aime pas les concerts. Je ne suis pas sûre d'être assez bisexuelle pour être comptabilisée comme telle. J'appartiens au type de personnalité ENFJ, ou INFJ, ou ENFP – j'ai refait le test pas mal de fois. Je lis beaucoup de livres, comme en témoigne le nombre élevé de tote bags en ma possession. Je fais du vélo. Je suis le bébé de ma famille (pas par ordre de naissance, mais bref). Je suis jalouse des gens qui ont des carrières plus utiles que la mienne, même si les carrières utiles me semblent nettement plus difficiles. Je pense que la plupart des gens intelligents sont un peu méchants, et que tous les gens gentils sont un peu stupides. Je m'en veux de penser ça. Je travaille sur moi-même pour arrêter de penser ça. J'ai une mauvaise posture et une bonne tension artérielle. J'ai le cœur brisé.*

Je n'ai pas reçu beaucoup de réponses, et je n'ai pas ouvert celles que j'ai reçues. Je suis allée à très exactement une visite, sans prise de contact préalable, pour une maison qui se trouvait à trois portes de la mienne. Elle était habitée par un vieil homme : quand sa femme était décédée l'hiver précédent, il s'était retrouvé avec de l'espace en trop et avait converti une annexe à l'arrière de sa maison en « studio tout équipé idéal pour étudiant(e) ».

À 1 000 dollars par mois, c'était le seul endroit où j'avais à peu près les moyens d'habiter seule dans le quartier. Sur les photos, l'appartement semblait incroyablement propre, même si l'unique plante verte en bonne santé avait beaucoup de mal à créer une atmosphère chaleureuse dans cette pièce meublée d'un lit sur mezzanine, d'un réchaud et d'un mini-frigo. Ce n'était pas si mal – dans l'univers des petites annonces à Toronto, c'était même une vraie trouvaille –, mais j'avoue que l'appartement ressemblait à la cellule la moins pire dans une prison scandinave particulièrement humaine.

Quand je suis allée le visiter, je me suis aperçue que le vieil homme voulait que nous partagions la salle de bains.

— Je suis très respectueux. Mais si vous entrez sans frapper, c'est vous qui serez responsable de tout ce que vous verrez ! s'est-il esclaffé.

J'ai dit au groupe WhatsApp que cette expérience m'avait dégoûtée des recherches immobilières et qu'il valait peut-être mieux que je prenne mon temps. Je pourrais peut-être mettre mon appartement sur Airbnb pendant les week-ends et dormir sur le canapé chez des copains, pendant que des couples de riches inconnus s'envoyaient en l'air dans mon lit. Je pourrais peut-être changer de travail. Je pourrais peut-être demander de l'aide à mes parents. En tout cas, je ne me voyais pas partir, pas encore. Nous avions redécoré le salon cette année, nous venions de risquer notre caution en plantant trois clous dans un mur. Deux d'entre eux, à côté de la fenêtre, étaient maintenant vides, comme deux reproches muets et métalliques. Je m'étais engagée vis-à-vis de cet appartement. Je ne tenais peut-être pas toutes mes promesses mais celle-ci, j'allais essayer de la tenir.

Je me suis reconnectée à ma banque et j'ai viré à ma propriétaire la somme de 70 dollars qui restait sur mon compte. Elle m'a répondu pour accuser réception et a ajouté : Désolée d'apprendre que vous traversez une mauvaise passe. Après la pluie, le beau temps revient toujours :) Si vous rencontrez quelqu'un et que vous voulez l'ajouter sur le bail, les frais de dossier seront de 70 dollars.

À : CustServ@Treatza.com
De : m--@gmail.com
Le 30 juil. 2018 à 04:12

Cher Monsieur ou Madame,

Je souhaiterais vous signifier mon mécontentement vis-à-vis de votre politique d'appel téléphonique avant livraison, qui d'après votre livreur Erik est appliquée systématiquement pour toutes les livraisons Treatza. Comme vous le verrez en consultant mon profil client, j'ai été particulièrement active sur votre appli ces derniers temps. Après vérification, j'ai passé 15 commandes pendant les 20 derniers jours, ce qui fait que je suis, à mon sens, bien placée pour vous adresser quelques critiques constructives.

En bref, il est très très important que vous préveniez les clients que vous allez leur téléphoner avant de sonner à leur porte. J'habite au rez-de-chaussée de mon immeuble, donc en temps normal, quand un visiteur se présente, je le vois et je l'entends arriver. Je sors, je récupère mon repas et je rentre chez moi sans qu'il soit nécessaire d'actionner ma sonnette ou de m'appeler au téléphone. Comme je l'ai dit, c'est ce qui s'est passé, sans incident particulier, plus ou moins tous les jours au cours des trois dernières semaines.

Ce soir, après avoir passé commande, je suis entrée dans ma douche. Je ne sais pas comment ni pourquoi Erik a pu être si rapide, mais il a dû arriver quelques minutes à peine après que j'ai ouvert l'eau. À cause de la douche, je ne l'ai pas entendu arriver à la porte, et Erik n'a ni sonné, ni frappé, ni appelé, ni envoyé de SMS. Au lieu de cela, il a appelé mon ex-mari quatre fois et lui a laissé trois messages vocaux.

Il n'est pas utile, j'en suis sûre, que je vous explique en quoi cette situation est loin d'être idéale, mais malheureusement l'affaire ne s'arrête pas là. Quand j'ai appelé mon ex-mari pour m'excuser, il m'a dit que ça ne le dérangeait pas tellement de recevoir quatre appels d'un livreur à 4 heures du matin, parce qu'il avait « fini par s'habituer », mais que la seule chose qu'il avait trouvée inquiétante était le volume de ma consommation de viande bovine. Il s'avère qu'Erik n'était pas le premier livreur à lui téléphoner avant même d'essayer de sonner à ma porte. En réalité, chaque livreur sans exception qui s'est présenté chez moi depuis notre rupture a appelé mon ex avant d'arriver à ma porte. Celui-ci m'a rapporté qu'un livreur lui avait même dit que c'étaient « toujours des burgers », ce qui m'apparaît comme un manque de professionnalisme des plus flagrants. J'imagine bien que vos contrats d'embauche doivent contenir une clause de confidentialité. Mes livraisons ne concernent ni mon ex, ni qui que ce soit !!!!

Je vous demande par conséquent de modifier votre politique d'appel téléphonique avant livraison (ou, a minima, de mentionner TRÈS CLAIREMENT son existence sur votre appli) ; de supprimer le numéro 647-xxx-xxx de mon profil client, et de créditer sur mon compte la somme de 15 dollars en dédommagement pour le préjudice moral. Par ailleurs, je vous serais très reconnaissante s'il m'était possible d'ajouter un pourboire à la facture d'Erik – j'étais très agitée et mécontente sur le moment, et je le regrette sincèrement. Je sais que l'économie des plateformes de livraison est ultra-précaire et que vous refusez de laisser vos employés se syndiquer, ce qui au final est sûrement bien plus grave que mon histoire de burger, et en plus Erik est un homme bien. Il a un regard bon.

Merci pour votre attention. Et pour info, mon chien suit un régime spécial qui ne l'autorise à manger que de la viande de bœuf haché, ce qui explique mes commandes de burgers.

Margaret

À : CustServ@Treatza.com
De : m--@gmail.com
Le : 30 juil. 2018 à 04:25

PS : Le vétérinaire a précisé que mon chien doit manger à des horaires très précis pendant la nuit, ce qui explique les heures tardives de mes commandes. Ce n'est pas très pratique mais je suis une maîtresse très dévouée.

À : CustServ@Treatza.com
De : m--@gmail.com
Le : 30 juil. 2018 à 04:37

Après réflexion, je n'aurais jamais dû vous contacter. Je vous prie ne pas créer d'ennuis à Erik à cause de ma plainte, il ne le mérite pas. La seule raison pour laquelle je vous ai écrit, c'est que je voulais éviter à d'autres personnes d'être affectées par votre politique qui, pour les raisons que j'ai mentionnées dans mon message précédent, pourrait porter préjudice à beaucoup de gens, ou au moins vraiment gâcher leur journée. C'est juste que je tiens beaucoup (peut-être un peu trop, haha !) au bien-être de mon toutou. Je ferais tout pour Fozz (un croisement de pékinois et de schnauzer que j'ai adopté grâce à une association qui sauve les chiens abandonnés à Porto Rico). Bref, désolée pour le dérangement. Veuillez utiliser mon dédommagement de 15 dollars pour verser un pourboire à Erik, et nous serons quittes.

Merci,

M.

La supérette était un terrain miné, tout comme mon café préféré, la station de métro du quartier et le bar où j'avais passé tous mes anniversaires depuis l'âge de vingt-trois ans. Toronto est une ville trop petite pour divorcer. Si vous vivez à Toronto et que votre mariage ne fonctionne pas, je n'ai que deux conseils à vous donner : vous accrocher ou déménager.

Au départ, j'évitais Jon (ou la possibilité de sa présence) en restant chez moi, mais ces derniers temps, j'avais pris mon courage à deux mains et recommencé à m'aventurer dehors. Une fois, croyant le voir, j'ai plongé derrière un buisson comme une héroïne de comédie loufoque – en imaginant que ladite héroïne serait vêtue d'un vieux pantalon de jogging datant d'un voyage en groupe, orné des mots AOÛT 02 : TOUS DES OUFS en travers des fesses. Si je voyais Jon partout, était-ce parce qu'il me manquait et que mon désir inconscient me faisait déformer tous les visages que j'apercevais, ou bien parce qu'un homme sur deux entre Ossington Avenue et Dovercourt Road était un mec blanc de taille moyenne avec une barbe châtain foncé ?

Quoi qu'il en soit, pendant ces premiers mois, la supérette représentait pour moi une menace démesurée, étant donné que j'étais obligée de m'y rendre régulièrement et que les courses étaient souvent ma seule sortie de la journée. Certains jours, je prenais une douche et je me faisais belle devant ma glace, comme si l'enseigne de moyenne distribution du bout de ma rue était un nouvel amant. (Bien entendu, l'idée d'un nouvel amant dans la réalité était inenvisageable : j'étais trop vieille et repoussante, plus aucun homme ne poserait la main sur moi et plus jamais je ne tomberais amoureuse.) D'autres jours, j'étais moche et ça n'avait pas d'importance.

Tout au long des cinq interminables minutes qu'il me fallait pour remonter à pied ma rue tranquille et arborée, je me sentais exposée. Les couples étaient pour moi un affront, de même que les personnes seules qui avaient l'air en pleine possession de leurs moyens. Je me traînais d'un pas endeuillé, clignant des yeux face au soleil, en sueur dans ma tenue de sport, en espérant ne pas tomber sur quelqu'un que je connaissais. Je rencontrais des étudiants, des parents éloignés, des anciens camarades de classe de primaire et des ex-ex-ex-collègues de travail, en me livrant chaque fois à de sinistres calculs : est-ce qu'ils savaient et s'en foutaient ? savaient et ne s'en foutaient pas ? ne savaient pas et avaient envie de savoir ? ou ne savaient pas et s'en foutaient de savoir ?

Dans tous les cas, c'était mauvais pour moi. S'ils savaient, je devais me préparer à affronter l'œil affligé, la tête légèrement inclinée en signe d'inquiétude et le « ça va, tu tiens le coup ? » un peu trop appuyé. Je ne supportais pas leur compassion. Les femmes les plus maternelles et les hommes les plus lubriques tendaient la main vers moi pour me frotter l'épaule, comme si j'étais une enfant qui a perdu une manche au kickball, et non une femme adulte dont l'avenir s'est effondré un jour devant un mauvais pad thaï. Ceux qui n'étaient pas au courant me demandaient des nouvelles de Jon et il fallait que je leur révèle, d'une voix que j'espérais pleine de sagesse, de résignation et même peut-être de sophistication européenne, que nous « avions décidé de faire une pause ».

C'était sur ce point que, selon moi, les divorcées plus âgées que moi avaient un avantage. J'avais du mal à me donner un air averti et philosophe, moi qui avais trop peu d'expérience pour accéder à un tel état. Je voulais projeter l'image d'une femme indépendante, en pleine possession de ses moyens, qui tire sur sa cigarette en soupirant « Ah, la vie ! », avant de faire un truc cool comme souffler un rond de fumée ou faire tomber sa cendre sans en mettre partout. Prononcer la phrase « je suis en train de divorcer » me donnait l'impression d'être une petite fille qui se promène avec des chaussures trop grandes pour elle, le visage barbouillé du rouge à lèvres de sa mère. Avant de connaître Jon, je n'étais tombée amoureuse qu'une seule fois. J'avais présumé que lui et moi resterions ensemble à jamais. Chaque rencontre me remettait face à ma naïveté. C'était comme si je me retrouvais attachée à un pilori avec une pancarte qui disait : A SÉRIEUSEMENT CRU À L'AMOUR ROMANTIQUE ET À LA POSSIBILITÉ D'UN ENGAGEMENT ÉTERNEL (PAR LES TEMPS QUI COURENT !!).

La première rencontre vraiment désagréable a eu lieu quelques semaines après le départ de Jon. C'était une vague connaissance du nom de Gaby qui travaillait dans une galerie d'art, et qui s'habillait de telle manière que quand vous la rencontriez dans la rue, vous étiez forcés de vous dire : « Cette fille travaille dans une galerie d'art » – ce qui, à mon avis, n'était pas pour lui déplaire. Je l'ai trouvée au rayon condiments, en train de comparer deux pots identiques de tahini. Elle a levé les yeux au moment où je réfléchissais au meilleur moyen de m'enfuir. Un éclair de merde-j'aurais-pas-dû-croiser-son-regard est passé entre nous, tandis que nous affichions toutes deux un grand sourire et échangions le « Coucouuuuuu » suraigu et prolongé qu'on réserve en général aux personnes qu'on rencontre contre son gré.

Quand je lui ai demandé comment elle allait, elle m'a répondu : « Oh, tu sais... Très mal. Haha ! » J'ai poussé un soupir que j'ai espéré empathique, et l'espace d'un instant j'ai hésité à tout lui dire. Elle ne m'avait pas posé la question et pendant une vraie bonne seconde, j'ai entretenu la douce illusion que j'étais une femme capable de ne pas déblatérer d'un trait, sans m'interrompre pour respirer, la phrase suivante : « Ohavecmonmarionadécidédefaireunbreaketjetrouve quec'estmieuxcommeçamaisc'estpasfaciletusais,plusdur quejecroyais,envraijemesenscommeunegrosseloseuse, etaussicommesij'étaislaplusjeunefemmeayantjamaisdivorcéparcequebon,quifaitcegenredetrucsàvingt-huitans, jeveuxdirelaplupartdemesamissontmêmepasmariés, etmoijesuislàavecleshonorairesd'avocatàpayer,àme maquillerpoursortirdechezmoiaucasoùjetomberais surl'ex-hommedemavieaurayoncéréales,hahahaha, honnêtementjenemesuisjamaissentieaussimaldemavie. » J'ai marqué une pause pour laisser à Gaby le temps de répondre par une platitude réconfortante, du genre « le changement, c'est toujours dur », ou bien « c'était la meilleure chose à faire », ou bien « ça va finir par s'arranger ». Elle a posé sur moi un regard plein de pitié, mais aussi de quelque chose d'autre, avant de reposer les deux pots de tahini sur le rayon et de déclarer d'un ton tranchant :

— D'accord. Eh bien moi, mon père est mourant. Donc tu vois, c'est la merde pour tout le monde.

Au moment où elle s'apprêtait à me tourner le dos, j'ai remarqué qu'elle avait les yeux rouges.

Plus tard, j'ai retrouvé Gaby sur Facebook et je lui ai envoyé un message pour lui dire que je m'excusais d'avoir été aussi insensible, aussi absorbée par ma tragédie même pas si tragique que ça, qu'en ce moment tout me paraissait trop grand même si je savais, quelque part, que ça ne l'était pas, et que l'avoir rencontrée m'avait rappelé tout ça, et que si je n'avais pas l'air trop dans mon assiette c'était parce que ce City Market était celui de Jon et que j'allais toujours là pour acheter les produits un peu plus chics qu'on ne trouve pas chez FreshCo, et qu'à chaque fois que je rentrais dans cette supérette je me demandais si dans une autre vie, nous serions toujours là tous les deux, à comparer des tagliatelles fraîches hors de prix. Si ça peut te remonter le moral, ai-je ajouté, en rentrant chez moi, je me suis aperçue que j'avais acheté un tas de choses que je n'avais pas envie de manger.

Parce que moi, je détestais les aubergines alors que Jon, lui, en était dingue, et maintenant je me retrouvais avec deux magnifiques solanacées imbouffables dans mon frigo, qui me jetaient des regards moqueurs parce que je donnais la priorité aux préférences alimentaires d'un homme qui ne m'aimait plus. Si elle voulait des aubergines gratuites ou un gros bouquet de coriandre (encore un aliment adoré de Jon que je haïssais), elle savait où me trouver.

Elle ne m'a pas répondu. Mon message, laissé en « Vu », est resté là juste au-dessous du dernier que je lui avais envoyé sept ans plus tôt : Je me suis GRAVE amusée à ton anniv, merci tellement de m'avoir invitée, on se refait ça très vite ma poule ! Je ne me souvenais ni de cet anniversaire, ni de la version de moi qui avait utilisé les mots « ma poule », mais il faut bien croire que les deux avaient un jour existé. Quelques semaines plus tard, j'ai vu sur Instagram que son père était décédé. Le post disait qu'il souffrait d'un cancer du pancréas et qu'il avait été « son meilleur ami, son plus fidèle partenaire de Scrabble et son plus grand soutien ». Je me suis mise à commander mes courses en ligne.

Le plus dur, c'était quand je tombais sur des amis de Jon. Ils connaissaient tous les meilleurs côtés de ce que j'avais perdu. Pire, ils y avaient toujours accès : l'humour de Jon ; sa douce odeur boisée ; sa façon de vous masser les pieds quand vous étiez assise à côté de lui. (J'imagine qu'il ne massait pas les pieds de ses amis en mon absence, mais mes voûtes plantaires me faisaient un mal de chien et quand j'ai compris pourquoi – il me les avait massées trois fois par semaine environ pendant toute ma vie adulte –, j'ai éclaté en sanglots.)

En plus de cela, je présumais que ses amis me détestaient tous. Certains ne m'avaient jamais vraiment appréciée de toute manière ; mais il y en avait d'autres qui me manquaient autant que tout le reste : ils étaient, eux aussi, un petit bout de ce que je considérais autrefois comme ma vie, et qui était parti en fumée. Entre une femme et les meilleurs amis de son partenaire, il existe (ou il peut exister) une sorte d'intimité facile et rassurante. Avant que nous n'emménagions ensemble, Jon avait eu différents colocataires rigolos que j'aimais tout particulièrement, avec qui je pouvais être la petite sœur, l'unique influence civilisatrice, ou encore la joueuse de *Mario Kart* aux compétences avantageusement minables.

Une fois, j'étais allée chez Jon pendant qu'il était encore en cours, et je les avais trouvés en train de jouer à un jeu vidéo de cow-boys : ils pourchassaient un shérif qui avait mis leur tête à prix, pillant en chemin de l'or et du bétail. Ce jeu, m'avaient-ils expliqué, avait un univers tellement bien construit qu'on pouvait y faire n'importe quoi : tirer sur son père, attraper de ses mains un poisson dans une rivière ou tomber amoureux. Ils m'ont passé une manette, j'ai allumé un joint et j'ai passé une heure à cueillir des fleurs dans un pré pour les donner à mon cheval. C'était sûrement à cela que ressemblait la vie quand on avait des frères.

Parmi tous ces quasi-frères, mon préféré avait été Calvin. Un peu semblable à un grand labrador transmué en être humain, Calvin était un garçon amical et dépourvu de toute ambition, aux cheveux blonds bouclés et au sourire facile. Il avait été le colocataire de Jon pendant leurs premières années de fac ; ils avaient partagé un appartement d'une saleté légendaire dans un sous-sol de King Street. La lumière du soleil n'y entrait jamais et ils y avaient inventé des mets tels que la « pizza au curry » (un plat qui correspondait très exactement à son intitulé), « le buffet œufs à volonté » (brouillés au petit déjeuner, durs au déjeuner, au plat le soir), et les « raviolis surprise » (une poêle pleine de raviolis chinois, avec quelques pierogi ajoutés ici et là « pour l'effet de surprise »).

Jon et Calvin avaient toujours des manières de s'amuser que je trouvais stupides et auxquelles je rêvais secrètement de participer. Par exemple, inhaler de la fumée de cannabis dans un casque de moto avant de se lancer dans une bataille au pistolet à billes, vêtu d'une armure faite d'objets trouvés, ou même, quelques années plus tard, d'une véritable armure volée par Jon sur le tournage d'une publicité pour une marque de sauce tomate. Ils s'aimaient et semblaient fiers de savoir se le dire, proclamant haut et fort qu'ils étaient le genre de mecs capables de se faire des câlins et de s'apporter un soutien affectif, mais aussi de se mettre une bonne raclée au « croquet full-contact » ou de lancer un groupe de métal nommé « Le Cul de Gorgo ».

En troisième année, ils avaient emménagé au-dessus de la surface de la terre, dans un logement guère plus accueillant que le précédent. Jon et moi étions alors un couple établi et nous passions beaucoup de temps à nous prélasser dans leur maison délabrée de Kensington Market, à manger des céréales et à sécher nos cours du matin. Nous prenions un malin plaisir à découvrir les jolies filles que Calvin ramenait chaque soir à la maison après son service dans un restaurant chic du quartier des affaires. Quelques-unes, peu nombreuses, faisaient plusieurs apparitions. Aucune d'elles ne semblait y voir d'objection : elles étaient contentes d'être là, à manger des croquettes de pomme de terre cuites au grille-pain dans une cuisine crasseuse, avec un homme qui appelle toutes les femmes « gros » pour éviter de laisser paraître qu'il a oublié leur prénom. Un été, il avait eu trois copines à temps partiel qui étaient toutes au courant et sortaient avec lui à tour de rôle. L'expérience avait culminé lors d'un week-end de débauche à Port Hope, après lequel aucun des quatre n'avait plus jamais reparlé aux autres. Tout ça pour dire, en bref, que Calvin avait la réputation d'être un fameux queutard.

Ce qui expliquait ma surprise de le trouver là, dans le studio où j'avais rejoint un cours de yoga restauratif car j'avais appris par un heureux hasard que cette pratique consistait plus ou moins à rester couchée par terre, mais de manière structurée. Après quelques mois passés à plat ventre sur mon lit, je voulais sortir de chez moi et m'allonger à plat ventre ailleurs. J'étais en train de récupérer des coussins en quantité plus grande que nécessaire, car j'avais le pressentiment que ce cours allait être un de ceux où soit je ferais une sieste, soit je pleurerais doucement, le visage enfoncé dans un oreiller parfumé à la lavande, et soudain Calvin était là, vêtu d'un tout petit short d'athlétisme et d'un tee-shirt portant l'inscription ARRESTED DAVE-LOPMENT.

— Enterrement de vie de garçon, a-t-il expliqué. Mon cousin Dave. Il est un peu ennuyeux mais franchement, on a passé un week-end de fous.

J'ai ri, me laissant pour une seconde retomber dans mon état d'avant, lorsque je pouvais répondre sans réfléchir à un ami de Jon sans tenter d'exprimer avec chaque cellule de mon corps que j'allais « super bien, merci ». J'ai rectifié ma posture et instinctivement essuyé du bout du doigt le dessous de mes yeux. Pas de marques noires : bien. Calvin a expliqué qu'il était là à cause d'une blessure de snowboard et m'a demandé si je « survivais », ce qui j'en suis sûre était censé être une marque de bienveillance, sauf que la douceur de son ton m'a donné l'impression gênante d'être officiellement la loque dépressive du quartier. Je me suis demandé ce que Jon lui avait raconté.

Le cours s'est déroulé comme toujours de façon tranquille et sans incident, sous la supervision d'une sublime femme enceinte dont le balayage évoquait la couleur des *latte* au lait d'avoine qu'elle buvait pendant la pause au foyer de la salle de sport. Les participants étaient pour l'essentiel des personnes du troisième âge et des femmes qui avaient déjà participé au moins une fois à un cours de cerceau aérien. Sauf que cette fois, il y avait aussi Calvin qui se contorsionnait dans des étirements approximatifs et construisait des châteaux à base de coussins, de blocs et de grosses bandes de toile sur le tapis à côté du mien. Quand nous sommes passés à la posture du demi-pont, j'ai eu l'impression qu'il me jetait des coups d'œil furtifs.

Je me suis efforcée de remettre en place mes bourrelets rebelles sous l'élastique de mon pantalon, pour essayer de maintenir une apparence à peu près lisse. J'ai bien fait voir à tout le monde comme j'arrivais à me dérouler vertèbre après vertèbre, et la prof m'a complimenté sur la profondeur de ma pose du pigeon, chose qui ne m'était jamais arrivée au cours de ma longue mais intermittente carrière de yogi.

C'était excitant d'être remarquée, ai-je pensé, et de remarquer que quelqu'un me remarquait… C'était vraiment excitant, jusqu'au moment où je me suis rendu compte que cette pensée ne venait pas de moi, mais des paroles d'une chanson sur les *dangerous girls*, qui passait systématiquement sur la piste de danse à chaque soirée où j'allais, pendant toutes mes années de fac. En m'en apercevant je me suis sentie vieille et fatiguée : une divorcée en pantalon de yoga qui s'excite sur un mec à moustache parce qu'elle a l'impression qu'il est peut-être en train de la mater. Pathétique.

Après le cours, Calvin m'a tenu compagnie pendant que je faisais la queue pour m'acheter un thé vert, et il a continué à marcher à mon côté quand j'ai tourné dans ma rue pour rentrer chez moi. Je lui ai demandé s'il habitait toujours au même endroit, il m'a dit que oui mais que maintenant il vivait seul, et il a ajouté qu'il avait « complètement refait l'appart' », avec un projecteur pour regarder des films, un tapis, et tout.

— Vous devriez passer voir ça, a-t-il dit. Merde, désolé.

Je lui ai dit que ce n'était pas grave. Moi-même, je faisais tout le temps cette erreur.

— Je ne m'étais même pas aperçue qu'on était devenus un « nous », ai-je dit. Je ne sais pas ce qui est le plus gênant : utiliser le nous pendant qu'on est ensemble, ou bien après s'être séparés.

— Plutôt après, je dirais, a-t-il répondu en toute honnêteté.

Je me suis assise sur les marches devant mon entrée et j'ai posé à Calvin la question que j'avais péniblement réussi à éviter depuis que nous nous étions revus.

— Oh… Ouais, enfin, pendant un moment il était pas au top, a-t-il dit avec un entrain bizarre. On en a pas vraiment parlé mais, euh, il fume plus de joints que d'habitude, je dirais, même si je crois que maintenant il voit quelqu… Je crois qu'il vaut mieux que je ne parle pas de ça.

J'ai confirmé qu'en effet, il valait mieux qu'il n'en parle pas, sans ajouter toutefois qu'il n'était pas non plus tellement censé être là devant chez moi. C'était agréable de discuter avec lui. C'était un sentiment familier, comme un souvenir des bons moments révolus, mais il y avait aussi l'idée de ma nouvelle situation qui planait entre nous. Pour la première fois, être seule – et même, célibataire – me semblait intéressant.

Il est entré et nous avons bu les bières qui se profilaient à l'horizon depuis l'instant où j'étais tombée sur lui. Assis trop près l'un de l'autre sur le canapé, nous nous sommes remémoré en riant les week-ends à la campagne et les fêtes du passé, puis nous avons parlé de sa vie sexuelle (vigoureuse) et de la mienne (inexistante, vouée au néant). J'ai confessé que je me couchais trop tard et que je m'endormais en pleurant, comme les femmes délaissées dans les films. Calvin m'a dit que ça finirait par s'arranger. Il avait l'air de le penser sincèrement, alors je me suis interrogée : et s'il avait raison ? Si les choses pouvaient en effet s'arranger entre Jon et moi ? Faire une pause avait parfois un effet salutaire. Ça arrivait tout le temps : les gens se quittaient, puis se remettaient ensemble. On entendait parfois parler de ces couples qui restaient séparés pendant des années et se remariaient quelques décennies plus tard. Calvin a éclaté d'un grand rire jovial :

— Oh mon Dieu, c'est pas du tout ce que je voulais dire ! s'est-il exclamé. Tu rigoles ?! Jon ne reviendra pas vivre avec toi, jamais de la vie. Vous deux, c'est *fini.* Je voulais juste dire que vous allez tous les deux passer à autre chose. Oh putain. Non mais t'imagines ?

Pendant qu'il prononçait ces mots, je me suis rendu compte que bien sûr, c'était la vérité, et bien sûr c'est à ce moment précis qu'il s'est penché vers moi pour m'embrasser. Je l'ai laissé faire pendant quelques secondes, pour éprouver la nouveauté de cette bouche inédite, de son haleine sucrée et chargée de bière, de sa langue étonnamment robuste. Entendre quelqu'un mettre tranquillement des mots sur ce qui m'arrivait, sans pitié ni révérence, était aussi un sentiment inédit. Mon mariage était fini ! Ce n'était pas forcément une mauvaise chose ! Ça pouvait même être rigolo ! Ou au moins, supportable.

J'ai presque aussitôt interrompu le baiser. Coucher avec l'homme qui avait lu Neruda à notre mariage m'apparaissait comme un acte potentiellement très satisfaisant dans un genre vulgaire et dangereux, mais pas du tout comme une manière mature de mener sa vie. J'ai imaginé Lauren en train de faire des avances à Jon, et ma gorge s'est contractée. Il fallait en effet que je passe à autre chose, mais pas avec Calvin – et pas seulement parce qu'une ex à lui m'avait dit qu'il lui avait transmis « toutes les souches possibles et imaginables » du papillomavirus. Je n'avais pas eu le temps de me faire à l'idée d'être avec quelqu'un de nouveau. (Par ailleurs, même si ce facteur n'a pas joué un rôle clé dans ma décision, je ne m'étais pas taillé les poils pubiens depuis le mois d'avril.)

— Je crois qu'en fait, on va éviter…, ai-je balbutié en me rétractant dans mon coin du canapé.

Calvin a eu l'air tellement peu perturbé par mon rejet que je me suis demandé si je n'avais pas tout imaginé. L'ambiance dans la pièce n'avait pas changé d'un iota.

— Tu veux fumer ? a-t-il demandé en titubant jusqu'à la gazinière pour allumer son joint avant même que j'aie dit oui.

Nous avons fumé et bu jusque tard dans la nuit. Je lui ai passé un enregistrement de mes sessions avec la médium, et il a juré que l'homme qu'elle avait dessiné ressemblait à son oncle. Nous avons commandé une pizza et nous nous sommes montré des vidéos incontournables sur YouTube : l'extrait d'un documentaire où une femme fait l'amour avec la tour Eiffel (moi) et un montage d'extraits où Jason Derulo chante son propre nom (lui). Un peu après minuit, je lui ai demandé de rester dormir.

— Je ne sais pas comment te faire comprendre à quel point ma proposition n'a rien de sexuel, ai-je dit. Mais c'était sympa de t'avoir ici, et ça me ferait plaisir que tu restes.

Calvin a accepté, à une seule condition.

Plus tard, tandis que je lui expliquais par le menu chaque étape de ma routine de soin du visage, je lui ai demandé si c'était une tactique qu'il employait avec toutes les filles.

— Oui, carrément, a-t-il répondu. Tu ne trouves pas que ça me donne l'air d'un homme sensible ?

Nous avons fait ensemble un nettoyage de peau en deux étapes, puis appliqué un acide, un sérum et une crème de nuit. C'était la première fois que j'effectuais mon soin du visage de bout en bout depuis que Jon était parti. Je me suis endormie en pyjama, à quelques dizaines de centimètres de Calvin en caleçon et tee-shirt, avec le visage du cousin Dave qui me souriait au-dessus de ses petites lunettes de soleil.

Je me suis réveillée seule, avec une peau resplendissante.

Un fantasme

Je suis dans un bar à karaoké et je suis magnifique. Plus belle que d'habitude, mais dans un genre décontracté, comme si je venais de me couper les cheveux et que tout mon corps s'en était trouvé modifié. Le bar est bondé et même si je suis la seule à chanter, tout le monde est d'accord. Je laisse même les gens me suggérer des chansons.

Ma tenue est sans apprêt mais elle a quelque chose de spécial, comme si c'était moi qui scintillais et pas mes vêtements, comme si les paillettes étaient un état d'esprit qui me baignait de la tête aux pieds. J'évolue avec l'assurance tranquille d'une femme qui non seulement possède un compte épargne libre d'impôts, mais qui en plus comprend comment ça marche. J'ai une voix merveilleuse.

Toutes les chansons que je chante parlent de chagrins d'amour, et toutes sont imprégnées de l'émotion brute des épreuves que j'ai traversées. Les gens sont très émus – certains se mettent à pleurer. La majorité de l'assistance se compose d'inconnus envoûtés qui me trouvent mystérieuse et fascinante. Les amis que j'ai amenés sont sidérés. Ils n'en reviennent pas que j'aie pu cacher cette voix, que je sois restée si modeste.

— On pensait tous que cette douleur serait en pure perte, murmure l'un d'eux à son voisin. Et regarde ce qu'elle en a fait. On dirait Nora Ephron, mais avec la voix d'Adèle.

Sur scène, un pianiste (il y a un groupe de musiciens) me fait un petit clin d'œil. Un inconnu se penche vers mes amis :

— Excusez-moi, vous la connaissez ?

— Oui, répondent-ils, rayonnants.

Tout le monde fume à l'intérieur, et la fumée donne au lieu une atmosphère glamour (rien à voir avec ces vieux rades trop éclairés où quelqu'un frotte interminablement la craie sur sa queue de billard, tandis que des hommes très âgés lisent le journal en échangeant des jurons en portugais).

— Ce qui est génial avec Maggie, dit une amie à un inconnu, c'est que même si elle est divorcée, elle en fait quelque chose de vraiment festif.

— Divorcée ? s'étonne l'inconnu. Si jeune ? Ça, c'est festif. Tant mieux pour elle.

Et soudain, comme venus de nulle part : des nuggets.

Les femmes ne devraient jamais avoir à acheter des fleurs elles-mêmes. Je l'ai appris à mes dépens, un jour où je m'étais réveillée absolument déterminée à faire quelque chose d'attentionné pour mes amis. Je voulais exprimer ma reconnaissance pour les repas qu'ils m'avaient préparés, les mots de réconfort qu'ils m'avaient adressés, les diaporamas larmoyants de photos de Janet qu'il leur avait fallu regarder avec moi depuis le départ officiel de Jon deux mois plus tôt. Ils avaient tous des choses plus urgentes à faire – des rendez-vous avec leur famille, des manifestations pour diverses causes, des brunchs animés par des drag-queens – et malgré cela, ils avaient répondu présent, ils m'avaient emmenée boire du rosé au parc, ils m'avaient envoyé des SMS du style lave-toi stp... tu as le droit de sentir bon même si tu es en dep. Ils étaient allés jusqu'à me traîner hors de chez moi un soir du mois d'août pour une fête d'anniversaire tardive. Le moment était venu de les remercier pour leur bonté (et aussi, calculais-je, de recharger leurs réserves de bonne volonté, vu que je n'en avais pas fini de me vautrer dans mon chagrin et que j'aurais probablement encore besoin d'être maternée pendant environ un mois).

Ces derniers temps, j'avais cherché à m'investir à fond dans les petites missions du quotidien : les courses devenaient autant de bonnes raisons de ne pas rester assise toute la journée à ruminer sur mon divorce. Mais chez le fleuriste, c'était impossible. Cet endroit était un temple à la gloire de l'amour, rempli de cadeaux attentionnés, de cartes en forme de cœur et de ballons sur lesquels était écrit LOVE U 4 EVER. Le baiser impromptu de Calvin avait regonflé ma confiance en moi pendant une semaine ou deux, le temps d'adresser quelques MP en pleine nuit à des gens que je connaissais de la fac et un sourire particulièrement malavisé à une jolie serveuse dans un bar. Je draguais à la manière d'un petit faon qui apprend à marcher – d'un pas trébuchant, sans bien savoir dans quelle direction j'allais – et quand mes premiers efforts se sont révélés infructueux, j'ai laissé tomber. Je suis revenue à mon état par défaut : convaincue que je finirais ma vie seule.

Cachée derrière un pot d'herbe de la pampa, j'ai espionné un arrivage de jeunes prétendants qui examinaient des plantes de bon goût, sélectionnaient des compositions, fronçaient les sourcils en recherchant le mot juste à inscrire sur la petite carte gratuite. D'un seul coup, je me suis rendu compte que j'étais en train d'acheter mon bouquet en solo dans la boutique où nous allions, mon ex-mari et moi, pour toutes les occasions qui réclamaient des fleurs :

la Saint-Valentin, notre anniversaire de mariage, mon anniversaire, une dispute. Le matin de mes vingt-cinq ans, il m'avait réveillée avec un bouquet de vingt-cinq marguerites joyeuses et optimistes.

J'ai chassé l'image de mon esprit et je me suis écartée d'un rayon rempli de petits cadres mignons. Je n'avais aucune envie de conserver ces souvenirs dans « l'ambre de ma mémoire », ni ailleurs. Derrière le comptoir, un homme entre deux âges, manches retroussées et tablier tendu sur une bedaine joviale et paternelle, s'affairait autour d'une explosion de renoncules orange et jaunes. Le site Internet de la boutique disait que les petits arrangements floraux coûtaient 49 dollars la pièce, ce qui était au-dessus de mes moyens, alors j'ai approché l'homme pour lui demander s'ils offraient des réductions sur les grosses commandes.

— Oh, absolument, a-t-il répondu. Nous travaillons beaucoup avec les entreprises. Au-delà de cinquante pièces, nous offrons quelques compositions en cadeau.

— Génial. C'est bon à savoir.

L'homme a penché la tête sur le côté, attendant sans doute que je passe une commande pour ma société. Un jazz inoffensif s'écoulait des enceintes du magasin tandis que j'essayais de trouver quelque chose à dire.

— Je vais réfléchir un peu, ai-je marmonné en tâtant d'un air peu crédible une feuille de monstera.

Le fleuriste ne s'est pas départi de sa bonne humeur. Il sentait bien qu'il n'allait pas conclure une grosse affaire avec moi, et que depuis le départ il n'y avait aucune chance. Il est retourné à son bouquet avec un sourire résigné.

En fait, je n'étais pas forcée d'offrir quelque chose à mes amis. Après tout, moi aussi j'avais été là pour eux : Lauren avait connu une séparation tellement dure que, le jour même, nous étions montées dans sa voiture et avions pris la route pour Montréal. Jon et moi avions offert notre canapé à Amirah pendant son ultime dispute avec l'étudiant en médecine. C'était moi qui avais remis Clive sur pied quand son amour de vacances était reparti pour le Brésil sans prévenir. Lauren Sensible n'avait jamais connu de rupture, mais elle avait souvent des crises de larmes dans les toilettes de son bureau et, vu que j'étais la personne du groupe la moins occupée par son travail, c'était souvent moi qui assurais le soutien d'urgence.

Je me suis dit qu'ils s'étaient contentés de faire ce que font les amis : cette fois, c'était à mon tour de devenir une sorte d'aspirateur à travail émotionnel, absorbant sans relâche tout ce qu'ils avaient à offrir. Mais je savais que je me voilais la face – et en plus, les membres du groupe WhatsApp n'avaient pas été les seuls à donner de leur personne. Mes parents et ma sœur méritaient des fleurs, eux aussi. Même chose pour Merris, pour ma propriétaire, pour la serveuse qui avait repoussé mes avances sans s'énerver, et aussi pour la voisine du dessus qui m'avait dit « ça va s'arranger » très doucement, presque à voix basse, un matin où je l'avais croisée dans le hall. Le divorce m'avait rendue tellement tributaire des autres que j'allais à coup sûr me ruiner chez ce fleuriste. Je devrais y retourner toutes les semaines.

— Nous avons des tulipes dehors, a dit l'homme en grattant presque joyeusement son crâne chauve, si c'est plutôt cela que vous cherchez.

Je me suis dirigée vers la devanture, faisant tinter la petite clochette accrochée au-dessus de la porte. Dehors, l'air était chaud, les terrasses étaient pleines et le type qui se promène en ville déguisé en Spiderman était là, en train de haranguer les gens du haut de son skateboard. Les bouquets de tulipes étaient colorés et bien fournis mais surtout, ils coûtaient 10 dollars chacun. J'ai choisi deux bouquets violets et un rose et, tandis que le fleuriste les emballait, je lui ai exprimé ma gratitude en promettant de laisser à son établissement un avis en ligne dithyrambique.

— Faites comme vous voulez, a-t-il répliqué. Je ne suis qu'un employé.

— Je vous mentionnerai en personne dans mon avis, ai-je promis. En termes superlatifs.

— Très généreux de votre part, a dit l'homme, avec dans la voix une note qui ne contenait pas que de la gratitude.

Il m'a tendu les tulipes, emballées dans une feuille froissée de papier kraft. « Passez une bonne journée. »

Je suis rentrée chez moi sans me presser et j'ai posé les fleurs sur la table de la cuisine. J'ai divisé les bouquets en six bouquets plus petits : quatre étaient destinés au groupe WhatsApp et le reste aux deux prochaines personnes qui feraient quelque chose de gentil pour moi. J'ai jeté un regard à la vaisselle dans l'évier mais la pile était énorme et l'une des assiettes était recouverte d'une croûte inquiétante, donc je me suis assise et j'ai ouvert mon ordinateur portable.

La plupart du temps, je travaillais au lit, ce qui contribuait à m'isoler et avait sûrement des effets désastreux sur ma colonne vertébrale, mais je ne pouvais pas retourner au bureau tant que je n'avais pas repris figure humaine. Les burgers, les verres de vermouth et les séries policières de deuxième partie de soirée m'avaient laissée bouffie et boutonneuse, avec un teint brouillé où se mêlaient des nuances de gris, de rose et de jaune.

Quelques semaines auparavant, j'avais posté sur le forum de discussion en ligne de notre département que je cherchais un appartement. Jiro, un prof prétentieux et toujours tiré à quatre épingles, m'avait envoyé un lien vers un trois-pièces somptueux que non seulement il possédait, mais qu'en plus il louait dans un but très lucratif. Son prix se situait à une distance astronomique de mon budget, et l'idée que mes salaires puissent directement servir à nourrir la collection de pochettes en soie de Jiro me donnait envie de hurler. Cependant, j'ai accepté la visite qu'il me proposait en me disant que mon geste enverrait à mes collègues le message que je m'en sortais.

— Ça va ? m'a demandé Jiro dès qu'il m'a vue. Sérieusement, tu as l'air au bout du rouleau.

Il m'a fait visiter son investissement locatif, en attirant mon attention sur le parquet, les grandes fenêtres et les cheminées pleines de charme, même si elles n'étaient pas en état de marche. J'ai fait mine de réfléchir et j'ai dit que je le tiendrais au courant. À la porte, Jiro a posé les deux mains sur mes épaules et m'a dit : « Aucun bon mariage ne s'est jamais fini par un divorce », ce que j'ai trouvé assez présomptueux de sa part. C'était notre premier contact en dehors du travail, et il avait commencé par m'appeler « Magda ». En attendant mon tram, je me suis demandé si Jiro avait raison et que mon mariage avait été mauvais, ou bien si cet homme était simplement un connard.

J'ai choisi la deuxième possibilité. S'il était si riche que ça, pourquoi ne me louait-il pas son énorme appartement à prix réduit, ou mieux, pourquoi ne me le prêtait-il pas ? Je n'avais pas besoin de rester longtemps et d'ailleurs, dans les romans, les femmes frêles et mélancoliques se trouvaient souvent dans ce genre de situation. J'étais en détresse : Jiro et sa femme n'auraient-ils pas pu m'inviter dans leur maison de vacances – et à terme, dans leur mariage ? Ils pouvaient bien m'offrir quelques semaines dans leur sublime loft new-yorkais toujours vide !

J'ai expliqué tout cela à Clive quand je suis passée lui déposer les tulipes. C'était le deuxième et dernier arrêt de ma tournée de livraison, puisque j'avais découvert en appelant Lauren au préalable qu'Amirah et elle étaient chez lui.

— N'y pense même pas ! s'est écrié Clive en balayant ostensiblement des yeux son loft à lui, acheté des années plus tôt grâce à la mort d'une grand-tante sans enfants.

Son appartement était petit et charmant, avec des poutres apparentes, une bibliothèque en menuiserie et une grande fenêtre orientée sud dans la cuisine vert menthe. Le reste de notre groupe d'amis était composé de locataires indécrottables : nous traitions donc l'appartement de Clive, avec son minuscule balcon et son intérieur libre de toute caution, comme une sorte de club house – comme si c'était notre maison à nous tous. Nous avions passé bien des dimanches soir comme celui-ci, amassés sur son canapé, avec des biscuits et des masques pour les pieds ou bien six bouteilles de vin et un film.

— Tu as tellement de chance d'avoir cet endroit à toi, ai-je soupiré, le dos calé dans des coussins de style vaguement nautique.

Lauren a pris ma main et l'a mise sur sa tête, un geste que je connaissais bien. J'ai posé mon verre sur la table basse et j'ai commencé à séparer ses cheveux en plusieurs parties pour lui faire une tresse.

— J'ai de la chance que mes cousins soient des gros cons, a dit Clive en retirant les jambes d'Amirah étendues sur les siennes et en se levant dans un élan autoritaire, comme un homme qui a un projet, même si celui-ci se résumait aux mots « vodka » et « tonic ». Merci, tata Grace ! Jordan et Luke, allez bien vous faire cuire le cul !

Depuis le début de la soirée, Amirah était allongée en travers de nos jambes sur le canapé, absorbée dans une dispute par SMS avec Tom au sujet d'une réservation au restaurant qu'il avait oublié de reprogrammer.

— Il dit qu'il ne veut pas que je sois toujours en train de le surveiller, a-t-elle grogné. Sauf que quand je ne le fais pas, voilà ce qui se passe.

— Vous allez devoir manger dans un autre restaurant ? a dit Lauren. L'horreur !

— Exactement, merci, a dit Amirah. Oh, va te faire foutre, a-t-elle ensuite ajouté en comprenant que Lauren se moquait d'elle. Je vais rencontrer ses parents, d'accord ? Je suis nerveuse.

Amirah n'avait aucune raison de s'en faire. Elle était universellement adorée par les parents et elle recevait encore des cartes postales de plusieurs familles de ses ex. Il n'était pas dans ses habitudes de s'en faire autant : encore un signe qu'elle commençait à considérer Tom comme un partenaire sérieux et non juste comme un petit ami.

— Vous croyez que c'est trop tôt ? a-t-elle demandé.

Clive a haussé les épaules en émergeant des profondeurs de son frigo avec trois citrons.

— Moi, perso, soit j'ai envie de rencontrer ta grand-mère au deuxième *date*, soit je ne me fatigue même pas à te demander ton nom de famille.

Lauren a hoché la tête d'un air sagace.

— Je ne peux pas te répondre, a-t-elle répondu. Les applis ont détruit ma notion de ce qui est normal ou pas. Ces derniers temps, je voyais un mec et j'ai été forcée d'arrêter. Vous vous souvenez qu'il était agoraphobe et qu'on se retrouvait toujours chez lui ? Eh bien en fait, il n'a rien du tout : c'est juste qu'il n'aime pas aller dans le West End.

— Oh putain ! me suis-je écriée.

— Je lui pique l'idée, a dit Clive.

Lauren s'est levée pour examiner sa tresse dans la glace.

— Peut mieux faire, a-t-elle lâché.

Amirah a jeté son téléphone dans les coussins avec un râle d'angoisse et s'est laissée tomber dans le canapé.

— Qu'est-ce que je vais faaaaaaaire ? a-t-elle gémi, le visage blotti contre mon épaule.

J'ai dit que je n'étais pas la bonne personne pour lui répondre. Vu la vitesse à laquelle je brûlais les étapes, je n'étais pas loin de prendre ma retraite, puis de passer un peu de temps dans une résidence pour seniors avant mon enterrement à l'âge de quarante ans. Clive a grogné en déposant un plateau de verres givrés sur sa table basse.

— Oh, ça va, a dit Lauren en défaisant soigneusement sa tresse. C'est plus bizarre d'être mariée jeune que d'être divorcée. Avant, quand on sortait, il fallait que je dise aux gens : « Je te présente mon amie, elle est mariée. » Maintenant, tu peux juste repartir de zéro.

Je leur ai dit que j'aurais préféré être veuve :

— Quand tu divorces, ai-je raisonné, tout le monde se demande ce que tu as fait pour tout gâcher et pourquoi c'était si insupportable d'être avec toi. Quand ton mari meurt, au moins, les gens ont de la peine.

À ces mots, Amirah a eu l'air de se réveiller en sursaut, peut-être parce qu'elle venait de s'apercevoir qu'elle avait raté une occasion de me témoigner son soutien et qu'elle attendait le moment propice pour reprendre le fil. Elle s'est penchée vers moi pour me caresser les cheveux d'un geste réconfortant et m'a regardée avec la plus profonde sincérité.

— Oh, t'en fais pas, bébé, a-t-elle dit. Les gens ont beaucoup de peine pour toi.

Textos sans réponse, 6-16 août

coucou, j'ai du courrier à toi. tu veux que je t'envoie ça à ta nouvelle adresse ? j'espère que tout va bien pour toi.

tu as reçu mon mail ? il faut qu'on se mette d'accord sur une date de séparation...

coucou, tu sais ce que c'est, le shoegaze ?

je viens de croiser eli de ton boulot. enfin je crois. si ça se trouve c'était juste un mec quelconque, haha.

désolée d'insister mais il faut vraiment qu'on parle des prochaines étapes et qu'on commence à avancer sur les questions juridiques. comment va janet ? j'espère que vous allez bien tous les deux.

pour info, c'est l'anniv de ta sœur aujourd'hui ! je suis sûre que tu n'as pas besoin que je te rappelle ça, mais au cas où tu en aurais besoin : voilà, je le fais.

je viens de voir le spot de pub que tu as écrit pour pottery barn… l'actrice doit avoir 14 ans et son mari 50, mais à part ça, super !! beau boulot :)

ça fait un moment que j'ai pas de nouvelles… juste un petit message pour savoir pour ton courrier et le chat et la date de séparation, bla bla. tiens-moi au jus quand tu auras 5 minutes ! j'espère que ça va !

coucou, tu as tout effacé sur ton compte Insta ? j'ai vu ça par hasard, j'essayais de me déconnecter du compte de janet et j'ai vu que tu avais tout supprimé…

il reste que 4 photos de bouffe et plus rien d'autre. ça va ? j'espère que tu vas bien xo

????

… …

jon stp, j'aimerais mieux éviter de t'envoyer un gros pavé de texte comme une psychopathe.

Ce n'est pas trop te demander que de vouloir des nouvelles de notre chat. Et je vais bientôt commencer à chercher un nouvel appartement, et déménager, donc ton courrier va arriver chez des inconnus. D'ailleurs, depuis quand tu es abonné à Architectural Digest ? C'est vraiment douloureux pour moi de continuer à recevoir des trucs avec ton nom dessus. C'est chiant, sérieux. En plus, en ne répondant pas, tu ne fais qu'empirer les choses. Je ne veux pas qu'on devienne un de ces couples qui ont besoin de se détester pour arriver à se séparer, mais tu as un comportement égoïste et, honnêtement, un peu toxique. J'hallucine d'écrire ces mots, j'ai horreur d'être comme ça, mais regarde par exemple Gwyneth Paltrow. Tout ce que je te demande, c'est que tu me répondes à propos de ton courrier, et aussi qu'on planifie un peu le divorce. Si jamais tu as envie d'échanger des petits messages de temps en temps, sur la vie ou quoi, ça serait sympa aussi. Au fait, pour Janet, j'aimerais bien qu'on mette en place une garde partagée (ça marche très bien pour Gwyneth et Chris, même si maintenant il est avec Dakota Johnson). Janet vivrait ça bien. Elle sait vraiment s'adapter – tu te souviens, on l'avait emmenée à la maison de campagne de Lauren une fois et ça s'est passé sans problème. Je me donne beaucoup beaucoup de mal pour rester raisonnable, et j'ai l'impression que tu ne fais rien pour m'aider. Je ne sais pas ce qui t'en empêche, mais je t'en supplie, essaie de trouver en toi au moins un soupçon d'empathie. Il y a autre chose aussi dont je voulais te parler, rien de très grave mais un truc qui s'est passé et dont on devrait discuter, je crois, et j'espère que tu n'en as pas entendu parler par quelqu'un d'autre, et que ce n'est pas pour ça que tu es en train de m'éviter, parce que ce serait vraiment injuste, et je te jure que ce n'est pas ce que tu crois. Je sais qu'on n'est pas censés remettre nos vœux de mariage sur le tapis, mais on a quand même juré qu'on s'aimerait pour le meilleur et pour le pire, et évidemment les choses se passent beaucoup plus mal qu'on aurait cru. Est-ce qu'on ne pourrait pas tout de même essayer de faire preuve de bienveillance ? Ça commence à me gonfler, en fait, de voir à quel point ça ne te fait ni chaud ni froid de voir nos chemins se séparer, alors que moi je dois me taper toute la paperasse.

voilà, j'espère sincèrement que tu vas bien.

Amirah m'a organisé une soirée de commisération groupée avec une collègue à elle qui venait de vivre ce qu'elle appelait un « divorce de catégorie 5 ». Les gens cherchaient souvent à me faire rencontrer des connaissances qui, elles aussi, avaient divorcé avant d'avoir des cheveux blancs. Je prenais parfois ces tentatives comme un geste de soutien, et d'autres fois plutôt comme l'équivalent d'empiler tous les cadavres sur la même charrette pour éviter au reste du village d'attraper la peste.

Mon été avait été ponctué par ces soirées arrangées, qui tournaient toujours autour de l'alcool et finissaient souvent dans les larmes. Chacune avait été bizarre à sa façon. Quand vous avez pour seul point commun avec une personne la pire chose qui vous soit arrivée dans la vie, ça laisse le champ libre à pas mal d'incompatibilités. C'était un peu comme aller en permanence boire des coups avec des gens qui comme vous ont perdu une tante, ou se sont fait planter sans préavis par leur colocataire, ou viennent de déchirer leur jean préféré. Cette fois-ci, la fille s'appelait Amy.

Amy était restée quatre ans avec son mari, dont trois ans de mariage. Je ne lui ai pas dit que je trouvais objectivement stupide d'épouser à vingt-sept ans un homme qu'on connaît depuis un an, même si je le pensais. Amy était petite, jolie et très, très en colère. Sa fureur émanait d'elle en rayons presque visibles, comme une mauvaise odeur dans un dessin animé.

— C'est hallucinant, putain, a-t-elle dit. Ce mec, c'est un putain de déchet.

Le mari d'Amy l'avait quittée pour une femme plus jeune. Elle avait toujours cru que ce genre de choses n'arrivait que quand on est vraiment vieille. La nouvelle copine de son ex avait vingt et un ans et elle enseignait le Pilates sur une de ces machines qui ont l'air d'avoir une fonction sexuelle, mais qui en fait permettent à des femmes minces de faire des contractions musculaires. Pendant un moment, Amy avait envisagé d'aller à l'un de ses cours, mais elle s'était dit que la nouvelle copine de son ex devait savoir à quoi elle ressemblait, à cause des réseaux sociaux et plus généralement à cause de Toronto. Elle s'était donc mise à aller à un autre studio de Pilates : elle se levait à 5 heures du matin pour enchaîner le cours de 6 heures et celui de 7 heures. « Il faut en faire pendant deux heures pour vraiment sentir l'effet », a-t-elle expliqué, même si j'ai soupçonné que ce n'aurait pas été mon cas. Et désormais, à trente ans, Amy avait l'impression d'être au bout de sa vie.

J'étais jalouse de la clarté de sa colère. Décider que votre ex est le méchant apparaît comme une solution plus facile quand on traverse une séparation. Moi, j'oscillais toutes les cinq minutes entre ma haine pour Jon et mon envie de ne pas l'accabler. Après tout, il n'avait rien fait d'affreusement mal ; son principal crime était de ne pas avoir lutté quand j'avais suggéré que notre mariage ne marchait pas, et je ne pouvais pas lui en vouloir pour ça (à moins que… ?).

— Je crois qu'il a flippé parce qu'on s'est mariés, et qu'il s'est rendu compte que c'était pour de bon : plus jamais d'autre chatte jusqu'à sa mort, a dit Amy. Dès qu'on est revenus de notre lune de miel, il s'est mis à être bizarre. Je ne comprends pas. Pour moi, le fait qu'on soit mariés ne changeait rien à mes sentiments.

La nuit précédant notre mariage, Jon s'était demandé à voix haute ce qui deviendrait différent, si être mari et femme changerait quelque chose. Après la cérémonie, je lui ai demandé si c'était le cas.

— Pas vraiment, a-t-il répondu. Je t'aime toujours aussi fort que d'habitude.

Puis il a ajouté « ma fââââmme » en imitant la voix de Borat, et il a couru après un serveur qui portait un plateau de mini-burgers au poulet. Pour ma part, je me sentais différente : plus calme, rassurée. Comme si j'avais bouclé ma ceinture de sécurité.

Amy m'a dit qu'il n'y avait « même pas une chance sur dix milliards » pour qu'elle se remette avec son mari. Elle a ajouté que mon ex était de toute évidence un abruti et qu'il devait avoir une petite bite. Elle m'a suggéré d'enfiler une robe sexy, d'aller dans un endroit où je savais qu'il serait présent et « de lui faire voir ce qu'il rate ».

Jon et moi avions été ensemble pendant presque dix ans, lui ai-je expliqué. Ce qu'il ratait, il pouvait le dessiner de mémoire. Et puis, je n'avais pas l'air de lui manquer tant que ça. J'ai avoué qu'il n'avait pas répondu à mes textos depuis près d'un mois.

— Alors ça, c'est tellement toxique de sa part. C'est du harcèlement, a déclaré Amy en nous resservant un verre de vin nature.

J'avais plutôt l'impression qu'une absence persistante de contact était le contraire du harcèlement, mais je n'ai rien dit et j'ai bu une petite gorgée dont l'aigreur m'a piqué la gorge. Quand le serveur nous avait sorti la carte, Amy lui avait demandé « quelque chose d'un peu rock'n'roll ». Je lui ai raconté que Jon m'avait dit une fois qu'il considérait le vin comme bourgeois. Amy est restée bouche bée, puis elle a conclu : « Alors c'est un putain de connard. » Elle a adoré notre bouteille.

Amy était drôle. Elle disait beaucoup de gros mots et quand nous avons eu fini notre première bouteille de vin rock'n'roll, elle est sortie à l'épicerie du coin racheter des cigarettes. Elle a conspué son ex-mari avec une haine tellement implacable que je me suis sentie autorisée à me souvenir que Jon était insupportable en période d'élections, qu'il faisait comme s'il était normal de passer neuf heures d'affilée aux toilettes (chiffre approximatif mais quand même) et qu'il semblait parfois considérer que travailler dans la pub était une vocation noble et supérieure. Après tout, n'avais-je pas choisi de me débarrasser de lui ? Un sentiment euphorique de liberté m'a envahie, le même que quand Calvin m'avait dit en riant :

« Jon ne reviendra pas vivre avec toi, jamais de la vie. » Peut-être que tout cela n'était pas une tragédie susceptible de me marquer pour le restant de mes jours. Peut-être étais-je une femme intelligente qui savait ce qu'elle voulait – ou en tout cas, qui savait qu'elle méritait mieux que de se faire lacérer les jambes chaque nuit par les ongles de pied trop longs d'un créatif junior de la pub. Amy m'a dit qu'elle ne s'était jamais sentie aussi bien, sauf les jours où elle avait l'impression de ne s'être jamais sentie aussi mal.

Et pourtant, elle n'arrivait pas à se faire à l'idée qu'un jour, son ex-mari allait mourir, et qu'elle ne serait même pas au courant.

— Je devrais y être, à cet enterrement, a-t-elle balbutié dans un hoquet. Ou bien être morte aussi, à la rigueur, mais au moins présente quelque part.

J'ai imaginé que Jon mourrait un jour : il aurait été un vieil homme riche de millions d'expériences, dont aucune n'aurait eu quoi que ce soit à voir avec moi. Il aurait oublié depuis longtemps cette blague à la fois macabre et mignonne qui consistait à faire semblant de tomber raide mort. À l'échelle de sa vie, la presque décennie que nous avions passée ensemble serait peu de chose. J'aurais occupé dans son esprit le même genre d'espace que ses années d'école élémentaire : une période qui a existé, mais dont il ne persiste que quelques souvenirs. Qu'en resterait-il ? Se souviendrait-il de notre premier appartement, de la douche où on ne pouvait pas tenir debout, des posters vintage dont nous étions étrangement fiers, de la fois où nous étions restés enfermés dehors en plein hiver, de l'expression sur le visage de notre proprio quand il était venu nous secourir à 2 heures du matin ? Se souviendrait-il que nous nous étions aimés, que nous avions évolué ensemble ? Se rappellerait-il nos compromis sur la décoration de notre chambre, notre décision de faire moitié-moitié en achetant un matelas à la fois rafraîchissant pour ses suées nocturnes et dur comme la pierre pour mes problèmes de dos ? Il avait appris à manier un couteau de cuisine grâce à un cours que je lui avais offert pour notre anniversaire. Penserait-il à moi, au moins, chaque fois qu'il hacherait de l'ail ?

— Ça me prend la tête, tout ça, a dit Amy. Viens, on va acheter des nachos.

Nous avons changé de bar et mangé du fromage industriel fondu, assises sous un néon en forme de tigre, tandis qu'Amy me parlait de ses rencontres amoureuses. Elle voyait trois personnes différentes, qu'elle avait toutes rencontrées « sur les applis ». Le plus excitant était un acteur débutant de vingt-quatre ans, qui était déjà célèbre dans certains recoins du Web pour ses vidéos de cascades où il escaladait des immeubles incroyablement hauts et difficiles d'accès. Nous en avons regardé quelques-unes. Elles étaient angoissantes et spectaculaires. Amy a dit qu'il était très bon au lit et qu'il « se spécialisait dans les femmes divorcées », parce qu'il voyageait beaucoup et qu'il n'avait pas de temps pour une relation. Et aussi parce qu'il était mature pour son âge.

Amy m'a dit que beaucoup d'hommes aimaient les femmes divorcées. « Le côté abîmé, ça a quelque chose de sexy : il y a plus de chances pour qu'ils restent avec toi plutôt que de te ghoster, ou de niquer ta copine pour te prouver que la relation n'est pas sérieuse. »

J'ai répliqué que si les hommes étaient attirés par elle, c'était plutôt à cause de son corps de rêve et de sa bonne humeur.

Elle s'est emparée de mon téléphone, l'a collé à mon visage pour le déverrouiller tout en répondant : « Non, c'est le divorce », et elle a téléchargé Tinder.

Je lui ai parlé de l'incident avec Calvin. Je n'étais pas encore prête à rencontrer quelqu'un.

Amy a répondu d'un claquement de langue satisfait.

— Personne te demande de te marier avec eux. Et en plus, c'est trop bien que tu te sois tapé son copain. En mode : va mourir.

J'ai essayé de lui expliquer que je ne me l'étais pas vraiment tapé : nous avions partagé platoniquement un lit, dans lequel mon sein ne s'était échappé qu'une seule fois de mon débardeur, mais elle ne m'écoutait déjà plus. Elle a fait défiler mes photos, sans même battre un cil à la vue des dizaines de selfies tristes et hautement gênants que j'avais amassés, tandis que je m'abandonnais à une agréable sensation d'impuissance.

Amy s'est arrêtée sur une photo de moi remontant à trois ans, où je souriais avec des amis dans un patio à Collingwood, et elle a commenté sans malice : « Tu devrais peut-être te faire repousser la frange. » Elle a marqué une petite pause, elle a recadré la photo pour faire disparaître une copine trop jolie à côté de moi, et elle en a fait ma photo de profil.

— Ça va te plaire, Tinder, a-t-elle dit. De nos jours, ils veulent tous te bouffer le cul.

Nous avons brainstormé ensemble quelques répliques pour entamer la conversation, tandis que les couples commençaient à s'entasser autour de nous : des duos établis qui sortaient main dans la main, d'autres plus récents qui se faisaient la bise et partaient chacun de leur côté, ou bien échangeaient des regards lourds de sens avant de convenir timidement de partager un taxi. Je les ai examinés : combien de ces gens étaient heureux, combien étaient malheureux sans le savoir, combien faisaient semblant d'être heureux tout en sachant parfaitement qu'ils étaient malheureux… Et ceux qui étaient dans le dernier cas, quand deviendraient-ils célibataires ? J'ai tenté de m'imaginer parmi eux. La dernière fois que j'avais été célibataire, draguer se résumait à enfiler un petit haut de soirée et à introduire en cachette des vodka-tonics dans un cinéma. Je me suis souvenue de la décharge électrique qu'on ressent quand on effleure de son genou celui de quelqu'un d'autre, de ces moments où on s'attarde dans la rue après la fermeture d'un bar, où les corps se cherchent une excuse pour se rapprocher. Il devait bien me rester un de ces petits hauts quelque part.

Amy et moi avons poursuivi sur notre lancée : nous nous sommes installées dans le patio du bar et avons eu la mauvaise idée de passer aux cocktails, tout en comparant nos ruptures. La famille d'Amy avait mal supporté la sienne : ils adoraient son ex. Sa mère était même encore en contact avec lui ! La mienne me soutenait autant qu'il était possible de le faire depuis Kingston. « J'ai l'impression qu'ils ne savent pas trop quoi dire », ai-je expliqué. Peu de temps avant, j'avais demandé à ma mère si elle avait vu venir la rupture, et elle m'avait répondu par texto : pour ça, il aurait déjà fallu que je vous voie.

Les parents d'Amy étaient toujours ensemble, ce qui selon elle voulait dire qu'ils la considéraient comme une ratée. Ils avaient réussi à rester mariés pendant plus de trente ans, et leur fille n'arrivait même pas à tenir le coup pendant trois petites années. Mes parents à moi s'étaient séparés quand j'étais petite, mais ils n'avaient divorcé officiellement qu'une fois que ma sœur et moi avions atteint l'âge adulte, ce qui fait que nous avions grandi dans une sorte de flou qui n'avait eu, selon moi, aucune conséquence sur notre rapport à l'intimité.

Le divorce d'Amy avait été un carnage. Elle s'était retenue de rayer la voiture de son ex avec sa clé (« J'ai été tentée, à cause de la chanson de Carrie Underwood »), mais en emportant ses affaires, elle n'avait pas vraiment pris de précautions pour éviter d'érafler sa Toyota Yaris customisée garée dans l'allée du jardin. Leur condominium, c'était toute sa vie. Le jour où elle avait dû vider les lieux avait été son « 11-Septembre personnel ».

Malgré cela, l'avocat d'Amy était convaincu que la loi lui donnerait raison.

— On va le traîner en justice, ce connard, et il sera forcé de retourner habiter chez sa mère à Orangeville, a-t-elle aboyé. Orangeville ! T'imagines un peu ?

Je lui ai dit que Jon et moi espérions éviter d'avoir recours à des avocats en dehors des obligations administratives. Nous avions déjà partagé presque tous nos biens, donc il ne nous restait pas grand-chose à nous disputer. Il était important pour nous de prendre de la hauteur : la bienveillance était le meilleur moyen de rester fidèles à ce que nous avions été. Amy a vidé son martini cul sec et tiré sur sa cigarette. Elle avait l'air plus divorcée que n'importe qui sur Terre. « Bonne chance », a-t-elle dit sobrement.

La nuit s'est poursuivie. Je me suis sentie franchir la limite entre bourrée drôle et bourrée-prête-à-citer-des-paroles-de-vieilles-chansons, mais il n'y avait plus rien d'autre à faire que de continuer à boire pour dépasser ce stade. J'ai confié à Amy que tous mes posts sur les réseaux sociaux me faisaient l'effet d'un exercice de relations presse : comme si j'essayais de communiquer aux amis, aux collègues, aux connaissances et aux chiens de quelques amis l'information que j'allais bien, peut-être même à merveille. Il m'était déjà arrivé de me maquiller avant de me passer un film, puis de poster sur Instagram des vidéos où, face caméra, je balançais quelques petites vannes bien senties sur ce que je regardais. À chaque fois, je choisissais des longs-métrages que Jon avait aimés (et qu'il aimait toujours, probablement). À chaque fois aussi, je supprimais la vidéo le lendemain matin.

Amy m'a dit qu'il était naturel de vouloir se montrer sous son meilleur jour. Si je tenais vraiment à faire de l'effet, je pouvais venir avec elle à son cours de spinning. Dans le studio, il y avait un miroir sur lequel il était écrit PUISSANTE COMME UNE FEMME. Idéal pour mettre ses fesses en valeur sur les selfies.

« Dans une rupture, il ne peut y avoir qu'un seul gagnant, a décrété Amy. Autant que tout le monde soit au courant que c'est toi. »

J'ai été forcée d'admettre que ce sentiment d'être observée en permanence donnait une impression de compétition. Depuis ma séparation, je me sentais comme une sorte de célébrité locale déclassée : j'imaginais que notre cercle social élargi suivait à la trace mes déplacements, étudiait mes moindres posts et se réunissait pour débattre de ma vie amoureuse. Je me sentais super visible – et même, supervisée. Puisque tout le monde me regardait, pourquoi est-ce que je n'aurais pas moi aussi des abdos en tablettes de chocolat ?

J'ai dit à Amy que j'allais essayer de faire du vélo, mais que je ne chercherais pas à être la « gagnante » de la rupture. Amy, dont un des faux cils commençait à se décoller au coin de son œil, m'a regardée comme si j'étais la plus gourde de toutes les imbéciles ayant jamais vu le jour.

« À ton avis, pourquoi ils te font attendre un an pour divorcer ? a-t-elle demandé en bafouillant légèrement. C'est pour que tu aies le temps d'être canon pour la séance de médiation. J'ai acheté un petit haut qui va le scotcher sur place. »

Elle a souri et j'ai vu une larme enfler dans son œil gauche.

Quand le bar a fermé, nous avions déjà pleuré chacune deux fois. Nous sommes restées dehors à attendre son Uber. Je n'en revenais pas à quel point elle était encore jolie avec ses traits délicats, ses longs cheveux luisants, sa robe portefeuille papillonnante décorée d'un petit volant sur le devant. Pour ma part, j'avais aperçu ma tête dans la glace en allant aux toilettes et je ne pouvais pas en dire autant. Pourquoi n'avait-elle pas les dents noircies par le vin ? Comment faisait-elle pour que ses cheveux gardent cette allure ? En exhalant la fumée de sa dernière cigarette, elle a déclaré :

— Je déteste être l'ex-femme de quelqu'un. Ça fait tellement bizarre.

J'ai répondu qu'en effet, je ne m'attendais pas à ça.

Amy a eu un petit rire amer : pour la première fois de la soirée, je l'ai trouvée triste.

— Tu as déjà entendu une seule histoire positive sur une ex-femme ? Elles sont toutes horribles, toutes sans exception. Pour un homme, c'est comme un boulet au pied. Mais c'est lui qui a fait de moi une ex. S'il ne voulait pas s'en traîner une, il n'avait qu'à pas me quitter, putain.

Amy m'a regardée avec un sourire timide et a un peu vomi dans sa main. Quand sa voiture est arrivée, elle a encore vomi, pour de bon cette fois, avant de monter à bord. Je l'ai entendue dire au chauffeur de ne pas s'en faire mais il m'a quand même paru très inquiet, à raison. Je suis rentrée à pied en écoutant des chansons de rupture, et je me suis sentie désespérée parce que je me reconnaissais dans chacune d'elles. C'était tellement vrai que « quand tu perds un amour, c'est comme une fenêtre qui s'ouvre sur ton cœur », me disais-je en écoutant *Graceland* de Paul Simon. J'ai tweeté : Tout le monde voit que tu es en morceaux, puis j'ai effacé la phrase, je l'ai retrouvée sur le compte d'un fan de Paul Simon et je l'ai retweetée. Tout en marchant, j'ai ouvert Tinder et j'ai swipé vers la droite sur tous les profils qui apparaissaient : chaque fois que j'avais un match, je sentais monter une incroyable bouffée d'amour-propre ou quelque chose s'en approchant, mais je n'ai entamé la conversation avec personne. Je me contentais de regarder la marchandise, rien de mal à ça. Je pourrais toujours supprimer mon compte le lendemain matin.

C'était excitant de pouvoir choisir d'afficher à la fois les hommes et les femmes. Jusque-là, ma bisexualité avait été principalement théorique : elle se basait sur un unique plan cul à la fac et quelques roulages de pelles en état d'ivresse. J'avais aussi connu quelques « amitiés » féminines un peu ambiguës, ainsi qu'un plan à trois spectaculairement foireux, et mes vidéos porno favorites mettaient toujours en scène une femme se faisant brutaliser par une ou plusieurs autres, mais rien de tout cela ne me paraissait suffisamment marquant pour me proclamer une identité. Même si je m'étais toujours sentie homosexuelle à plus de 35 %, chaque fois que le sujet de mon orientation sexuelle faisait surface dans une conversation, je me sentais timide et ignorante. À partir de maintenant, quand je dirais à quelqu'un que j'aimais les femmes, je pourrais fournir des faits à l'appui. J'ai fait défiler quelques profils, aimantée par ceux dont la bio était concise, percutante et écrite en minuscules : poubelle humaine en quête de l'âme sœur ; cherche acolyte pour activités criminelles en tous genres... ; sauve-toi pendant qu'il en est temps. Dans l'ensemble, les femmes faisaient preuve de plus de retenue que les hommes dans leurs profils, sauf quand elles étaient cinq fois plus intenses : des selfies mal éclairés en gros plan dans les toilettes d'une de ces boîtes de nuit où il y a une piscine et des filles en bikini, des bios dont l'auteure annonçait chercher une partenaire qui sache être authentique mais sans prise de tête.

Il était agréable de sentir mon téléphone vibrer, de voir apparaître la rangée de cursives suivie du point d'exclamation comme sur une invitation de mariage, déclamant : « It's a match ! » J'ai swipé des femmes grandes et des hommes petits, des femmes piercées et des hommes tatoués, des hommes perdus au milieu d'un groupe anonyme et d'autres seuls en haut d'une montagne, balayant le panorama d'un geste du bras qui disait : « Mate un peu ça. » Il y avait des hommes qui tenaient des bébés (t'inquiète, il est pas de moi !), des femmes qui tiraient la langue dans des soirées, et aussi des hommes qui posaient à côté de grands félins anesthésiés. Des femmes un peu trop contentes de rouler à vélo, des hommes en costume qui voulaient du fun sans engagement, des photos sépia de belles personnes de sexe indistinct au visage à moitié invisible, qui battaient des cils derrière un filtre à museau de chien ou une épaisse couche de maquillage. Personne ne me faisait terriblement envie. J'ai continué de swiper pendant quelques heures.

Le lendemain, je me suis réveillée avec une gueule de bois et quarante-sept nouveaux matchs. J'étais en train de passer en revue mes différentes options quand Amy m'a envoyé une salve de SMS :

meuf, c'était trop cool hier soir !!

il faut savoir un truc avec l'appli,

c'est que les gens ne t'aiment pas pour de vrai

allez, respire un grand coup et n'oublie pas

hakuna matata :)

Sélection de messages Tinder, 20 août

cc, enchanté

jolie photo

salut

slt ma belle comment ça va ? je kiffe tes rondeurs

salut haha comment sa va

j'aime pas perdre mon temps avec les messages, tu veux aller boire un verre ? tu es canon :)

alors comme ça tu bosses à la fac, intello mais sexy haha

heyyyyy

si tu pouvais partir n'importe où dans le monde, tu irais où ? moi je reviens juste du pérou, c'est trop bien. grave dépaysant et pas cher. je peux te recommander des spots si tu veux

Super bien, merci

salut bb tu cherches quoi ici, moi des plans sans attaches

je ne suis pas trop branché rouquines haha mais peut-être que tu peux me faire changer d'avis

hola chica ;) moi c'est lisa

enchanté, comment tu vas ? je vais être hyper franc, ma copine est pas au courant que je suis là

salut, je suis là pour le fun, et toi

tu étais pas au lycée macdonald ? je croyais que tu étais mariée. c'est danny haha

Bonjour Maggie ! Tu m'as l'air d'être une jeune femme très jolie et sympathique avec un travail très intéressant :) Je voudrais faire ta connaissance et t'inviter à dîner ou à boire un verre. Pour vérifier que nous sommes compatibles, pourrais-tu m'envoyer une photo de tes pieds ? J'aimerais beaucoup les masser, les embrasser et les lécher. Cordialement !

je crois que tu es assistante dans ma fac lol

pas évident d'engager la conversation sur ce truc mais salut, tu as l'air chouette B-)

grosses jambes

Fin août, je me suis rendue au travail pour la première fois depuis une éternité. Merris avait dû dire à tout le monde pourquoi j'avais été absente, parce que j'ai eu droit à un festival de regards compatissants. La plupart des gens étaient plutôt gentils, mais toutes ces tapes sur l'épaule et ces têtes penchées sur le côté commençaient à m'user, d'autant plus qu'on n'arrêtait pas de me demander si je me remarierais un jour, ce qui me semblait un peu prématuré.

Olivia, une médiéviste timide affligée d'un léger zozotement qui lui donnait un air érudit, s'était fiancée pendant que j'étais absente et faisait preuve de la plus grande discrétion à ce sujet, comme si le mariage fonctionnait selon le principe des vases communicants et que le début du sien avait directement provoqué la fin du mien. Jiro m'a arrêtée dans le hall pour me parler d'un événement que l'église de sa sœur organisait pour les jeunes célibataires.

— Enfin, relativement jeunes, a-t-il corrigé. Tu as quel âge, trente-quatre ?

À partir de ce jour-là, j'ai fermé la porte de mon bureau.

Nous étions maintenant en septembre, et Jon n'avait toujours pas répondu à un seul SMS, appel ou e-mail depuis l'incident des Burgers de Nuit – ce soir-là, il était à moitié endormi, il semblait ne pas bien comprendre qui j'étais ni ce que je voulais, et il avait fini par dire « Honnêtement, t'en fais pas pour ça » avant de raccrocher. À un moment, il avait aussi bloqué le compte Instagram du chat. J'avais envoyé un SMS à Calvin pour lui demander s'il avait parlé à Jon de notre soirée ensemble et il avait répondu : pardon, c'est qui ?, puis non une fois que j'ai eu clarifié. J'avais demandé à mon avocate si Jon était légalement obligé de se manifester, mais elle m'avait répondu que, « compte tenu de la faible valeur des biens en jeu » (sympa, Lori), la nécessité des échanges entre nous restait limitée.

Je m'occupais avec mes collages et mes livres de développement personnel, ainsi qu'avec quelques tentatives de socialisation. Je me préparais pour la nouvelle promotion d'étudiants et le nouveau livre de Merris contenait d'énormes questions irrésolues qui me forçaient à passer beaucoup de temps seule à la bibliothèque. C'est fou comme tout me semblait normal, jusqu'au moment où je rentrais chez moi et qu'il n'y avait personne, ou bien que quelque chose de drôle m'arrivait et que je m'apprêtais à envoyer un SMS à Jon avant de me rappeler que nous ne faisions plus ces choses-là. Parfois, j'envoyais le SMS quand même.

C'était humiliant de l'admettre, mais faute d'un partenaire avec qui disséquer ce qui m'arrivait, les grands comme les petits événements de la vie me semblaient un peu insignifiants. J'avais accepté que ce soit fini : rien ne serait plus jamais comme avant, et c'était peut-être même mieux comme ça. Pourtant, j'aurais donné des millions pour pouvoir rien qu'une fois rentrer d'une soirée en taxi avec lui, tous les deux un peu bourrés, et décortiquer ensemble le déroulement de la fête dans ses moindres détails en caressant distraitement sa cuisse – qui avait dit quoi sur quoi, qui avait accidentellement vexé qui, qui avait trop bu et était reparti avec quelqu'un de nouveau, s'il y avait assez à manger, si les hôtes allaient se disputer une fois les invités partis –, surexcités d'avoir été entourés de tellement de gens, et plus surexcités encore de nous retrouver maintenant seuls, rien que tous les deux, en route pour la maison où nous allions pouvoir baiser, rire et boire de grands verres d'eau froide.

Mais bon. Il valait mieux éviter d'y penser. La plupart du temps, le travail m'apportait une distraction bien utile même si ma situation – mon sentiment confus de manque, ma nostalgie à tendance autoflagellatoire, mes téléchargements répétés de Tinder que je supprimais presque aussitôt – finissait toujours par me revenir à l'esprit jusque dans mes tâches quotidiennes. Un jour que j'épluchais les *Emblemata* d'Alciat à la recherche de références à des rivières, je fus cueillie à froid. « Les choses douces parfois deviennent amères », écrit le poète. Ouah, c'est tellement vrai, ai-je pensé. « Je porte, hélas, le fruit de ma propre destruction », déclare le châtaigner après avoir été secoué par des enfants. J'étais bouleversée de constater que ces mots parlaient eux aussi de moi, comme si une voix me disait, par-delà les siècles et les océans : « Désolé pour ton divorce. » Quand je suis arrivée à l'Emblème n° 192, « De ce que le respect doit être recherché dans le mariage », j'ai été forcée de fermer le livre et de prendre une pause en envoyant un énième message au groupe WhatsApp à propos de mes cheveux.

En effet, mon désir de me couper et de me décolorer les cheveux était extrêmement fort, et se faisait plus puissant chaque jour. Le groupe WhatsApp, un peu gêné, m'avait avoué qu'un sous-groupe distinct avait été créé dans le seul but de s'assurer qu'à tout instant, l'un d'eux soit disponible pour me dissuader de me faire une couleur à la maison. Je comprenais leur réticence : changer radicalement de coiffure après une rupture, quoi de plus cliché ? Je voulais résister à cette impulsion. Amy venait de se faire tatouer le mot RESPIRE, et Amirah avait plaisanté sur le fait qu'elle aurait aussi bien pu se faire tatouer le mot DIVORCÉE. Avais-je vraiment envie que tout le monde autour de moi sache au premier coup d'œil que j'étais en train de vivre quelque chose de grave ?

Pas tellement, je crois, mais l'idée gardait quand même quelque chose de tentant, comme une promesse de recommencer à zéro : l'image de l'ado fugueuse dans un W.-C. de station-service, armée de ciseaux et d'une bouteille d'eau oxygénée, prête à se fabriquer une nouvelle identité. La seule chose qui me faisait hésiter, c'était la gêne que je ressentais à l'idée que Jon l'apprenne… Mais après tout, si je m'en sortais bien, j'arriverais peut-être à me transformer en une version sexy et mystérieuse de la femme qu'il avait connue.

J'étais en train de compiler des photos de Drew Barrymore dans les années quatre-vingt-dix pour appuyer mon projet quand j'ai reçu un e-mail :

Merci pour votre demande concernant le rendez-vous annuel de suivi de Janet. D'après nos fichiers, c'est Jon qui s'en est chargé et l'a amenée au cabinet la semaine dernière. Je suis heureuse de vous informer qu'elle est en bonne santé et que tous ses vaccins sont maintenant à jour. Lors de sa venue, Jon a actualisé le dossier de Janet et il a supprimé vos coordonnées et votre statut de propriétaire principale de l'animal. Était-ce une erreur ? Si c'est le cas, nous ne pouvons malheureusement pas effectuer de nouveaux changements sans l'accord de Jon : il vous faudra donc le contacter directement. Je suis désolée de ne pas pouvoir vous aider davantage. Il vous suffit de demander à Jon de nous envoyer un message, afin que nous puissions modifier le dossier de Janet.

L'e-mail était signé du nom de la vétérinaire, à côté duquel figurait l'image d'une empreinte de patte. C'était comme si un petit chat de dessin animé m'avait envoyé un doigt d'honneur. Alors que je commençais à cligner des yeux face au moniteur, Olivia est entrée, apportant un sachet de protéines sans matières grasses.

— Ça va ? a-t-elle demandé tout en fouillant dans son sac de congélation pour en extraire quelque chose qui ressemblait à un œuf dur humide.

J'ai répondu que oui, tout allait bien, que j'étais seulement un peu fatiguée, et elle a hoché la tête comme si elle connaissait bien ça, même si je la soupçonnais de n'être presque jamais fatiguée : même lorsque cela lui arrivait, il lui suffisait de faire une micro-sieste de trente minutes pour se réveiller fraîche et repulpée.

Olivia courait des marathons, ce qui expliquait pourquoi elle avait ces œufs avec elle. Elle était toujours en train d'avaler des suppléments de protéines entre les repas, mâchant sans se plaindre des bâtons de viande de dinde séchée ou des poignées d'amandes. Ce sachet d'œufs était de loin le plus repoussant de ses en-cas protéinés : elle transportait partout un stock en apparence illimité d'œufs durs humides, qu'elle sortait dans les moments les plus inopportuns pour les écaler et les avaler sans aucune gêne.

— Alors ? a-t-elle demandé avec entrain en enfonçant ses ongles sous la coquille de son premier œuf. Quoi de neuf ?

Je crois que mon mari a kidnappé notre chatte, ou alors il se prépare à déménager sans prévenir et il emmène la chatte, ou bien c'est simplement qu'il ne peut pas m'encadrer et qu'il veut que je souffre, ou alors c'est une manœuvre très retorse pour me faire revenir, ou bien peut-être qu'il devient fou et que c'est un appel à l'aide, et il faut que je trouve un…

— Pas grand-chose.

— Rien de nouveau sous le soleil ! a répondu Olivia avec un petit rire.

Elle a prononcé cette réplique avec enthousiasme, comme si c'était une nouvelle blague qu'elle testait pour la première fois. J'ai essayé de retourner à mon ordinateur mais elle était clairement d'humeur à papoter. Une pensée m'a traversé l'esprit : si elle était entrée dans mon bureau avec cette attitude, c'était peut-être dans l'intention de me remonter le moral. L'horreur.

Le problème, c'est qu'Olivia était une personne adorable et attentive : elle apportait toujours des amandes en plus au cas où quelqu'un en voudrait, et elle ne m'avait jamais proposé de courir dix kilomètres avec elle, même si elle faisait tout le temps ce genre de courses et qu'elle avait demandé une fois à Merris de se joindre à elle. Merris avait décliné, et nous plaisantions parfois sur ses œufs en sachet, mais il n'était ni amusant, ni même vraiment possible de dire du mal d'Olivia, donc il fallait bien accepter les œufs avec tout le reste.

« … et, bon, ce n'est pas bien grave, mais ce n'est pas mon boulot de répondre à ce genre de questions alors que Google pourrait le faire plus vite que moi », a-t-elle conclu, ce qui m'a indiqué que je n'avais pas écouté ce qu'elle était en train de me dire, occupée que j'étais à regarder ses doigts qui épluchaient maladroitement son œuf. Ce n'était pas chose facile – l'œuf était grumeleux et irrégulier, et des petits morceaux de blanc se décrochaient en même temps que les bouts de coquille. J'ai eu un haut-le-cœur.

Olivia a poursuivi : « Il y a une fille qui m'envoie des mails quasiment tous les jours, et d'un côté, je comprends, et j'espère qu'elle a des amis, ou bien des proches, ou, tu vois, des gens dans sa vie, mais ce n'est pas vraiment mon travail d'être là pour la soutenir… »

Est-ce que c'était parce que j'avais écrit aux parents de Jon ? Je voulais seulement les remercier de m'avoir accueillie dans leur famille et leur dire qu'ils allaient me manquer, et que s'ils avaient envie de me voir de temps en temps, on pourrait sûrement s'organiser. Quel mal y avait-il à cela ? Ils ne m'avaient pas répondu, et je ne les avais relancés qu'une seule fois.

« Ce n'est pas très gentil de ma part…, a poursuivi Olivia, mais si je me mettais à répondre à tous les étudiants qui se sentent seuls et qui ne respectent pas les limites, ça me prendrait un job à temps plein, et j'en ai déjà trois. Tu es sûre que ça va ? » Elle a assaisonné son œuf avec un petit sachet mou de sel et de poivre qu'elle gardait dans le sac plastique. « Tu veux que je t'apporte un café ? »

Elle a mordu dans l'œuf et je l'ai imaginée chez elle, épuisée après une grosse journée de mountain bike avec son fiancé, en train de remplir d'eau une marmite de 45 litres pour faire bouillir des milliers d'œufs.

— Je sais que tu traverses une mauvaise passe, a-t-elle dit.

J'ai répondu en haussant les épaules que ça allait, que c'était juste que je m'ennuyais et que j'étais un peu fauchée.

— Ne t'en fais pas, ai-je ajouté d'un air faussement vaillant. Je n'ai pas de pensées suicidaires, à part le lundi.

Le visage d'Olivia a soudain pris une expression très grave.

— Je rigole, l'ai-je rassurée. Ça va.

Olivia a replié le sac d'œufs et l'a rangé dans sa poche.

— Le changement, parfois, ça peut être très dur, a-t-elle dit. Tu sors de chez toi ? Tu vois des amis ?

J'ai répondu vaguement que je faisais de mon mieux. Sa tête était tellement inclinée sur le côté que sa position avait l'air inconfortable.

— Écoute, si un jour tu te sens dépassée, si jamais tu as l'impression que tu risques de… Enfin, si tu as besoin de quelqu'un, en cas, euh, d'urgence…

— Olivia ! C'était pour rire, enfin !

Olivia a avalé sa salive.

— Oui, je sais. Mais avec ces choses-là, il faut toujours prendre ses précautions… Et puis, ces derniers temps, tu as l'air tellement… Bref, si tu as besoin de parler à quelqu'un, quelle que soit la raison, je suis là. Évite simplement de le dire à mes étudiants, d'accord ?

Elle s'est dirigée vers la porte avec un petit rire nerveux, non sans me jeter un regard empreint d'une inquiétude si sincère que j'ai rougi. Je suis revenue à mon ordinateur. À l'écran, des dizaines de Drew Barrymore me souriaient, me tiraient la langue et montraient leurs seins à David Letterman. Elles étaient jolies mais elles avaient le regard vide.

J'ai essayé de me rappeler la dernière fois que j'avais été en contact avec Jon. Un message sur son répondeur la semaine précédente parce que Bean Pun, notre café préféré, avait été transformé en Starbucks. Un texto la semaine d'avant pour lui dire : je ne comprends pas ce qui nous est arrivé, suivi de : pardon, c'était débile, puis de : haha, j'espère que tu vas bien !! Mais vraiment, que nous était-il arrivé ? N'avions-nous pas décidé de faire les choses avec bienveillance ? Est-ce que la question du chat n'était pas restée en suspens, bordel ?

Il n'avait pas le droit de disparaître dans la nuit avec l'animal que je désignais, pour rire mais aussi avec le plus grand sérieux, comme mon unique enfant. Il était hors de question que je n'aie pas droit à un dernier pouet pouet sur son nez moelleux, ni à un de ces moments doux-amers où Jon et moi nous souhaiterions bonne chance et échangerions quelques platitudes sur le temps qui passe, après quoi il déposerait peut-être un baiser navré sur mon front. D'accord, nous avions décidé que c'était fini, mais nous étions censés faire équipe et finir les choses proprement.

Merris est entrée, vêtue d'un de ses cardigans-châles les plus avant-gardistes. Elle m'apportait un petit sachet d'œufs durs qu'Olivia lui avait donné pour moi.

— Elle était un peu secouée après vous avoir parlé, a-t-elle dit en le posant sur mon bureau. Ce qu'il vous faut, paraît-il, c'est de la vitamine B12.

— Il a pris le chat, ai-je annoncé.

Merris m'a tapoté le dos, d'un geste étonnamment maternel de sa part.

— Eh bien, au moins, vous ne viendrez plus au bureau avec un chemisier plein de vomi. Ou en tout cas, pas du vomi de chat.

Elle a pouffé et j'ai vraiment cru que j'allais rire, moi aussi : le son que j'ai laissé échapper était parti pour être joyeux. Sauf qu'il s'est transformé de manière inattendue en un long beuglement, et que je me suis sentie m'écrouler sur moi-même. Ma tête s'est effondrée la première, suivie du reste de mon corps, jusqu'à ce qu'il ne reste plus de moi qu'un petit tas vaguement humain, là où se trouvait auparavant une personne compétente. Merris semblait préparée : d'une main, elle a retenu ma tête et l'a posée sur son épaule tandis que de l'autre, elle fermait la porte de mon bureau.

Depuis le départ de Jon, j'avais beaucoup pleuré. Mais cette fois c'était différent, un élan à la fois intense et animal. Tout est sorti d'un coup, au travail, devant ma chef : le refus de Jon de répondre à mes appels, mon soulagement, au moment de la séparation, de le voir partir, immédiatement suivi de regrets, le vermouth, les burgers, l'activité effrénée sur ma carte de crédit, les heures sur Instagram, l'impossibilité de payer mon loyer, l'assèchement fulgurant de mon compte en banque. Le fait que mes parents habitaient à des heures de chez moi, que mes amis commençaient déjà à me trouver un peu lourde, que mon avocate ne montrait aucune empathie pour la décision la plus grave de ma courte vie, que je m'étais remise à écrire de la poésie. Et, pire que tout, la certitude que toutes ces choses n'étaient pas des vrais problèmes et que tout ce temps passé à ruminer faisait de moi une mauvaise personne, ou en tout cas une personne prodigieusement ennuyeuse à qui il n'arriverait jamais rien, qui n'aiderait jamais personne, qui mourrait dans une inondation provoquée par le changement climatique, ou bien d'un cancer ou de la famine, seule et haïe de tous.

Je me suis essuyé le nez et le silence s'est installé – le genre de silence qui plane une fois qu'on a passé les bornes.

— Bon, a dit Merris avant que j'aie fini de prononcer les excuses que ma bouche tentait de former. J'espère que vous trouverez du réconfort dans la certitude que vous avez pris la bonne décision. On n'est pas censé dire ce genre de choses, au cas où le couple se remettrait ensemble, mais cette fois je crois qu'il n'y a pas vraiment de risque.

Je lui ai dit que j'étais toujours surprise de me sentir aussi mal. Quand je m'étais séparée de mon premier copain, à dix-huit ans, la souffrance m'avait débarrassée de ma peur de la mort : le néant éternel me semblait peu de chose à côté de la blessure béante que Jason avait laissée dans ma poitrine en choisissant une autre fac que la mienne (malgré le pacte que nous avions passé de partir vivre ensemble à Toronto !). Comme une décennie entière s'était écoulée, j'avais cru que cette nouvelle séparation provoquerait chez moi des sentiments différents, que j'aurais entre-temps acquis la capacité de vivre la situation avec grâce et dignité. Mais non. Dans un e-mail peu après notre rupture, j'avais écrit à Jason que j'avais l'impression qu'il avait ouvert en deux ma cage thoracique et chié à l'intérieur. Cette fois, je ressentais exactement la même chose – en pire, parce que l'impression était maintenant familière – et je me retrouvais là, à pleurer sur mon bureau en plein jour, tandis que des collègues plus jeunes que moi, prises de pitié, m'offraient des œufs.

— Ce sont de très bons œufs, a protesté Merris.

Je lui ai dit qu'à l'époque, j'aimais l'idée qu'il soit difficile de sortir d'un mariage ; je trouvais même cette idée romantique. J'avais l'impression qu'il fallait que ce soit dur d'en sortir, parce que par moments ce serait probablement dur d'y rester. Un jour une de mes tantes avait déclaré, pour plaisanter : « Le meilleur conseil de mariage que je peux te donner, c'est de faire toujours attention à ne pas vouloir le divorce tous les deux en même temps. » J'avais imaginé que la question ne se poserait que bien plus tard.

— Sur le moment, se marier apparaît toujours comme une idée merveilleuse, n'est-ce pas ? a repris

Merris. Et d'ailleurs, c'était probablement le cas. Je suis sûre que vous vous aimiez, et ce n'est pas un crime que de changer d'avis. Je ne vous ferai pas l'injure de vous dire que vous avez fait le tour de ce que vous aviez à apprendre l'un de l'autre. Parfois, il arrive qu'une relation ne fonctionne plus.

J'ai répondu à Merris qu'elle avait raison. Je me sentais perdue. Et stupide. Tout était gênant, dans cette histoire. Et démoralisant, et désespérant, et, et, et. J'avais l'impression d'être trop vieille pour passer à autre chose et trop jeune pour être divorcée, comme si je me retrouvais coincée quelque part entre les deux.

Merris nous a redressées sur nos sièges.

— Un jour, a-t-elle dit, et vous serez étonnée à quel point il arrivera vite, un jour vous vous réveillerez et vous irez bien. Au début, cela ne durera pas, mais plus tard, il y aura encore un jour comme celui-là, où vous aurez presque oublié toutes ces horreurs, et puis un autre, et encore un autre, jusqu'à ce que cela devienne votre vie. Mais pour le moment, ça va être dur. Vous êtes en plein dans la période où c'est dur.

— Mon dieu, vous êtes tellement sage, ai-je répondu avec un pauvre sourire.

— Je suis vieille, a-t-elle riposté. Et je suis divorcée, et veuve par-dessus le marché… Vous êtes tombée à la bonne adresse. Maintenant, rentrez chez vous, vous n'êtes pas en état. Dormez, buvez un vermouth ou je ne sais quoi, et revenez demain quand vous irez mieux. Et laissez-le tranquille, peut-être.

J'ai serré le bras de Merris et j'ai regardé ailleurs, pour éviter de nouveaux débordements émotifs. Nos rapports de travail étaient relativement cordiaux, mais au cours de cet après-midi j'avais exigé d'elle plus d'intimité que dans l'intégralité de notre relation. Elle s'est levée en lissant le lin de sa robe chasuble.

— Je vais vous faire suivre un article, a-t-elle dit. C'est une sélection de fautes d'auto-correcteur. Des gens qui écrivent « mamelon » au lieu de « marmelade », ce genre de choses. Un peu d'humour léger devrait vous changer les idées.

Une fois Merris partie, j'ai rassemblé mes affaires et je suis sortie dans la brume étouffante de ce mois de septembre caniculaire. J'ai remonté College Street, suffisamment sereine pour suivre cinq minutes sur quinze d'une méditation de « marche en pleine conscience ». L'enregistrement était insupportable à écouter, mais cliquer dessus m'avait donné l'impression d'accomplir un acte transformatif, comme une première étape sur le chemin d'une vie riche de sens. J'ai éteint quand la voix trop apaisante m'a ordonné de prendre conscience de la sensation de mes orteils dans mes chaussures.

Les conseils de Merris étaient matures et pleins de sagesse. Quelle chance j'avais, de compter dans mon entourage une femme si généreuse que je pouvais prendre pour modèle. Cependant, quelle tristesse de constater que ses mots n'avaient aucun effet sur moi : je ne ressentais rien d'autre qu'une rage chauffée à blanc qui ne connaîtrait de répit que lorsque j'aurais gagné ce divorce et réduit l'homme qui m'avait blessée en un tas de ruines fumantes, rasé ses villes et semé du sel sur sa terre pour m'assurer que plus rien n'y pousserait jamais. Par bien des côtés, Merris avait raison, mais je comptais quand même m'y prendre autrement.

Au lieu de m'efforcer d'observer, dans un état de pleine conscience, les feuilles des arbres, les sons et les odeurs de la rue, j'ai ruminé sur le mépris que je portais à mon mari : son caractère trop intense, sa prétention, ses goûts musicaux, la bosse sur son nez laissée par une blessure de hockey au lycée. Je haïssais ses poils au dos, la cuisine de sa mère, le fait qu'il était trop grand pour être techniquement considéré comme petit mais pas grand pour autant, et en aucun cas « proche du mètre quatre-vingts », comme il aimait à le dire. Je récitais comme un mantra la liste de mes agacements quotidiens, je m'attardais sur toutes les fois où il m'avait déçue, blessée, s'était emporté contre moi. J'ai pensé aux moments où je l'avais regardé en me disant : « Vraiment ? Lui ? » La fois où il m'avait humiliée au supermarché, avait cassé un mug dans un accès de colère, avait fait une queue de poisson à un autre conducteur. J'ai passé en revue toute ma vie depuis ma vingtaine en lui faisant porter le chapeau pour chaque expérience négative. J'ai réévalué tous nos anniversaires, nos voyages, nos samedis matin, nos dîners, nos sorties au cinéma et nos Noëls en famille. J'ai remodelé tous nos bons souvenirs jusqu'à les faire apparaître tels qu'ils étaient vraiment : des moments d'espoir fallacieux qui cachaient une vérité tout autre. Cet homme allait me promettre de m'aimer, et ce serait un mensonge. Cet homme allait me voler mon chat.

Je me suis mis une cuite, et je me suis tapé Calvin.

Recherches Google, 4 septembre

appli de rencontres féministes
vitamine B12 importante
appli de rencontres sans couples
tracy anderson fitness bras vidéo gratuite
mèmes drôles
extinction globale probabilité
recyclage pour quoi faire
nicole kidman sort bureau avocat divorce
divorce procédure accélérée ontario
regarder stories Instagram anonyme
bars toronto éclairage flatteur
MST 2018
anulingus dangereux ?
cause extinction abeilles
gym dos voûté
courge spaghetti pourquoi
toronto crise logement
transmission PVH rapport bucco-anal
catherine zeta jones divorce
graphiste fergus toronto leslieville

Monica Heisey

graphiste tess toronto vegan
graphiste photographe serveuse ali toronto
quatre accords toltèques secte ?
bosse anormale pouce
arthrite précoce téléphone portable
injections remplissage mains
meilleurs moments romantiques télé
raison & sentiments emma thompson willoughby
harnais correcteur posture arnaque ?
lunettes anti-lumière bleue arnaque ?
déodorant naturel arnaque ?
emploi université littérature proto-moderne amérique du nord
diplôme accéléré enseignant
taylor swift chansons rupture
one direction premières vidéos
retour de saturne

Quand les cours ont repris, je me suis promis d'arrêter de penser à Jon. La mission s'est avérée d'une facilité étonnante : il me suffisait d'y consacrer 100 % de mon énergie, 100 % du temps. Je remplissais mes journées grâce au travail et aux réunions, aux soirées passées chez mes amis à échanger des ragots et à regarder des films en envoyant des SMS, et aux coups de fil obligatoires à ma famille pour leur dire que oui, ça allait et que non, je ne voulais toujours pas revenir habiter à la maison le temps de « régler quelques trucs ».

J'évitais de penser à lui sur le trajet de mon travail, tandis que, comprimée dans le bus avec mes écouteurs, je dévisageais des personnes attirantes avec ce regard que Lauren appelait mes « yeux du rendez-vous manqué ». Je ne pensais presque pas à lui quand je parcourais des petites annonces de sous-location dans mon bureau, ou quand je répondais aux questions alambiquées des étudiants – en réalité, c'étaient plutôt des remarques que des questions – sur Edmund

Spenser ou je ne sais qui. Je ne pensais pas à lui pendant mes longues soirées solitaires en semaine, quand je corrigeais des copies assise par terre dans le salon, que j'effectuais des exercices faciaux raffermissants certainement inutiles, ou que j'allumais mon unique bougie coûteuse pour une durée de trente minutes avant de l'éteindre.

Je ne savais pas exactement où j'allais. Tout ce que je savais pour le moment, c'était que rester occupée me permettait de penser à autre chose, c'est-à-dire d'atteindre un état s'approchant plus ou moins du bonheur. Si j'émergeais de cette période avec un corps plus sculpté, une vie plus intéressante, un visage plus joli et un·e partenaire incroyablement canon et potentiellement célèbre, alors tant mieux. Pour atteindre ces buts, je me suis lancée dans un « squat challenge », j'ai pris la résolution de faire davantage de vélo et d'économiser pour me payer des injections préventives de Botox. J'avais arrêté de pleurer tout le temps – d'ailleurs, ça ne m'était pas arrivé depuis des semaines – et je postais en ligne des blagues sur ma vie fantastique, sur mes week-ends faits de soirées débridées, d'alcool et de rendez-vous amoureux. Je me concentrais en priorité sur l'activité qui m'apportait le maximum de distraction immédiate : les rencontres.

Mes amis avaient peur que j'aille trop vite. Ils m'avaient avertie que ma première fois avec une personne nouvelle serait peut-être confuse et chargée en émotions. En réalité, la chose s'était plutôt bien passée – hormis quelques dysfonctionnements érectiles de la part de Calvin –, même si j'avais décidé de ne parler à personne de ce choix de vie en particulier. Cette relation secrète avait un côté amusant et feuilletonesque, sauf que j'avais aussi un peu honte. Alors je feignais de m'intéresser à leurs conseils quand ils me disaient de prendre mon temps, même si je m'efforçais au contraire de me presser le plus possible, de manière à repousser au plus vite Calvin vers le bas de mon historique sexuel. Par ailleurs, j'étais impatiente de m'y mettre parce que se sentir excitée, nerveuse ou obsédée par le sexe vaut toujours mieux qu'être triste.

— C'est ça que je dois faire, ai-je dit un soir à mes amis chez Clive. Il faut que je me remette sur le marché. Je suis sur Tinder et je crois que je vais essayer Hinge.

— Bon vent à toi ! a répondu Lauren avec un petit rire triste.

Amirah a remarqué, ce qui n'était pas très charitable de sa part, que je n'avais jamais vraiment été « sur le marché ». J'étais sortie avec Jon dès l'âge de dix-neuf ans : ce n'était pas comme si je faisais mon grand retour sur la scène du célibat. J'en étais plutôt à mes débuts.

Mon premier *date* était avec une serveuse de vingt-sept ans du nom de Sofia, à laquelle j'ai plus tard emprunté l'idée d'utiliser pour mon profil des photos où j'avais l'air banale voire ordinaire. En ligne, elle m'avait paru mignonne – petite et forte, avec des sourcils bien dessinés et des petits seins à la Marie-Antoinette –, mais quand nous nous sommes rencontrées et que je l'ai vue pour la première fois s'avancer vers le patio où je gardais nos deux verres de cidre en essayant de ne pas trop transpirer, elle était tellement belle que j'ai songé un instant à m'enfuir. Mais je me suis contentée d'essuyer mes mains moites sur mon jean et, avant de pouvoir me retenir, je lui ai serré la main comme si j'étais dans un entretien de travail chargé d'enjeux sexuels et émotionnels, ce qui était un peu le cas.

Sofia a pris ma main avec un sourire narquois et a lancé : « Comment ça va, Maggie ? », puis nous avons passé trois heures à boire du cidre en discutant de nos blessures profondes avant de nous embrasser dans le parc de Trinity Bellwoods. La rencontre a été un tel succès que j'ai passé une semaine environ à me dire que j'en avais fini avec les hommes, jusqu'à ce que mon *date* suivant, un musicien du nom de Tyler, me prenne sur sa machine à laver, ce qui m'a forcée à admettre que j'étais intéressée par à peu près quiconque voulait bien s'intéresser à moi.

Tout cela me prenait un temps fou : swiper, matcher, choisir une phrase d'entrée en matière charmante mais suffisamment détachée… Puis il y avait les conversations légères, les rendez-vous à caler et à déplacer, les annulations, la recherche de quelqu'un d'autre. Parfois, je laissais Olivia ou Amirah swiper à ma place. Mes amies qui étaient dans une relation stable prenaient un réel plaisir à m'aider sur les applis mais pas pour la raison qu'on croit : pas parce qu'elles étaient jalouses ou curieuses face à ces nouvelles méthodes de pointe inventées pour se rencontrer et s'accoupler. Elles les approchaient plutôt comme des correspondantes de guerre, comme s'il était de leur devoir d'observer leurs ravages de manière impartiale. Je le voyais dans leurs yeux chaque fois qu'un profil apparaissait où l'on apercevait les deux tiers inférieurs du visage d'un homme en plan incroyablement rapproché dans trois décors différents, ou bien qu'une femme à qui je parlais depuis quatre jours révélait qu'elle avait un copain et qu'elle voulait lui offrir une surprise un peu spéciale pour leur anniversaire, ou bien la fois où un homme m'a écrit tu suces ? avec un émoji d'un petit singe qui se cache timidement les yeux. Je sentais en elles de l'excitation, et aussi la hâte de rentrer chez elles au plus vite pour livrer à leur partenaire leur rapport du front de la vie amoureuse moderne : « Bébé, tu peux pas imaginer, c'est un cauchemar. »

Pourtant, ce n'était pas toujours un cauchemar. Sofia était adorable : nous nous sommes revues deux fois, jusqu'à ce qu'elle m'envoie un long message plein de compliments pour m'annoncer qu'elle se remettait avec son ex. Lauren et moi sommes allées à un double *date* avec deux cousins qui nous ont offert des tickets gratuits pour plusieurs matchs de base-ball, et une femme du nom de Gretchen m'a fait squirter, chose que j'avais jusque-là crue impossible. Même quand un *date* se passait mal – l'homme qui s'est nettoyé les dents à table avec du fil dentaire, la femme qui m'a demandé si elle pouvait utiliser mes poils pubiens pour faire de la « magie blanche sexuelle » –, ce n'était pas grave. Il y avait encore, comme chacun sait, de nombreux poissons dans la mer. Certains de ces poissons étaient même agréables à regarder. Certains étaient de bonne compagnie, et en fait, la seule chose qui importait était que tous ces poissons se montraient techniquement disponibles. Une fois qu'on avait matché avec quelqu'un et dépassé le cap inévitable des tu-vas-bien et des tu-cherches-quoi-ici, on pouvait toujours compter sur une rencontre dans un délai allant de douze heures à deux semaines.

Je m'étonnais toujours de remarquer à quel point les nouveaux matchs étaient disposés à se livrer avant même que nous nous rencontrions. Pendant ces échanges préliminaires, les gens me faisaient part de leurs moindres défauts, de leurs rapports avec leurs parents et de leurs problèmes avec leurs collègues de travail, alors que je ne connaissais même pas encore leur taille ni leur nom de famille. Pour ma part, je préférais attendre le tête-à-tête pour larguer la bombe du divorce, même si je ne savais jamais bien comment aborder cet aveu. J'avais demandé conseil à une amie atteinte d'herpès, et elle m'avait répondu qu'elle préférait rencontrer un mec avec une MST plutôt que quelqu'un qui « se trimballe ce genre de bagage émotionnel ».

J'ai dit que dans mon cas, c'était les deux à la fois : non seulement j'étais morte à l'intérieur, mais en plus j'avais des boutons de fièvre.

— Oh, si c'est juste des boutons de fièvre tu n'es pas obligée de le dire, a-t-elle répondu. Le HSV-1, c'est pas comme le vrai herpès grave.

Mais loin de poser problème, mon statut matrimonial me fournissait un sujet de conversation divertissant. La plupart des gens réagissaient avec une surprise amusée, comme si je leur avais révélé que j'avais une vie secrète d'ex-enfant star ou d'espionne internationale. C'était aussi un bon moyen d'orienter la conversation sur tout ce qui n'avait pas fonctionné dans nos relations précédentes, discussion qui occupait au moins la moitié de mes *dates* avec des personnes rencontrées sur des applis. Amy avait raison : mon divorce me donnait un air intéressant, et même mystérieux. En plus, ce qui était peut-être le plus important, il me donnait l'apparence de quelqu'un qui ne recherche pas une histoire sérieuse : j'ai vite appris que la plupart des hommes voulaient éviter tout engagement, tandis que la plupart des femmes le recherchaient immédiatement mais semblaient trouver irrésistibles les personnes qui le leur refusaient.

Cette prise de conscience m'a donné l'impression de vivre dans une série télévisée où les personnages répètent sans arrêt « on est dans les années quatre-vingt-dix ! ». Pourtant, je ne pouvais pas nier l'existence de ce schéma. De toute évidence, les hommes se sentaient libérés par l'idée qu'une femme qui cherche activement à se détacher d'un homme ne soit pas prête à se lancer aussitôt dans une relation sérieuse avec un autre ; quant aux femmes, soit elles trouvaient à ma situation un côté tragiquement romantique, soit elles s'identifiaient à moi. Quand elles ne cherchaient pas à me sauver, nous pouvions au moins échanger des souvenirs de guerre – tout le monde n'est pas divorcé, mais tout le monde a déjà eu le cœur brisé.

Une fille plus jeune rencontrée sur Hinge m'a dit que mon statut matrimonial était « trop stylé, en vrai », avant d'ajouter que « c'est comme si tu remettais ton âge à zéro, parce que, sans vouloir te vexer, t'as pas l'air jeune, mais par contre t'as l'air grave jeune pour quelqu'un de divorcé ». Plus tard le même soir, elle (Harriet, je crois ? ou peut-être Hali ?) a eu ses règles avec une telle abondance que le sang a imbibé mes draps et taché mon matelas. Quelques jours plus tard, je lui ai envoyé une blague par SMS sur les tests de virginité médiévaux, en disant que mon père, le roi, avait été fort réjoui de voir mes draps, mais elle n'a pas compris la plaisanterie, ou alors elle ne l'a pas appréciée. En tout cas, elle ne m'a jamais répondu.

Clive m'a dit que les gens de la génération Z perdaient rarement leur temps à rompre pour de bon : « Je crois que c'est mieux, au fond. Les vieux sont tellement collants. Avec les jeunes, soit tu leur plais, soit tu n'entends plus jamais parler d'eux. »

La suite lui a donné raison. Lors de mon premier mois sur les applis, j'ai eu six premiers *dates*, trois deuxièmes et un troisième. Je n'ai jamais revu personne une quatrième fois. J'aimais avoir l'impression d'être occupée, de savoir où j'allais, et d'avoir une raison de me doucher. C'était agréable, aussi, d'avoir une bonne excuse pour regarder mon téléphone. D'un seul coup, les moments passés chez moi à scroller sur Twitter, l'esprit vide, m'apparaissaient comme des pauses salutaires entre deux messages importants. Mon téléphone n'était pas seulement un portail de livraison de repas ou un journal intime bourré de photos et de vidéos déchirantes. C'était aussi une plateforme d'affirmation de ma sexualité et de rencontres amoureuses potentielles ! Il devenait tout à fait logique d'y passer des heures.

Sauf qu'avec le passage des semaines, quand la nouveauté de ce buffet de cul à volonté a commencé à s'épuiser, je me suis aperçue que le moment que je préférais dans ces rendez-vous, c'était l'heure qui les précédait. J'aimais le rituel de la préparation pour un *date* : me doucher et me couvrir langoureusement de crème hydratante, me tailler les poils des aisselles (*je suis féministe !*) et me raser ceux des jambes (*féministe modérée !*), me passer une huile légèrement parfumée sur les pointes de cheveux tandis que les glaçons fondaient dans mon petit remontant pré-date posé sur le radiateur.

Je streamais de la musique pour me mettre d'humeur séductrice, chantant en chœur avec les douces voix de femmes désabusées qui s'échappaient en échos métalliques du haut-parleur de mon téléphone. Je grignotais quelques en-cas légers pour absorber l'alcool tout en évitant de me sentir ballonnée. Je me représentais ma soirée à venir, préparant paresseusement quelques petites vannes idiotes, essayant de me souvenir si la personne que j'allais retrouver était bien celle à laquelle j'avais parlé de mon coup de soleil catastrophique de 2005, ou bien si c'était quelqu'un d'autre qui portait des lunettes et aimait voyager.

J'avais trouvé par Google un article déprimant à propos des rencontres en 2018, qui disait que les hommes n'aiment pas les femmes qui portent un pantalon à un rendez-vous, alors quand je devais voir un homme, je faisais attention à être en jupe ou en robe, même si je n'en possédais pas beaucoup. Au début, je m'inquiétais : et si je rencontrais un mec qui me plaisait et que je n'avais plus une seule tenue « de femme » propre ? Mais bien entendu, j'ai vite découvert que ce n'était pas vraiment un problème. Le véritable risque, c'était plutôt de rencontrer trop de femmes bisexuelles et de passer quatre heures, de retour chez moi, à envisager de me faire un piercing au septum.

Dans l'ensemble, mes dates étaient agréables. Un seul d'entre eux a été épouvantable – un homme qui est arrivé avec trente minutes de retard, pieds nus, et m'a fait la leçon sur les femmes qui usurpent le « rôle masculin naturel ». Deux ont été de très bons moments. Mes dates et moi nous sommes retrouvés dans des bars, dans des parcs au coucher du soleil, et nous avons quelquefois participé à des activités amusantes, enhardi·e·s par trois à sept verres d'alcool, par l'anonymat relatif et par la conscience tacite que nous étions tout autant attiré·e·s l'un·e par l'autre, ou du moins tout aussi assoiffé·e·s de sexe.

Un jour – alors que j'étais en train de lutter de chaque fibre de mon être pour ne pas sortir mon téléphone pendant qu'une fille était partie aux toilettes –, j'ai pris conscience du fait qu'une fois qu'on a atteint la fin de la vingtaine, on est probablement capable de passer un bon premier *date* avec à peu près n'importe qui : tout le monde a déjà traversé au moins une grosse rupture, la plupart des gens disposent d'une source régulière de revenus et ont les moyens de payer au moins un verre ou deux (ou au pire, connaissent un barman), dans le genre de bar où les serveuses mettent un point d'honneur à ne pas porter de soutien-gorge et où il y a toujours au moins un animal empaillé quelque part.

Ce n'était pas tellement grave si tous les bars se ressemblaient. On a emmagasiné trop de données à travers le monde sur les goûts des millénials : tous les lieux que nous fréquentons sentent la feuille de calcul. Alors que j'avais imaginé que les applis allaient élargir mes horizons amoureux, une figure incroyablement homogène s'est mise à émerger : celle du type de personne avec qui j'étais le plus susceptible de matcher, d'engager la conversation et d'avoir un rendez-vous. Les hommes avaient tendance à être barbus, de gauche, et à s'emballer un peu trop à la mention du nom d'Harry Nilsson. Tous pensaient que Bernie Sanders aurait dû gagner. Un nombre alarmant d'entre eux réfléchissaient à se lancer dans le stand-up. Aucun n'avait de rideaux chez lui.

Les femmes, elles, étaient légèrement plus diverses (différentes coupes de cheveux, différents styles de robes, différents chemins pour arriver à la conclusion que leur idéal de couple était Pam et Jim dans *The Office*). Cependant, la population de femmes queer en quête de rencontres à Toronto était tellement limitée que je connaissais déjà beaucoup d'entre elles : je les avais croisées au yoga, je leur avais tenu la porte à une fête chez des amis, j'étais passée devant elles dans les couloirs de l'université. Les femmes étaient trop proches de moi et obsédées par l'idée de faire savoir au monde qu'elles étaient « sensibles ». Les hommes, s'ils avaient l'avantage d'être plus différents de moi, avaient des salles de bains répugnantes et ne savaient pas rédiger un SMS sans faire de fautes. Comme chacun sait sans oser se l'avouer, Tinder n'était pas si amusant que ça.

Au bout du compte, cette prise de conscience n'a pas eu tellement d'importance. En effet, juste au moment où j'ai commencé à me lasser du cycle des rendez-vous sur applis (rencontre, deux *dates*, sexe, troisième rendez-vous retardé puis reprogrammé puis annulé, et pour finir, silence radio), j'ai remarqué un phénomène nouveau à mon travail. C'était comme si un genre de Bat-Signal proclamant « je suis disponible ! » avait illuminé le ciel, alertant toutes les amours manquées de mon passé – des gens avec qui j'aurais aimé coucher à la fac, des connaissances que j'avais toujours trouvées sexy, des collègues de travail qui me draguaient du temps où j'étais serveuse –, et toutes ces personnes se manifestaient en masse.

Il leur suffisait de liker un vieux Tweet, de commenter une photo ou bien de m'envoyer un SMS l'air de rien pour me parler de quelque chose qu'ils ou elles avaient vu et qui leur avait fait penser à moi : une pub pour un restaurant dont nous avions ri six ans plus tôt, une fleur de la même couleur que mes cheveux… Un Anglais que j'avais failli embrasser à une fête en 2017 m'a envoyé une photo d'une patate au four couverte de haricots à la sauce tomate, agrémentée d'une légende cryptique et légèrement alarmante : loin de toi c'est la fin des haricots.

Amy, avec qui j'étais restée en contact et que je retrouvais parfois pour boire un café quand je m'étais trop plainte de Jon à mes autres amis, m'a dit que ces figures de mon passé réussissaient à « sentir » que j'étais célibataire d'après mes activités sur les réseaux sociaux.

« C'est instinctif, a-t-elle expliqué. Tu sais, cette story que tu as postée l'autre jour ? Tu avais les tétons qui pointaient, ça sautait aux yeux. Les filles maquées ne postent pas ce genre de choses. Et les gens, ils le remarquent. »

Elle m'a montré une vidéo Boomerang d'un homme en train de verser de la poudre dans une bouteille d'eau et de la secouer vigoureusement. « Pour moi, ce clip, ça crie "je suis célib". Tu as vu comme il fait l'amour à la caméra ? Et regarde… »

Elle a cliqué sur le profil de l'homme et fait défiler ses photos avec un petit claquement de langue désapprobateur. « Depuis trois mois, aucune photo de sa copine sur son fil. Ce mec, c'est pire que la Grande Muraille de Chine. Il est tellement célibataire que ça se voit depuis l'espace. »

Une part de moi était horrifiée d'être mise dans le même sac que cet homme affamé de sexe avec ses poudres protéinées. Était-ce vraiment aussi flagrant dans mon cas ? J'ai eu l'impression d'être une babouine qui tortille son derrière enflé devant un autre babouin avec lequel elle a participé à une conférence cinq ans plus tôt. Mais malgré cela, j'étais surtout surexcitée par ces messages, par la validation extérieure qu'ils m'apportaient et par la possibilité de goûter une chose dont je savais déjà qu'elle me faisait envie.

Rencontrer des gens nouveaux me donnait l'impression de retourner à la case départ : c'était à la fois intimidant et déprimant. Le défi était trop ardu pour quelqu'un qui vient de traverser des épreuves amoureuses. En revanche, retrouver des chemins que je n'avais pas pu emprunter à l'époque me semblait plus facile et plus logique. C'étaient des gens avec lesquels mon couple m'avait empêchée d'avoir une histoire. La personne qu'il me fallait était là depuis tout ce temps ! Je trouvais un certain réconfort dans l'idée que c'était Jon qui avait été une erreur, et non le fait de l'avoir perdu ou laissé partir. S'il était écrit que je devais finir avec un·e de ces presque-amant·e·s de mon passé, alors cela voulait dire que ma séparation avait été une étape nécessaire sur la voie de l'amour véritable et non, contrairement à ce que je ressentais la plupart du temps, un échec.

Quand je rentrais chez moi après un rendez-vous avec un ancien collègue, une connaissance vaguement charmeuse ou une amie d'ami avec qui j'avais toujours senti une étincelle, je ressentais une satisfaction et une fierté proches de l'hystérie. Sentir que des gens – plein de gens ! – m'appréciaient, me trouvaient jolie ou voulaient me baiser était un sentiment extraordinaire. D'accord, j'avais espéré que Jon m'aimerait pour la vie, mais quelque part au fond de moi, je croyais aussi qu'il était le seul à vraiment en avoir envie.

En rentrant à 4 heures du matin, je croisais mon reflet dans le miroir du couloir : une femme assez désirable pour qu'on l'invite à boire un verre, assez canon pour qu'on lui roule des pelles à l'arrière d'un Uber, assez douée en textos pour décrocher un deuxième, et peut-être même un troisième date. Débiter mes petites anecdotes, appliquer de l'eye-liner, rechercher discrètement la bonne occasion de passer ma main dans le dos d'une personne : tous ces talents portaient leurs fruits. À en croire l'avis objectif d'une personne extérieure, je méritais qu'on me consacre du temps. Que disait la citation, déjà ? « L'amour se mesure en temps passé ensemble. » Vous n'avez qu'à demander à Zadie Smith !

Aimer et soutenir quelqu'un pendant des années, ce n'est pas exactement la même chose que de manger une pizza ensemble pendant deux heures dans un bar rempli de flippers, mais qu'importe ? J'étais désirable, putain ! Et on pouvait m'aimer de nouveau. J'allais bien.

Un fantasme

Je rentre chez moi après avoir pris part à une activité constructive et moralement bénéfique, comme par exemple un cours de spinning. Je viens de prendre une douche et mes cheveux ont séché exactement comme il faut. Je ne porte pas de maquillage mais je n'en ai pas besoin : ma peau est veloutée comme si je venais de me faire trois masques de beauté en même temps. J'ai l'air française. Je me sens française. Je n'écoute même pas de podcast en marchant, parce que je suis le genre de femme qui veut vivre sa vie à 100 %.

Le soleil descend et je respire profondément, comme le font les gens bien ancrés dans leur vie qui n'ont rien à prouver. Je porte une brassière de sport en guise de top et pourtant, je n'ai aucun téton qui dépasse. Mon choix vestimentaire ne provoque aucune remarque déplacée, parce que je porte ce style avec une aisance absolue.

Je déambule dans la rue sous une lumière sublime et quelqu'un me tend un smoothie : « Vous devriez boire ça, mademoiselle. » Il ne pense même pas une seconde à m'appeler « Madame », et pourquoi le ferait-il puisque je suis jeune ? J'avale le smoothie et les principes actifs du jus d'herbe de blé se déposent dans mon corps pour le débarrasser de toutes ses toxines ou je ne sais quoi.

En chantonnant tout bas, j'avance sur le trottoir d'un pas plein d'entrain. Je me sens tellement légère. En rentrant chez moi, je vais allumer de l'encens et lire un livre, et mon téléphone restera dans une autre pièce, et je ne me souviendrai même pas laquelle parce que je n'ai aucun problème à m'en séparer. J'hydraterai mon corps sans accorder une seconde d'attention à ma cellulite, parce que c'est normal d'en avoir et que tout le monde en a, même une femme en forme comme moi.

Je marche dans la rue avec la conscience intime et profonde que je suis aimée. Par mes amis, ma famille, et aussi par...

Soudain, je le vois : Jon. L'œil rougi, les traits tirés, il erre sans but comme un homme qui a pris de mauvaises décisions dans sa vie, et une, surtout, qui le hante plus que les autres. Je l'aperçois bien avant qu'il ne me voie, et je pense : « Quelle tragédie. »

C'est dur de le trouver ainsi au plus bas alors que moi, à en croire nos amis, nos connaissances mais aussi cet article qui fait la couverture du journal, très personnel mais plutôt bien documenté, je me porte « incroyablement bien ».

Je me dis que pour son bien, il vaut mieux que je l'évite, alors je ralentis le pas pour le laisser partir devant moi. Mais j'ai beau marcher très lentement, ce n'est pas suffisant. Son pas est tellement traînant – le pas léthargique d'un homme dévasté – que j'ai tôt fait de le rattraper. Je suis en train de chercher les mots les plus bienveillants possible pour lui annoncer que j'ai rencontré quelqu'un, quand soudain :

« Maggie ! Maggie ! »

Je me retourne en même temps que Jon. C'est alors que nous le voyons tous les deux : impossible de le manquer, avec cette foule qui s'est amassée autour de lui. Il court vers nous, souriant, en agitant les bras, vêtu d'un immense pantalon expérimental.

« La voilà ! » s'écrie Harry Styles en glissant son bras stylé et couvert de tatouages autour de ma taille.

En un instant, Jon comprend tout : notre intimité spontanée, le rouge à mes joues. Je sens un petit pincement de compassion pour l'homme qui a autrefois été mon mari. Je voudrais demander à Harry Styles d'être un peu moins démonstratif, de faire preuve de tact dans cette situation délicate. Je voudrais protester : « Voyons, voyons, Harry Styles ! » Mais je sais que c'est plus fort que lui : il est trop enthousiaste, notre histoire est si neuve. Le visage de Jon se décompose, mais il tend le bras pour serrer la main de la superstar internationale que j'ai rencontrée par hasard dans l'avion et séduite en feignant de ne rien connaître de sa discographie.

« À ta place, j'éviterais, mec, l'avertit Harry Styles. J'ai passé toute la matinée à doigter ta femme. »

Vers le milieu de l'automne, une envie frénétique de participer à des activités sportives et culturelles s'est emparée de moi et je me suis dit que c'était mauvais signe.

« Jamais de la vie », avait répondu Lauren quand je lui avais proposé de nous inscrire à un cours intensif de krav maga, dont Olivia m'avait garanti que nous sortirions détruites. « Quand une personne adulte se lance dans un hobby, ce n'est jamais pour une bonne raison. »

Elle n'avait pas tort. Peu importe qu'il s'agisse de la dernière tendance fitness ou d'un cours utilitaire, ou encore de pratiques originales et divertissantes comme le dessin de nu ou les cours de conversation en italien : tout adulte qui participe à une activité instructive a forcément quelque chose à fuir.

J'étais bien placée pour le savoir, moi qui avais eu l'idée d'adopter un hobby un jour où j'étais en proie à une angoisse existentielle particulièrement aiguë, en lisant un article consacré au divorce sur wikiHow.

Il contenait une liste de dix-huit conseils, mais les sept derniers, qui touchaient à l'éducation des enfants en garde partagée, ne me concernaient pas. « Trouvez un hobby » était le conseil numéro quatre. Juste avant, il y avait un intertitre, « Renouez avec vos anciennes passions », accompagné d'une illustration sans rapport apparent montrant une femme qui touillait une mixture beige dans une casserole tout en pensant à un radio-réveil. L'idée du hobby m'a semblé plus facile à déchiffrer. Le sixième conseil, « Consultez un psy si c'est nécessaire », ne me concernait pas.

Si je n'ai pas réussi à vendre les arts martiaux israéliens à Lauren, je l'ai quand même convaincue de rejoindre un tournoi de bowling pour célibataires, en arguant qu'il y aurait peut-être quelques beaux gosses en compétition. Mais c'était une ruse : je savais que dans le meilleur des cas, il y aurait au grand maximum un homme sortable dans le lot. Chacun des cours auxquels je m'étais inscrite – chaque atelier d'écriture, chaque leçon de fitness, chaque week-end de découverte des huiles essentielles – était plein à craquer de personnes qui venaient de se faire larguer, de sexe féminin pour la plupart, toutes beaucoup plus âgées que moi.

Un jour, lors d'une soirée particulièrement ambitieuse d'« initiation à l'escalade de bloc » que j'avais trouvée sur Groupon, j'ai rencontré deux femmes assez proches de mon âge et j'ai commencé à me réjouir : « Voilà ! C'est comme ça qu'on se fait des amis dans la trentaine. » Mais il est vite apparu que ces femmes n'étaient pas des amatrices de grimpe en quête de nouvelles amitiés : c'étaient deux sœurs venues accompagner leur mère qui était, vous l'aurez deviné, en plein milieu de son second divorce.

« C'est dur », m'a avoué l'une des sœurs en enduisant ses mains de poudre de magnésie – un geste indéchiffrable que j'ai trouvé mystérieusement séduisant. « Elle n'arrête pas de répéter : il faut se rendre à l'évidence, mon expérience hétérosexuelle a échoué. Et bon, je suis d'accord, mais en même temps, elle n'est pas lesbienne donc… je ne sais pas bien comment elle imagine la suite des choses. »

Un peu plus tard, alors que j'étais assise par terre en train de regarder la fille dévouée-mais-cynique qui escaladait une falaise en plastique, sa mère s'est assise non loin de moi, m'a offert un Capri Sun et a poussé un soupir si long et si sonore que je me suis épousseté les fesses avant de m'enfuir.

À part l'escalade de bloc, j'ai testé un cours de macramé, une soirée tricot et un atelier de poterie où les gens autour de moi pétrissaient frénétiquement de la terre glaise pour en faire des cache-pots en forme de seins. Il y a eu aussi un atelier de tie-and-dye, un week-end de découverte de la cuisine fusion asiatique et un cours collectif de fitness où nous étions encouragées à hurler pendant les exercices pour libérer notre rage et tout ce qui pouvait nous retenir d'atteindre d'hypothétiques buts individuels. Je suis sortie du cours quand la prof s'est mise à beugler : « Il y a des choses qui comptent plus que l'ARGENT ! », et que toutes les élèves ont poussé des râles approbateurs, même s'il leur en avait coûté 47 dollars pour être là.

Sauf que moi, ce cours ne m'avait pas coûté un centime. La principale raison derrière ma passion pour ce nouveau hobby qui consistait à avoir des hobbies était la suivante : la plupart des écoles vous laissent prendre un cours d'essai gratuitement. La ville était donc pleine d'opportunités de tester des activités manuelles ou physiques sans rien débourser. Du moment qu'on avait du temps et qu'on n'était pas trop regardante sur des détails comme la propreté du studio ou l'expertise des instructeurs, on pouvait participer à des cours de yoga gratuits tous les jours de la semaine.

J'ai continué à suivre le cours de gym restaurative de ma salle de quartier (Calvin n'y était jamais revenu), mais à part ça, je butinais un peu partout. J'ai essayé le yoga bikram, le yoga pour le running, et aussi un cours qui s'appelait le Rihanna yoga, dans différentes boutiques en rez-de-chaussée presque toutes identiques, aux quatre coins de la ville. Je filais à un cours de Mouvement tous niveaux juste avant mon séminaire de 10 h 30 (« Entrer mouillé : les conditions météorologiques dans le théâtre élisabéthain »). Puis je pénétrais dans mon amphi sinistre et sans fenêtre, la tête bien droite, pour donner mon cours. Sitôt le cours terminé, je déverrouillais mes muscles profonds et je restais avachie à mon bureau pendant sept heures, avant de m'arrêter pour m'offrir quelques chaturangas gratuits en rentrant chez moi.

En dehors du yoga, la plupart de mes efforts avaient pour but de libérer le potentiel créatif riche et inexploité qui, d'après les brochures et les sites Web, dort en chacun de nous. Mon appartement s'est peu à peu rempli d'un entrelacs de suspensions pour plantes en fil de coton, de sculptures bancales en terre cuite et d'un minuscule jardin zen qui n'était pas sans évoquer une litière pour chat à laquelle on aurait accroché une petite fourchette de barquette de repas à emporter.

Je m'adonnais à la plupart de ces activités en solo. Mes amis étaient contre par principe, et je ne pouvais plus, comme pendant l'été, en appeler à leur compassion. Ils avaient fini par s'habituer : j'étais au milieu d'une rupture, et ça allait durer un bon moment. Je ne pouvais pas exiger qu'ils mettent leur vie entre parenthèses chaque fois que je me sentais mal, vu que je me sentais mal tout le temps. Certains soirs, tandis que je me débattais avec de la ficelle et un tube de colle, ou bien que je découpais des petits bouts de tissu pour les coudre sur un autre bout de tissu plus grand, j'imaginais mes amis en plein bonheur : Lauren Sensible blottie contre son copain Nour, un homme facile à vivre, qui regardait des documentaires sur le monde naturel et pleurait devant des bébés animaux ; Lauren, tout juste sortie de son cours de gym F45, qui retrouvait son studio parfaitement agencé et s'apprêtait à se commander un dîner sophistiqué pour une personne ; Amirah et Tom en pleine communion spirituelle au-dessus de quelques petites assiettes de tapas ; Clive en train de regarder un film en compagnie de deux beaux mecs plus vieux avec lesquels il formait un genre de trouple. Et moi, pendant ce temps, je teignais une serviette en tie-and-dye.

Au bout d'un moment, même mes amis célibataires n'étaient plus assez célibataires pour me suivre sur ma voie. Clive s'est échappé d'un cours de fitness où je l'avais traîné, parce que les mouvements étaient trop « modern jazz » à son goût. Lauren a craqué lors d'une soirée peinture où nous étions debout côte à côte, un verre de vin à la main, avec douze autres femmes, à peindre la même vue de l'horizon urbain au soleil couchant. En ajoutant quelques traînées roses dans son coin de ciel dégradé, elle a déclaré : « C'est du masochisme. C'est encore pire que la fois où mon boss nous a emmenés faire du lancer de hache. »

Quand j'ai décidé d'essayer le lancer de hache, personne du groupe WhatsApp n'a voulu m'accompagner. Quant à Amy, elle était enfermée depuis deux semaines dans un loft avec un homme qui travaillait dans la finance, et elle alternait entre des SMS qui disaient cette fois c'est le BON !!!! et de longues périodes de silence. J'ai donc emmené avec moi Nathan, un garçon barbu et musclé rencontré quelques années plus tôt à une soirée, qui avait récemment réagi à une de mes stories Instagram à 3 heures du matin par le mot : lol.

Nathan était le genre d'homme qu'on aurait pu considérer comme vaguement alternatif il y a une dizaine d'années, ou même cinq ans, mais dont tous les signifiants convergeaient maintenant pour affirmer sans la moindre ambiguïté qu'il était un ex-banlieusard installé en ville, où il s'était converti au véganisme et avait trouvé un job d'attaché de presse dans la musique.

« Les gens croient toujours qu'on se nourrit de céréales et d'açai », a-t-il dit, les pieds bien campés dans le sol, en regardant fixement la hache qu'il tenait dans sa main tatouée. Sa chemise de flanelle et son jean déchiré semblaient soudés à son corps, comme si quelqu'un avait emballé Kurt Cobain sous vide afin de le conserver pour l'hiver. « Mais je suis la preuve vivante que tu peux avoir une alimentation végétale et manger de la merde quand même. Demande-moi quels goûts de Doritos sont vegan », s'est-il emballé. « Pas tous, hein, mais bien plus que tu crois. »

Il a envoyé sa hache en plein dans le mille, et les suivantes aussi, et j'ai trouvé la chose bizarrement déprimante. Quand on sort en *date*, on a tendance à vivre toute incompatibilité comme un échec personnel. Techniquement parlant, il n'y avait rien qui clochait chez Nathan, si ce n'est que je ne l'aimais pas et que je n'avais pas envie de rester une seconde de plus en sa compagnie – ce qui, en sachant que nous venions de payer chacun 45 dollars pour une heure de lancer de haches et une pinte de bière, était problématique. Quand il m'a glissé qu'il avait l'impression que j'avais « un corps de dingue là-dessous », j'ai proposé qu'on aille au bar.

Le lieu n'était pas seulement dédié au lancer de haches. Tout adulte en âge de boire de l'alcool pouvait s'y livrer à différentes activités vaguement inspirées des jeux de colonie de vacances – tir à la corde, jeu de palets, sans oublier ce passe-temps traditionnel des grandes vacances : les consoles d'arcade géantes. Je me suis faufilée pour contourner un groupe d'hommes tonitruants qui se chamaillaient à grands coups d'épaule à propos de l'issue de leur partie de bowling sur herbe parce que ouais, Scott avait posé son pied sur la ligne, mais si, sûr et certain, tout le monde l'avait bien vu.

Mais qu'est-ce que ces gens venaient chercher ici ? Qu'est-ce qu'une personne adulte pouvait bien espérer ressentir en s'absorbant dans ces jeux venus de leur passé, réel ou imaginaire ? De toute évidence, ils étaient là pour penser à autre chose. Et mon expérimentation à base de hobbies semblait bien partie pour aboutir à la même conclusion. Les week-ends au ski, le bowling, les tournois de volley après le travail, le sport à la télévision : autant d'efforts dérisoires pour éviter le vide – alors qu'en réalité, rien ne met en lumière l'absurdité de l'existence plus clairement que la vue de milliers de désespérés qui acclament un millionnaire au moment où il expédie son ballon par-dessus la ligne d'un autre millionnaire. Il n'y avait, au fond, qu'une seule activité qui m'ait jamais intéressée : rester assise quelque part avec mes amis sous un éclairage flatteur, à manger et à discuter de qui avait essayé de nous embrasser et de ce que nous portions au moment des faits.

Toutes ces pensées m'ont traversée alors que je regardais un groupe de filles d'une vingtaine d'années encourager leur amie qui mettait de grandes claques à un flipper. Jamais je n'avais vu personne s'amuser autant, si ce n'est dans des publicités pour des chaînes de restaurants. Peut-être que j'avais tort, après tout. Peut-être que c'était ça, la solution : se voiler la face. J'ai envisagé un instant de me joindre à elles et d'encourager leur amie qui ne jouait même pas si bien que ça au flipper, contrairement à ce que laissaient croire les hurlements de joie de ses camarades déchaînées. C'est au moment où sa bille a atterri dans le trou à cinquante points que la fléchette m'a transpercé la jambe.

Voici ce qui s'est passé : une femme a hurlé et quand je me suis tournée vers la source du son, trois personnes étaient en train de me regarder, les mains plaquées contre la bouche.

J'ai baissé les yeux sur ma cuisse. La jupe que je portais (cuir, gros volant) et le collant (double épaisseur pour un maintien et un effet lissant renforcés) m'avaient protégée, mais je n'en avais pas moins une fléchette plantée dans le haut de la jambe.

« Oooooooh mon Dieu ! a crié une des femmes. Oh mon DIEU, ça va ? »

Je ne savais pas trop quoi répondre. La fléchette ne semblait pas enfoncée très profondément, mais supposons qu'elle se soit logée dans une veine ? Et si quand je la retirais, le sang se mettait à jaillir dans toutes les directions, comme dans les films où quelqu'un se fait poignarder dans la, euh, la jugulaire ? L'important, c'était sûrement de ne pas paniquer, de maîtriser mon rythme cardiaque, mais je n'y pouvais pas grand-chose. Comment ça fonctionnait déjà, cet exercice de respiration ? Quatre huit cinq ?

— Vous voulez bien que je jette un œil ?

La voix appartenait à un homme aux cheveux bouclés et à l'air inquiet, qui portait un cardigan à col châle.

— Vous êtes docteur ? ai-je demandé.

— Mieux que ça, a répondu une femme saoule en me saisissant par les deux bras et en me secouant d'un geste qu'elle voulait rassurant.

— Et vous, vous êtes docteur ? lui ai-je demandé.

— Peut-être ! a-t-elle dit.

— Absolument pas, a dit l'homme en écartant doucement la femme. Va chercher de l'eau, d'accord ?

La femme est partie en criant par-dessus son épaule : « Food6 à la rescousse ! Urgence de niveau ROUGE ! »

Food6, un site autrefois référencé sous le nom de « Taste of T.O. », faisait partie de ces médias en ligne qui avaient suivi la tendance le jour où Drake, ex-enfant acteur devenu rappeur, avait décidé de rebaptiser notre ville « The Six ». On y trouvait des critiques de restaurants, des interviews avec des chefs cuisiniers et de temps à autre une enquête sur « la culture toxique en cuisine », mais le principal fonds de commerce du site consistait à produire des vidéos de mains sans corps qui préparaient des recettes immangeables, et des listes des cinq meilleurs endroits où acheter un bloody mary avec un mini-burger à l'intérieur.

— Vraiment désolé pour ma collègue, et pour tout le reste, a dit l'homme qui s'était agenouillé pour examiner ma jambe. Une catastrophe sur toute la ligne.

D'un seul coup, ma vague conscience du fait qu'il était plutôt beau gosse s'est cristallisée en crainte qu'une odeur marécageuse ne se dégage de mon entrejambe, qui macérait sous le collant et la jupe en cuir.

— On fait une soirée open bar pour les nouveaux de la boîte, a-t-il expliqué. Cette fois, on touche le fond, mais je peux te dire que tu n'es pas la première victime de cette partie de fléchettes. Peut-être que je peux essayer…

Il a fait un geste en direction de la fléchette.

— On ne peut pas demander à quelqu'un du bar ? ai-je proposé.

— Ils ont tous dix-neuf ans, et ils ont tous fumé, a-t-il soupiré. Je crois que je suis la personne la mieux placée pour t'aider. Et puis, j'ai l'impression qu'elle n'est pas entrée très profondément. Attends…

Ses doigts ont effleuré le corps de la fléchette. J'ai tressailli en détournant le regard : je ne pouvais pas supporter l'idée. Le visage crispé, le corps raidi, les yeux ailleurs, j'ai entendu un petit cliquetis au sol. J'ai examiné ma jupe : la doublure n'était même pas percée.

— Je m'appelle Simon, a-t-il dit dans un sourire en se relevant.

Il avait cette assurance tranquille qu'on rencontre typiquement chez les gens beaux, avec en plus une aisance qui suggérait qu'il avait dû grandir dans une famille aimante, ou peut-être recevoir une éducation religieuse. Il avait l'air de quelqu'un qui croit au paradis.

Simon m'a proposé de m'offrir un verre pour me dédommager de ma blessure. J'ai fait remarquer qu'au bout du compte, je n'étais pas vraiment blessée.

« Quand même », a-t-il insisté en se dirigeant vers le bar.

Je ne savais pas comment prendre sa manière si directe de me draguer. Pour moi, on communiquait ses intentions romantiques (ou au moins, sexuelles) au moyen d'une série d'attaques pince-sans-rire sur la tenue, les habitudes ou la personnalité de l'autre, ou bien à la rigueur par des interactions menées à une heure indue sur les réseaux sociaux. La sincérité de son « Je peux t'offrir un verre ? » était pour moi inédite et déconcertante. Mais il était vraiment très beau, et j'étais capable de surmonter des sentiments bien plus perturbants que la peur de la nouveauté en échange de quelques minutes de conversation avec une personne agréable à regarder.

Simon est allé au bar, a échangé quelques banalités avec la personne derrière le comptoir et a commandé une boisson dont je n'avais jamais entendu parler à base de bourbon, de Campari et d'un troisième ingrédient dont le nom m'a échappé. C'était rouge vif, sucré et amer, avec une cerise dedans. Il a remercié le serveur et lui a laissé un pourboire. J'ai regardé le serveur accueillir son sourire tranquille. Puis il s'est tourné vers moi.

Pendant une vingtaine de minutes, nous avons discuté avec aisance et sans aucun silence inconfortable. J'ai appris qu'il avait trente et un ans, qu'il était célibataire et qu'il habitait dans le coin. Il était hétérosexuel à un point presque improbable – sa chemise, sa camaraderie spontanée avec le serveur, son soutien fervent à une équipe de football de Toronto dont j'ignorais jusqu'à l'existence – mais pour autant, je n'ai détecté aucun signal d'alarme. C'était tout simplement un homme gentil, à la voix douce, qui se sentait comme chez lui dans ce bar et probablement dans n'importe quel endroit où il allait. Nous avions du mal à nous entendre à cause des beuglements des gens ivres et des chocs des jeux en bois et, même si j'avais plaisir à coller mon visage près de son oreille pour lui parler, j'avais envie d'avoir une conversation tranquille dans un endroit plus intime.

— Tu as le droit d'abandonner tes stagiaires ? ai-je demandé.

Je n'avais pas l'habitude de me jeter à l'eau de la sorte, mais j'avais remarqué que j'étais déjà en train de déployer toutes mes plus vieilles techniques de séduction : une version exagérément juvénile de mon rire habituel, des compliments déguisés en insultes, ainsi qu'un jeu assez obscène avec la paille de ma boisson dont je n'étais pas très fière. J'avais l'impression que je ne courais aucun risque à laisser voir à cet homme qu'il m'intéressait. Et pour des raisons mystérieuses (en tout cas pour moi), il était lui-même visiblement intéressé.

— En théorie, non, a-t-il répondu. Mais je déteste cet endroit. Et toi, tu dois retourner avec ton groupe ?

Je me suis tournée vers ma table où Nathan était absorbé dans une conversation animée, probablement au sujet du seitan, avec les occupants de la table d'à côté.

— Pas vraiment.

— Super, a-t-il dit. Tu veux venir chez moi ?

Simon était à vélo. Pendant qu'il décrochait son antivol, j'ai envoyé un SMS à Nathan pour lui dire que j'avais été forcée de partir pour une raison urgente et mystérieuse dont j'ai laissé entendre qu'il s'agissait d'un problème de diarrhée. Une fois son vélo libéré, Simon a proposé de marcher à côté de moi, puis il a dit « Attends, non », il a enlevé son pull et l'a posé en boule sur son porte-bagages avant pour former un coussin un peu inutile. « Monte ! »

J'ai écarquillé les yeux. La scène me semblait tout droit sortie d'*Aladdin.* Mais je suis tout de même montée et nous avons filé sur Dovercourt Road. Le vent fouettait mes cheveux. Je me suis dit que si c'était ça qu'avait ressenti la princesse Jasmine, alors elle avait dû bien s'éclater. Puis j'ai ouvert tout grand la bouche et un insecte est entré dedans.

Quand nous sommes arrivés dans son appartement, j'ai poussé un cri :

— Il faut que tu m'expliques ce que vous avez tous contre les rideaux. À chaque fois que je vais chez un mec, il n'a pas de rideaux. C'est quoi, le problème ? Vous n'aimez pas dormir ? Vous ne supportez pas l'intimité ? La dernière fois, j'ai taillé une pipe à quelqu'un alors qu'on était en plein dans le champ visuel d'une bande d'ados qui sautaient sur un trampoline.

— Doux Jésus.

— Le mec n'avait pas de rideaux ! Je n'avais pas le choix.

— Tu aurais toujours pu ne pas lui tailler une pipe, a-t-il remarqué en retirant son manteau qu'il a suspendu à une rangée de crochets bien agencés à côté de la porte. J'ai emménagé ici un peu précipitamment, et il y avait des rideaux en plastique vraiment moches, alors je les ai retirés et je ne les ai pas remplacés. Mais je vais le faire.

— Tu as emménagé quand ?

— Il y a quatre mois.

Je suis passée devant lui pour entrer dans le salon. Il était meublé dans un style vintage, comme chez tout le monde. Il y avait quelque chose qui sentait bon, mais je ne savais pas si c'était lui ou l'appartement. J'ai jeté un coup d'œil discret vers la chambre pour vérifier s'il y avait des draps dans le lit (ce qui, comme me l'avait appris Tinder, n'était pas toujours garanti). Non seulement il y avait des draps, mais en plus le lit était fait.

Son armoire n'avait pas de porte et j'ai aperçu à l'intérieur une rangée de chemises bleues toutes identiques à celle qu'il portait. Je me suis demandé ce que cela disait de sa personnalité, si c'était quelqu'un qui détestait prendre des risques ou bien s'il avait simplement entendu qu'Uniqlo allait arrêter de produire sa chemise Oxford préférée. Ce travail de détective faisait partie des choses que je préférais dans le célibat, et c'était aussi la raison pour laquelle je n'invitais presque jamais personne chez moi. Je voulais pouvoir fouiner dans la maison des autres et tirer des conclusions à partir de leur choix de vaisselle, de l'agencement de leurs bibelots, de l'épaisseur de leur papier toilette ; l'idée que quelqu'un puisse en faire autant chez moi me glaçait le sang.

Je suis retournée au salon où Simon était en train de fouiller dans ses placards. « Mauvaise nouvelle : je n'ai rien à manger. Tu veux une bière ? »

J'ai fait oui de la tête. Son frigo était propre, vide et triste. Quelques bouteilles de bière Modelo, des paquets de films Polaroid, trois sortes de sauce au piment et de la nourriture pour chien.

— Tu ne manges pas chez toi ? ai-je demandé.

— Pas souvent.

— Tu as un chien ?

— J'en avais un, oui.

Simon et sa copine, avec laquelle il était resté quatre ans, s'étaient séparés au printemps dernier. Pour affronter sa solitude, il avait adopté un chihuahua très âgé du nom de Bartholomew, qui était mort presque aussitôt. Simon avait passé l'été à faire son deuil de la copine et de l'animal, et il suivait désormais une thérapie pour déterminer ses attentes dans la vie, les défauts de sa personnalité et les erreurs qu'il avait commises et dont il avait été victime dans sa relation.

C'était beaucoup trop d'informations pour moi, à la fois sur le chien et sur son passé sentimental. Il a détourné le regard, l'air mélancolique, et j'ai eu l'impression qu'il allait se mettre à pleurer. Je n'avais pas envie de ça, mais alors pas du tout.

— Donc j'en déduis que cette boîte de nourriture pour chien est ici depuis au moins trois mois, ai-je remarqué.

Simon a fait une petite grimace faussement vexée.

— Cette bière, tu la veux ou pas ?

Je l'ai prise et je l'ai remercié, en me penchant vers lui pour cogner la base de ma bouteille contre la sienne. Il était plus loin de moi que prévu : mon effort disproportionné pour arriver jusqu'à lui a été rendu ridicule par le frôlement approximatif des deux bouteilles.

— Et toi ? m'a-t-il demandé. Ça remonte à quand, ta dernière histoire ?

J'ai marqué une pause, et j'ai dit que ça faisait un bout de temps. Et que même en comptant ma dernière histoire, ma vie n'avait pas grand-chose d'intéressant. Rien de spécial à raconter.

— Ah bon ? s'est-il étonné. Pas de grande histoire ? Pas d'amour déçu ?

— Nan, ai-je répondu en haussant les épaules. Les relations amoureuses, ce n'est pas trop mon truc, je crois.

Je lui ai expliqué que je venais de supprimer Tinder de mon téléphone pour la quatrième fois, et que j'espérais que cette fois c'était pour de bon.

Simon ne s'était jamais aventuré sur les applis. Il voyait de temps à autre une amie d'ami, et il avait l'impression d'avoir fait le tour. De plus en plus souvent, elle lui demandait de lui donner des gifles pendant qu'ils faisaient l'amour.

— Évidemment, je veux lui faire plaisir, a-t-il dit. Mais ça me semble un peu, euh… prématuré ? J'essaie de réfléchir à un moyen de faire ça de manière respectueuse.

Je lui ai dit que justement, ce n'était pas trop le but. Un silence inconfortable s'est installé, pendant lequel Simon était visiblement en train de réfléchir à la meilleure façon de dire quelque chose, puis il a fini par se lancer :

— Je ne sais pas si c'est une bonne idée qu'on passe la nuit ensemble.

— Tu n'es pas obligé de me mettre des baffes, ai-je répondu. Enfin, tu peux. Je n'ai jamais essayé, mais j'imagine que c'est juste un niveau au-dessus de tirer les cheveux – et ça, de nos jours, c'est à peu près la même chose que de s'embrasser, non ?

— Non, ce n'est pas ça, a-t-il protesté.

J'ai commencé à me sentir gênée. Après tout, c'était lui qui m'avait invitée chez lui ! Qu'est-ce qu'il croyait ? Je me suis souvenue de cette phrase populaire en Australie : « Je ne suis pas venue ici pour niquer des araignées. » La première fois que je l'avais entendue, c'était dans la bouche d'une bisexuelle polyamoureuse de Melbourne avec laquelle j'avais bu un verre – elle cherchait à savoir si je serais une partenaire adaptée pour le plan à trois qu'elle voulait organiser avec son mari. Finalement, le plan à trois n'avait pas eu lieu mais c'était toujours intéressant d'apprendre des expressions nouvelles.

Je me suis dit que j'avais dû interpréter la situation de travers. Peut-être que cet homme ne me trouvait pas du tout irrésistible, comme l'avaient suggéré jusque-là son comportement, ses mots et son langage corporel. Peut-être cherchait-il simplement à éviter que je fasse un procès à Food6. Peut-être était-il « trop gentil » : ce genre de malentendu lui arrivait à longueur de temps, et ses amis lui répétaient toujours d'arrêter d'inviter des inconnues chez lui pour une discussion en tout bien tout honneur autour d'une seule et unique bière. Peut-être avait-il un problème de pénis. Peut-être était-il gay. J'étais sur le point de prendre congé de ce chef d'entreprise homosexuel et trop poli à la bite en berne, lorsqu'il a posé sa main sur ma jambe et que mon cerveau s'est arrêté de fonctionner.

Il l'a retirée presque aussitôt mais l'idée avait, pour ainsi dire, pénétré ma conscience. Je me suis approchée de lui et, avec un léger mouvement de recul, il m'a dit : « Il faut d'abord que je te parle de quelque chose. »

Je me suis enfoncée dans le canapé et j'ai replié mes jambes sous moi pour me donner l'air d'être compréhensive et vraiment douée pour écouter, et aussi moins grosse. Simon a inspiré profondément et il s'est lancé dans un long récit émouvant. Pour faire bref : il avait trompé sa copine.

Mais bien sûr ! Mais évidemment ! Il ne pouvait pas être simplement un super-célibataire sorti de nulle part pour secourir des femmes divorcées victimes d'accidents de fléchettes. C'était le légendaire Sale Mec, le vrai salaud ! Il avait rencontré une femme à un festival culinaire sponsorisé par une marque de vodka (au secours !), il avait couché avec elle et il avait menti à sa copine pendant plusieurs mois, après quoi il avait tout avoué et s'était fait chasser de leur appartement par cette malheureuse dont le seul tort avait été de l'aimer et de le soutenir (j'imagine) pendant les quatre dernières années de sa vie, qui était désormais foutue à cause de lui.

C'était le scénario classique et je le connaissais bien, car au cours des dernières années, j'avais écouté de nombreuses amies me raconter à peu près la même histoire. Pour une femme hétérosexuelle, il était difficile d'atteindre la trentaine sans avoir été trompée :

c'était à peu près aussi inévitable que d'être tirée au sort pour participer à un jury d'assises.

Je lui ai dit que cet aveu diminuait mon estime de lui d'environ 40 %, mais qu'il n'avait pas forcément d'effet sur mon envie de passer la nuit dans son lit. Le soulagement qui s'est peint sur son visage semblait sans rapport aucun avec le sexe.

— Ah bon ?

— Tu tombes sur moi au bon moment, ai-je dit. J'ai beaucoup lu Esther Perel, ces derniers temps.

Il a eu l'air une nouvelle fois sur le point de fondre en larmes. Je lui ai donné une tape dans le dos et j'ai hésité à lui parler de mon divorce, mais j'ai décidé que ça n'avait pas grand-chose à voir et que, dans ce cas précis, ce serait même de la vantardise. Après tout, Jon et moi n'avions ni l'un ni l'autre enfreint la condition *sine qua non* de toute union amoureuse contemporaine : nous avions fait le choix, beaucoup plus noble, de laisser notre passion décliner à petit feu.

J'ai pensé un instant lui demander quelque chose du genre : « Tu veux qu'on en parle ? », mais la question s'est avérée tout à fait inutile. Très clairement, il voulait qu'on en parle. Mais alors, beaucoup. C'était intéressant de l'entendre se débattre avec toutes ses interrogations : est-ce que leur relation se serait terminée d'elle-même sans cet accident ? (Probablement.) Est-ce qu'il était quelqu'un de bien ? (À voir.) Est-ce qu'il était prêt à s'investir à nouveau dans une relation ? (À voir, mais… peut-être pas.) Et que faire de ce « paradigme de la masculinité toxique » (je le cite) dans lequel il avait été élevé et socialisé ? Ses phrases étaient pleines de conditionnels, de reconnaissance de ses divers privilèges. Il utilisait beaucoup de termes empruntés au langage de la thérapie. Pas de doute, c'était un homme qui tenait un journal intime.

Je lui ai dit que c'était plutôt bon signe qu'il se sente mal, qu'il soit en thérapie et qu'il se pose toutes ces questions un brin débiles sur la morale, l'amour et la masculinité.

— J'espère, a-t-il répondu.

Il était touchant, nerveux et timide, comme si l'homme à l'assurance tranquille que j'avais connu dans le bar avait été perforé et dégonflé par la grande fléchette de la vie. Je me suis efforcée de tempérer l'empathie que je ressentais pour lui en pensant à la colère que devait ressentir sa copine en ce moment même, et qui allait sûrement durer encore longtemps. Si j'avais été une amie à elle, je lui aurais suggéré de brûler son portrait. Mais je ne la connaissais pas et je restais donc là, dans son salon, à attendre qu'il ait fini de s'apitoyer et qu'il se décide enfin à me bouffer la chatte.

Il a terminé sa bière et a dit : « Je passe beaucoup de temps à me poser des questions : peut-être que je ne suis pas quelqu'un de bien comme je le crois. Comment savoir si ce que j'ai fait était juste une erreur idiote, ou bien si c'est une indication de ma vraie personnalité ? »

Je ne savais pas quoi lui répondre, alors j'ai suggéré qu'on aille dans sa chambre.

Le sexe a été plus intime que je ne l'avais espéré – j'ai compris à son style pourquoi la fille avait été forcée d'insister pour avoir sa gifle – mais aussi franchement meilleur que la moyenne. Comme tout le reste chez lui, ses gestes étaient sincères, engagés et chargés de sens. Je me suis demandé si c'était parce qu'il ignorait que j'étais divorcée. Pour ce qu'il en savait, je n'étais qu'une femme comme les autres, célibataire pour des raisons normales. Peut-être que ce que je ressentais, c'était seulement l'absence de pitié : la manière dont quelqu'un te touche quand il ne sait pas que ta vie est un champ de ruines. Quoi qu'il en soit, j'ai ressenti avec lui une connexion que n'avais jamais éprouvée avec personne depuis Jon. C'était agaçant, bien entendu, mais face à la technique, on ne peut pas lutter. Après un total de quatre orgasmes à nous deux, nous nous sommes endormis sous la lueur des réverbères qui pénétrait directement dans la chambre.

Le lendemain matin, je me suis réveillée serrée contre le dos de Simon – une position héritée de ma vie de femme mariée, et que je m'étais surprise, non sans humiliation, à reproduire avec plusieurs coups d'un soir ces derniers temps. Ça me faisait toujours bizarre : le contraste entre une sensation familière et une personne étrangère provoquait chez moi une sorte de vertige émotionnel très perturbant. J'ai essayé de retirer ma main sans le déranger. Il a marmonné quelque chose, à moitié endormi, puis il s'est tourné vers moi, le creux de son coude appuyé sur ma taille et l'avant-bras posé entre mes seins. Je suis restée dans cette position, mal à l'aise, en me demandant combien de temps il allait mettre à se lever pour que je puisse m'en aller.

Quand mes yeux se sont rouverts une heure plus tard environ, j'étais seule. Je me suis habillée en vitesse et je suis entrée dans la cuisine, la bouche pâteuse et l'haleine rance. Simon, en robe de chambre, était en train de faire du café.

— Bonjour, a-t-il lancé d'une voix amicale.

Il portait une robe de chambre brodée d'un monogramme.

— Je crois que je suis en retard pour le travail.

Je suis entrée dans sa salle de bains étrangement propre et j'ai rincé ma bouche avec du dentifrice, frottant maladroitement mon doigt contre mes dents, mes gencives et les côtés de ma langue.

— Tu peux te servir de ma brosse à dents, si tu veux, a crié Simon depuis la cuisine.

— Hein ? C'est... Non merci.

Simon a passé sa tête par la porte.

— Ça ne m'a pas l'air beaucoup moins hygiénique que certains des trucs qu'on a faits, mais c'est toi qui vois. Café ?

— Il faut que j'y aille.

— Désolé pour le grand déballage, hier soir, a-t-il dit. Ces temps-ci, je travaille à être plus transparent sur mon passé avec les gens que je rencontre, mais je voudrais quand même éviter d'utiliser les autres comme un genre de décharge émotionnelle.

Je n'avais aucune idée de ce qu'il racontait.

— Franchement, c'est, euh... T'en fais pas pour ça, l'ai-je rassuré d'un air vague, tandis que mes yeux parcouraient la pièce à la recherche des choses que j'avais laissé tomber la nuit d'avant.

J'ai ramassé mon téléphone qu'il avait mis à recharger (!) sur sa table de nuit, et je me suis fait un chignon. Quand je suis revenue dans la cuisine, il y avait un café sur le plan de travail dans un gobelet en carton à emporter.

— Tu as ça chez toi ?

— J'ai un ami qui tient un café, a-t-il répondu. Il m'en refile un paquet de temps à autre. En général, ça me sert pour boire des bières dans le parc.

J'ai pris le gobelet et j'ai bu une gorgée. Le café était délicieux.

— Tu ne serais pas un serial killer ?

Il a éclaté de rire et s'est penché vers moi, pressant ses lèvres contre les miennes avec une force surprenante pour 8 heures du matin, et il m'a plaquée contre sa porte ouverte. L'espace d'une seconde, j'ai cru qu'il allait essayer de me ramener dans la chambre, mais il s'est écarté, m'a regardée et m'a dit :

— C'était bien. J'aimerais bien te revoir.

J'ai été révulsée.

— Tu as grandi dans une secte ? ai-je demandé. Tu ne serais pas un peu américain sur les bords ?

Un voisin a ouvert sa porte à l'autre bout du couloir et j'ai soudain pris conscience de mon mascara barbouillé et de mes cheveux en pétard. Simon m'a lancé un regard conspirateur tout en faisant bonjour au voisin, un jeune père dans le vent, propre sur lui mais fatigué. J'ai été frappée par la pensée que cet homme devait avoir au maximum cinq ans de plus que moi et que pourtant, j'avais l'impression d'être une adolescente surprise par un adulte en train de rouler des pelles à un garçon au cinéma. Je me suis demandé s'il me voyait comme une de ses semblables ou bien comme quelqu'un de jeune, et s'il avait déjà salué beaucoup d'autres filles dans ce même couloir. Le voisin a disparu dans l'escalier et je me suis tournée vers Simon, mon ridicule gobelet de papier brûlant à la main.

— Merci pour le café.

— Reviens quand tu veux.

Trois jours plus tard, Simon m'a envoyé par SMS une capture d'écran d'un achat en ligne : 1 (QTÉ) – PAIRE DE RIDEAUX À ŒILLETS, COULEUR : GRIS ANTHRACITE. J'ai passé plusieurs jours à essayer de penser à quelque chose de spirituel à répondre mais je n'ai rien trouvé, alors j'ai laissé tomber.

À : Lori@JansonParkerStevenson.ca
De : m--@gmail.com
Le : 18 octobre 2018
Objet : re : questions sur votre facture ?????

Chère Maggie,

Je vous remercie pour votre courriel du jeudi 11 octobre. Je suis désolée d'apprendre que vous avez été surprise par notre dernière note d'honoraires. Vous trouverez ci-dessous le détail des charges concernées. À titre de geste commercial, le présent courriel ne vous sera pas facturé. Veuillez noter toutefois, en ce qui concerne votre note d'honoraires, que des frais de gestion sont attachés à chaque envoi de courriel.

Pour ce qui est de la correspondance, je pense qu'il serait utile que nous abordions ensemble la question des appels téléphoniques. Je comprends que vous traversez une période difficile et que, comme toute personne affectée par des changements importants, vous êtes soumise à une pression considérable. Je réponds avec plaisir aux appels de mes clientes et clients, afin de leur expliquer le processus de séparation et de divorce ou bien de recevoir toute information à verser à leur dossier. Cependant, tout appel adressé à mon bureau ou sur mon téléphone portable personnel est facturé à mon taux horaire standard de 215 dollars de l'heure et, comme vous le verrez ci-dessous, les coûts ont tendance à s'additionner avec le temps. Si vous souhaitez réduire vos dépenses juridiques, je ne saurais que trop vous conseiller de trouver un membre de votre famille ou autre avec qui discuter de vos expériences et de vos émotions.

Bien à vous,

Lori

Dépenses et honoraires
10 août-10 septembre 2018

Photocopies... 50,75 $
Fax.. 3,50 $

Appel téléphonique. Objet : *loi relative à la pension alimentaire ; ai expliqué à la cliente que le mariage a été trop bref pour qu'une des deux parties ait le droit d'exiger une pension alimentaire suite à la dissolution dudit mariage*
(7 min)... 25,06 $

Frais généraux coursiers/envois................................ 10,43 $

Appel téléphonique. Objet : *incapacité de la cliente à trouver sa déclaration de revenus de 2017 ; ai informé la cliente qu'une estimation basée sur la déclaration de l'année précédente serait suffisante ; difficultés de la cliente à remplir une déclaration de revenus pour les travailleurs indépendants et à conserver ses reçus ; demande de mise en contact avec thérapeute de couple*

(12 min).. 42,96 $

Appel téléphonique. Objet : *la cliente a retrouvé sa déclaration de revenus 2017*

(3 min).. 10,74 $

Appel téléphonique. Objet : *pages manquantes dans la déclaration de revenus 2017 ; questions sur l'avocat représentant le conjoint et mes contacts avec ledit avocat ; questions sur les « pires » expériences dans ma carrière d'avocate ; longue digression sur l'état actuel des rencontres sur applications mobiles*

(28 min).. 100,33 $

Fournisseurs, Services de soutien au contentieux – notification immédiate de procédure.. 30,00 $

Coursiers/messagers (général).. 18,90 $

Appel téléphonique. Objet : *sentiment de désespoir, d'épuisement causé à la cliente par la procédure juridique, source de distraction au travail ; ai rappelé à la cliente qu'un divorce est un marathon et non un sprint ; ai suggéré qu'elle se focalise sur son propre bien-être car la requête en divorce n'est pas encore déposée et de nombreuses étapes restent à franchir ; plusieurs minutes d'imprécations*

(30 min).. 107,40 $

Courriels, divers.. 48,35 $

Fournisseurs, Services de soutien au contentieux – notification immédiate de procédure.. 30,00 $

Appel téléphonique. Objet : *excuses pour l'appel du jour précédent* (1 min)... GRATIS

TOTAL... **478,42 $**

Merris qui, je crois, devait en avoir assez de m'entendre me plaindre des vautours du marché immobilier torontois, m'a offert d'habiter dans le studio au sous-sol de sa maison des Craquantes, en me précisant que je pourrais être exonérée de loyer le premier mois si j'acceptais de promener Lydia, la chienne danoise de sa colocataire, le temps que celle-ci se remette d'une opération du pied.

L'endroit n'avait rien à voir avec un bungalow sur la plage, ni avec un loft new-yorkais, et je n'étais pas forcément surexcitée à l'idée de vivre dans le sous-sol d'une communauté de retraitées, même intellos. Cependant, les *dates* Tinder me coûtaient presque aussi cher que mon divorce, et j'allais souvent dans des instituts de beauté avec Amy : j'ai calculé qu'en habitant dans un endroit qui ne me coûtait pas 80 % de mon salaire chaque mois, je pourrais me rendre à davantage de *dates* et m'offrir des séances encore plus fréquentes d'abrasion du derme au laser à prix discount. Par ailleurs, les coups de fil à mon avocate commençaient à me coûter cher. J'ai refusé l'offre de Merris pendant quelques jours, puis j'ai accepté, ce qui a donné l'occasion à Jiro de me poser une quantité de questions gênantes sur notre arrangement, et à Olivia de m'offrir un aspidistra qui, j'en étais sûre, allait mourir presque aussitôt.

J'ai demandé à Merris si elle ne craignait pas que le fait de m'avoir comme locataire n'affecte notre relation professionnelle. Elle a levé les yeux au ciel et m'a dit de lui envoyer ma date d'emménagement par e-mail. Il y avait un aquarium cassé dans le studio et elle avait besoin de quelques jours pour s'en débarrasser, afin que les lieux soient habitables. J'ai donné mon préavis à ma propriétaire. Elle m'a écrit Quel dommage de vous voir partir ! puis elle a remis l'appartement en location en augmentant le loyer de 400 dollars.

J'ai déménagé un samedi sous un ciel gris, quelques jours avant Halloween. Les deux Lauren sont venues m'aider (Amirah n'avait trouvé personne pour la remplacer à l'hôpital ; Clive avait la gueule de bois). Nous nous étions mises d'accord pour commencer à 10 h 30 et elles m'ont fait la surprise d'arriver presque à l'heure. Je n'étais pas prête. Elles m'ont trouvée au milieu du salon, en train de tenter de fourrer une pile d'affreux manteaux vintage dans un sac.

Malgré cela, l'appartement était plus qu'à moitié vide et à trois, nous avons bouclé le travail rapidement : il ne nous restait plus qu'à scotcher quelques cartons et à trouver une place pour un égouttoir à vaisselle et un gant de four que j'avais oublié d'emballer car mes préparatifs avaient été, je dois l'admettre, réduits au strict minimum. Tout en enveloppant des bols dans des vieux magazines, je leur ai raconté mon *date* pénible de la veille : j'avais rencontré un homme plus vieux que moi qui m'avait complimenté sur mes seins, demandé mon âge, puis conclu qu'il leur restait « environ cinq ou six bonnes années devant eux ».

— Ça alors, s'est indignée Lauren Sensible, quel connard ! J'ai déjà vu tes seins, et ils peuvent tenir encore au moins huit à dix ans. Enfin, à condition de ne pas avoir d'enfants. Et l'homme à la fléchette, qu'est-ce qu'il devient ? Il avait l'air… pas pareil.

Je lui ai répondu que je n'étais pas sûre de vouloir le revoir. Grâce aux applis, à Instagram, aux soirées et aux bars, j'avais accès à tellement de partenaires possibles, au moins pour du sexe, qu'il était difficile de savoir si je ressentais quelque chose pour quelqu'un. Même quand j'avais l'impression que le courant était passé, ce constat ne m'intéressait pas plus que ça. Pour le moment, j'étais contente d'enchaîner les histoires d'une semaine.

— Sinon, tu as aussi la possibilité de rester seule, a dit Lauren. Ça pourrait te faire du bien de prendre un peu de temps pour toi.

Lauren Sensible a acquiescé, avant d'ajouter que le sex-shop à côté de chez elle avait un nouveau sex-toy hyper efficace qui fonctionnait « plus ou moins sur le principe de la ventouse de manutention ». Nous avons convenu que l'idée semblait très intéressante, avant de nous lancer dans le démontage de mon ignoble canapé.

Au final, quitter mon appartement s'avérait moins déchirant que prévu. « Quand on y pense, vivre dans un mausolée à la gloire de ton histoire passée, ce n'est pas forcément le choix le plus sain que tu puisses faire », a médité Lauren, tout en traînant dehors la table basse vermoulue pour que quelqu'un de plus jeune et de plus désespéré que moi puisse la récupérer.

Une fois mis à nu, l'appartement m'est enfin apparu comme le taudis qu'il était, avec son parquet premier prix, ses trous mal rebouchés et sa salle de bains qui était de toute évidence un patio extérieur converti sans autorisation – en hiver, l'eau des W.-C. gelait.

Un jour, juste après notre mariage, ma grand-mère était venue dîner chez nous. Alors que nous lui faisions visiter l'appartement, elle s'était réjouie de reconnaître quelques vieux meubles qui lui avaient appartenu et dont elle pensait qu'ils avaient été perdus, vendus ou dispersés au fil du temps. « Vraiment charmant », avait-elle dit en couvant du regard notre vieux canapé et nos guéridons éraflés, nos chaises de cuisine ramassées sur le trottoir. « Ça ressemble beaucoup à l'endroit où nous vivions avec ton grand-père quand nous étions jeunes mariés. »

Je lui ai rappelé que lorsqu'elle et mon grand-père étaient jeunes mariés, juste après la guerre, ils avaient dix-neuf ans et habitaient dans le quartier d'Hamilton, dans une cité ouvrière où il fallait mettre des pièces de monnaie dans le compteur pour se chauffer. À l'époque, elle n'avait pas d'emploi. Tandis que nous, nous avions presque trente ans, nous travaillions tous les deux à temps plus que complet, et nous avions à peine les moyens de vivre dans cet appartement où le « carrelage » de la cuisine était fait de carrés de revêtement adhésif et où la propriétaire verrouillait le thermostat de la chaudière dans un petit boîtier en plastique pour nous empêcher d'allumer le chauffage avant le mois de novembre.

« En tout cas, avait-elle conclu, ça me fait plaisir de revoir ma vieille armoire. »

J'ai pensé à l'endroit où vivaient mes parents quand ils avaient mon âge et que ma mère était enceinte de moi : une petite maison dont ils étaient propriétaires. Jon et moi avions parlé un jour à un courtier en prêts immobiliers, pour voir ce qu'il nous fallait pour acheter un appartement. Il nous avait suggéré d'économiser 80 000 dollars et de quitter la ville.

Les Lauren ont cassé mon sommier en tentant de le démonter, alors nous avons laissé la tête de lit sur la pelouse avec le reste des objets à vendre. En effet, pour éviter de payer un camion de déménagement et dans l'espoir de gagner quelques sous, j'avais décidé d'organiser un vide-maison impromptu en déballant mes possessions devant l'immeuble et en les offrant à quiconque s'arrêterait pour y jeter un coup d'œil. Jusque-là, grâce à la vente d'un sèche-cheveux et d'un portant à cintres, nous avions empoché la somme de 12 dollars et 85 centimes, aussitôt dépensée en pâtisseries.

Nous avons passé la journée à alterner entre la surveillance du vide-maison et le transport de cartons, de sacs et de plantes mal protégées dans la voiture de Lauren jusque chez Merris, où nous larguions mes affaires dans mon nouveau chez-moi avant de repartir chercher le reste de mon bazar. En revenant du dernier trajet, Lauren et moi avons retrouvé Lauren

Sensible triomphante et bouleversée. Des étudiants qui passaient par là avaient vidé la pelouse. « Leur maison a brûlé du sol au plafond il y a quelques semaines, et ils n'avaient pas d'assurance : ils ont dû tout remeubler », a-t-elle expliqué.

Elle leur avait donc offert le lot pour 50 dollars. « Ils étaient tellement contents, vous auriez dû voir ça, a-t-elle poursuivi, rayonnante. Nous avons fait une bonne action aujourd'hui. »

De retour chez Merris, nous avons déballé les cartons et mangé des wraps aux falafels. L'autre Lauren a fait remarquer que j'aurais peut-être préféré gagner un peu plus que 50 dollars en échange d'une si grande quantité de mes possessions.

— Tu as des disques ? a demandé Lauren Sensible. Quand Nour a sorti les siens pour notre vide-maison, plein d'hommes sont apparus, sortis de nulle part. Ils étaient comme aimantés. On a gagné des centaines de dollars.

J'ai consulté un carton sur lequel était écrit DIVERS (TRÈS). Il contenait : *Jagged Little Pill* d'Alanis Morissette, un live d'Ella Fitzgerald et un CD intitulé *Non-Stop Dancing 1600*, une compilation de gigues et de bourrées du XVIIe siècle concoctée par deux hommes qui s'appelaient tous les deux Siegfried. Nous avons décidé que je ferais mieux de vendre une partie de mes vieux vêtements.

Lauren venait de recevoir 80 dollars en revendant une ceinture Gucci en mauvais état, qui appartenait à sa mère, dans un magasin de fripes sur College Street. Je n'avais pas de Gucci mais je me suis dit que je trouverais peut-être des acquéreurs pour les trois cents jeans trop petits que j'avais commandés en ligne et jamais réussi à renvoyer, parce qu'il m'aurait fallu pour cela renoncer au rêve d'entrer un jour dedans. J'ai pris la résolution de passer le lendemain au magasin de fripes, non sans avoir essayé une dernière fois tous les jeans, juste au cas où.

— Je tiens à souligner que toutes ces histoires pourraient donner l'impression que je ne suis pas très belle, mais je crois que les personnes ici présentes pourront confirmer que je suis pas mal, et même plutôt canon, et que la source du problème vient de la manière dont les marques de vêtements produisent, étiquettent et commercialisent leurs produits de nos jours, ai-je proclamé.

Les filles ont approuvé.

Nous avons trié mes vêtements et mes accessoires, et jeté dans un grand sac plastique toutes les affaires dont je ne voulais plus et qu'aucune des deux Lauren ne souhaitait récupérer. À un moment, je suis tombée sur mon alliance et ma bague de fiançailles. Je les ai jetées dans le sac avec le reste.

— Tu ne veux pas attendre un peu ? a suggéré Lauren.

Je lui ai dit que je ne pouvais pas imaginer que j'en voudrais encore un jour, que si jamais c'était le cas alors cela signifierait que j'aurais perdu les pédales. Qu'est-ce que j'allais en faire ? Les enfiler sur une chaîne pour les transformer en un pendentif importable ? Les recycler pour la fois suivante, quand j'aurais enfin succombé à la pression générale et décidé de me remarier ? Quoi qu'il en soit, le tout avait coûté moins de 400 dollars chez un prêteur sur gages à côté du bureau de Jon. Je n'avais pas très envie d'estimer la valeur de revente d'une alliance déjà utilisée deux fois, mais je pouvais sans trop m'avancer deviner qu'elle ne valait pas grand-chose.

Lauren m'a touché l'épaule, puis elle a plongé la main dans le sac et repêché la petite boîte. « Tu sais quoi, a-t-elle proposé, je vais te les garder pour quelque temps. Tu me diras plus tard si tu veux les récupérer. » Elle a glissé les deux bagues sur l'annulaire de sa main droite. « Elles me vont super bien, en fait ! Je devrais peut-être appeler Jon. »

Lauren Sensible a poussé un glapissement qui a fait éclater de rire l'autre Lauren. Je lui ai jeté un coussin et je lui ai dit de garder les bagues. C'était vrai qu'elles lui allaient bien : autant que quelqu'un en profite.

— Ça ne va pas te déprimer de les voir ? a-t-elle demandé.

J'ai secoué la tête.

— Trop cool, un diamant gratuit ! La fois où j'ai aidé mon frère à déménager, il m'a seulement offert une pizza.

Nous avons continué à trier mes affaires, jusqu'à ce que Merris arrive avec un paquet de cookies pour me souhaiter la bienvenue.

— Il y a toujours des enfants qui viennent à notre porte pour nous vendre des choses, a-t-elle expliqué. Le seul moyen de se débarrasser d'eux, c'est de leur acheter leurs babioles. Et aujourd'hui, ce sont des cookies, donc les voici : *welcome* !

C'étaient des cookies de qualité supérieure, avec du chocolat à la menthe, et nous avons été bien contentes de les manger. Merris s'est très bien entendue avec les Lauren, et elle est partie après avoir pris un cookie, en promettant de ne pas descendre trop souvent.

— Chez vous, c'est chez vous. Vos affaires, ce sont vos affaires, a-t-elle déclaré. Je ne veux pas apprendre quoi que ce soit qui me force à vous voir sous un jour différent.

Je lui ai expliqué que ma vie n'était pas aussi excitante qu'elle le croyait. Lauren a dit pour rire que quand on organiserait une partouze, on inviterait les voisines du dessus pour créer une ambiance plus authentique. Merris a fermé la porte, les yeux levés au ciel, et crié par-dessus son épaule que ce genre de soirées n'existaient qu'en banlieue. Les Lauren sont parties peu après pour se rendre au lancement d'un magazine condamné d'avance et soudain, je me suis retrouvée seule dans mon nouvel appartement.

J'ai regardé mes cartons, mes sacs et mes piles d'affaires. J'ai trié des objets étiquetés DIVERS. J'ai appliqué un masque pour le visage, je me suis assise dans différents coins de la pièce et je me suis dit : « Voici l'endroit où tu vas pouvoir devenir toi-même. » Puis j'ai vu une souris, j'ai pleuré, j'ai décollé mon masque au prix de quelques efforts et d'un peu de douleur, et je suis allée me coucher.

Le lendemain matin, je me suis réveillée tôt, désorientée par le décor étranger. J'ai fait du café, je suis retournée me coucher et je l'ai bu tout en essayant de rédiger quelques *morning pages*. J'ai laissé tomber presque aussitôt : écrire un journal intime me semblait à la fois gênant et inutile. Pourquoi coucher mes sentiments sur le papier quand je pouvais les raconter à mes proches, ou bien écrire une légende trop longue et faussement profonde au-dessous d'une photo de nuages ? Au moins, en faisant cela, je pouvais recevoir des retours. Tenir un journal, pour moi, ce n'était qu'un moyen plus lent et fastidieux de réfléchir à des choses dont je m'étais déjà lassée à force de les ruminer. Donc non.

L'appartement était un studio compact mais lumineux. Une grande porte-fenêtre donnait sur un jardin où planait une légère nappe de brume matinale. À la différence de mon ancien logement, le silence ici me semblait délibéré : c'était l'ambiance d'un appartement où vit une seule personne. Je ne sentais pas d'absence puisqu'il y avait tout juste assez de place pour moi.

Je suis montée et j'ai appelé Lydia qui est arrivée en bondissant, gigantesque et couverte de bave. J'ai accroché sa laisse et nous avons fait le tour de mon nouveau quartier – plus calme que le précédent, avec des cafés plus bizarres et des boutiques de vêtements indépendantes qui semblaient vendre exclusivement des costumes pour des astrologues du troisième âge qui partent en week-end à la campagne.

Lydia était une chienne simple d'esprit mais bien élevée, qui ne se rendait absolument pas compte de sa taille et se laissait malmener par des chiens plus petits mais plus hardis qui fonçaient droit sur elle pour lui bloquer le passage ou lui renifler le derrière. J'ai acheté un café et un petit pain à la cardamome dans une boulangerie qui n'acceptait que les paiements en liquide, décorée de photos en noir et blanc de tasses de latte.

De retour à la maison, j'ai lâché Lydia et salué Betty et Inessa, les colocataires de Merris. Elles étaient vieilles, vaguement bohèmes et ne s'intéressaient que modérément à moi. Merris leur avait déjà raconté tout ce qu'il y avait à savoir, et elles étaient au beau milieu d'une discussion pour décider s'il fallait appeler le pépiniériste pour inspecter un champignon inquiétant qu'Inessa avait repéré sur le grand arbre du jardin. Betty, la maîtresse de la chienne, avait le pied dans une attelle en plastique.

Je suis sortie par la porte principale, j'ai fait le tour de la maison et je suis entrée dans le sous-sol par ma petite entrée miteuse. J'ai rempli un grand sac-poubelle de plusieurs paires de jeans taille 33 et de quelques autres vêtements, et je suis partie pour la friperie.

La porte de la boutique a fait un bruit de klaxon agressif quand je suis entrée, et la femme derrière le comptoir a levé les yeux. Elle était grande et mince, avec de longues mains gracieuses recouvertes de petits tatouages. Elle avait l'air de quelqu'un qui habite dans un atelier de poterie sur un bateau, ou dans un van amoureusement rénové avec son mec mannequin, ou bien dans un immense appartement en ville acheté par ses parents. Je n'avais pas vraiment envie de lui montrer mes vêtements.

Il n'y avait personne d'autre dans la boutique. J'ai envisagé de faire semblant de regarder les rayons pendant quelques minutes et de m'enfuir, mais je n'étais pas très discrète avec mon sac transparent rempli de vieux vêtements : difficile de prétendre que j'allais ailleurs. À contrecœur, j'ai laissé tomber le sac sur le comptoir et j'ai entamé un monologue gênant pour expliquer que je n'avais jamais fait ça, que je ne savais pas bien comment ça marchait, et que j'espérais qu'elle trouverait quelques effets qui l'intéresseraient. J'ai vraiment utilisé le mot « effets ». J'ai même dit : « quelques effets du plus bel effet ». J'ai eu envie de mourir sur-le-champ.

La femme a soupiré. Elle était sapée impeccablement, avec une coupe de cheveux que j'avais déjà repérée sur Instagram. C'était le genre de coupe qu'on ne voyait que sur des filles stylées et qu'on ne pouvait obtenir que dans un seul salon à San Francisco, sauf qu'elle s'était probablement coupé les cheveux elle-même, avec une paire de ciseaux trouvée dans une épave de bateau très ancienne.

Elle a vidé mes affaires devant elle, tirant sur les coutures et évaluant les étiquettes avec à chaque fois un petit claquement de langue ou un lever de sourcil. Elle a tout trié en trois piles, selon un système mystérieux dont elle seule détenait le secret. De temps à autre, elle lançait un « joli » ou un « pas mal ». Je me mettais alors à sourire de toutes mes dents et je bégayais quelque chose pour expliquer où je l'avais trouvé et pourquoi je n'en voulais plus : « Ah, oui, hahaha, je l'ai trouvé chez Topshop, ma mère était venue avec moi, à l'époque je croyais que Topshop ne vendait que des tops, vous ne trouvez pas ça… ? Bref, maintenant il est trop petit, c'est à cause de la pilule, j'ai les seins… »

La femme a eu un petit sourire pincé qui n'est pas arrivé jusqu'à ses yeux. Elle tenait entre ses mains les décombres de ma vie : des chaussures à talons d'une hauteur trop ambitieuse que j'avais portées exactement une fois, un tas de ceintures tissées que les émissions de relooking du début des années 2000 voulaient systématiquement coller aux filles rondes, une longue chaîne avec un pendentif en forme de chouette… Vingt-neuf ans sur cette planète, et voilà ce qu'il me restait pour en témoigner. Je m'étais souvent disputée avec ma grand-mère catholique à laquelle j'essayais de faire comprendre que l'enfer n'existait pas. J'ai eu envie de l'appeler pour m'excuser : l'enfer était bien réel, et je l'avais trouvé.

La femme a enfin terminé son tri. « Ça, on garde », a-t-elle dit en indiquant les deux plus grosses piles. « Et le reste, on peut en faire don si vous voulez, mais vous allez devoir reprendre ce pantalon. » Avec un regard plein de compassion, elle a fait glisser un pantalon en velours côtelé vers mon côté du comptoir. « Malheureusement, nous n'acceptons pas les vêtements souillés. »

Mes oreilles se sont aplaties contre ma tête comme celles d'un chat.

— Souillés… ?

— Pas lavés.

— Ce n'est pas ce que veut dire le mot « souillé ».

— En tout cas, il y a une tache.

J'ai saisi le pantalon et je l'ai examiné nerveusement. Je n'ai rien vu. Je l'ai retourné et j'ai aperçu un minuscule point violet à côté de l'ourlet.

— La tache est sur la jambe, ai-je protesté. Et c'est du jus de fruit ou quelque chose dans le genre.

— Je ne veux pas savoir ce que c'est, a-t-elle répondu. Je ne vous juge pas, bien entendu, mais nous ne pouvons pas l'accepter.

La femme a poussé le pantalon vers moi. Au moment où je le fourrais précipitamment dans mon cabas, une voix d'homme a lancé :

— C'est très mal, de chier dans ses vêtements.

Simon souriait de toutes ses dents, incapable de dissimuler le plaisir que lui procurait sa blague. Si le sourire entamait un peu la coolitude initiale de son geste (surgir de nulle part derrière moi avec une vanne caustique mais pas méchante), il ajoutait à l'impression que dégageait l'ensemble de sa personne (un homme simple et d'une jovialité presque suspecte).

— Tout à fait, monsieur, je vous remercie, a dit la femme. C'est la politique de la maison.

J'ai laissé tomber mon sac et je me suis tournée vers Simon. Il me regardait avec le même intérêt dépourvu de gêne qu'il m'avait manifesté le soir du lancer de hache.

— Tu as acheté des rideaux, ai-je dit.

Il a ri, et j'ai constaté non sans inquiétude que j'étais contente de le voir.

— Oui.

Un silence s'est installé. Pour le briser, je lui ai dit que j'avais été occupée, que j'avais déménagé, que j'avais beaucoup à faire ces derniers temps et que je m'excusais de ne pas avoir répondu à son texto.

— Oh, ne t'en fais pas pour moi, a-t-il dit. Maintenant, il fait complètement noir dans ma chambre, c'est un vrai plaisir.

— Excusez-moi, madame, vous pouvez reprendre ça aussi ?

La femme tenait un tee-shirt que les Lauren m'avaient fabriqué pour mon enterrement de vie de jeune fille : on y voyait mon corps photoshopé sur un corps de zombie sexy vêtu d'une robe de mariée. Au-dessus, elles avaient écrit au marqueur : EVJF MAGGIE 2016, et en dessous : DERNIER ZOB. Je tenais dans ma main de zombie un pénis coupé.

— Il était à l'envers et maintenant que je vois le dessin… En toute honnêteté, c'est beaucoup trop vulgaire, nous n'arriverons jamais à le vendre, a-t-elle expliqué. Au dos, il y a écrit FIP au lieu de RIP, ce qui veut dire…

— Oui, je sais : FUCK IN PEACE, ai-je répondu précipitamment. Ce n'est pas sérieux. C'est une blague, enfin, je me suis dit que peut-être quelqu'un pourrait trouver ça drôle. Que quelqu'un l'achèterait de manière ironique, vous voyez… pour rigoler…

Je me suis arrêtée là, vaincue. Je sentais mon visage qui devenait rouge et chaud, et je savais que le fait de m'en apercevoir ne ferait que le rendre encore plus rouge et encore plus chaud. Ma lèvre supérieure allait se mettre à transpirer. Qu'est-ce qu'elle me voulait, cette femme ? J'essayais de récupérer quelques dollars en vendant des vieux vêtements dont je n'avais plus besoin, rien d'autre. Est-ce que c'était un crime de vouloir en faire profiter les autres plutôt que de me soumettre à la dictature toxique de la fast fashion et de les expédier à la décharge ? J'essayais seulement de recycler, putain !

La femme s'est tournée vers Simon :

— Vous trouvez ça drôle, vous ?

— Désolé, mais oui, a-t-il répondu en souriant.

J'ai protesté avec véhémence, mais c'était trop tard. Il a sorti 5 dollars de sa poche, il a acheté le tee-shirt et l'a enfilé. Tout en paradant de manière exagérée devant la glace, il s'est exclamé :

— Alors comme ça, tu es mariée !

Mes yeux d'outre-tombe et mes gros seins de zombie me regardaient fixement.

— Divorcée. Enfin, séparée.

— Ah ? a répondu Simon, les sourcils levés.

— Il faut du temps pour finaliser la procédure, un an voire plus. Je suis encore en train de... purger ma peine. La bonne nouvelle, c'est qu'on a déjà encaissé tous les chèques, ai-je ajouté avec un sourire piteux.

La femme derrière le comptoir a eu l'air troublée.

— Le tee-shirt dit 2016. Combien de temps êtes-vous restée mariée ?

— Environ cinq secondes, ai-je répondu aussitôt d'une voix trop aiguë. Merci pour la question.

— Ce n'est pas la peine d'être agressive, a-t-elle répliqué en s'absorbant dans le pliage d'une pile de vieux maillots de bain.

Pour éviter de lui crier dessus, j'ai redirigé mon attention sur Simon. Il avait l'air curieux, mais pas énervé. Il avait l'air gentil.

— Je ne sais pas pourquoi je ne t'en ai pas parlé, ai-je dit. J'ai vraiment passé un bon moment avec toi, et je ne voulais pas casser l'ambiance. Quand je le dis, ça finit toujours par casser l'ambiance. Et après, je me suis sentie bizarre de ne pas t'en avoir parlé, alors je ne t'ai pas…

— Ne t'en fais pas, a-t-il répondu avec une sincérité manifeste. Le divorce, c'est comme, disons… une boulette de viande pimentée.

Je ne savais pas quoi répondre à ça, alors je lui ai proposé d'aller boire un verre.

Choses qui m'ont fait pleurer, 12-23 novembre

Un bus trop plein et trop chaud.

Mes douleurs dans la nuque.

Les chiens en général.

La fois où je suis rentrée en taxi tard le soir après un *date* et que je me suis dit, en regardant par la fenêtre la ville sublime et déserte, qu'elle était pleine d'humains, et que je me suis sentie connectée à chacun d'eux – il faut dire que j'étais bien bourrée.

La fois où j'ai essayé à cinq reprises de me souvenir de mon mot de passe pour l'App Store et que j'ai échoué, puis essayé de le réinitialiser, puis échoué encore et fini par me rappeler que c'était mon nom avec un point d'exclamation à la fin.

La fois où Jiro m'a vue ouvrir une barre de céréales au bureau et m'a demandé si je me faisais « un petit plaisir », et le plus mortifiant, c'est qu'il avait raison.

La prise de conscience de tous les efforts que mes parents ont déployés pour m'apprendre à lire.

La fois où j'ai fait l'amour avec Simon – c'était doux et merveilleux, les larmes nous ont surpris tous les deux.

La fois où un de mes étudiants m'a dit que j'étais « baraquée », sur un ton plein de sous-entendus.

Des photos d'un sol très ancien en mosaïque, exhumé à une profondeur d'un mètre vingt sous le jardin d'une vieille femme italienne et qui attendait son heure, parfaitement préservé.

L'autre fois où j'ai fait l'amour avec Simon. J'ai encore pleuré et il m'a demandé pourquoi, alors j'ai repleuré.

Un documentaire sur le nombre d'espèces animales actuellement en voie de disparition.

La fois où quelqu'un m'a posé un lapin au mauvais moment de mon cycle.

La fois où j'ai entendu R. Kelly à la radio dans la voiture de Clive, que j'ai dit que la chanson me faisait penser au lycée et qu'Amirah m'a répondu qu'elle lui faisait plutôt penser à « la prévalence des agressions sexuelles dans l'industrie musicale », après quoi j'ai eu l'impression que tout le monde dans la voiture me jugeait, d'autant plus que Jon et moi dansions souvent dans l'appartement sur *Ignition (Remix),* avant de découvrir que a) R. Kelly était un violeur et b) nous ne nous aimions plus.

La fois où j'ai utilisé une de ces calculettes qui vous disent dans combien de temps vous pourrez prendre votre retraite si vous gagnez tant et que vous économisez tant par mois, pour découvrir que je pourrais raisonnablement m'arrêter de travailler dans 238 ans.

Le moment où Steve dans *Sex and the City* crie à Miranda « Il y a du bon dans tout ça ! » alors qu'elle n'est pas encore prête à accepter son amour.

La description d'une sauce tomate dans un magazine : « Le génie de la sauce d'Hazan tient au fait que, même s'il s'agit d'un plat tout prêt composé d'ingrédients basiques que tout le monde possède dans son placard, il est impossible de l'améliorer. Vous pouvez y ajouter de l'huile d'olive haut de gamme ou du basilic frais si vous en ressentez le besoin ; ils ne la rendront pas meilleure. Telle quelle, elle est inégalable. »

La fois où je me suis imaginé tomber sur Janet dans la rue, comme quand on rencontre un·e ex-amant·e et qu'on tente de maintenir une distance distinguée tout en lui disant qu'il ou elle a « l'air en pleine forme ».

La fois où je suis retombée sur une carte postale que Jon m'avait envoyée de Floride et qui montre une grosse paire de seins avec l'inscription FAUX SEINS & VRAI FUN.

La fois où j'ai relu toutes mes conversations de juillet 2014 sur Messenger, au moment où Jon était parti en Floride.

L'autre fois où j'ai fait l'amour avec Simon.

L'autre fois encore où j'ai fait l'amour avec Simon.

La pensée que tous ceux que j'aime mourront un jour, et pour la plupart avant moi ; que soit je vivrai leur mort, soit je leur infligerai la mienne et que quoi que je fasse, la fin arrivera pour chacun de nous à un moment que nous ne pouvons pas prévoir ; que d'ici là, ma chair va pourrir sur mes os, se rider, se couvrir de taches, que mon corps va devenir moins efficace chaque jour, et que là-maintenant-en-ce-moment, je suis plus jeune, plus belle et en meilleure santé que je ne le serai jamais, même si je ne me sens pas particulièrement jeune, belle ni en bonne santé – au contraire, j'ai l'impression que mes problèmes de dos sont en train de prendre le dessus, et d'ailleurs, est-ce que c'est pire si ma sœur meurt avant moi ou si moi je meurs avant elle, et qu'est-ce que je vais dire à l'enterrement de mon père ?

Une publicité pour la chaîne de cafétérias Tim Hortons où deux papas gays apportent des *doughnuts* à l'entraînement de hockey de leur fille.

Le sommier de futon fourni par Merris s'est cassé presque tout de suite après mon arrivée, mais Ikea était surchargé de commandes à l'approche des fêtes, ce qui fait que le modèle Skurnsk que j'avais acheté n'allait pas arriver avant la veille de Noël. J'ai utilisé sa livraison comme excuse pour échapper à une grosse réunion de famille le 24 décembre, et j'ai promis de d'arriver en train le lendemain matin.

Mes amis, mes proches et la sagesse populaire s'accordaient à dire que les fêtes risquaient d'être difficiles cette année et que chaque nouvelle première fois sans mon mari allait être déchirante à sa manière, mais jusque-là les choses ne se passaient pas si mal : Simon et moi avions fait du patin à glace devant l'hôtel de ville comme deux touristes de cinquante ans, le campus était couvert de décorations scintillantes, et le repas de Noël du groupe WhatsApp s'était déroulé comme de coutume – Clive avait aspergé le pudding de Noël d'alcool et failli se brûler un sourcil en le faisant flamber. Au bureau, on avait organisé un petit repas partagé auquel Olivia avait apporté des « biscuits à la cannelle protéinés », et les dames de l'étage au-dessus avaient installé dans toute la maison des décorations de Noël laïques.

C'était la saison des examens, ce qui voulait dire que je passais moins de temps au bureau et plus de temps assise sur mon lit en robe longue à col roulé, à manger des plats en sauce à même la casserole tout en griffonnant « source ??? » en marge d'études vaguement écocritiques de *La Tragédie du vengeur*. Le pied de Betty allait mieux mais je promenais encore Lydia presque tous les matins. Ça me forçait à quitter mon lit et à sortir, et je trouvais gratifiant d'avoir une grosse copine silencieuse et toujours excitée de me voir.

Lydia était la compagne idéale : une créature pacifique dont les seuls intérêts dans ce bas monde étaient qu'on la nourrisse et qu'on lui gratte la tête – je m'identifiais assez bien à ça. Parfois, quand les mamies ne l'entendaient pas aboyer à la porte d'en haut, elle descendait au galop jusqu'à mon entrée, elle grattait à la porte et elle gémissait jusqu'à ce que je la laisse entrer et que je lui donne une bouchée de ce que je mangeais. J'aimais nos moments ensemble – moi qui travaillais, teignais mes sourcils ou traînais sur Internet, elle qui pétait, affalée en travers de mes jambes. Jusque-là, je n'avais pas réussi à la convaincre de passer la nuit dans mon lit, mais j'y travaillais.

Le 23, Amy m'a emmenée faire une manucure de Noël. Nous avons bu des grogs pas chers, feuilleté des magazines, et nous nous sommes demandé si nous avions le visage assez bien structuré pour porter des grands chapeaux comme les femmes en Californie. Elle venait d'être promue infirmière en chef de son étage à l'hôpital pour enfants, et elle avait un nouveau copain : un clown thérapeutique qui travaillait pour le service d'oncologie pédiatrique. « Il a enlevé son nez et tout l'étage est parti en vrille, a-t-elle raconté. C'était le chaos, les filles tombaient comme des mouches, mais la compétition me pousse toujours à donner le meilleur de moi-même, donc voilà. »

Ils s'étaient vus trois fois en deux semaines, dont une où il leur avait préparé un pique-nique d'hiver, avec une bouillotte chacun. Il lui avait chanté sur sa guitare des versions acoustiques de tubes R & B pendant qu'elle sirotait du vin chaud qu'il avait apporté dans un thermos.

« C'était comme un rêve, a-t-elle dit, même si sa description ressemblait plutôt à mon pire cauchemar. Il chante super bien, et il est génial avec les enfants… Il est tellement Poisson. »

Je l'ai félicitée pour sa promotion et pour le nouveau mec, et j'ai admis que je ne croyais pas à l'astrologie.

— Tu as sans doute raison, a-t-elle dit en examinant la feuille de houx strassée peinte sur l'ongle de son index. Mais c'est toujours intéressant de comprendre le rapport qu'ont les gens avec l'idée qu'ils se font de leur signe. Moi, perso, chaque fois que je fais quelque chose de mal, je dis que c'est parce que je suis Cancer.

Je lui ai demandé quelles étaient les caractéristiques des Gémeaux. Elle m'a dit que c'étaient « les psychopathes du Zodiaque ». D'après Amy, on peut reconnaître qu'un homme a déjà été dans une relation sérieuse quand il sait dans quelle maison se trouve sa Vénus.

Plus tard ce soir-là, je suis allée chez Simon boire du cidre et lui montrer mes nouveaux ongles pailletés. Je le voyais souvent : nous allions boire des cafés entre mes cours, il m'emmenait dans des restaurants qu'il devait chroniquer où nous mangions gratuitement, nous nous envoyions des textos qui disaient « t ou » quand le bar prenait les dernières commandes. Au départ, j'avais peur qu'il ne soit rien de plus qu'un beau gosse pseudo-intello, à cause de son visage, de ses cheveux et de ses petites tenues bien nettes. Mais en fait, il était drôle et intelligent, et il s'abstenait même de me faire des exposés sur la cuisine sous vide, alors que c'était clairement un foodie pur et dur.

Et en plus, il savait m'étonner. Un matin, en plein brunch, un jour où j'avais la gueule de bois et que je portais des lunettes de soleil, j'ai remarqué qu'il me regardait fixement. J'ai examiné mes œufs brouillés et j'ai appelé la serveuse pour avoir du ketchup. Elle me l'a apporté et j'en ai versé une giclée sur le bord de mon assiette. Quand j'ai levé les yeux vers Simon, il était toujours en train de me fixer avec un petit sourire niais.

— Désolé, a-t-il dit. Je ne peux pas m'en empêcher.

Il a tendu la main à travers la table et a enlevé les lunettes de mon visage. Je me préparais à recevoir une remarque romantique débile sur la beauté de mes yeux, ou sur son désir de me regarder vraiment, mais au lieu de cela, il a sorti de sa poche un petit carré de tissu blanc et il a commencé à nettoyer les verres de mes lunettes.

— Ils sont dégoûtants, a-t-il dit sans cesser de sourire. Tu es pire qu'un animal.

Il a soufflé sur les verres et a redonné un petit coup de chiffon à la monture avant de me les remettre sur le nez.

— Tu as toujours une chamoisine sur toi ? ai-je demandé.

— Bien sûr, a répondu Simon en souriant. Pourquoi pas ?

Ce côté attentionné et limite maniaque s'est révélé être sa spécialité. Un jour, il s'est aperçu que j'avais utilisé son eau de Cologne parce que je l'avais reposée sur l'étagère avec l'étiquette tournée vers le mur. Quand il me l'a fait remarquer, il m'a donné un petit échantillon du même parfum pour que je le garde dans mon sac.

— Détends-toi, a-t-il répondu quand j'ai commencé à bégayer que je n'étais pas sûre qu'on soit arrivés au stade où on se fait des cadeaux. Je l'ai eu gratuitement quand j'ai acheté mon nettoyant pour le visage.

Compte tenu de ces incidents, quand j'allais chez lui, je faisais attention à retirer mes chaussures dans l'entrée. Un jour, je suis entrée en chaussettes et je l'ai trouvé très concentré, en train de frotter les coussins de son canapé avec un nettoyeur vapeur.

— C'est quoi, ton signe astrologique ? lui ai-je demandé. Enfin, tes signes astrologiques ? Ton ascendant, tout ça.

Simon s'est interrompu, le tuyau à vapeur dans la main.

— Il faudrait que j'appelle ma mère pour avoir mon heure de naissance exacte. Mais je suis à peu près sûr que j'ai plusieurs placements en Vierge.

Nous avons fait l'amour et regardé de vieux épisodes des *Simpson*, puis il a préparé un dîner très simple mais avec un niveau de concentration étonnant. Il avait l'air de croire que s'il regardait ailleurs, ses raviolis gourmets allaient en profiter pour se désintégrer volontairement. Quand j'ai voulu faire la vaisselle, il a protesté tellement longtemps que j'ai cru que nous allions avoir notre première dispute. Il a fini par céder et s'est contenté de rester derrière moi, les mains sur mes hanches, pendant que je nettoyais deux assiettes et une grande casserole avec passoire intégrée.

— Tu sens bon, a dit Simon, le nez enfoui dans mon cou.

Je lui ai répondu que ce qu'il sentait, c'était la puanteur de mes rêves et de mes espoirs déçus qui se décomposaient à l'intérieur de mon corps (j'avais écrit un article moyennement réussi qui venait d'être refusé pour la troisième fois cette semaine par une revue scientifique).

— Fait chier, a-t-il dit en retirant ses bras de ma taille.

Je me suis retournée, les mains pleines de mousse.

— Qu'est-ce que… Mais qu'est-ce qui se passe ?

— J'aimerais bien des fois pouvoir te dire quelque chose de sincère sans que tu tournes tout à la blague. Apprends à recevoir un compliment, mec.

— Mec ? Ouais, d'accord, vieux.

— Tu vois, c'est exactement ça : il faut toujours que tu détournes la conversation. Laisse-moi simplement être gentil avec toi.

J'ai levé les yeux au ciel. Ces dernières semaines, Simon m'avait fait la leçon de plus en plus souvent sur ce qu'il appelait mon « allergie à la gentillesse ». Il a penché la tête de côté d'un air pensif, et j'ai senti que l'incident de la cascade était sur le point de se reproduire.

Pour faire court : Simon avait une voiture. Quand il me l'avait dit pour la première fois, j'avais répondu : « Évidemment que tu as une voiture. » Il m'avait regardée d'un air perplexe, et je n'avais pas épilogué. C'était une vieille Golf Volkswagen cabossée d'un vert foncé terne, avec des sièges qui grattent et des repose-verres caoutchouteux. De temps à autre, il venait me chercher et il m'emmenait faire la tournée des drives : d'abord un sandwich œufs et bacon chez Tim Hortons, puis des croquettes de pommes de terre et du café chez McDonald's, et pour finir, chez Wendy's, des milk-shakes dans lesquels on versait nos cafés – Food6 appelait ça un « affogato de clodo ».

La semaine précédente, il nous avait conduits à Elora pour voir une cascade. Vu que c'était l'hiver, il était impossible de se baigner ou de faire quoi que ce soit d'autre, donc nous avons passé trente minutes à admirer le site naturel à moitié gelé, puis nous sommes remontés en voiture pour rentrer chez nous. Sur la route, nous avons cherché des stations de radio locales comme Moose FM et Canoe 100.9, qui passaient les mêmes chansons d'easy listening que j'écoutais dans la voiture de mes parents sur la route des vacances. Je ne m'étais pas aperçue que je chantais les paroles en même temps, jusqu'à ce que Simon se mette à rire tout seul en silence. Je me suis arrêtée aussitôt et je l'ai regardé avec méfiance.

— Quoi ?

— Tu chantes toujours les paroles avec quatre temps d'avance, a dit Simon en tapotant le volant du bout des doigts. C'est mignon. On dirait que tu veux arriver le plus vite possible à la partie que tu préfères chanter.

Il a ri et j'ai trouvé ça écœurant.

— C'est pas vrai, je fais pas ça, ai-je répondu d'un ton sec.

J'ai éteint la radio et nous avons continué à rouler sans rien dire pendant quelques minutes, tous les deux un peu trop concentrés sur le paysage. Je savais que je m'étais comportée comme une connasse, et j'aurais voulu ne pas être comme ça. Quand il avait ce genre de comportement, tellement niais et plein d'attention, je ne pouvais pas m'en empêcher. Je ne supportais pas qu'il me regarde. Même moi, je ne supportais pas de me regarder.

Simon a poussé un soupir agacé.

— Ça te plaît, là, ce qu'on fait tous les deux ? Parce que moi, ça me plaît, et je croyais que toi aussi. Tu es toujours en train de m'envoyer des textos, et de m'appeler, et de me proposer qu'on se voie, et je ne vois pas ce que ça peut vouloir dire d'autre.

J'ai marmonné que ça me plaisait, évidemment, mais que c'était compliqué. Simon m'a demandé si je voulais en parler. J'ai remis la radio et j'ai entonné précipitamment le refrain d'une chanson qui parlait de bouger son corps sur le dancefloor.

Et cette fois encore, dans sa cuisine, j'étais submergée par le même inconfort, comme le fourmillement d'une ruche à l'intérieur de mon corps. Je voulais le traiter de minable. Je voulais crier NON ! Je voulais qu'il comprenne à quel point c'était stressant de faire l'objet de ce genre de sollicitude, en sachant que tout pouvait se ratatiner et se déformer à n'importe quel moment jusqu'à devenir méconnaissable, ou même disparaître. Je voulais lui dire qu'une fois, je m'étais réveillée dans son lit et que dans le noir, je l'avais pris pour quelqu'un d'autre : quelqu'un qui avait déjà remarqué chez moi toutes sortes de détails adorables, quelqu'un aussi qui m'avait dit récemment qu'être avec moi lui donnait l'impression de se noyer dans mes besoins. En y réfléchissant bien, je n'avais pas vraiment envie de lui parler de tout ça.

J'ai pris un torchon et j'ai commencé à essuyer la vaisselle n'importe comment. « D'accord, ai-je capitulé. Je sens très bon. Un peu comme une pile de linge propre qui aurait niqué une boulangerie et donné naissance à une rose. » Sur le comptoir, mon téléphone s'est éclairé pour signaler un nouveau match Tinder. Je l'ai retourné avant que Simon puisse le voir.

— Voilà, j'aime mieux ça, mon gars, a-t-il dit en me prenant l'assiette des mains et en m'attirant contre lui. La prochaine fois, on verra si tu arrives à me regarder dans les yeux en disant ça.

Je voyais que Simon avait arrêté de s'en faire. La crise, pour ce qu'il voyait, était terminée. Pourquoi s'attarder là-dessus ? Simon était un homme qui croyait que dans la vie, les choses finissent toujours par s'arranger, parce que pour lui, c'était réellement ce qui se passait. C'était le genre d'homme que les avions attendent pour décoller, à qui les baristas offrent un deuxième café et les serveurs un shot gratuit. Un jour, il avait réussi à éviter une contravention pour excès de vitesse rien qu'en baratinant les policiers, alors qu'il n'avait même pas son permis sur lui. Ce n'était pas moi qui allais lui apprendre la mauvaise nouvelle et lui dire que tout ça n'était pas normal. Il m'a embrassée et j'ai pensé : « C'est foutu d'avance. »

Le lendemain matin, j'étais assise seule en gros pull à col roulé, en train d'empaqueter un autre pull identique que j'avais acheté pour Hannah, et je songeais à poster une Story Instagram de moi avec le filtre chat et la légende L'ESPRIT DE NOËL EST PAR MINOU – ELLE EST BONNE OU QUOI ?, tout en sachant que la blague n'était pas dingue mais peu importe parce que sur la photo, le contour de ma mâchoire semblait impeccablement défini.

Finalement, j'ai changé d'avis et j'ai posté une image floue d'un tas de papier cadeau chiffonné qui, je l'espérais, montrait à quel point j'étais blasée de mon immense popularité. Mes fenêtres étaient embuées et j'entendais des enfants du quartier qui jouaient dehors dans la neige. J'avais décidé de ne pas faire de sapin – qu'est-ce que j'aurais pu mettre dessus ? – mais j'avais posé quelques cartes de vœux sur ma commode en concession à l'esprit de Noël.

Un bout de guirlande pendait tristement au-dessus de mon tas de linge sale.

J'ai revu *Noël blanc*, en passant en accéléré les numéros musicaux où les quatre acteurs chantaient leur nostalgie du bon vieux temps des *minstrel shows*[1], puis je suis passée à d'autres propositions moins ambitieuses (mais tout aussi appréciables) : des comédies qui parlaient d'échanges de maisons, de quiproquos et de recherche de l'amour, le tout dans une ambiance festive. En même temps, j'ai corrigé des copies et je me suis préparé un déjeuner composé de mélanges insolites : porridge à la cannelle, soupe miso en sachet et galettes de riz recouvertes de moutarde et de charcuterie. Pour mon dessert, j'ai posé un bout de fromage sur un cookie.

Vers 16 h 30, j'ai senti que ma solitude menaçait de prendre le dessus. Je suis montée pour voir si Lydia était dans le coin. La maison était déserte : toutes ses occupantes étaient parties dans leurs familles respectives, sauf Inessa qui était allée retrouver son amant scandaleusement jeune (il avait soixante-sept ans). Je suis redescendue et j'ai consulté ma liste de choses à faire, même si toutes les tâches étaient déjà cochées. La solitude rend efficace. J'ai essayé de faire une sieste, ou plutôt j'ai fermé les yeux juste le temps de laisser disparaître les derniers rayons du soleil

1. Les *minstrel shows* étaient des spectacles dans l'Amérique du Nord des années 1820 à 1950, où des acteurs blancs étaient grimés en Noirs. Les Noirs y apparaissaient comme ignorants, stupides, superstitieux, joyeux, et doués pour la danse et la musique. (*Toutes les notes sont de la traductrice.*)

hivernal. Quand je les ai rouverts, il était 17 heures et il faisait nuit noire. J'ai allumé une bougie, j'ai ouvert un livre et j'ai posé mon téléphone entre les pages.

À 20 h 30, on a sonné à la porte. Le chauffeur livreur m'a fourré le paquet entre les mains en aboyant « Joyeuses fêtes ». Il fallait le comprendre. Cet homme avait sûrement envie d'être ailleurs – auprès d'une famille aimante, d'une compagne dévouée qui l'attendait à la maison et mourait d'envie de le voir. Il était injuste qu'il soit forcé de travailler la veille de Noël, pour livrer des colis à des asociales bonnes à rien dans mon genre qui, avec un minimum d'organisation, auraient facilement pu emprunter ou louer une voiture, aller chez Ikea et récupérer elles-mêmes leur sommier milieu de gamme. Au moment où j'essayais de formuler une version embrouillée de cette pensée, l'homme a pris de moi ce qui ne pouvait être que la photo la moins flatteuse du monde : en col roulé, pas douchée, un grand colis en équilibre contre la hanche comme un gros bébé malfaisant.

Je suis rentrée et j'ai ouvert le paquet. Un petit sachet de vis et de joints en plastique en est tombé, en même temps que la notice de montage. Sur la première page était dessiné un personnage de bande dessinée aux lignes anguleuses, avec un crayon derrière l'oreille et un X tracé en travers du corps. Il regardait une pile de morceaux de meuble, les sourcils froncés. En dessous, la légende disait : « Montage à deux conseillé ». Juste à côté, sur la page, un couple d'amis anguleux – ou d'amants : la nature de leur relation était laissée dans le flou, mais il semblait y avoir entre eux une certaine complicité – souriaient, prêts à accomplir la tâche en équipe. J'ai décidé de construire le cadre de lit plus tard.

Dans mon enfance, à chaque réveillon de Noël, ma sœur Hannah et moi restions éveillées jusque tard à manger des biscuits et des clémentines, et à délibérer sur l'heure où nous pourrions descendre l'escalier en courant et réveiller nos parents (ou, plus tard, notre parent). Nous avions continué à dormir dans la même chambre le soir du réveillon jusqu'à notre adolescence – jusqu'au moment où l'omniprésence de son copain avait rendu cet arrangement indésirable. Elle était toujours avec le même : un maigrichon sardonique prénommé Ed. Ils partageaient un appartement miteux près de Princess Street qu'ils sous-louaient pour de longues durées pendant leurs voyages en Colombie, en Thaïlande ou en Nouvelle-Zélande. Ils y prenaient de très belles photos de plages, d'eux-mêmes et d'inconnus, prises sur le vif durant leurs croisières éthiquement discutables. Ils ne se donnaient pas de surnoms individuels, mais ils se désignaient en tant que couple sous le nom de « Maman et Papa ». Ils n'étaient pas pressés de se marier mais clairement, ils allaient rester ensemble pour toujours.

J'ai mangé quelques clémentines et je me suis recouchée en regrettant de ne pas être rentrée à la maison pour passer la soirée avec Hannah. J'ai tiré l'ordinateur portable jusqu'à l'oreiller à côté de moi. Dans le coin de la pièce, le Skurnsk me jetait des regards méchants tandis que je regardais l'histoire d'une jeune boulangère pleine de talent qui s'aperçoit qu'elle est le portrait craché d'une duchesse très belle et très lasse, ce qui donne lieu à de nombreux quiproquos hilarants dans une ambiance festive. Je me suis assoupie peu après la scène où un concours de pâtisserie télévisée manque de virer à la catastrophe, mais peu avant le double mariage de Noël.

Le lendemain, je me suis réveillée tôt et j'ai pris le train pour Kingston. La voix automatique a annoncé les villes que nous traversions en anglais et en français, tandis que la voiture me berçait lentement d'avant en arrière, comme un bébé dans un couffin posé sur un sèche-linge. Le lac était magnifique et froid, bordé de glace qui scintillait sous le soleil. J'ai reconnu la ville, avec son mélange de gris moches (bibliothèques brutalistes, neige fondue) et de gris jolis (vieille pierre de taille, fumée des cheminées s'enroulant dans le ciel), ses rues devenues calmes après le départ en vacances des étudiants. Mon père est venu me chercher à la gare, coiffé d'un énorme bonnet en tricot. Nous sommes allés chez lui ouvrir les cadeaux, manger des bagels et boire des mimosas avec Ed et Hannah. Quand je suis arrivée, Ed m'a demandé : « Ça va, tu tiens le coup ? » et Hannah lui a mis une grande claque sur la cuisse, puis elle m'a rejointe pour m'offrir une tasse de café et m'a prise dans ses bras en avouant : « J'ai paniqué et je t'ai acheté un pantalon au dernier moment. Très risqué. »

L'année où mes parents s'étaient séparés, chacun avait été contrarié d'apprendre que l'autre avait modifié Noël de la même façon : « Puisque vous allez manger de la dinde chez votre père, avait annoncé notre mère, je me suis dit que cette année, j'allais faire un jambon. » Et le lendemain, quand notre père nous avait accueillies, une forte odeur de porc rôti se dégageait de sa cuisine. Chacun des deux nous avait acheté en cadeau une paire de chaussons douillets. Pour leur premier Noël 2.0, ils avaient tous deux prévu dans leurs programmes respectifs de boire de l'alcool au petit déjeuner.

Même si mes parents étaient maintenant séparés depuis plus longtemps que je ne les avais connus ensemble, j'étais souvent frappée par la similitude de leurs conseils, par le nombre de valeurs, de réactions instinctives et de tournures de phrase qu'ils avaient encore en commun. Après tout, ils avaient passé treize ans ensemble. Leur amour s'était évanoui l'année de mes huit ans, si mes calculs sont bons, mais l'influence qu'ils avaient eu l'un sur l'autre ne pouvait pas s'effacer si facilement. Malgré cela, ils n'aimaient pas trop se l'entendre dire, ce que je comprenais mieux désormais. En effet, je continuais pour ma part à acheter des aubergines par automatisme et je venais juste de découvrir que je n'aimais pas spécialement le côté gauche du lit. Sans les provocations et les chamailleries de Jon, mes journées étaient moins chargées en agressivité et je trouvais cela plutôt agréable. Pas facile de comprendre que les traits de caractère que je considérais jusque-là comme les miens étaient en fait construits autour de quelqu'un d'autre, voire carrément empruntés. Il était très gênant de devoir d'un coup distinguer entre ce qui était moi, ce qui était lui et ce qui était nous. Et encore plus gênant de découvrir que j'avais parfois confondu les trois.

Notre famille décomposée avait une routine bien établie : d'abord une matinée de Noël intime chez un de nos parents, puis un grand dîner chez l'autre avec la famille élargie. La famille de ma mère est gigantesque et, comme celle de la plupart des Nord-Américains de type caucasien, passionnément bien que théoriquement irlandaise. Vous pourriez me dire que n'importe quelle personne blanche au Canada est mon cousin ou ma cousine, et je vous croirais. Dans nombre de mes souvenirs d'enfance, ma mère me traînait jusqu'à un·e inconnu·e au supermarché, me forçait à lui serrer la main et m'expliquait que cette personne, que je ne reverrais plus jamais, était un·e parent·e caché·e mais aimé·e – un·e cousin·e germain·e ou issu·e de germains éloigné·e au énième degré. Dans son clan, la période des fêtes commençait tôt, finissait tard et consistait à boire beaucoup de Drambuie et à manifester son affection à grands cris. À n'importe quel moment, il y avait toujours entre trois et six personnes qui pleuraient.

Voici un aperçu des moments forts de ce Noël :

— Le mari d'une cousine que je n'avais pas vu depuis le Noël d'avant m'a demandé où était Jon avant même que je n'aie retiré mon manteau ;

— La dinde a été enfournée deux ou trois heures plus tard que prévu, ce qui fait que l'apéritif s'est prolongé bien au-delà de 20 heures et que Tonton Jamie s'est endormi à table ;

— Tout en déversant de la purée de patates dans mon assiette, Tata Gillian, qui a été mariée trois fois, m'a dit que nous appartenions toutes les deux à l'alliance sacrée des épouses délaissées ;

— Deux personnes âgées se sont disputées pour savoir si oui ou non on ne pouvait plus rien dire ;

— Une cousine issue de germains âgée de vingt-trois ans a annoncé qu'elle était enceinte, à la suite de quoi une cousine issue de germains éloignée au premier degré l'a accusée de « l'avoir fait exprès pour faire de la peine à Maggie » ;

— Quand j'ai pris à part la deuxième cousine issue de germains pour lui dire que ça ne me dérangeait pas, elle s'est mise à pleurer et elle m'a avoué qu'elle était stérile ;

— Une grand-tante a demandé aux cousins de faire le tour de la table pour annoncer que Jésus était présent dans nos vies ;

— Ma sœur, qui avait trop bu, m'a dit que son souhait pour Noël était que je « retrouve un jour le bonheur » ;

— Le grand-oncle qui jouait d'habitude du piano à ce genre de rassemblement était mort depuis peu, donc au lieu de chants de Noël nous avons eu droit à un karaoké larmoyant de chansons trouvées sur YouTube ;

— La nouvelle copine de mon cousin aîné est restée assise sur les genoux d'un AUTRE cousin pendant tout un couplet (!) de la chanson *Santa Tell Me* d'Ariana Grande ;

— Ma grand-mère m'a demandé si j'avais retrouvé un « bon ami » (j'ai pensé à Simon mais je lui ai dit que non), puis elle a suggéré que cette fois j'évite de me « mettre à la colle avec un végétarien » ;

— J'ai tellement massacré le plateau de fromages que j'ai pensé un instant dire que c'étaient les chiens qui avaient fait le coup ;

— J'ai fini par dire que c'étaient les chiens qui avaient fait le coup.

Quand ma mère et moi sommes parties pour la messe de minuit, il restait encore un petit contingent d'acharnés qui se disputaient joyeusement autour d'un jeu de cartes, s'encourageant mutuellement à faire un discours et se mettant dans tous leurs états à cause du pape. D'ici peu, ils allaient sortir un harmonica d'un tiroir, chanter-hurler des chansons folkloriques et danser dans toute la cuisine.

Ma sœur est restée dans l'espoir que quelqu'un dévoile un secret de famille important, ou au moins sorte les sablés aux amandes. Noël était le seul moment de l'année où ma mère allait à la messe, et nous avions l'habitude de négocier pour décider de celle qui l'accompagnerait. Cette année, c'était le tour d'Hannah mais après avoir vu Tata Gillian me coincer pour m'avertir que la vie n'était pas rose pour les femmes célibataires après trente ans, que la gravité nous guettait et que, malgré ma routine hydratation, c'était mon cou qui allait morfler en premier, ma sœur a suggéré que j'aille à la messe à sa place. Je l'ai remerciée et je me suis dirigée vers l'allée du jardin, où ma mère essayait sans succès de dégivrer le pare-brise. Elle a déniché un grattoir coincé dans la banquette arrière et me l'a tendu par la fenêtre. J'ai dégivré un tout petit trou de son côté et je suis montée.

— J'espère que Jésus appréciera ma sobriété, a-t-elle dit en enclenchant la marche arrière.

Je lui ai rappelé que les nouveau-nés ne reconnaissent ni les visages, ni les couleurs, et que donc le concept d'alcool au volant lui passait sûrement au-dessus de la tête.

— Oh mon Dieu, a-t-elle gémi, épuisée. Pas ce soir, d'accord ? Pitié.

Puis elle m'a tapoté la cuisse affectueusement pour me rappeler que, même si elle me trouvait parfois insupportable, elle était prête, très littéralement, à mourir pour moi.

L'église était d'un luxe réconfortant, éclairée par des bougies qui créaient une atmosphère caverneuse et embaumée d'une douce odeur catholique (j'ai du mal à défendre l'Église catholique en tant qu'institution, mais il faut admettre qu'ils ont du nez pour tout ce qui concerne les encens). Je n'avais jamais mis les pieds à l'église hormis le soir de Noël avec ma mère, et pourtant mon mariage avait eu lieu à l'église, sur l'insistance du père de Jon. Ses parents s'étaient révélés plus traditionalistes que je n'aurais cru pour les questions de cérémonie – j'avais même eu un échange crispé avec sa mère quand elle m'avait demandé pourquoi je ne voulais pas porter de voile.

Au final, j'avais cédé et ma belle-mère m'avait trouvé un voile en dentelle très joli. Je l'avais porté avec une robe à bretelles en soie blanche toute simple qui coûtait plus cher que tout ce que j'avais jamais possédé, et qui était maintenant stockée dans mon appartement où elle me narguait du fond de son sac en carton. Cette robe était sublime, et j'étais sublime dedans, mais en avançant vers l'autel ce jour-là, je me suis quand même sentie extrêmement ridicule.

Qu'est-ce que je foutais dans cette église, voile ou pas voile, déguisée en vierge devant tous les gens que je connaissais, en train d'avancer vers cet homme avec qui je vivais depuis des années ? Pourquoi avions-nous besoin de cette petite parade idiote pour entériner notre engagement ? Est-ce qu'il fallait que je copie le pas qu'ils adoptaient dans les mariages au cinéma, un pied en avant, les deux pieds rassemblés, un autre pied en avant ? Pourtant, malgré la stupidité de la procession, j'étais surexcitée en arrivant devant l'autel de saisir la main moite de mon mec et de faire de lui mon époux sous les yeux du monde.

J'ai écarté de mon esprit cette image indésirable – le grand sourire de Jon, nos amis et notre famille qui se tortillaient nerveusement alors que je butais sur la toute première phrase de nos vœux « modernisés », ce baiser. La messe de minuit s'est poursuivie et ma mère a commencé à s'ennuyer vers le moment de la bénédiction de la crèche. Je m'en suis aperçue parce qu'elle s'est mise à feuilleter le missel comme si c'était un magazine féminin dans un salon de manucure.

« "Guide-moi, ô toi Grand Rédempteur"… Un classique », ai-je murmuré.

Elle a levé les yeux au ciel et refermé le livre, puis elle a passé un bras autour de mes épaules et m'a demandé si ça allait. « Je sais que le premier Noël peut être dur. »

Je lui ai dit que j'étais énervée que les parents de Jon ne m'aient pas fait signe. Lui, je me doutais qu'il n'allait pas le faire, mais ses parents m'avaient accueillie pendant les fêtes depuis que j'avais atteint l'âge adulte. Est-ce que ça ne méritait pas une carte, ou au moins un e-mail ? Ma mère m'a dit que la colère ne servait à rien, qu'il était inutile de garder du ressentiment pour des gens qui ne faisaient plus partie de ma vie. Je lui ai rappelé que quelques jours plus tôt, elle m'avait raconté dans le détail une dispute qu'elle avait eue avec mon père en 1997 à propos de leurs projets de vacances.

— Ce n'est pas la même chose, a-t-elle protesté.

— Ah bon, pourquoi ?

— Parce que lui, c'est un salaud.

Elle m'a fait signe de regarder devant moi et elle a entonné « Douce Nuit » avec la ferveur de quelqu'un qui cherche à éviter les questions. Quand nous sommes reparties pour rentrer chez elle, il neigeait. Nous sommes passées en route chercher Ed et ma sœur qui étaient restés chez Tata Linda. Dans la voiture, nous avons eu droit au bilan de la fin de soirée : la copine du cousin fan d'Ariana Grande était repartie avec l'autre cousin ; Nana avait dit à tout le monde qu'elle voyait le fantôme de l'oncle pianiste et qu'il était fou ; les cousins ados avaient tellement chahuté dans la cave que l'un d'entre eux s'était apparemment cassé quelque chose.

« Excellente nouvelle, a ajouté Hannah. La cousine Sheila, celle qui est médium, a dit que tu retrouverais l'amour dans huit ans. »

Cette nuit-là, je suis restée allongée dans ma chambre de lycéenne à contempler une photo de moi avec des copines que je ne connaissais plus mais que j'apercevais parfois sur Instagram : une d'elles était avocate, une autre tenait un magasin de disques à

Vancouver. Plusieurs avaient des enfants. Je ne savais même plus où était passé le bob que je portais sur la photo. Ma bouille de bébé inconscient souriait dans un cadre sur lequel était écrit GIRL POWER 4EVER en grosses lettres arrondies. J'ai pensé à laisser un message vocal à Jon, pour lui souhaiter un joyeux Noël ; peut-être que lui aussi, il trouvait les fêtes difficiles. J'ai lutté contre quelques images mentales particulièrement dévastatrices : le regard furtif qu'Hannah avait échangé avec Jon au moment où elle avait enlevé la couronne en papier qu'il portait sur la tête, juste avant de quitter la pièce ; la manière dont il m'avait regardée en me disant qu'il savait que je n'étais pas le genre de fille qui aime qu'un homme s'agenouille devant elle ; puis le moment où il s'était agenouillé quand même, en me tendant un minuscule anneau d'or à l'intérieur d'une papillote de Noël à moitié ouverte. J'ai pris mon ordinateur portable dans mon lit et je suis allée sur Facebook pour scroller les photos de mes Noëls passés.

À minuit, Simon m'a envoyé un SMS : joyeux noël, j'espère que tu passes une meilleure soirée que lui, avec une photo d'un de ses jeunes cousins recouvert de sauce de ragoût en train de pleurer très fort. J'ai regardé le message sur mon téléphone et les photos sur mon ordinateur, et je n'ai rien trouvé de mieux à répondre que haha ouais. Je ne comprenais pas ce qu'il voulait de moi, et je n'avais pas l'énergie d'y réfléchir.

J'ai passé la journée du 25 sur le canapé de ma mère, à jouer à des jeux de société et à manger des sandwiches à la dinde avec Hannah. Ma mère avait un copain – un homme nerveux mais amical du nom de Jeff, qui était passé déjeuner avec nous et qui se donnait un peu trop de mal pour qu'on l'apprécie. Quand il a quitté la pièce en nous promettant de revenir avec un chocolat chaud dont on allait lui dire des nouvelles, Hannah s'est penchée vers moi et m'a dit : « Il croit qu'on va essayer de la faire revenir avec Papa comme dans *À nous quatre* ? On n'est pas un peu vieilles pour tout ça ? »

Ed est entré dans la pièce et a passé le bras autour de sa taille. Ils ne m'avaient rien dit mais chez Linda, j'avais entendu Ed dire à Tata Sara qu'ils essayaient de faire un bébé. J'étais heureuse pour eux, et excitée à la perspective de cette nouvelle étape de leur vie commune, mais humiliée par leur tact : pour moi, c'était une marque de pitié. J'imaginais Hannah qui dissimulait sa grossesse comme dans une série télé, en portant à tout moment une quantité improbable de cartons et de cabas devant son abdomen. Tout ça pour me cacher le fait qu'il y avait d'autres gens qui vivaient des vies heureuses, pleines de sens et d'accomplissements auxquels je n'aurais jamais droit. Ma sœur a blotti ses pieds sous moi et m'a demandé ce que je faisais de beau, ces jours-ci. Je me suis écartée et j'ai remonté la couverture sur ma tête pour la chasser de ma vision périphérique.

Le lendemain, je suis rentrée à Toronto en train, je me suis traînée jusqu'à mon lit et j'y suis restée plusieurs jours à regarder des vieilles sitcoms à la misogynie décomplexée et des programmes de télé-réalité sur des gens beaux qui échappent à des relations toxiques pour y replonger aussitôt. La semaine entre Noël et Nouvel An semble toujours longue mais cette fois, c'était comme si le temps était sous sédatif. Les journées passaient encore plus lentement que d'habitude, et j'ai pris toutes sortes de décisions malavisées : commander deux à trois repas à emporter trop chers par jour, faire du vélo dans la neige sans casque et sans lumière, ou encore envoyer des textos risqués et bourrés de fautes.

Le 28 décembre, j'ai envoyé un SMS à Simon : pourquoi je te plais.

Il m'a répondu le lendemain : comme ça à froid : tu es belle et tu me fais rire.

J'ai pensé : « Va te faire foutre. »

J'ai écrit : va te faire foutre, et j'ai ajouté : les hommes s'en tapent qu'une femme soit drôle. à mon avis ça les dérange.

Il a répondu : ok. tu es belle et je te trouve un peu conne et ça m'excite parce que je ne me sens pas menacé par toi.

Trois heures plus tard, comme je n'avais pas répondu, il m'a écrit : ... je rigole.

J'ai tapé le message du doigt pour y faire apparaître un petit like, et je me suis recouchée.

Et soudain, bien malgré moi, c'était le 31 décembre. Je me suis réveillée et j'ai pensé : Non. J'ai écrit au groupe WhatsApp que je n'étais pas très chaude pour une grosse fête. Ils ont été compréhensifs, bien qu'un peu distants. Amirah a répondu t'es pas obligée de rester tard si ça te saoule. Elle a ajouté que je pouvais lui emprunter des vêtements si j'avais besoin d'une tenue. (Mes amies plus minces me promettaient toujours de me prêter des vêtements merveilleux dans lesquels je n'avais aucune chance d'entrer.)

Clive a dit que les gens qui organisaient la soirée avaient promis « un buffet entièrement à base de dips » et une terrasse chauffée. J'ai dit qu'en effet, ça avait l'air marrant, mais que j'avais 700 % de chances de pleurer à minuit et que je préférais être seule pour le faire. comme tu veux, a répondu Lauren. mais l'année prochaine on sera en 2020 putain et le jacuzzi gonflable de Mark sera forcément cassé.

Simon m'a envoyé un SMS pour me dire qu'il allait réveillonner avec des copains au Horseshoe Tavern, où un groupe de reprises allait jouer une chanson illustrant chaque année depuis 1919. Mais il serait disponible à partir de minuit, pour commencer l'année du bon pied (et prendre le nôtre). Je lui ai dit que c'était une bonne idée mais que j'avais déjà quelque chose de prévu, et je lui ai proposé de se retrouver le lendemain pour bruncher. Il m'a répondu comme vous voudrez. Je me suis demandé si c'était une référence à *Princess Bride*, ou bien si c'était juste sa façon de parler.

C'était décidé : pour la première fois de ma vie, j'allais passer le Nouvel An en solo. Je suis allée à l'épicerie fine pour acheter des provisions : des oranges sanguines, des arums, de la tisane et une bougie avec des notes de vétiver et de « bibliothèque ».

Le magasin était plein de gens qui achetaient à la dernière minute des produits à apporter à une fête : des boîtes de chocolats qui restaient de Noël, des plateaux de fromages et de charcuterie déjà prêts, neuf citrons verts. Mon dégoût à l'idée de passer seule cette fête à la gloire du bisou collectif s'est mué en un léger sentiment de supériorité : moi, ce soir, je n'allais pas me mettre une mine. J'allais faire un soin du visage et penser à mes projets d'avenir.

Tandis que je parcourais les rayons, je me suis sentie submergée par le désir de créer, de produire quelque chose, alors j'ai décidé après réflexion de trouver les ingrédients nécessaires pour une recette de pain niveau débutant trouvée sur Food6. Je n'avais jamais fait de pain, mais je me suis dit que ce serait satisfaisant de m'occuper les mains, de transformer des ingrédients simples en quelque chose de nourrissant en y investissant un peu de temps et d'effort. Et puis, ce serait agréable de sentir une odeur de pain frais dans mon appartement.

Je suis rentrée chez moi d'un pas pressé, précédée par les jolis petits nuages qui se formaient dans mon souffle. Le ciel était rose, l'air était froid et autour de moi, les gens se hâtaient vers leur but. J'étais fière d'accepter mes limites : Noël n'avait pas trop mal marché, mais je ne voulais pas passer ma soirée en compagnie de couples heureux ou de gens surexcités et lascifs en tenue à paillettes, qui attendent minuit pour se faire des léchouilles. Je ne voulais pas avoir à dire aux autres que mes résolutions du Nouvel An étaient de pleurer moins, de savoir si j'appréciais les activités de plein air et de tester des recettes de salades pour le petit déjeuner. Une soirée tranquille à la maison, c'était exactement ce qu'il me fallait.

Je suis rentrée chez moi, j'ai déballé mes courses et j'ai enfilé mon pyjama le plus sophistiqué et le moins sale. J'ai mis mon téléphone dans un saladier avec une assiette par-dessus, comme quand on attrape une araignée. J'ai fait bouillir de l'eau pour le thé (« Un mélange d'herbes apaisantes pour vivre pleinement sa féminité ») et j'ai sorti la farine, le sel, l'huile d'olive et la levure instantanée. J'ai cherché un verre mesureur. Je n'ai pas trouvé mieux qu'un gobelet en plastique qui me restait d'un festival de musique, sur lequel il y avait deux repères indiquant 150 ml et 250 ml.

J'ai mélangé les ingrédients et j'ai formé une boule de pâte, en imitant les gestes d'un boulanger d'un certain âge qui passait à la télévision et auquel je pensais parfois en me masturbant. J'ai pétri ma boule que j'ai laissé lever sous un torchon. Je suis partie dans la salle de bains et j'ai allumé ma bougie parfum bibliothèque. J'ai versé dans la baignoire des sels d'Epsom, des huiles essentielles et, pendant que j'y étais, quelques pétales poussiéreux tombés d'un bouquet acheté dans une station-service qui fanait dans un coin de ma chambre depuis trois semaines. J'ai mis une playlist intitulée « Piano relaxant » et j'ai mangé une clémentine, toute nue. J'ai regardé mon corps dans la glace en pensant : « Tu sais quoi, ça passe. »

Je me suis allongée dans la baignoire pendant ce qui m'a paru des heures, et j'ai tenté avec plus ou moins de succès de faire le vide dans mon esprit. Au moment où mes doigts commençaient à ressembler à des pruneaux, un minuteur s'est déclenché dans la cuisine et j'ai traversé l'appartement en courant, toute dégoulinante, pour voir où en était ma pâte. Elle était bien plus grosse que quand je l'avais laissée : bon résultat. J'ai posé ma boule de pâte bien gonflée sur la plaque du four, je l'ai recouverte d'un torchon propre et je l'ai laissée pousser encore un moment. J'ai vaguement médité sur le temps qu'il nous faut parfois pour grandir.

Après avoir épongé les empreintes mouillées que j'avais laissées dans toute la cuisine, je suis retournée dans la salle de bains et je me suis hydratée jusqu'à l'étourdissement. J'étais plus glissante qu'un bébé phoque, plus huileuse que le saladier dans lequel j'avais fait la pâte à pain. Je luisais. Je ne pouvais plus rien toucher sans y laisser des traces. J'ai fait le tour de l'appartement en évitant de toucher quoi que ce soit et j'ai attendu – que ma pâte lève, que mon corps sèche, qu'une sensation de paix et de libération m'envahisse peu à peu. Le séchage a pris plus longtemps que prévu, et la libération aussi tardait à arriver.

J'ai mangé un cookie et j'ai senti pointer l'impression que j'étais en train de passer à côté de quelque chose. En ce moment même, mes amis devaient être dans un jacuzzi, en train de tremper des gressins dans de la crème fraîche et de rire à gorge déployée, de se fabriquer des souvenirs merveilleux et des *private jokes* dont je ne ferais jamais vraiment partie. Je me suis demandé si tout ça n'était pas une mauvaise idée. J'ai pris dans ma bibliothèque un livre de Pema Chödrön dont j'avais corné de nombreuses pages.

J'avais acheté ce livre l'été d'avant, en même temps qu'une cargaison de romans qui parlaient de changement, de voyages, de la lune et des mauvais traitements que les grandes figures de la littérature américaine avaient fait subir à leurs épouses, dans une librairie de quartier où j'aimais faire du charme au vieux mec ronchon derrière le comptoir. Quand j'avais apporté ma sélection à la caisse, il m'avait demandé : « Rupture difficile ? », et il avait ajouté en cadeau *Conseils d'une amie pour des temps difficiles.*

Quand tout s'effondre. Quelques semaines plus tard, je suis allée à un *date* avec lui où nous avons tous les deux bu comme des trous, mais où un seul d'entre nous a parlé trop longtemps de son recueil de poésie expérimentale.

J'ai feuilleté mon Chödrön, en m'arrêtant pour me recueillir sur les passages qui apparemment avaient eu une grande importance pour moi quelques mois plus tôt : « Plutôt que de laisser notre négativité prendre le dessus, nous pouvons reconnaître qu'en cet instant précis, nous nous sentons plus bas que terre : n'hésitons pas à regarder les choses en face une bonne fois. » D'accord. « Quand tout nous semble perturbé et que rien ne marche, c'est peut-être le moment de se rendre compte que nous sommes au bord de quelque chose. » Pourquoi pas. « Même dans un état de solitude brûlante, si nous parvenons à supporter le manque pendant 1,6 seconde alors que la veille nous ne la supportions pas même une seconde, c'est que nous sommes sur la voie du guerrier. » Je n'avais pas l'impression d'être une guerrière, mais j'ai déplacé le saladier avec mon téléphone dans la salle de bains.

Comme je cherchais des conseils et que j'avais du temps à tuer en attendant que le four soit chaud, j'ai continué à lire jusqu'à tomber sur ceci : « Se détendre face au moment présent, se détendre face au désespoir, se détendre face à la mort, ne pas résister face au fait que les choses ont une fin… voici le message élémentaire. »

J'étais justement en train de me détendre face à la mort lorsque Merris est descendue. Malgré sa promesse faite le jour de mon emménagement de ne pas m'envahir, Merris me rendait visite assez régulièrement pour me laisser des restes de nourriture, me demander qui était Chet Haze ou se plaindre de ses échanges récents avec ses étudiants (« En toute honnêteté, et j'espère que vous ne le prendrez pas mal, je ne suis pas sûre qu'il soit absolument nécessaire de queeriser tout et n'importe quoi »). Cette fois-ci, elle m'apportait douze grains de raisin.

« C'est pour les manger à minuit, a-t-elle expliqué. On mange un grain à chaque coup de la cloche. C'est ce qu'ils font en Espagne, ça porte chance. » Je lui ai demandé si elle avait des origines espagnoles. Elle m'a dit que non, mais qu'elle avait passé plusieurs fois le jour de l'An là-bas et que depuis, elle perpétuait la tradition.

Je lui ai dit que j'étais preneuse de tout ce qui pourrait rendre cette année meilleure que la précédente.

— Oh, elle n'était pas si mauvaise, votre année, a dit Merris. Je vous ai entendue de là-haut vous gondoler avec votre jeune homme bouclé, Sinjin ou quelque chose dans le genre.

— Simon.

— Oui, Simon, c'est ce que j'ai dit. Comment ça se passe avec lui ?

— Oh, ça va trop vite, ai-je dit. On va droit dans le mur, j'en suis presque sûre.

Merris a eu l'air surprise.

— Et qu'est-ce qui vous fait dire cela ?

— En temps normal, pour se remettre d'une relation, il faut la moitié du temps qu'elle a duré, c'est bien ça ? Si c'est le cas, alors je vais passer encore trois ans et demi à déprimer dans ma cave.

— C'est ridicule. Où avez-vous lu une chose pareille ? s'est étonnée Merris. Inessa a perdu son mari en juillet de cette année et elle fait déjà tourner les têtes dans son groupe d'ornithologues amateurs. Cela dit, j'imagine qu'il ne lui reste pas devant elle les… combien, voyons… quatorze années qu'il lui faudrait pour faire son deuil.

Les dames de l'étage au-dessus avaient toujours cette manière de parler de la mort comme d'un rendez-vous médical dont elles savaient qu'il arrivait bientôt, mais dont elles avaient oublié la date exacte.

— Il n'y a rien de mal à tomber amoureux, a dit Merris.

— Je ne suis PAS amoureuse, ai-je grogné. Mais je l'aime bien. Vraiment. Ce qui est énervant chez lui, c'est qu'il est presque impossible de ne pas l'aimer.

Ces derniers temps, j'avais été surprise par l'intensité de mon affection pour Simon, et je m'étais même demandé si je n'étais pas en train de tomber amoureuse de lui, ce qui était très alarmant. La dernière fois que j'avais ressenti cela pour un homme, je l'avais épousé : j'avais cru que rencontrer son âme sœur était une expérience qui n'arrive qu'une fois. Et pourtant, je retrouvais plus ou moins la même sensation, avec un mec que j'avais trouvé dans un bar : la tension, la chaleur, l'impression d'un élan partagé. Le sentiment d'être regardée, de vouloir plus que toute autre chose regarder quelqu'un. La conscience soudaine que cet humain était, par un hasard mystérieux, en possession du cerveau le meilleur et le plus agréable, du torse le plus tiède, des jambes les plus sexy. Suivie d'une autre prise de conscience : d'un seul coup, à cause de cette personne, je me mettais à apprécier les jambes des hommes. Je savais évidemment que tôt ou tard, j'allais révéler la part de moi qui le dégoûterait et qu'il me quitterait, et que je serais désespérée. Donc en attendant, j'essayais juste de profiter du paysage.

— Je n'avais jamais été avec quelqu'un d'une beauté si évidente, ai-je dit. Je n'arrête pas de prendre des photos de lui allongé langoureusement un peu partout.

Merris m'a dit que de toute évidence, j'étais amoureuse, ou alors j'avais trop lu Alan Hollinghurst. J'ai répondu qu'il était trop tôt pour se prononcer et que je continuais à voir d'autres gens. Enfin, plus ou moins. Disons que je discutais avec d'autres gens, par MP ou sur les applis, avec qui j'échangeais des petites répliques charmeuses avant de battre en retraite quand ils ou elles proposaient qu'on se voie. Il était important, ai-je expliqué, de savoir que j'avais d'autres possibilités, de m'offrir un petit frisson à l'arrêt de bus. Merris a dit que tout cela lui semblait épuisant, et elle m'a invité à passer le compte à rebours de minuit avec elle et ses copines à l'étage au-dessus.

— Enfin, si nous tenons le coup jusqu'à minuit, a-t-elle ajouté. Betty est déjà en train de décliner. Inessa prépare des irish-coffees pour nous requinquer.

Je l'ai remerciée et j'ai décliné son invitation. Mon plan, c'était de m'en sortir toute seule.

— Vous appelez ça être seule, vous, avec tous vos affreux courriels électroniques ? a-t-elle répliqué d'un ton hautain, rendu nettement moins crédible par son utilisation du mot « courriel ».

Quand elle a ouvert la porte, j'ai entendu Betty qui annonçait à Inessa que sa résolution pour la nouvelle année était « de fumer davantage, et pourquoi pas ? ».

J'ai enfourné ma boule de pain délaissée et j'ai éteint ma bougie pour laisser l'odeur de pain envahir le studio. Une demi-heure plus tard, mes fenêtres étaient tout embuées et quand j'ai sorti la plaque du four, j'y ai trouvé une miche splendide et bien gonflée. Je me suis sentie fière, puis bête, puis à nouveau fière. J'ai regardé l'heure : il n'était même pas 22 h 30.

J'ai décidé de regarder *Titanic* comme je le faisais quand j'étais petite, en m'arrêtant au moment où le bateau percute l'iceberg. Dans mon enfance, cette habitude était née de la nécessité : la première cassette VHS s'achevait au moment où Jack et Rose, amoureux, étaient surpris par le son de la glace se fracassant contre le métal. Pour voir la suite du film, il fallait éjecter la cassette, la ranger et en insérer une deuxième, ce qui me semblait un trop gros effort pour gagner le droit de regarder les personnages auxquels je m'étais attachée se noyer dans l'Atlantique gelé : la plupart du temps, je m'arrêtais là. Pour moi, le chef-d'œuvre de James Cameron était donc une comédie romantique sur deux jeunes rebelles issus de classes sociales différentes qui se rencontrent, décident de ne pas se suicider et, contre l'avis de leurs parents, font l'amour dans une voiture.

Quand la main de Kate Winslet a cogné contre le hublot, il n'était que 23 h 27. Cela me semblait invraisemblable : j'avais l'impression qu'une année entière s'était écoulée, comme si on était déjà presque en

2020. J'ai regardé mon Skurnsk en pièces détachées empilé dans un coin et mon matelas posé par terre. J'ai senti monter en moi un élan de panique, ou de détermination. C'était ça, ou bien essayer une fois de plus d'écrire un journal intime.

Sur la page du mode d'emploi, le petit bonhomme solitaire m'a jeté un regard furibond. Un peu plus loin dans le livret se trouvait un schéma intitulé « Diagramme éclaté ». C'était un dessin des pièces du cadre de lit représentées individuellement : tous les petits bouts de métal et de bois qui, une fois assemblés, formeraient un objet utile et, à défaut d'être élégant, un peu plus agréable à regarder qu'un tas de morceaux indistincts.

J'ai pris une photo de la page et j'ai rédigé un e-mail pour Jon où je demandais à quoi ressemblerait un diagramme comme celui-ci si l'on essayait de représenter notre relation. Convaincue que je ne l'enverrais jamais, je me suis laissée aller à quelques envolées lyriques : j'ai décrit le jour de notre lune de miel où, sous l'effet du mauvais vin et d'un coucher de soleil franchement spectaculaire, il avait déclaré qu'il se sentait « en sécurité dans mes bras » et moi qu'il était « ma maison ». Rien dans ces paroles ne m'avait paru galvaudé ni gênant parce que, même si elles l'étaient sans aucun doute, elles étaient aussi et surtout vraies.

Merris est redescendue à minuit moins dix avec deux flûtes de prosecco à la main. Elle a passé la tête par la porte entrouverte et m'a trouvée assise par terre au milieu de morceaux de bois scandinave bon marché. Mes joues étaient rouges et humides, et j'avais neuf grains de raisin dans la bouche. « Je vais chercher Lydia », a soupiré Merris.

Je me suis couchée en boule contre le corps gargantuesque de la chienne, en lissant entre mes doigts son oreille soyeuse. Merris a fait mine d'assembler le Skurnsk elle-même, puis a changé d'avis : elle est restée assise à la table de cuisine tandis que Lydia et moi étions étendues sur le lit.

— Cette configuration a un petit côté cabinet de psy, a-t-elle remarqué avec un sourire futé. Puis, reprenant son sérieux, elle a ajouté : J'espère que vous prenez bien soin de vous.

J'ai dit à Merris que je pratiquais tout l'autosoin dont j'étais capable. Elle s'est étranglée :

— Par pitié, je ne vous parle pas de vos pierres de lune, ou de ce que vous avez bien pu fabriquer pour étaler de l'huile dans tout l'appartement. Je n'ai rien contre ça, ni contre tous vos courriels. Mais vous cherchez à courir, alors que se rétablir, c'est déjà arriver à sortir de son lit et à mettre un pied devant l'autre. Appelez cela comme vous voudrez, mais il faut que vous appreniez à marcher : à vivre votre vie tout en ayant le cœur brisé. Il ne s'agit pas de vivre dans un état d'excitation permanent, comme lorsque vous vous entichez d'une personne nouvelle, ou que vous achetez quelque chose d'extravagant, ou que vous terrorisez Jiro. C'est plutôt comparable à ces moments où vous devez aller au travail même si vous avez mal aux dents.

J'ai dit à Merris que c'était pour éviter les sermons dans ce genre que je refusais d'aller voir un psy.

Elle a froncé les sourcils, les mains repliées entre ses genoux, puis elle m'a regardée par-dessus le bord de ses lunettes comme une magicienne dans un film pour enfants qui vient de découvrir que la tour aux potions magiques a été cambriolée :

— Vous n'êtes pas en thérapie ?

J'ai dit que je ne savais pas pourquoi tout le monde était si obsédé par ça mais que non, je n'étais pas en thérapie. Je n'étais pas traumatisée ; j'étais surtout embarrassée.

— À quel propos ? a demandé Merris.

J'ai avalé une petite gorgée de prosecco tout en me demandant par où commencer. J'étais embarrassée :

— parce que j'étais incapable de tenir un journal intime ;

— parce que nous n'avions pas rendu l'argent que les amis et la famille nous avaient offert au mariage ;

— parce que tout le monde savait que je galérais, et pire, que j'avais été rejetée ;

— parce que j'avais été rejetée par la personne qui me connaissait le mieux au monde, à qui j'avais montré chaque recoin de moi-même, pour qui je m'étais rendue aussi vulnérable qu'il m'était possible de l'être… et que cette personne avait décidé que je ne valais rien ;

— parce que même si techniquement, j'avais assez de recul pour comprendre qu'aucun de mes problèmes n'était « réel » en comparaison des vrais problèmes qui existaient ou pouvaient exister dans la vie des autres, mes non-problèmes mesquins continuaient d'occuper tout mon espace mental et me semblaient gigantesques, à la limite de l'insurmontable ;

— parce que j'aurais fait n'importe quoi pour avoir été plus douée pour le mariage – pour avoir réussi, grâce à tous mes efforts, à être une bonne épouse plus gentille, plus sexy, plus drôle et moins fatigante ;

— parce que cette vision du mariage était assez rétrograde, et en disait certainement très long sur ma personnalité ;

— parce que de plus en plus souvent, je rêvais que si j'arrivais à chanter la bonne chanson au karaoké, tous mes problèmes seraient miraculeusement résolus ;

— parce que, parce que, parce que, parce que...

Je craignais, en énonçant toutes ces raisons à voix haute, de leur donner une existence réelle. Comme je ne voulais pas en infliger davantage à Merris, je me suis contentée de dire : « Non, rien, c'est des bêtises », et j'ai ajouté que j'étais fatiguée. Même si nous savions toutes les deux que je mentais, elle s'est levée poliment et elle est partie. À ma grande déception, Lydia l'a suivie.

J'ai éteint les lumières et je suis restée allongée sur mon matelas dans le noir. L'année précédente, le soir du Nouvel An, Jon et moi avions eu une dispute monstrueuse dont j'ai oublié la cause. Ç'avait été une de nos pires engueulades, et nous nous étions tous les deux retranchés derrière nos mécanismes de défense habituels : pour Madame, silence de mort agrémenté de piques venimeuses ; pour Monsieur, hurlements furieux et trépignements. Ce n'était pas exactement un souvenir heureux, mais c'était un peu moins pire que d'être allongée là toute seule, après avoir vexé une septuagénaire par mon refus de suivre une thérapie. J'ai relu mon e-mail à Jon, j'ai ajouté quelques lignes pour dire que je lui pardonnais pour cet incident que j'avais oublié et qui nous avait rendus si furieux le 1er janvier 2018, et j'ai envoyé le message. Quand mon téléphone a vibré quelques minutes plus tard, je me suis traînée jusqu'à lui mais c'était seulement quelqu'un avec qui j'avais eu quelques *dates* qui me demandait si j'étais « dans le coin ».

À mesure que la nuit avançait, j'ai vu défiler d'autres messages du même genre qui me souhaitaient une bonne année, avant de s'enquérir plus ou moins subtilement de mes plans pour la soirée. En effet, il était 1 h 30 et dans les fêtes, toute personne bonne à prendre était désormais prise. Les autres feuilletaient donc leur carnet d'adresses mental, dans l'espoir de ne pas se réveiller tout seuls le premier jour de la nouvelle année. Je les ai ignorés. À 2 heures du matin j'ai envoyé au groupe WhatsApp une photo de moi en train de faire une grimace, et à 2 h 30 j'ai reçu d'Amy les messages suivants :

T réveillée ?

hahaHA Jai vu le pain que tas posté sur Instagram...... trOP triste

suis à 1 teuf a coté de chez toi, VIENS !!! les gens sont troooooop coOL : P

oups je me suis trompée d'emoji je voulais dire :) pas : P

;))))))

Conseils dispensés par les amis d'Amy, par ordre croissant d'utilité

« Être célibataire à cette période de l'année, c'est l'horreur, hein ? J'avoue, quand je repense au temps où j'étais célib, c'était vraiment le moment le plus dur. C'est pour ça qu'il faut toujours te souvenir que ça pourrait être pire. Même si tu as l'impression que c'est la pire année de ta vie, ça pourrait toujours être pire. Bon, d'accord, tu es divorcée, c'est jamais agréable. Mais si tu te noyais, par exemple ? À part ça, le mec là-bas, en bleu, c'est mon copain, donc évite de le draguer. »

« Moi je dis qu'il faut pas forcer les choses. Genre tu vois, l'amour, tu le trouves toujours quand tu t'y attends le moins, et donc si t'es tout le temps en train de chercher, et que t'essaies tout le temps sans arrêt, à force, tu vois, tu vas t'épuiser. Les applis, crois-moi, c'est une impasse. Moi je suis avec mon mari depuis sept ans, et je m'en suis jamais servi. C'était mon boss, et maintenant on est mariés. Donc tu pourrais peut-être essayer… de faire pareil ? »

« Sérieux, bébé, change rien. C'est ton année. C'est TON ANNÉE, PUTAIN. J'te jure, j'ai un sixième sens pour ce genre de choses, et là, je suis 100 % CERTAINE que tu vas t'en sortir. T'es au top, meuf ! Tu devrais garder le bébé, qu'est-ce qui t'en empêche ?! »

« Tu sais ce qui marche bien pour nous, les filles qui ont des hanches un peu fortes ? Les robes portefeuilles. Pardon, c'était quoi déjà la question ? Euh, oui, ça contient du lait de vache. Ou du gluten, ou quelque chose dans le genre. Un truc pas bon, en tout cas. »

« À mon avis, si tu détestes tant que ça ses stories Instagram, pourquoi t'arrêtes pas simplement de les regarder ? En tout cas, je trouve que tu ne devrais pas être aussi dure avec elle. Ça ne doit pas être facile, d'élever un chien diabétique avec un régime vegan. »

« Quand la copine de ma mère a divorcé, elle est totalement partie en vrille, mais en mode badass, tu vois, elle a quitté son job et elle s'est barrée en Europe, et là, elle s'est trouvée, et elle a eu une histoire hyper chaude avec un mec, et ils ont baisé dans une petite cabane en bambou, et là… Ah merde, tu sais quoi, c'était Élizabeth Gilbert, en fait, pas Marie la copine de ma mère. Mais Marie a lu le bouquin, tu devrais essayer toi aussi. »

« Monte pas dans la salle de bains du haut, j'ai… enfin, il y a quelqu'un qui a vomi partout. »

Après les fêtes, quelque chose a changé, comme tous les ans mais en pire. Chaque année en janvier, la neige, les flaques de sel et la sueur dans le métro perdent leur connotation festive. Le sentiment de libération que j'attendais de l'effet « table rase » ne s'est pas fait sentir. Même la fête d'Amy avait été un échec. Après m'être traînée hors du lit et maquillée à la va-vite, j'avais trouvé en arrivant une pièce pleine de couples qui se disputaient et de quelques célibataires qui avaient tous l'air d'être sous MDMA. Amy était dans une salle de bains à l'étage en train de rouler des pelles à un homme au prénom ridicule : Maxton.

Peu après mon arrivée, je suis repartie avec Tamara, une copine d'Amy soi-disant hétéro, qui m'a dit qu'elle n'avait jamais fait ça. J'avais comme l'impression que ça lui arrivait plutôt souvent, de n'avoir « jamais fait ça ». Au départ, je l'avais trouvée attirante parce qu'elle était grande et qu'elle avait une petite lueur salace dans le regard, mais quand nous sommes arrivées chez elle, elle est devenue lourde et elle m'a posé toutes sortes de questions indiscrètes sur mon bagage émotionnel, mon signe astrologique et ce que je pensais de ma place dans l'univers. (Est-ce que j'attirais ce genre de personnes ? Pourquoi était-il si compliqué d'aller chez un·e inconnu·e et de se faire niquer en paix ?) Quand je lui ai parlé du divorce, elle a fait un petit bruit qui ressemblait à un orgasme simulé par compassion, puis elle m'a attirée contre sa poitrine et elle a bercé ma tête comme si j'étais une enfant.

« Tu dois être détruite », a-t-elle dit en caressant mes cheveux d'une manière qui n'était pas désagréable, mais qui n'avait rien à voir avec la session de cul que m'avait fait espérer la lueur salace. « Ça doit être une période tellement noire pour toi. Je suis une personne ultra-sensible donc tu n'as pas besoin de m'expliquer, je te comprends. »

Je n'étais pas sûre qu'il soit nécessaire d'être ultra-sensible pour savoir qu'un divorce peut faire mal, mais surtout, je n'avais pas envie d'en parler avec Tamara. Je l'ai embrassée pendant une minute ou deux et tout se passait bien, jusqu'à ce qu'elle refasse le même bruit. Puis elle s'est écartée de moi et elle a soupiré : « Mon pauvre chaton. »

Je lui ai dit que ça allait, dans l'ensemble, que je savais qu'il faut faire des efforts pour aller mieux et que je prenais les choses un jour à la fois. Il était vrai que, depuis que j'étais revenue de chez ma mère, la vie m'avait paru très noire : toute cette période se perdait dans un flou généralisé, comme une longue sieste ponctuée de bols de céréales et d'épisodes de *Desperate Housewives.* Mais je ne lui ai pas dit tout ça, parce que je ne voulais pas que cette femme me prenne pour son chaton. Elle nous a servi un verre d'eau chacune et elle m'a raconté une longue anecdote sur une amie à elle qui avait eu un accident de vélo. Elle a insisté tout particulièrement sur le conseil du docteur : si jamais cette amie devait un jour plonger une nouvelle fois par-dessus le guidon de son vélo sur Roncesvalles Avenue, il ne fallait pas qu'elle se raidisse au moment du choc.

« Il faut se détendre et laisser passer l'impact, a-t-elle murmuré. Tu ne dois pas lutter, sinon tu te brises tous les os du corps. »

En disant ces mots, elle me berçait d'avant en arrière, ce que j'ai trouvé déconcertant. Mais prendre un taxi à cette heure un soir de Nouvel An aurait été impossible, donc quand elle a glissé sa main sous mon chemisier, j'ai fait semblant de dormir.

Le lendemain matin, nous sommes restées au lit. Pour éviter toute nouvelle métaphore cycliste, je lui ai demandé de me raconter la fin de chaque épisode d'une série d'anthologie qu'elle venait de voir sur les dangers des réseaux sociaux. Dans l'un d'eux, à ce qu'il paraît, un homme était accusé de meurtre par son hamster, tout ça à cause de la technologie. Dans un autre, une professeure en études médiatiques massacrait ses étudiants à l'aide d'un iPad. Bon.

J'ai quitté la maison de Tamara et j'ai retrouvé Amy dans une cafétéria du quartier où nous avons acheté un pack de six croquettes de pomme de terre et des cafés de la taille de notre tête. Elle voulait des détails sur ma fin de soirée mais il n'y avait pas grand-chose à raconter, d'autant plus qu'elle détestait les gens qui spoilent les séries télé. Les bonnes résolutions d'Amy pour l'année étaient de suivre enfin sérieusement un programme de fitness « 30 Day Shred », de faire une donation mensuelle à une bonne œuvre et de sourire davantage. Je lui ai dit qu'elle souriait déjà beaucoup.

— Au final, je pense qu'on peut toujours s'améliorer, a-t-elle répondu en épongeant sa croquette avec une serviette en papier jusqu'à ce que celle-ci s'imprègne d'huile au point de devenir transparente.

Je lui ai répondu que j'avais envie de vivre au fond d'un trou.

— Ne t'en fais pas, a dit Amy. Ça prendra le temps que ça prendra.

Je lui ai dit que sa peau ne pouvait pas être aussi lumineuse un jour de gueule de bois, et elle m'a expliqué qu'il fallait frotter des cuillères gelées sur son visage pour qu'il dégonfle et retrouve une apparence normale, comme si on ne s'était pas imbibée de poison la nuit d'avant. J'étais en train de m'émerveiller devant sa sagesse et sa connaissance de la vie, lorsqu'elle m'a offert un recueil de poèmes écrits par un homme de l'Internet qui disait aux femmes de porter leurs blessures comme si c'étaient des ailes.

— Tu vas adorer, a-t-elle déclaré avec assurance. Moi, je suis obsédée par le poème où il parle de s'immerger seins nus dans sa puissance.

Amy m'a accompagnée jusqu'à une autre cafétéria où j'avais promis de retrouver Simon pour le petit déjeuner, histoire de lui dire bonjour avant de me rendre à un cours de cardio intitulé « Nouvelle année, nouveau fessier ». Simon non plus n'avait pas l'air d'avoir la gueule de bois. Je me suis glissée sur la banquette en face de la sienne et j'ai fait semblant d'examiner le menu plastifié tout collant avant de commander une deuxième tournée de croquettes de pomme de terre.

Je me suis rappelé qu'il ne savait pas que j'étais sortie la veille : il croyait que j'étais restée chez moi pour être seule et faire du pain. J'ai pensé à la main froide de Tamara sur mon sein, et je me suis demandé si Simon était lui aussi rentré chez lui avec quelqu'un. Je ne lui ai pas posé la question mais j'ai décidé en mon for intérieur que oui, et que c'était une femme belle, élégante et très douée pour le dessin ou quelque chose dans le genre. Pendant tout le repas, j'ai été distraite par cette rivale imaginaire.

— Tout va bien ? a demandé Simon, sa fourchette suspendue au-dessus d'une assiette d'œufs aspergés de sauce piquante.

Toutes les fois qu'il en trouvait sur un menu de brunch, Simon mettait un point d'honneur à commander des *huevos divorciados,* des œufs divorcés, et il me faisait un clin d'œil quand ils arrivaient. Il faisait souvent des petites plaisanteries sur mon statut matrimonial, s'ébahissant d'avoir une « femme mariée » dans son lit, rigolant sur mes futurs deuxième et troisième maris. Je savais qu'il ne le faisait que parce que je réagissais par des éclats de rire sonores et enthousiastes, et aussi parce que moi-même je faisais des blagues du même genre. Sauf que venant de lui, ces remarques me mettaient mal à l'aise ; je me sentais exposée et émotionnellement mise à nu.

— Ça va, ai-je répondu. Juste la bonne vieille… déprime du Nouvel An.

Je n'avais jamais entendu cette expression de ma vie, et je me suis rendu compte presque aussitôt après l'avoir prononcée que c'était parce qu'elle n'existait pas. Les lèvres de Simon se sont étirées en un sourire mesuré, et ses yeux ont pétillé d'amusement.

— Ah, d'accord, a-t-il dit.

Il a vidé les petites capsules de crème dans son café, puis, une fois vides, les a empilées soigneusement l'une sur l'autre, tandis que j'avalais ma huitième croquette de la journée. Je ne savais pas si c'était à cause de ma gueule de bois ou de la légère infidélité de la nuit d'avant, ou bien à cause d'une autre raison inconnue de moi, mais je n'arrivais pas à rejoindre Simon dans notre registre habituel. Je me suis soudain sentie ridicule d'être là, à prendre le petit déjeuner et à ouvrir des barquettes de confiture avec un homme qui n'était pas mon mari, comme si cette fois ça allait marcher, comme si les choses pouvaient se passer différemment. Quand l'addition est arrivée, il a eu l'air de comprendre que je n'allais pas rentrer avec lui ; il m'a embrassée chastement sur la joue et m'a promis de m'envoyer un texto le soir.

Je suis montée dans le tramway, j'ai pleuré un peu et je suis arrivée chez moi. J'ai enfilé une deuxième paire de chaussettes, je me suis couchée et j'ai ouvert le livre offert par Amy, qui m'enjoignait de « vivre mes rêves les plus fous ». J'ai refermé le livre et je me suis endormie.

Mes amis, qui n'avaient pas apprécié que je n'aille pas à la soirée dips et jacuzzi, ont été encore plus déçus par tous les lapins que je leur ai posés dans les semaines qui ont suivi. J'ai prétexté un enthousiasme soudain pour mon travail, même s'il ne leur avait pas échappé que je ne m'y intéressais plus depuis longtemps. J'ai provisoirement réussi à me débarrasser d'eux en prétextant que je faisais Dry January, jusqu'au jour où je me suis trahie en postant un Tweet au sujet de ma gueule de bois de niveau 5 et de mon besoin urgent de spaghettis. J'ai fini par leur envoyer un texto pour leur dire que je prenais du temps pour moi pour me connecter avec la « physique de la quête ». J'avais trouvé l'idée dans *Mange, prie, aime,* que j'avais téléchargé en e-book et lu jusqu'à la moitié environ. Clive a répondu trop dégueu, avec un émoji cœur.

En réalité, j'étais déprimée et fauchée – deux sentiments que je n'avais pas de réelle légitimité à ressentir, mais qui étaient quand même devenus des composantes majeures de ma vie émotionnelle. Pour les combattre, j'achetais des cochonneries dont je n'avais pas besoin et j'évitais de regarder mes relevés bancaires. En dehors du shopping en ligne, je ne faisais que ce qui était strictement nécessaire pour rester en vie et payer mon loyer.

Ma première phase de deuil à base de méditation et de développement personnel était terminée. Où que j'aille, je portais des lunettes de soleil et un casque Bluetooth, même si je n'écoutais pas de musique. J'avais perdu le cordon pour le recharger depuis des mois. Je ne supportais plus de m'arrêter pour parler aux gens, leur donner un petit résumé joyeux de ma vie, sourire et leur promettre que j'allais bien – super bien, merci – puis rentrer dans ma cave pour manger une soupe, me couper les ongles de pied et regarder la télé.

C'était probablement mieux pour tout le monde, parce que je n'étais pas de bonne compagnie. Je ne m'intéressais qu'à une chose : disséquer ma rupture. Certains jours, c'était la pire chose qui me soit jamais arrivée, et d'autres jours la meilleure, une bénédiction envoyée tout droit par Dieu, qui allait sans aucun doute m'apporter nombre de changements positifs que je n'arrivais pas encore tout à fait à me représenter. Je savais que si je voyais mes amis, je serais forcée de m'intéresser à leurs vies en retour. Or leurs vies ne m'intéressaient pas. Ce que je voulais, c'était m'absorber dans mes longs monologues sur l'amour, la tragédie, et la question de savoir si la taille de mes mollets avait quelque chose à voir avec mon divorce.

La seule personne que je voyais un peu régulièrement, c'était Simon, parce qu'il adorait lui aussi parler de sa rupture, et qu'on pouvait se demander ensemble à quel moment tout avait foiré, avant de nous absoudre mutuellement de nos diverses erreurs relationnelles, de manger ou de partager une bouteille de vin, puis de faire l'amour. Les doutes que j'avais ressentis à la cafétéria revenaient et disparaissaient. En général, j'arrivais à les surmonter après quelques bières ou un orgasme de bonne qualité. Par ailleurs, l'évacuation de ma douche était bouchée et je ne pouvais pas l'utiliser plus de cinq minutes sans qu'une mare d'eau grisâtre ne se forme jusqu'à mes chevilles. Or Simon avait une excellente douche.

De temps à autre, je rencontrais quelqu'un sur une appli : c'était l'occasion de me faire mon maquillage spécial « premier *date* », de raconter mes anecdotes les plus drôles et de poser mes questions les plus intéressantes à quelqu'un que je ne reverrais jamais. Chercher à établir un vrai lien amoureux, en théorie, c'était très bien, mais dans l'ensemble, je préférais chanter mes plus grands succès à un public neuf et ébloui, embrasser quelqu'un devant un bar pour ensuite partir chacun de son côté, laisser les gens sur leur faim.

Même si je snobais mes amis, je voulais quand même qu'ils m'invitent à sortir avec eux. Mais ils avaient fini par arrêter et par se comporter comme si j'avais déménagé ou que j'avais eu un bébé. C'est ainsi qu'un après-midi nuageux de février, à la suite d'une story Instagram de trop montrant le groupe en train de faire la fête sans moi, j'ai retiré exactement 40 dollars au distributeur, j'ai sélectionné « pas de reçu », et j'ai écrit un texto à mes amis pour leur dire qu'ils me manquaient et leur demander de me rejoindre à une soirée quiz à laquelle nous avions l'habitude d'aller, présentée par un homme dont nous considérions qu'il était la pire personne ayant jamais existé, mais qui avait une culture générale vraiment impressionnante.

Ils ont accepté et nous avons convenu d'un horaire pour nos retrouvailles, avec pour objectif de mettre en commun nos ressources intellectuelles afin de gagner une tournée d'open bar gratuit (ou bien, selon les résultats, un tote bag aux couleurs d'une marque de bière artisanale à se partager à cinq). Le jour du quiz, alors que j'avais trente minutes de retard sans aucune raison valable, j'ai envoyé un texto à Amy que je n'avais pas vue depuis un bout de temps, pour lui proposer de se joindre à nous. Quand je suis arrivée à la table, le groupe WhatsApp était au complet et j'ai été submergée par un élan d'affection envers mes amis si drôles, bien habillés et complètement barrés. Je les ai pris dans mes bras un par un et je leur ai annoncé qu'Amy allait nous rejoindre.

— Oh, a dit Amirah, pas spécialement réjouie. C'est rigolo… On ne s'est jamais vraiment vues en dehors du travail.

J'ai répondu à Amirah que je n'étais pas au courant, et que j'avais même cru qu'elles étaient proches à cause de tout le bien qu'Amy disait d'elle.

— Amy dit toujours du bien de tout le monde, a rétorqué Amirah. Elle trouverait quelque chose de gentil à dire sur Staline.

— Ce n'est pas très dur, a répondu Clive. Vous avez déjà vu cette photo de lui jeune ? La lutte finale, avec lui, je suis partant.

Nous avons tous sorti nos téléphones, profitant du fait qu'on avait encore le droit de les utiliser avant le début du quiz. Nous sommes tombés d'accord sur le fait que le jeune Staline de la photo était sexy, en effet, mais que la décision de se le taper ou non posait un dilemme moral. Lauren a suggéré qu'une solution acceptable consisterait à séduire Staline entre 1897 et 1901, et qu'elle n'accepterait de le faire avec lui que pendant cette période précise. J'ai proposé un scénario de voyage dans le temps très élaboré dans lequel j'arriverais, grâce à mes talents pour la fellation, à convaincre le jeune Joseph d'abandonner ses ambitions politiques et de se consacrer au jardinage. Nous avons surpris Lauren Sensible en train de googler sur son téléphone sous la table : qu'est-ce que Staline a fait de mal ?

Amy est arrivée au moment où Amirah nous parlait d'un chien dont elle et Tom étaient tombés amoureux sur un site d'adoption. « On parle de quoi ? » a-t-elle demandé en se glissant entre Clive et moi avec une bouteille de bière IPA, fait assez inhabituel de sa part.

— Amirah et son mec vont avoir leur premier enfant, ai-je répondu. On dirait que c'est du sérieux.

— Ce n'est pas si sérieux que ça, a protesté Amirah, les yeux levés au ciel, en se tournant vers Amy. Mais regarde-le ! Comment on pourrait résister ?

Elle a tendu son iPhone qui affichait la page d'adoption d'un minuscule puggle nommé Jeremy.

Amy a glapi :

— C'est le chien le plus mignon que j'aie jamais vu. Oh putain, il faut trop que tu le prennes !

— Je pense que c'est une mauvaise idée, ai-je répondu. Et si vous vous séparez ?

Amirah a fait la tête de quelqu'un qui vient de goûter du lait périmé.

— Avec Tom ? Non.

— En fait, tu ne peux jamais savoir, ai-je poursuivi. Toi-même, tu as dit que ce n'était pas si sérieux que ça. Et en plus, je crois que j'ai changé d'avis sur le concept des animaux domestiques en général.

Prendre un chiot, c'est la garantie qu'un jour tu vas devoir vivre la mort de ton chien.

Amirah a mis son téléphone dans sa poche et n'a plus rien dit. J'ai rapproché ma chaise de la sienne pendant qu'Amy se présentait d'un ton joyeux au reste du groupe, serrait la main à Clive et à Lauren et se penchait tant bien que mal en travers de la table pour atteindre les bras grands ouverts de Lauren Sensible. À côté de nous, une équipe s'est inscrite au jeu en claironnant haut et fort le nom qu'ils s'étaient choisi, Les Quizerables, avant de regarder autour d'eux pour voir si les autres étaient jaloux.

Le premier tour de questions avait pour thème « Les noms des années quatre-vingt-dix » : la première brebis clonée de l'histoire (Dolly), la sœur de Phoebe dans *Friends* (Ursula), l'ours en peluche Beanie Babies créé en hommage à Lady Di (dur à croire, mais il s'appelait Princesse). Quand nous sommes arrivés aux questions sur la musique, notre intérêt avait déjà commencé à décliner. Les Quizerables étaient d'une rigidité insupportable et cassaient l'ambiance de la soirée avec leurs disputes furtives et leurs hauts cris pour demander des clarifications. À cause d'eux, le quiz nous apparaissait soudain pour ce qu'il était vraiment : un hobby pour adultes.

— C'est à ça que je vois qu'on est en train de vieillir, a dit Lauren alors que le capitaine des Quizerables rassemblait ostensiblement son groupe pour une énième concertation. Les gens qui savent vraiment s'amuser n'ont pas besoin qu'on organise leurs loisirs à leur place.

Amirah a acquiescé, puis elle a remarqué que nous étions sans doute les plus jeunes dans ce bar : c'était mauvais signe.

— Je ne sais pas, a dit Amy. Je n'aimerais pas avoir vingt ans de nos jours. Il y a plusieurs filles jeunes à mon étage et elles sont complètement stressées.

Lauren a demandé ce qui les stressait.

— Tout ! Elles ont des crises d'anxiété pour tout et n'importe quoi. Une des filles, Kitty, devait préparer un rapport pour notre chef d'étage la semaine dernière, et là… elle n'a carrément rien rendu. Quand je lui ai posé la question la semaine dernière, elle m'a dit, je la cite : « Les deadlines, ça me donne des crises d'anxiété. »

Le reste de la table ne savait pas trop comment réagir. D'un côté, devoir écrire un rapport à la place de quelqu'un d'autre devait être très énervant. Mais d'un autre côté, l'anxiété est un trouble mental bien réel et souvent sérieux qui affecte des millions de gens chaque jour. Et d'un troisième côté, plus gênant mais pas moins crucial, personne ne voulait passer pour vieux en se plaignant de tout ça. Nous allions bientôt avoir trente ans, pas cinquante-sept.

— En ce moment, ai-je dit pour changer de sujet, j'ai la pression. Je crois qu'il faudrait que je crache dans la bouche de Simon, ou au moins que je lui mette un doigt dans le cul. Vous faites ça, vous ? J'ai l'impression que tout le monde le fait à part moi.

Personne n'a réagi, alors j'ai expliqué que je lui avais posé la question des tonnes de fois et qu'un soir, bourrée, je lui avais même proposé de le sodomiser sans trop réfléchir à comment ça se faisait. Lui, il avait insisté sur le fait qu'il était content de faire l'amour normalement avec moi et que ça lui allait très bien. Je me suis demandé tout haut s'il n'avait pas une liaison avec une autre femme qui lui offrait tous les jeux anaux dont il rêvait en secret. « En fait, de manière générale, ai-je conclu, je voudrais juste comprendre comment il trouve son compte dans tout ça. Il est tellement aux petits soins, et moi je me demande toujours : pourquoi ? »

Je me suis reculée dans mon siège en attendant que quelqu'un intervienne. Lauren Sensible a bâillé et j'ai cru voir Amirah lever les yeux au ciel. Normalement, c'était le genre de discussion qui motivait beaucoup mes amis. À quel moment étaient-ils tous devenus si prudes ? Était-ce à cause des cycles de la lune ?

— Vous ne croyez pas qu'on passe trop de temps à parler de cul et de mecs ? a demandé Lauren.

J'ai senti mes épaules se rapprocher de mes oreilles.

— Mais alors, je vous le demande : de quoi on parle, à part ça ?

Je voulais prononcer la question sur un ton ironique et plein de sagesse, mais j'ai senti que ma voix tombait plutôt quelque part entre le vide et la défensive. Plutôt que d'essayer de redresser la barre, je me suis tournée vers Amy pour lui demander son aide pour une question du quiz qui portait sur une émission de télé-réalité consacrée à une famille de restaurateurs – il s'agissait d'un épisode où deux femmes riches s'acharnent contre une troisième femme qui les a traitées de grosses et de mauvaises féministes.

Amy a tout de suite trouvé la réponse. « C'est tellement triste quand elles se disputent comme ça, a-t-elle soupiré. Au bout du compte, l'équipe du restaurant, c'est un peu comme une grande famille. »

Les tours suivants se sont déroulés dans le calme, même si nous étions un peu trop silencieux. Nous avons fini par arriver troisièmes, ce qui nous a valu de gagner une entrée gratuite au quiz de la semaine suivante. Tandis que les intellos qui nous avaient battus gaspillaient leur tournée gratuite en commandant du « kombucha arrangé », j'ai demandé dans un élan de désespoir ce que j'avais manqué des premières semaines de 2019. Mes amis m'ont fait part des grands titres, tandis que je faisais claquer mon collant contre mes genoux en avalant de grandes gorgées d'eau et de vin : Clive s'était « récemment remis aux poireaux » et cherchait à déterminer quelle serait « l'herbe de l'été » avant le retour des beaux jours (il penchait pour l'aneth). Lauren Sensible avait emménagé avec Nour ; ils s'étaient disputés plusieurs fois sur la signification du mot « crédence ». Amy avait pris rendez-vous avec un conseiller financier et décidé d'investir dans la marijuana. Lauren s'était enfin décidée à s'acheter un sac banane. Amirah restait sans rien dire et regardait son téléphone en se tortillant nerveusement sur son siège.

J'ai essayé de trouver quelque chose à raconter, quelque chose de nouveau qui m'était arrivé. « L'autre jour... », ai-je commencé, puis je me suis arrêtée. J'étais sur le point de me lancer dans une histoire dont la chute était qu'Olivia et moi avions échangé par erreur nos laits végétaux. Je n'avais pas envie de décrire les détails consternants de ma vie quotidienne, et mes histoires de cul et de rencontres les avaient laissés sans réaction. Mais c'était tout ce que j'avais. J'ai essayé : « L'autre jour, Simon est entré dans sa chambre et il m'a demandé : “Je peux te montrer quelque chose ?”, et j'ai répondu d'accord, alors il a sorti un paquet de cartes et là j'ai eu un choc : “Pitié, ce mec ne va pas me faire un tour de magie ?” »

Mon récit n'a pas déclenché l'explosion de rires et de reconnaissance que j'attendais, mais j'ai persévéré en décrivant mon état d'agitation mentale et émotionnelle à l'idée que cet homme sexy auquel j'étais en train de m'attacher aille soudain tout saccager en sortant un as de pique de mon oreille.

« Mais la chose inattendue, c'est que son tour de magie était vraiment impressionnant, ai-je dit. Contre toute attente, ça l'a même rendu encore plus sexy ! Jamais dans toute l'histoire un tour de magie n'a eu ce genre d'effet sur quelqu'un. C'est dingue, non ? »

Lauren a fait un petit bruit pour marquer que mon histoire était terminée. Clive a grignoté une frite, les sourcils levés. « On dirait que c'est toi qui es en train de passer aux choses sérieuses », a dit Lauren.

Je l'ai rassurée sur le fait qu'on prenait notre temps : on avait déjà dormi séparément une fois dans la semaine.

— On est vendredi, a fait remarquer Amirah.

Lauren s'est levée pour aller aux toilettes.

— Bon ! ai-je lancé d'un ton plein d'allant. On ferait bien d'en finir avec toutes ces histoires sur Simon avant qu'il arrive.

— Hein, pardon ? a dit Lauren en se rasseyant sans sourire.

Je lui ai dit que j'avais présumé qu'on était en mode « plus on est de fous, plus on rit ». Amirah avait souvent ramené son copain à des soirées sans nous prévenir : est-ce qu'on n'avait pas tous les mêmes privilèges ?

— Cite-moi une seule fois où j'ai fait ça, a dit Amirah, mécontente d'avoir été prise comme exemple. Et puis, Tom, ce n'est pas un inconnu…

Sentant son alarme anti-conflit se déclencher, Lauren Sensible est intervenue :

— Ça va être sympa, j'en suis sûre ! Amirah, si tu veux, tu devrais envoyer un texto à Tom, toi aussi. Tout le monde est le bienvenu !

Clive est arrivé à la rescousse.

— Je sais que tu as passé une année difficile, a-t-il compati en posant sa main sur mon bras. On est vraiment heureux que tu sois heureuse avec Simon, il a l'air super.

— Oui, il est super, ai-je répondu. Vous allez l'adorer.

— Oh oui, je suis sûre que vous allez l'adorer, a renchéri Amy. C'est un vrai chou. Et il a des beaux cheveux.

— Tu l'as déjà rencontré ? a demandé Amirah tandis que des regards fusaient d'un bout à l'autre de la table.

— Oui, a répondu Amy en souriant, s'enfonçant encore davantage dans le piège qu'elle n'avait pas remarqué. On est allés faire une petite balade le 1er janvier, le lendemain de la fête !

Je n'avais pas parlé de la fête à mes amis. Lauren Sensible a plongé son regard dans le fond de son verre comme s'il renfermait une vérité profonde.

Lauren a soupiré et Amirah a laissé échapper un petit rire furieux. Clive a inspiré par les narines et s'est tourné vers moi :

— Il faut que tu gardes à l'esprit, quelque part au milieu de tout ça, que tu as traversé quelque chose de grave. Ce n'est pas comme si tu pouvais instantanément t'éjecter de ton mariage pour te retrouver dans une autre relation.

— Mon Dieu, c'est tellement sage ce qu'il dit, s'est exclamée Amy. Je me dis toujours qu'il faudrait que j'aie plus d'amis gay, et voilà, c'est ça que je veux dire.

Clive n'a pas relevé.

— Oui mais en fait, je crois que je peux y arriver ! ai-je déclaré d'un ton joyeux. Je veux dire, passer d'une histoire à une autre. Je ne pensais pas que ce serait si facile, mais je ne me sens pas mal du tout. Je me sens même bien. Je sais que vous vous faites du souci, et c'est très gentil, mais vous n'êtes pas obligés. Au fait, je dois bientôt voir Jon pour tout finaliser : disons que c'est presque totalement terminé.

J'ai approché mon verre de ma bouche et je me suis aperçue qu'il était vide.

— Il s'est remis à te parler maintenant ? Depuis quand ? a demandé Amirah d'une voix fâchée.

La bouche pleine de glaçons, j'ai expliqué qu'on n'avait pas vraiment eu une conversation en tant que telle, au sens de deux personnes qui se parlent. Mais j'avais pris rendez-vous avec un psy et j'avais envoyé le lien à Jon, et donc on allait se voir pour une consultation post-rupture, pour se dire au revoir et se souhaiter bonne chance.

Un long silence s'est installé. Au bout d'un moment, Lauren Sensible s'est éclairci la gorge et elle s'est penchée en avant, l'air pensif et sérieux. On aurait dit Oprah Winfrey.

— Et il a dit qu'il était d'accord pour faire ça ?

— En gros, ai-je répondu, quand il a déménagé, il a suggéré qu'on devrait aller voir un thérapeute de couple pour la rupture. Je lui ai dit que c'était débile, mais maintenant que j'ai eu le temps d'y réfléchir, je veux être une bonne partenaire pour lui – ou ex-partenaire, peu importe – et l'aider à traverser tout ça en fonction de ses besoins. D'autant plus que personnellement, je suis en train de passer à autre chose. Bon, assez parlé de moi ! Amirah, tu as eu des « délires » intéressants, ces derniers temps ?

Amirah a croisé les bras sans répondre.

Quand Simon est arrivé quelques instants plus tard, la table était silencieuse. Il a posé au milieu de la table une bouteille de vin et une corbeille de frites, et il a accroché son manteau au dossier de ma chaise. Il avait les joues roses d'avoir marché, et l'odeur minérale du froid du dehors était encore accrochée à sa barbe.

— J'ai pris du blanc, j'espère que ça vous va, a-t-il dit avec un sourire nerveux. Je t'ai envoyé un texto mais ton portable a dû rester dans ton sac.

Il a fait un petit coucou maladroit au groupe et dévissé le bouchon de la bouteille.

Amirah s'est penchée vers lui.

— Alors, Simon, a-t-elle dit, il paraît que tu fais de la magie ?

Simon s'en est sorti avec habileté et la conversation est passée à d'autres sujets. Au bout d'un moment,

Tom nous a rejoints et le groupe est retombé dans sa dynamique habituelle : un mélange de blagues salaces et de petites théories idiotes. Simon a révélé que si Staline (et en passant, la nature même du débat) n'était pas à son goût, il aurait plutôt un faible pour Imelda Marcos pré-atrocités. Je sentais un certain refroidissement de l'atmosphère chaque fois que je prenais la parole, mais Simon a été immédiatement adopté et c'était un vrai plaisir de le voir s'épanouir sous l'effet de l'intérêt du groupe, de remarquer la facilité avec laquelle il saupoudrait ici et là quelques vannes inspirées, posait des questions attentives et réussissait à être charmant à sa façon – un peu trop maîtrisée mais efficace.

J'ai décroché pendant une minute et j'ai regardé mes amis et mon presque-copain débattre d'un scandale récent concernant les chaussettes du Premier ministre : certains commentateurs les trouvaient trop politiques, tandis que pour de nombreux polémistes en colère sur Internet, elles ne l'étaient pas assez. Simon a dit qu'il ne considérait pas le Premier ministre comme un gauchiste, mais qu'il penchait plus vers la gauche que l'électeur moyen.

— J'ai entendu dire que tu penchais vers la gauche, a insinué Clive avec un sourire malicieux.

Simon a mis une seconde à se rendre compte que Clive faisait référence à son pénis. Puis il a compris et il a enchaîné avec une plaisanterie sur son « gros électorat » qui techniquement ne voulait pas dire grand-chose, mais qui, en tant que blague vulgaire, a remporté un énorme succès.

— C'est lui, le mec que tu vas amener au mariage d'Emily ? a demandé Lauren Sensible, faussement choquée.

— Emily et Patrick ? a gazouillé Amy. Pas possible ! Je veux y aller ! J'étais au conseil étudiant avec le marié à Western University. Je l'ai même branlé une fois, mais c'était à une *stop light party*[1] donc à mon avis, ça ne compte pas. Par contre, évitez peut-être de le dire à la mariée, on ne sait jamais.

J'ai promis de ne pas le faire et j'ai poursuivi :

— Je ne connais presque personne à ce mariage. Si j'y vais, c'est surtout pour m'afficher avec ma dernière conquête. Regardez-le un peu : un vrai trophée, non ? ai-je dit en tapotant la cuisse de Simon comme s'il était ma fidèle monture. Même si tu étais un criminel de guerre, je t'emmènerais à ce mariage.

Un couinement perçant nous est parvenu de la table d'à côté et je me suis aperçue qu'un des membres des Quizerables portait un bébé en écharpe. J'ai été horrifiée de me trouver en compagnie de jeunes parents, mais soulagée que leur rejeton ait brisé le long silence gêné qui planait sur notre table. J'ai regardé Simon sans réussir à déchiffrer son expression. Amirah évitait mon regard en jouant avec les cheveux de Tom, Lauren et Clive écrivaient des SMS et Lauren Sensible fixait intensément le vide devant elle, une mèche de cheveux dans la bouche. J'ai déplacé mon champ

1. Une *stop light party* est une soirée étudiante où les invités s'habillent dans une couleur en fonction de leur situation : vert (célibataire), rouge (en couple) ou orange (hésitant ou dans une relation ouverte).

visuel jusqu'à Amy, qui souriait d'un air nerveux. Pour la première fois depuis son arrivée, elle semblait ne pas savoir quoi faire.

— J'ai hâte de te présenter Ryan, m'a-t-elle dit avant de se tourner pour inclure le reste de la table. Hier, j'ai dit à la mère d'un de mes patients que mon copain était clown, et elle m'a répondu en me fixant droit dans les yeux : “Comme tous les hommes, non ?”

Clive a été le premier à rire, puis les autres se sont joints à lui. J'ai eu envie de l'embrasser. Afin de profiter de la vague de bonne humeur qu'Amy venait de lancer, j'ai distribué toute une série de compliments improvisés : j'ai fait l'éloge des compétences culinaires de Clive, des contributions d'Amirah au quiz et des manteaux des deux Lauren. Ils ont accepté les compliments de bonne grâce avant de changer de sujet, de questionner Simon sur Food6 et de tolérer que Tom nous parle des bitcoins. J'ai utilisé ma carte de crédit pour payer une tournée de boissons pour toute la table, puis quand le puggle du site d'adoption a refait surface dans la conversation, j'ai fermé ma bouche.

À mesure que la soirée avançait, je me sentais un peu mieux, mais dès que je restais silencieuse trop longtemps, la panique m'envahissait et je laissais échapper une anecdote ou une blague pleine d'autodérision, avant de m'apercevoir trop tard que quelqu'un d'autre à la table était en plein milieu de son histoire ou de sa conversation. Je sentais bien que ces interruptions ne jouaient pas en ma faveur, mais cela me semblait toujours mieux que de ne rien dire du tout. D'un seul coup, je ressentais un besoin désespéré d'impressionner ces personnes qui me connaissaient et m'aimaient depuis l'adolescence, que j'avais vues vomir, tromper leurs partenaires et découvrir qu'elles portaient une mauvaise taille de soutien-gorge. C'était un sentiment déstabilisant, et je voulais m'en débarrasser.

Nous avons englouti une autre fournée de frites et décidé de rentrer chez nous, en nous plaignant par avance du terrible mal de tête que nous allions avoir le lendemain. Comme c'était l'hiver à Toronto, la décision de partir impliquait de se préparer sérieusement pour le froid. Par-dessus les épaisseurs de base, il fallait ajouter écharpes, capuches resserrées autour du visage et mitaines par-dessus les gants... Puis nous nous sommes retrouvés dehors et notre goutte au nez s'est solidifiée dans l'air glacial, tandis que nous discutions des mérites de différentes lignes de bus et de tramway.

La neige boueuse commençait déjà à s'infiltrer dans mes bottes de mauvaise qualité ; j'allais avoir les orteils mouillés en rentrant chez moi. Amy, qui sous-louait un appartement non loin de là, est partie d'un pas léger après avoir écrit son numéro dans le téléphone de Lauren Sensible en lui promettant « des spritz à volonté à toute heure du jour ou de la nuit ». Tom tenait Amirah contre lui, les mains dans les poches de sa grosse doudoune en duvet. Lauren essayait de déverrouiller son iPhone avec le bout de son nez pour éviter de retirer ses gants. Clive a évalué la situation et s'est écrié : « Ça suffit maintenant, je paie mon XL ! », en commandant un taxi camionnette pour raccompagner tout le monde. Nous nous sommes comptés rapidement et j'ai offert dans un élan chevaleresque de laisser ma place. Personne n'a protesté.

Trois minutes plus tard, un monospace gris est arrivé. Tout le monde est monté dedans, Amirah m'a lancé un au revoir guindé et a essayé de tirer la portière automatique pour qu'elle se referme plus vite, ce qui fait qu'elle s'est rouverte, puis bloquée quand elle a essayé de la tirer à nouveau. Elle a recommencé plusieurs fois jusqu'à ce que le chauffeur lui hurle de ne plus y toucher. Les autres m'ont regardée sans rien dire tandis que la porte coulissait à une lenteur incroyable avec un long bip aigu et plaintif. Une fois la porte enfin close, la voiture est partie et Lauren Sensible nous a adressé un signe hésitant à travers le pare-brise.

J'ai tendu la main vers celle de Simon et j'ai dit « en route ? » avec une voix à la Cary Grant. Il a posé sa moufle sur la mienne et nous sommes partis dans Dundas Street. La neige a commencé à tomber à gros flocons.

— Désolée pour ce soir, ai-je dit. D'habitude, ils sont beaucoup plus marrants que ça.

— Moi, je les ai trouvés bien, a répondu Simon.

Quand nous sommes arrivés chez moi, son silence m'a fait comprendre qu'il était en colère.

La dispute (en version abrégée)

Il a demandé : « Ça ne va pas ? » et j'ai répondu : « Si, ça va », puis je me suis embarquée dans une tirade de plusieurs minutes sur le fait qu'il devenait impossible de trouver un maillot de bain dont le bas soit raisonnablement couvrant : comment était-on censée gérer des vacances en famille quand on avait les fesses et une bonne partie des lèvres, en tout cas les grandes, qui dépassaient du maillot ? Il m'a demandé : « Tu avais dit à tes amis que je venais ? », et j'ai dit que je n'avais pas besoin de les prévenir, alors il a répondu : « Les gens aiment bien être prévenus quand on amène quelqu'un », puis il a ajouté : « J'avais envie de faire bonne impression. »

À ce moment-là, la dispute n'avait pas encore commencé pour de bon et je sentais seulement une légère tension dans le bas de mon dos. Je suis revenue à la question des maillots de bain et il a remarqué : « Tout à l'heure, tu m'as appelé ton copain », puis il a expliqué qu'il n'était pas forcément contre le titre en soi, mais qu'il était surpris parce que nous n'en avions jamais parlé, et que c'était peut-être quelque chose que…

Je l'ai interrompu pour lui dire qu'il avait encore le droit de coucher avec d'autres gens, si c'était ça qui l'inquiétait. Il a répondu que non, et la tension dans mon corps a gagné mon dos jusqu'aux épaules. « Tu peux faire tout ce que tu veux, ai-je dit, mais ça simplifie tout si je peux dire "c'est mon copain". » Il m'a demandé pourquoi, alors j'ai soupiré et j'ai décrit avec force détails une poudre marron orangé que je mélangeais avec de l'eau pour l'étaler sur mes tartines à la place du beurre de cacahuète.

Comme il ne saisissait pas où je voulais en venir, j'ai brandi devant lui un chocolat fourré au beurre d'amandes. « Je suis obligée de payer une fortune pour manger ces trucs-là plutôt que des putain de tartelettes Reese's au vrai beurre de cacahuète, ai-je expliqué. Tu vois ce que je veux dire ? » Il ne comprenait toujours pas : c'est là que j'ai su que le moment était venu. J'allais être forcée de lui offrir un inventaire détaillé de mes divagations, de lui présenter leurs contours, de sonder avec lui leur profondeur. Nous allions nous disputer, et ça allait faire mal.

Je lui ai expliqué que je me cassais le cul à longueur de journée pour rester présentable et me maintenir au niveau, disons, d'un sept sur dix, parce que tout le monde me regardait et avait de la peine pour moi, et que je ne pouvais pas supporter que mon corps ou mon visage leur inspire de la pitié. « Tu te souviens quand on est tombés sur cette fille, Liz, dans le bus ? » ai-je demandé. Je lui ai dit que Liz m'avait lancé un regard particulier quand elle avait compris que j'étais avec lui, le genre de regard que les gens avaient eu en apprenant que j'étais fiancée, comme s'ils étaient fiers et heureux pour moi et, surtout, moins inquiets.

Il était assis sur une chaise près de la fenêtre et sa jambe gauche tressautait depuis que j'avais parlé de Liz. Ma tête et mes oreilles étaient brûlantes. Il a répondu : « C'est pour ça, alors, que tu parlais de m'amener à ce mariage ? Ça aurait pu être moi ou n'importe qui ? » J'ai dit que je l'aimais beaucoup mais que c'était compliqué, et il a soupiré. La conversation nous avait échappé : désormais, elle ne pouvait plus que se maintenir au même niveau de désagrément, ou bien empirer. Nous sommes alors tombés dans le cliché : il a dit que nous avions peut-être besoin d'espace, et j'ai répondu que tout était de ma faute et que ça n'avait rien à voir avec lui, et il m'a dit qu'il voulait que je me « laisse approcher » ce qui, hélas, a été la goutte d'eau qui a fait déborder le vase.

J'ai hurlé : « Je ne comprends pas de quoi tu parles ! », et il a hurlé : « Pourquoi tu pleures chaque fois qu'on fait l'amour ? », et j'ai braillé : « C'est BIOLOGIQUE ! » Alors il s'est calmé et il a dit qu'il savait que les ruptures étaient difficiles, que la sienne avait été le moment le plus dur de sa vie et qu'il comprenait que je souffre à cause de mon divorce. Il s'est levé de sa chaise et m'a regardée avec une empathie presque comique, alors je me suis sentie dégoûtée et j'ai commencé à lui dire des choses que je ne pensais pas.

Des choses comme « tu ne me connais même pas », ou « je suis complètement remise de Jon », ou encore « les hommes obsédés par leur thérapie sont toujours les pires psychopathes ». J'ai dit : « Je suis allée voir à quoi ressemble ton ex, elle est tellement mince », et il a dit : « Et alors ? », et j'ai dit : « Alors qu'est-ce que tu fous avec moi ? », et il a répondu : « Pourquoi tu me poses toujours cette question ? »

Mon cœur s'est mis à battre trop vite et je n'ai pas pu m'empêcher de dire : « Si tu es tellement bien dans ta peau, alors pourquoi la première femme avec qui tu sors après ton ex, c'est une divorcée complètement déglinguée sur le plan émotionnel, qui n'arrête pas de chialer ? », avant d'ajouter : « Je n'ai pas besoin d'être psy pour voir que tu as de très sérieux problèmes d'engagement », puis : « Si je prenais vraiment cette relation au sérieux, tu serais terrifié. Tu te sentirais sûrement forcé de t'échapper et de me tromper moi aussi. »

Après un silence très long et désagréable, il a dit : « Cette conversation n'est pas bonne pour mon hygiène émotionnelle », et je lui ai répondu qu'il n'était pas meilleur que moi sous prétexte qu'il payait quelqu'un pour lui dire que ses sentiments étaient valables. Il a soupiré et je l'ai accusé de faire du détournement cognitif, alors il s'est mis à définir ce que voulait dire « détournement cognitif » et c'est là que j'ai pété les plombs. Je lui ai dit que ce n'était pas juste, après ce qu'il avait fait à son ex, qu'il s'attende à ce qu'une autre fille soit là ensuite à l'attendre. Il m'a demandé de ne pas mêler son histoire d'avant à tout ça, et j'ai répondu : « Et pourquoi je ne le ferais pas ? »

Le ventre noué, je lui ai dit que je connaissais des dizaines, voire des centaines de femmes belles, drôles, intelligentes et géniales, qui n'avaient absolument aucun besoin d'avoir un mec, mais qui n'arrivaient jamais à en trouver un, et que ce simple fait suffisait à détruire à petit feu toute leur confiance en elles. « Elles n'ont même pas le droit d'en parler », ai-je poursuivi. « Nous toutes, on n'a pas le droit d'en parler. Même si tout dans ce monde est fait pour les couples, même s'il est plus cher et plus dangereux d'être une femme seule, même si l'unique chose qui est valorisée sans ambiguïté, c'est le fait de trouver quelqu'un – un homme, de préférence – qui veuille bien être avec nous. Et quand on n'y arrive pas, on est obligées de vivre en sachant que les gens nous jugent – des fois même à voix haute, devant nous – et qu'ils pensent que c'est notre faute, qu'il nous manque quelque chose, et pendant ce temps-là, on est obligées de garder le sourire et de dire des conneries du genre : "Je ne me sens jamais seule parce que j'aime ma propre compagnie", ou bien "Ça a exactement le même goût que du beurre de cacahuète, mais avec deux fois moins de calories !" »

Voyant que j'en étais revenue au beurre de cacahuète, Simon a pris son manteau et il a dit qu'il s'en allait. Je suis restée assise au bord de mon lit, la poitrine douloureuse, la tête envahie par les battements de mon cœur. Tandis que de grosses larmes à la con tombaient sur ma couette, j'ai balbutié : « Pardon, pardon, pardon. » Il a pris son écharpe et la brosse à dents d'invités dans ma salle de bains et il m'a dit, d'une voix douce et résignée qui m'a donné envie de m'arracher les cheveux : « J'espère que tu t'amuseras bien au mariage. »

Le matin, il faisait tellement noir qu'il était presque impossible de sortir du lit. Même en supposant que j'y arrive, et que le soleil sorte à un moment, il ne se levait que pour environ trois heures en tout. Si par exemple à 15 heures, j'allais m'enfermer dans un immeuble sinistre en béton pour faire cours à cinquante-huit étudiants de première année sur les pièces de théâtres interdites sous Charles Ier, j'émergeais ensuite dans la même nuit noire que j'avais trouvée à mon réveil, avec un désir presque irrésistible de ne plus jamais sortir de chez moi, ou de partir vivre en Suède où ils savaient comment gérer ce genre de conditions, ou encore d'en finir une bonne fois pour toutes.

Je ne savais pas si c'était à cause de la météo que ce semestre me paraissait si dur, ou bien à cause de la détérioration de ma vie personnelle, ou bien parce que mes étudiants me semblaient objectivement encore plus abrutis et moins intéressés que d'habitude. J'avais peut-être été un peu sévère avec eux, d'accord, mais ils avaient besoin de discipline ! C'était une matière difficile ! Le professeur qui m'avait écrit ma lettre de recommandation pour entrer dans l'école doctorale avait à l'époque laissé un Post-it sur l'enveloppe avec l'avertissement suivant : « Les études de lettres sont un bateau qui coule pile au moment où vous prenez le large. »

Les étudiants répondaient à mes manifestations d'amour vache en devenant, si tant est que cela soit possible, encore moins motivés : ils arrivaient au cours en retard, tenant à la main leur gobelet réutilisable plein de glaçons, et m'informaient d'un air dégagé, en faisant tinter leur paille en métal entre leurs dents, qu'ils n'avaient pas lu les textes au programme. Il y en avait bien quelques-uns qui venaient à l'heure et qui lisaient tous les textes, mais je ne les aimais pas pour autant. J'ai repoussé la date de rendu pour le devoir de fin de semestre et annoncé que pour me voir dans mon bureau, il fallait désormais prendre rendez-vous.

Un mercredi interminable, j'étais assise à mon bureau en train de manger un yaourt dont le pot me promettait une dégustation aussi savoureuse et décadente qu'un cheese-cake au citron vert. Les produits de ce genre étaient pour moi une source inépuisable de mélancolie, mais je ne pouvais pas m'empêcher de les acheter au cas où l'un d'eux tienne un jour ses promesses. Chaque fois que je mangeais un yaourt imitation dessert, j'avais l'impression d'être une sombre merde.

J'ai sorti mon téléphone et j'ai regardé l'historique de mes messages échangés avec Simon. Après notre dispute, il avait gardé le silence pendant quatre jours, puis il m'avait envoyé un long texto où il disait que je comptais beaucoup pour lui, qu'il avait beaucoup apprécié le temps que nous avions passé ensemble, mais qu'il pensait qu'il n'était pas prêt à s'engager sérieusement avec quelqu'un et qu'il espérait que je comprendrais. J'ai répondu ok. Il a ajouté qu'il espérait aussi qu'une fois que nous aurions pris nos distances, nous arriverions à être amis. J'ai répondu lol. Il n'a rien trouvé à ajouter et cette fois, c'était fini. Je n'avais jamais pris aussi peu de plaisir à avoir raison.

J'ai regardé le groupe WhatsApp, qui était resté silencieux depuis la soirée quiz : cette rupture avec nos habitudes (des messages constants à longueur de journée, écrits dans un dialecte commun à peine intelligible) me contrariait. Chaque fois que je regardais le fil de discussion, une voix au fond de ma tête me disait : « Tu es une mauvaise amie et une personne déplorable », et je pensais : « Ouais, c'est possible », mais je n'avais aucune idée convaincante sur la manière dont je pouvais améliorer les choses. Je trouvais très, très gênant de constater mes difficultés à accomplir les tâches de tous les jours. J'avais honte de ce manque de confiance en moi digne de mon adolescence, de ma tendance à pincer et à examiner mon corps devant la glace tous les matins avant de partir travailler. Je ne voulais pas infliger aux gens cette version de moi, et surtout pas aux gens qui étaient habitués à la Maggie normale d'avant. Celle qui était tellement marrante.

Plutôt que d'envoyer une bouteille à la mer en postant une capture d'écran ou un même sur le groupe, j'ai noté le yaourt dans une appli de suivi des calories que j'avais téléchargée quelques jours plus tôt. J'avais épuisé toutes mes possibilités de cours d'essai de fitness dans le quartier, et cette appli gratuite me promettait de perdre du poids de manière rapide et durable, tout en continuant de manger ce qui me plaisait. Par ailleurs, j'avais besoin de quelque chose à faire quand j'allumais mon téléphone et que je n'avais pas de messages. J'ai lu quelques e-mails, puis j'ai avalé un autre yaourt que je n'ai pas répertorié sur l'appli.

J'ai regardé si je n'avais pas reçu un e-mail de Jon. Comme d'habitude, il n'y avait rien. J'ai ignoré des messages de ma sœur et de mes étudiants. En bas de mes nouveaux e-mails, il y en avait un que Lauren Sensible m'avait envoyé après la soirée quiz et qui contenait une liste de psys qu'elle avait compilée au cas où j'en chercherais un. J'ai ouvert mon dossier de spam et j'ai cliqué un peu partout dans le mélange habituel de newsletters, d'arnaques et de publicités.

J'ai fait le tour de quelques blogs et sites Internet où j'aimais perdre mon temps, et je me suis laissé bercer par une série de mots sans rapport apparent entre eux : Top 12 des meilleurs vases ; Témoignage : j'ai eu le mal de mer sur la terre ferme ; Ces femmes qui ont réinventé l'expérience du cancer à Taïwan. J'ai regardé des fauteuils vintage et des photos de femmes avant et après un lifting du cou sans chirurgie. J'ai mangé un troisième yaourt et j'ai regardé encore d'autres liftings du cou.

Je n'avais jamais parlé à personne de ma fascination récente pour la chirurgie esthétique, question qui occupait une part grandissante de mes pensées. J'avais beau utiliser la navigation privée quand je recherchais des informations sur le sujet, mon téléphone (« l'algorithme » ?) m'avait quand même démasquée, et mes fils de réseaux sociaux étaient bourrés d'images très tentantes de procédures médicales hors de prix, qui permettaient à des femmes de quarante ou cinquante ans d'avoir l'air dix ans plus jeunes, sans autre effort que de se faire découper puis recoudre le visage quelques centimètres plus haut. Je savais que je n'étais pas censée m'intéresser à ce genre de choses, que c'était probablement antiféministe et assurément malsain, mais je ne pouvais pas m'en empêcher. Je conservais dans mes favoris toutes sortes de traitements : un petit stylo qui vous brûlait le visage à répétition pour activer un réflexe raffermissant dans la peau ; des injections pour dissoudre un double menton ou remplir des creux sous les yeux ; une technique de greffe particulièrement séduisante qui consistait à pomper de la graisse quelque part dans le corps et à la réinjecter à un autre endroit où elle était plus souhaitable.

J'y ai réfléchi pendant longtemps et j'ai conclu que, sans même parler de mon estime de moi, ma vie deviendrait plus facile par bien des aspects si mes avant-bras étaient plus fins. Ce n'était pas moi qui avais inventé les canons de beauté, et je n'allais pas les révolutionner à moi toute seule par le simple fait d'exister et de poster de temps à autre des photos « assumées » de moi en train de dénuder différentes parties de mon corps. Les rares fois où j'avais atteint un niveau de minceur conventionnel, le changement avait été immédiat : les gens étaient plus agréables, je trouvais des vêtements plus facilement, plus personne dans la rue ne me faisait de remarques bizarres sur mon corps. Le monde s'ouvrait à moi. Tout ça à cause de dix kilos de moins ! Comment était-ce possible ? Pourquoi refuser d'adhérer à ces conventions à la con, lorsque le faire m'apportait de tels avantages ? Il est vrai que le cycle de la mode ne cesse d'évoluer – la taille désirable d'un cul, par exemple, a fluctué à un point que je n'aurais jamais cru possible du temps où j'étais une ado ronde et mal dans sa peau – mais j'en avais assez d'attendre que mon type corporel précis (femme d'aubergiste dans une caricature grivoise du XVIIIe siècle) revienne à la mode. Puisque le privilège de la minceur était si arbitraire, pourquoi ne pouvais-je pas simplement me le payer ?

J'ai fait le calcul : pour quelques milliers de dollars, plus un mois de convalescence environ, je n'entendrais plus jamais la moindre remarque déplacée dans un magasin Aritzia. Pour le prix d'une semaine dans un hôtel milieu de gamme au Mexique, je n'aurais plus jamais à gérer mon double menton sur aucune photo, ce qui à coup sûr aurait un effet beaucoup plus relaxant que n'importe quelles vacances. À quoi bon économiser pour une voiture, par exemple, quand je pouvais obtenir des seins à la forme indiscutablement parfaite ? Quel mal y avait-il à vouloir s'offrir un brin de confort dans cette vie, et à définir le confort comme une paire de « cuisses au contour parfait grâce à l'application d'ondes radio hautement concentrées » ? Tout bien considéré, ne serait-il pas plus facile de passer six mois à me remettre d'une opération plutôt que de passer le reste de ma vie à galérer chaque fois que j'achetais un pantalon ? Il fallait voir cela comme un excellent investissement.

Je sentais bien que j'entrais dans une mauvaise phase. Et le pire, c'est que je savais que c'était entièrement ma faute si j'en étais arrivée là. Je m'étais mise à suivre des dizaines de femmes sur Instagram pour qui la beauté était une profession. Des influenceuses minces et bien habillées – filles d'acteurs, danseuses, sélectionneuses de pièces vintage issues de dynasties de la finance – aux lèvres pulpeuses, aux nez mutins et étrangement luisants, qui étaient toujours en train de faire quelque chose de parfait et de totalement décalé : par exemple, manger de la marmelade de lavande dans un gobelet cabossé, ou bien porter deux brioches en guise de soutien-gorge. En faisant défiler les posts de mes amis, je me laissais envahir par le léger sentiment d'être atteinte de dysmorphie corporelle, et je me disais : « Tiens, et si je m'achetais des gants en dentelle ? »

Il fallait bien que je me mette à suivre toutes ces inconnues, vu que les gens que je connaissais dans la vraie vie vieillissaient sous mes yeux à une vitesse déconcertante, ce qui me faisait entrevoir la possibilité désagréable que la même chose était en train de m'arriver à moi : quelqu'un que je ne connaissais plus regardait sûrement au même moment une de mes photos en se disant « Merde, comme le temps passe » même si je l'avais postée parce que je croyais que j'avais l'air canon et même plutôt souple. L'idée de continuer à aimer – voire à chérir – mon corps tandis qu'il se décomposait au ralenti me semblait impossible. Pourquoi ne pas abandonner le combat et accepter d'avoir un amour-propre au ras des pâquerettes ? Peut-être que je pouvais même devenir une boss en la matière. Femme inspirante, elle témoigne : je me déteste.

Bref, vous comprendrez comment je me suis retrouvée sous l'emprise des femmes d'Instagram. Elles avaient beaucoup à m'apprendre (comment transformer un pull en crop top en le coinçant dans sa ceinture ; comment mettre en valeur ses cheveux bouclés), et c'était bien pratique parce que j'avais grand besoin d'être guidée. Ces derniers temps, j'avais un peu abusé des applis, une situation qu'Amy – ma seule amie, ou en tout cas la seule qui répondait encore à mes textos – expliquait par le fait que j'étais honnêtement un peu lourde en ce moment. Sur Instagram, personne n'était lourd : les gens se concentraient sur le positif et possédaient un mousseur à lait. J'ai mené une étude approfondie (et acheté au passage un mousseur bas de gamme). Voici ce que j'en ai conclu : les hommes aiment les femmes qui sont créatives mais pas intéressantes. Les femmes aiment les femmes qui savent comment s'accrocher douze boucles d'oreilles sur chaque lobe.

J'ai ouvert Instagram et j'ai regardé une de mes pros de la minceur m'expliquer qu'elle vivait une vie de rêve et qu'elle faisait le tour du monde avec son fiancé dans un bus scolaire aménagé en mini-maison. J'avais du mal à croire que quelqu'un puisse rêver d'avoir une maison où la douche et les toilettes étaient une seule et même chose.

« Oh, ça alors, moi aussi je suis ce compte ! » s'est exclamée Olivia, qui venait d'apparaître derrière moi, en montrant mon écran de téléphone. J'aurais encore préféré me faire surprendre en train de regarder du porno. « J'adore leur petite cuisine », a-t-elle gazouillé. « On voudrait trouver quelque chose dans le même genre pour notre lune de miel. Aidan n'est jamais allé à Kelowna, ça me fait halluciner. Tu veux un yaourt ? »

J'ai mangé mon quatrième yaourt de la journée et pendant ce temps, Olivia a prononcé « nous » des centaines de fois, en intercalant de temps à autre des mots liés à la préparation de leur lune de miel. « Nous » allaient traverser le Canada dans leur bus de l'amour, en faisant étape dans des cafétérias de bord de route. « Nous » avaient trop hâte d'essayer un sentier de rando constitué d'escaliers naturels sur un dénivelé de trois kilomètres. « Nous » avaient enfin trouvé une idée originale pour leurs invitations de mariage : « Nous allons faire des aquarelles de Bosley, notre bouledogue français », a-t-elle annoncé en souriant à cette pensée réjouissante. « Et elles vont partir bientôt, alors garde un œil sur ta boîte aux lettres ! »

J'aimais bien Olivia. Je savais qu'elle voulait juste être gentille avec moi. Et à ce moment précis, je n'avais qu'une envie : la voir morte.

J'ai demandé à Olivia si elle avait entendu parler de la jeune fille qui avait disparu à Guelph. Elle a répondu que oui (je ne sais pas s'il y avait encore des gens qui n'en avaient pas entendu parler : le visage de la jeune fille était en couverture de tous les journaux depuis le début de la semaine), et qu'elle espérait que les recherches allaient aboutir. J'ai dit que ça m'énervait que sa disparition reçoive une telle publicité dans la presse, tout ça parce qu'elle était blonde et mince. « C'est vrai, a acquiescé Olivia. Il y a tellement de femmes qui disparaissent chaque année et qui ne reçoivent pas ce genre de publicité, parce que… »

« Cette photo qu'ils utilisent, elle est parfaite dessus », l'ai-je interrompue plus haut et plus vite que je ne l'aurais voulu. « Si j'étais à sa place, je me dirais : j'espère que mon ex va voir ça ! Enfin de toute manière, si quelque chose de grave lui est arrivé, tu peux être sûre que c'est son ex qui a fait le coup. »

J'ai souri et j'ai distraitement refermé un onglet sur mon écran, ce qui a fait apparaître la page de contact d'une clinique locale de chirurgie plastique. J'ai fermé la page.

Olivia a aspiré sa lèvre du bas tout entière dans sa bouche. « Et, euh… tu vas bien, sinon ? »

Je lui ai répondu que les choses n'allaient ni mieux ni moins bien que d'habitude. Le problème, c'était que, maintenant que tous les autres domaines de ma vie étaient tombés en ruine, je n'avais plus qu'une seule chose qui me définissait : mon travail. Or celui-ci ne me passionnait pas spécialement. « Mais c'est la vie, ai-je conclu. Personne n'aime vraiment son taf. »

Dehors, dans le hall, un petit groupe d'étudiants scrutait des annonces affichées sur un tableau en liège décrépit, en quête de livres à vendre, de soirées poésie et de familles à la recherche de baby-sitters ou de cours particuliers. Un professeur est passé avec les bras chargés d'enveloppes. Olivia a frotté sa cuillère contre l'intérieur de son pot de yaourt vide en faisant racler le métal contre le plastique.

— Moi, j'aime bien mon travail, a-t-elle avoué timidement.

— Moi aussi, a ajouté Jiro, pas timidement du tout. Il était debout dans l'embrasure de la porte, soigneusement décoiffé, et tenait entre ses doigts un petit gobelet d'expresso avec une délicatesse ostentatoire. Un des étudiants devant le tableau en liège a pouffé en croisant son regard.

Jiro a commencé une tirade sur un « frontispice saisissant » qu'il avait vu récemment, tandis que j'essayais de me souvenir si j'avais déjà ressenti de la passion pour quoi que ce soit, et a fortiori pour mon travail. Honnêtement, si j'avais choisi cette voie, c'était seulement parce que je n'étais pas trop mauvaise dans ce domaine. Je trouvais qu'une thèse de doctorat faisait bonne impression, tandis que l'idée de trouver un « vrai métier » avec des horaires traditionnels, un salaire et des objectifs (?) à atteindre me paraissait fatigante et ennuyeuse. Pourquoi ne pas plutôt gagner ma vie en discutant de vieilles pièces de théâtres ? Qu'est-ce que j'allais faire, sinon ? Apprendre à coder ?

N'être qu'à moitié intéressée par mon travail m'avait paru acceptable tant que celui-ci ne constituait qu'une partie de mon existence. Si j'avais besoin de sens, je pouvais le trouver dans ma vie amoureuse ou au pire, si j'étais vraiment désespérée, faire un bébé. Quand je m'étais mariée, j'avais été effrayée à l'idée que mon avenir (sur ce plan au moins) était entièrement tracé. Mais cela avait aussi un côté rassurant : c'était toujours une chose de moins dont je devais me préoccuper. C'était déjà ça de réglé : je n'avais plus besoin de faire des choix dans ma vie sentimentale. Sans cette pièce, le puzzle ne marchait plus : est-ce qu'il allait falloir que je reprenne tous mes choix à zéro ?

J'ai repensé à mes longues soirées à travailler sur ma thèse de master, assise à la table de la cuisine, tandis que Jon assurait le loyer et les courses pour me laisser le temps et l'espace de poursuivre mon hypothétique rêve. À l'époque, tout cela m'avait paru important et enthousiasmant, comme si j'allais apporter une contribution essentielle au savoir de l'humanité. Jon s'amusait à m'imaginer dans un avion : « Y a-t-il un docteur à bord ? – Oui ! Quelle est la partie de *Coriolan* qui vous pose problème ? » J'avais été tellement chanceuse, et tellement stupide.

Je me suis remise à écouter l'histoire de Jiro juste au moment où Olivia et lui prononçaient à l'unisson et d'une voix ravie les mots « caractères mobiles ». Ils ont éclaté de rire comme si c'était la chose la plus drôle qu'ils aient jamais entendue. J'ai dit à mes collègues que c'était facile pour eux d'aimer leur travail. Eux, ils avaient d'autres choses qui les définissaient : pour Olivia, le sport, son chien et son fiancé ; pour Jiro, être un gros con prétentieux qui passe trop de temps dans des cafés à jeux de société. Olivia est restée bouche bée. Jiro s'est contenté de pousser un soupir sournois, de finir son café et de s'en aller. J'ai fait une grimace à Olivia comme si c'était une plaisanterie. C'était peut-être le cas.

« Si tu ne te sens pas connectée avec ton travail, peut-être que ça t'aiderait de t'impliquer un peu plus », a-t-elle suggéré en se levant de sa chaise, avant d'ajouter d'un ton gêné : « Je me lève, mais ce n'est pas parce que je veux partir, c'est seulement que je dois mettre ça dans le bac de tri. »

Il était évident qu'elle voulait partir, mais Olivia était une bonne équipière, au sport comme ailleurs. Après avoir jeté son pot de yaourt, elle est revenue en trottinant jusqu'à la chaise à côté de moi et m'a parlé d'une conférence à venir à Ottawa – « Entrer en travail : grossesse et autres tâches féminines dans le théâtre jacobéen » – qui venait de publier un appel à contributions. Elle avait soumis une proposition d'article examinant le lien entre les personnages de sages-femmes et l'industrie textile du XVIIe siècle. J'ai trouvé le site de la conférence et j'ai survolé quelques-unes des contributions annoncées. C'était tout aussi dépourvu de sens que les titres des pages Internet que je voyais en parcourant les onglets de mon navigateur : Le Top 12 des meilleurs fous du roi ; Ces femmes qui ont réinventé l'expérience de l'amour en Illyrie ; Témoignage : j'ai vengé mon père le roi et je suis mort dans une scène finale mal ficelée où tous les accessoires sur scène sont empoisonnés.

Je lui ai dit que je détestais l'idée de devoir aimer mon travail, ou même l'apprécier. Il ne m'offrait ni retraite, ni remboursement des soins dentaires, ni salaire compétitif, ni réelle satisfaction. Mes horaires étaient imprévisibles et solitaires, la publication d'un article demandait de se soumettre à un processus opaque et fastidieux, et les pots du département imposaient une limite de deux verres de vin gratuits par personne. Pourquoi, dans ces conditions, aurais-je dû aimer mon travail, me donner du mal pour le faire bien, ou même simplement arriver à l'heure ?

La version du poste que j'avais découverte et imaginée au moment où j'avais postulé n'avait rien à voir avec ce qu'on m'offrait aujourd'hui.

Je lui ai dit que c'était comme pour le voyage aérien.

— Le voyage aérien ?

— Tu as déjà vu une photo d'un avion dans les années soixante-dix ? ai-je demandé sans attendre de réponse car je voulais seulement lui servir mon petit discours. On dirait un restaurant de luxe. Ou un club privé. Dans les années quatre-vingt-dix, les avions ont commencé à ressembler à des autocars, mais au moins on te donnait encore à manger, on te fournissait un petit oreiller tout plat et tu pouvais étendre tes jambes sans donner des coups à ton voisin de devant. Maintenant, on n'a même plus droit à un bagage en soute gratuit. Tout ce qu'il y avait d'humain dans le voyage aérien a été supprimé, et maintenant il faut tout payer séparément. Regarde les choses en face : le concept de « classe économique premium » est une contradiction dans les termes.

Olivia m'a dit qu'elle regrettait les petits biscuits gratuits qu'ils donnaient avant sur Porter Airlines.

— Exactement, ai-je répliqué. C'est le capitalisme tardif dans toute sa splendeur.

Je parlais comme mon oncle quand il est bourré et qu'il affirme que sa compagnie de carte de crédit l'espionne. Mais quand même, est-ce que je n'avais pas raison ? Est-ce qu'elle ne voyait pas ce que je voulais dire ? Olivia m'a rassurée que si, mais qu'elle n'était pas sûre qu'il y avait un rapport entre la dégradation de la qualité des repas en avion et le mariage, ou aucune des autres choses dont nous avions parlé.

Je lui ai dit que ce n'étaient pas seulement les avions qui étaient devenus merdiques. Ce constat pouvait tout aussi bien s'appliquer à n'importe quel autre aspect de la vie moderne. Acheter une maison était devenu hors de notre portée. Accéder à l'âge adulte ne nous donnait pas droit à des vacances, à des week-ends à la campagne ou à un appartement deux pièces. Même en hurlant dans les rues, on n'arriverait jamais à forcer les grands de ce monde à faire quoi que ce soit pour lutter contre le changement climatique. Tous les messages *body positive* du monde ne changeraient rien au fait que mon magasin de fringues préféré proposait des articles en taille « triple zéro » mais jamais rien au-delà du 40 et que, même pour cette taille, il fallait faire ses achats en ligne comme une voleuse dans la nuit. La seule chose qui tenait vraiment ses promesses, c'était le mariage.

— Et c'est pour ça que c'est si tentant, ai-je poursuivi, convaincue que mon propos aboutissait quelque part. Je comprends pourquoi tu as envie de le faire. C'est le seul marqueur de ce qu'on appelle une « vie adulte » qui soit encore à notre portée. Et c'est tellement accessible ! Tu peux le faire pour 300 dollars, à condition de trouver quelqu'un qui veuille bien signer les papiers.

— Ce n'est pas pour ça…, a protesté Olivia, mais je n'avais pas terminé.

— Et pour ce prix-là, tu gagnes le droit de te tenir là, devant tes parents, même si tu continues à leur taxer de l'argent de temps à autre, et de leur dire : « Respectez-moi en tant qu'adulte. » C'est pas vrai ? Et le plus dingue dans tout ça, c'est que nos parents le font, parce qu'ils respectent la valeur de la cérémonie, du moment et de tout ce qui va avec. C'est tellement bon quand tes oncles et tes tantes te traitent enfin comme si tu étais un vrai être humain, quand tu peux remplir une déclaration de revenus commune, quand tu peux dire à un proprio désagréable que « ton mari et toi » vous recherchez un espace de bureau plus grand… Et bon, d'accord, tu es en train de conforter l'ordre hétéro-patriarcal ou je ne sais quoi, mais au moins, tout le monde te donne du fric, et tu as le droit de t'asseoir à table des grands et de posséder un robot mixeur hyper stylé.

Olivia est restée silencieuse. Puis, les sourcils froncés, elle a répondu qu'elle voulait épouser Aidan parce qu'elle était amoureuse de lui, mais qu'elle respectait le fait que ça puisse être compliqué pour d'autres, et que l'idée même du mariage était différente pour tout le monde, surtout pour moi dans ce moment particulier de ma vie. Elle a dit qu'il pouvait y avoir des raisons très différentes de vouloir se marier, et qu'elle comprenait qu'on puisse être attiré par le rituel, et même par le robot mixeur, mais qu'au bout du compte elle avait l'impression que mon regard sur l'engagement et la société était peut-être un peu trop pessimiste.

— Peut-être, ai-je répondu. Mais qu'est-ce qu'on en a à foutre ? Rien n'a d'importance, rien ne dure éternellement, le monde est dirigé par des racistes misogynes qui ne pensent qu'au fric, et tous les meubles abordables sont moches.

J'ai ramassé mon sac et je suis sortie à grand pas dans le couloir où je suis tombée sur Sara, une de mes étudiantes les plus sérieuses. Elle portait à l'épaule un tote bag en tissu avec le logo du département de théâtre, et ses cheveux étaient attachés en un chignon désordonné. « On a bien rendez-vous ? » a-t-elle demandé, pleine d'optimisme et d'entrain juvénile. Je lui ai dit que j'avais un empêchement. Son air déçu m'a remplie de haine.

— Vous n'avez qu'à m'envoyer un mail, ai-je ajouté. C'est plus facile pour moi de répondre aux questions par écrit.

— Mais je vous ai déjà envoyé des mails, a-t-elle répondu, le visage assombri. Vous m'avez demandé de venir dans votre bureau. Vous avez dit que c'était plus facile pour vous de répondre aux questions en personne.

— D'accord.

J'avais un vague souvenir de ses nombreuses relances. Nous sommes restées face à face dans le couloir sans rien dire. Sarah s'est mordu la lèvre et j'ai cru qu'elle allait fondre en larmes. Elle n'était pas beaucoup plus jeune que moi mais clairement, elle en était encore à la phase « rêverie à la table de la cuisine ». J'ai essayé de réfléchir à quelque chose d'utile à lui dire, quelques conseils pour qu'elle ne soit pas venue jusqu'à mon bureau pour rien, mais je n'ai pas essayé assez fort. J'ai fini par soupirer « bon » sur un ton que j'espérais plein de lassitude, et je suis partie.

Dehors, j'ai trouvé Jiro qui fumait une de ces cigarettes fines au menthol interdites par la loi. Pourquoi toutes les choses qu'ils possédaient étaient-elles si fines ? Qu'est-ce qu'il essayait de prouver ?

— J'ai beaucoup aimé ta tirade sur le capitalisme, a-t-il ricané. John Oliver n'a qu'à bien se tenir.

— S'il te plaît, va te faire foutre, ai-je répondu d'une voix atone.

Jiro a écrasé sa cigarette et m'a considérée d'un air pensif.

— Je suis désolé, a-t-il dit. Je ne devrais pas te taquiner comme ça, surtout aujourd'hui. Passe une bonne soirée, d'accord ? Et ne te stresse pas. De toute manière, cette fête est inventée de toutes pièces.

Mes joues se sont empourprées. Malgré les rappels permanents des publicités en ligne, les couples dans la rue et les vitrines des magasins, j'avais fait beaucoup d'efforts pour ne pas remarquer que c'était la Saint-Valentin. Je n'avais pas besoin de ça. J'ai tourné les talons et j'ai descendu à toute vitesse les marches de l'immeuble. Arrivée en bas, je me suis arrêtée et j'ai regardé derrière moi. Jiro était toujours là, un sourire amusé aux lèvres. Il portait une putain de ceinture de smoking.

— Hé, ai-je lancé. Ça te dirait d'aller à un mariage ?

Recherches Google, 16 février

maillot de bain couvrant
test narcissisme
évaluation psychopathe
quiz qui êtes-vous dans *Friends*
qu'est-ce qui ne va pas chez ross
coiffure gens à la télé pourquoi
IMC faux officiellement ?
recettes courge spaghetti
râpe à pieds ped egg
gros fiak compliment ?
tutoriel cheveux ondulés
sauna infrarouge groupon
sauna infrarouge arnaque ?
poèmes divorce
livres divorce
films divorce
joni mitchell vivante ?
joni mitchell va bien ?
île grecque appartements à louer
internet passe par des tubes ?

Super bien, merci

terrazzo quoi
lipœdème stade 1 ou cellulite
symptômes cancer du sein ou règles
Food6 rédaction offres d'emploi
nachos fourrés au kimchi appropriation culturelle ?
aliments racistes
yoga anti-anxiété moins de 10 minutes
révolution industrielle erreur
chirurgie plastique remboursement assurance santé
blépharoplastie durée convalescence
fondue basses calories
site avis psy
site avis professeurs
porter plainte trolls site avis professeurs
chiens à trois pattes
mycose ou ovulation
dépression vaginale existe ?

La psy a commencé notre séance en m'expliquant pendant pas loin de dix minutes le sens du mot « liminal ». Je ne savais pas si c'était parce qu'elle pensait que c'était une information cruciale pour moi – vu qu'une séparation légale est, en effet, un moment particulièrement liminal de l'existence – ou bien si ce n'était que pour gagner du temps, parce que Jon était en retard et que je m'agitais de plus en plus en regardant l'heure.

J'ai fini par craquer. Je lui ai dit que j'étais diplômée en littérature et que par conséquent, savoir placer le mot « liminal » dans une phrase faisait partie de mes rares compétences concrètes. Elle a souri sans décoller les lèvres et elle m'a demandé : « Comment se passe votre travail ? Vous vous y sentez bien ? » Clairement, c'était une question piège.

Comme c'était ma première fois, j'étais incapable de confirmer si tous les bureaux de psy ressemblaient aux représentations des bureaux de psy dans les caricatures du *New Yorker*, ou bien si c'était seulement celui-ci. Les murs étaient d'un beige qui avait une tête à s'appeler quelque chose comme « Sable soyeux », ou « Galet de sagesse ». Au mur, il y avait un tableau encadré qui représentait un paysage désolé, peut-être délaissé à la suite d'une apocalypse émotionnelle. J'ai constaté avec inquiétude qu'un foulard de soie transparent était drapé sur une lampe dans un coin de la pièce ; j'avais fait la même chose dans ma chambre quand j'étais au lycée, ce qui avait provoqué un petit début d'incendie. Est-ce que la psychothérapie n'était pas censée être un espace résolument adulte ? Il devait bien exister des moyens plus matures de créer une atmosphère que celui-ci, que j'avais découvert à quinze ans dans *CosmoGirl*.

La psy correspondait elle aussi très exactement au type traditionnel de la psy. D'abord parce qu'elle s'appelait Helen, et ensuite parce que tout le reste de sa personne était un cliché. Elle avait une voix douce et portait des lunettes « ludiques » de créateur. Sa blouse déstructurée était couverte d'un imprimé abstrait qui suggérait qu'elle arrivait tout droit d'un atelier de dessin de modèle vivant, ou qu'elle était sur le point de s'y rendre.

Un carré de cheveux noirs encadrait son visage rond et chaleureux, qui était ouvert mais impénétrable : on pouvait lui raconter ses secrets, mais elle ne trahirait jamais ce qu'ils lui inspirait. Ses mouvements étaient pleins d'aisance et son site Internet d'une sobriété rassurante affichait une longue liste de certificats, de formations et autres accomplissements, en plus des qualifications de base nécessaires à sa pratique. Elle était avenante, et elle avait l'air de quelqu'un qui avait dû aider beaucoup de gens à traverser des moments difficiles. Et pourtant, je ne l'aimais pas. Ça ne m'arrangeait pas, parce que j'étais arrivée en avance au rendez-vous de manière à pouvoir (a) placer mon corps dans une position avantageuse sur le divan pour le moment où Jon arriverait et (b) établir un rapport avec Helen qui l'inciterait à se ranger de mon côté quand nous exposerions tous deux les raisons pour lesquelles les choses s'étaient passées comme elles s'étaient passées.

Je présumais que la thérapie de couple fonctionnait un peu comme le club de débat au lycée. Chacun exposait ses positions, puis la psy annonçait qui avait tort (lui) et qui avait raison (moi), et ce qu'il fallait faire. J'avais hâte, en un sens, d'entendre la perspective de Jon. J'imaginais ses yeux plissés, tandis qu'il tenterait d'expliquer d'une voix balbutiante son silence radio des sept derniers mois, puis la prise de conscience envahissant progressivement son visage quand il comprendrait à quel point il avait mal agi. Peut-être me supplierait-il de lui pardonner. Au minimum, il allait s'excuser. Au bout de cinq minutes, Helen m'a proposé de faire du thé.

Elle a posé deux tasses d'earl grey entre nous, puis elle est passée aux questions traditionnelles : comment je dormais, si je m'efforçais de manger sainement et de faire de l'exercice, à quoi d'autre j'occupais mon temps. Elle m'a demandé si j'avais déjà suivi une thérapie, et j'ai répondu que j'avais essayé des millions de fois de convaincre Jon de le faire, mais que je n'avais jamais réussi à l'intéresser à la chose. Elle a ajusté la petite chaîne qui pendait de ses lunettes. « Mais vous-même, vous n'avez jamais suivi de thérapie ? »

J'ai dit que non, mais que c'était simplement parce que je n'en avais jamais eu besoin. Mon enfance avait été plus ou moins stable sur le plan affectif. Au lycée, j'avais un cercle d'amis restreint mais solide, et je m'entendais bien avec ma sœur, Hannah. La séparation de mes parents avait été relativement amiable. Mes amis étaient géniaux, mon travail n'allait pas mal, je me sentais quelquefois gagnée par un sentiment modéré de peur et de mélancolie dans les moments d'ennui ou de changement, mais c'était bien normal, surtout en ce moment. « Et pourquoi vouliez-vous que Jon entame une thérapie ? »

Je lui ai parlé de l'addiction de Jon au cannabis, de ses sautes d'humeur, de son agitation quand les choses ne se passaient pas comme il le voulait, même s'il était par ailleurs capable de laisser des aliments pourrir dans le tiroir du frigo pendant des semaines. De sa fureur quand il perdait à un jeu vidéo, de sa relation étrangement proche avec cette fille à son travail, de sa supériorité méprisante quant à la valeur pratique et financière de son travail comparé au mien. J'ai évoqué un de mes reproches préférés : la fois où une fille m'avait mal parlé à une fête du travail et que j'avais essayé de m'en plaindre auprès de lui dans le tramway en rentrant. Il avait tourné mes craintes en ridicule sous prétexte que c'était « anti-féministe de critiquer les autres femmes ». Quand nous étions arrivés chez nous, j'avais dormi sur le canapé.

Lorsque je racontais cette histoire, à moi ou aux autres, je sentais un petit titillement douloureux, l'équivalent émotionnel d'un élastique qui claque sur la peau. Et pourtant, je la racontais souvent parce que j'aimais la clarté avec laquelle nos rôles y étaient dessinés : lui dans celui du connard, et moi dans celui de l'épouse qui endure dignement ses souffrances. Nos disputes n'étaient pas toujours aussi nettement tranchées.

— Jon était un homme difficile, ai-je dit. Mais honnêtement, je voulais l'aimer pour toujours.

Helen a marqué une pause lourde de sens. Chacun de ses gestes paraissait incroyablement chargé.

— Et vous, est-ce que Jon ou quelqu'un d'autre vous a déjà dit que vous étiez difficile ?

J'ai ri, un peu trop fort. Une psy comique ! Quelle trouvaille ! J'ai expliqué que je n'étais pas quelqu'un de difficile. Quand j'étais enfant et adolescente, j'avais parfois une légère tendance à dramatiser, mais maintenant j'étais plus ou moins capable de contrôler mes émotions. Il m'arrivait peut-être d'être difficile, mais c'était plutôt dû aux circonstances : quand j'avais un gros travail à rendre, ou que je vivais quelque chose de stressant comme un déménagement, un voyage ou un changement de projet imprévu. Il m'avait certaines fois fallu plus de temps que la moyenne pour digérer les émotions les plus extrêmes – un deuil, par exemple, ou bien la faim – mais je considérais cela comme normal, et d'ailleurs, l'autre jour, quelqu'un m'avait dit que je tenais extrêmement bien le coup au milieu de tous ces bouleversements.

En réalité, Jiro m'avait dit que je tenais « plutôt bien le coup compte tenu des événements », avant de décliner mon invitation à m'accompagner au mariage d'Emily, mais je n'avais pas besoin de tout raconter à Helen. Je me suis félicitée en mon for intérieur de savoir poser ces fameuses limites dont tout le monde parle. Helen était assise, très calme, les mains croisées sur les genoux, déterminée à me faire révéler quelque chose de monstrueux sur moi-même. Elle n'allait pas m'avoir comme ça.

Je lui ai dit qu'il était dommage que Jon ne soit pas encore arrivé parce que c'était vraiment pour lui que j'avais organisé tout ça. Pour dire la vérité, j'avais très bien digéré le divorce. J'économisais pour trouver un nouvel appartement. Et je voyais quelqu'un – d'ailleurs, il fallait même que je me calme un peu sur les rencontres, parce que ça avait *trop* bien marché pour moi. J'étais déjà retombée amoureuse ! J'étais plus active que je ne l'avais jamais été, et une nouvelle amie m'avait montré comment me passer une pierre verte sur le visage de manière à ne plus jamais vieillir. « Donc oui, ça va plutôt bien pour moi, ai-je conclu. Mais je me fais du souci pour Jon, vous comprenez, il n'a pas autant de gens à qui parler. Les hommes n'ont pas accès aux mêmes réseaux de soutien. »

Helen a pris des notes.

— Vous dites que vous êtes tombée amoureuse ?

J'ai éclaté de rire à nouveau.

— J'ai dit que j'étais tombée amoureuse, au passé, mais vous savez ce que c'est… Pas génial ! ai-je conclu dans un nouvel éclat de rire, qui n'a pas sonné aussi juste que je l'escomptais. J'ai rencontré un homme, et il était adorable. Mais il avait du travail à faire sur lui-même : des problèmes d'engagement, vous savez comment ça se passe.

— Comment ça se passe ?

— On n'est plus en contact. Ça fait seulement... huit, neuf jours, peut-être ? Neuf jours et demi. Dix demain. Ou quelque chose comme ça. Donc on ne sait jamais, on arrivera peut-être à recoller les morceaux.

Nous sommes restées assises dans un silence insoutenable qui m'a paru durer quarante minutes (trois minutes d'après la pendule).

— Dites, ai-je demandé, est-ce que je dois payer la séance en entier si je ne reste pas une heure ?

Helen m'a fait signe que oui.

— D'accord, bien sûr. Je suis désolée si la question était déplacée.

Helen m'a assuré qu'elle ne l'était pas.

Je lui ai dit que j'étais aussi désolée de ne rien avoir de plus intéressant à raconter.

— De plus intéressant ?

— Vous savez, un divorce, c'est censé détruire votre vie mais moi, dans l'ensemble, ça va. De quoi parlent les gens, ici, d'habitude ? De leurs manies, de leurs troubles alimentaires, tout ça ?

— Parfois.

— Oui, moi, à ce niveau-là, ça va. Très honnêtement, ça ne me ferait pas de mal de retrouver le niveau de discipline que j'avais du temps où j'étais anorexique.

Pourquoi est-ce que mon rire sonnait comme ça ? On aurait dit une poupée satanique.

— Vous aviez un trouble alimentaire ?

— J'ai dit ça pour rire. Enfin, oui, un peu, au lycée. Comme tout le monde. Vous vous souvenez de cette émission à la télé où une femme se faisait liposucer et refaire le nez juste avant son mariage, et où elle révélait son nouveau visage et son nouveau corps à son mari pour la première fois au moment de passer devant l'autel ?

— Je crois, oui, a répondu Helen, la tête penchée sur le côté.

— Un trouble alimentaire, en fait, c'était la réponse logique à l'état du monde à cette époque. Mais je vais bien, maintenant. J'ai presque trente ans. Je pense qu'on ne peut pas être à la fois en train d'économiser pour sa retraite et de passer son temps à se faire à l'idée que la cellulite, ce n'est pas seulement sur les cuisses.

C'était dur d'être regardée avec une telle intensité. Ça me rappelait Simon, mais en pire parce que je ne pouvais pas mettre fin à cette gêne en couchant avec Helen. C'était désagréable de penser à Simon, alors j'ai essayé d'imaginer l'expression sincère de son visage pendant une séance de thérapie, l'assiduité avec laquelle il devait réagir à ces questions intimes et bienveillantes, ravi de pouvoir se plonger encore plus profondément dans un traumatisme d'enfance resté, pour des raisons mystérieuses, inexploré. Pour lui, tout était traumatisme.

— Il n'est pas inhabituel, quand on traverse un gros changement dans sa vie, de retomber dans de vieux mécanismes de défense – et le divorce est un très gros changement, a dit Helen en changeant de position. Je ne suis pas très portée sur le mot « normal », mais je tiens à vous rassurer : il est tout à fait normal d'avoir des difficultés dans une transition comme celle-ci.

— Oui, mais ça fait presque un an. Les premières semaines n'étaient pas évidentes, mais maintenant, ça ne me fait plus rien. C'est comme si on n'avait jamais été ensemble. Quand j'essaie de nous imaginer tous les deux, il n'y a rien qui me vient.

— Vous ne vous souvenez pas de votre mariage ?

Je lui ai dit que j'avais parfois des images qui me revenaient : nous deux en train de rire autour d'un café, de chanter ensemble dans une voiture de location, de nous attraper fiévreusement la main sous la table à un dîner en entendant quelqu'un dire une connerie ; un après-midi à faire des mots croisés au lit ; une blague récurrente sur le fait qu'un jour il allait me pisser dessus dans la douche ; la sensation de rentrer à la maison en sachant que j'allais les retrouver, lui et le chat. Mais ces images n'étaient pas vraiment des souvenirs. C'était plus comme un film, ou même – honte à moi – comme une story Instagram. Ça ressemblait à des choses qui seraient arrivées à quelqu'un d'autre.

— Vous savez, ai-je conclu, je ne sais même pas si c'est tellement utile de parler de tout ça.

Helen a penché la tête sur le côté.

— Et pourquoi donc ?

Elle était très forte : c'était énervant. Pour gagner du temps, j'ai fait une scène exagérée parce que je n'arrivais pas à trouver un endroit où poser mon sachet de thé.

J'avais assez parlé de mon mariage, en tout cas en l'absence de Jon, donc pour faire diversion, je lui ai exposé la liste des Plus Grandes Hontes de ma vie, à savoir :

— Avoir cru jusqu'à ma deuxième année de fac qu'Ezra Pound, Evelyn Waugh et E. E. Cummings étaient des femmes ;
— Avoir fait pipi dans ma culotte à l'âge de neuf ans parce qu'un bruit m'avait fait peur ;
— M'être fait surprendre par un ami de mes parents en train de chanter de toute mon âme, en faisant semblant d'être une sirène perchée sur un rocher, à un âge légèrement trop avancé pour ce genre de choses ;
— Ma technique préférée pour manger les macaronis (un paquet entier, froids et trop salés, après les avoir laissés refroidir toute la nuit dans la casserole jusqu'à ce qu'ils forment une masse figée) ;
— Avoir laissé mes camarades de classe persécuter une bonne amie à moi en primaire parce que je craignais que, sans cette diversion, ils se retournent contre moi ;
— La fois où j'avais essayé de faire un lap dance à Jon, que je m'étais énervée parce que j'avais peur de m'y prendre mal, que j'avais pleuré, puis continué pendant un court instant à danser, en larmes ;
— Le fait que je n'ai jamais été émue par un tableau.

« Il y a beaucoup de tableaux que j'aime bien, ai-je expliqué, et que je trouve beaux, et parfois même frappants, mais je n'ai jamais vu un tableau qui m'ait fait ressentir une émotion en dehors de “intéressée/pas intéressée”, et j'ai l'impression que c'est mal et que c'est gênant, comme si je ne participais pas entièrement à l'expérience humaine. Oh, et puis un autre truc important : je ne comprends pas pourquoi mes petits doigts de pied ont une forme pareille. »

Helen a joué le jeu et répondu à chacune de mes révélations en intercalant des petites questions ici et là, et en écrivant dans un bloc-notes jaune comme ceux qu'ils avaient dans le bureau de Lori. Elle n'a pas essayé de ramener la discussion sur Jon, notre mariage ou notre divorce. En réalité, elle m'a laissé parler plus ou moins sans interruption pendant presque une demi-heure.

À 17 h 45, elle s'est penchée vers moi et elle a suggéré que nous commencions à « prendre acte » de la possibilité que Jon ne vienne pas. « Je suis sûre que c'est une déception pour vous, mais nous pouvons reprendre rendez-vous la semaine prochaine, a-t-elle proposé doucement. Peut-être pouvez-vous me donner les autres dates possibles sur lesquelles vous vous étiez accordée avec Jon, et je l'appellerai moi-même. »

J'ai avoué que nous n'avions pas tellement échangé au sujet du rendez-vous. « En réalité, j'ai dû prendre le rendez-vous sans lui parce qu'il ne répond plus à mes mails, mais je sais qu'il les voit parce qu'il y a un paramétrage sur Gmail qui vous envoie une notification quand votre message est lu, donc je suis sûre qu'il a vu celui où je lui parlais d'aujourd'hui, et je me suis dit qu'il aurait peut-être envie de mettre les choses à plat, vous voyez ? D'ailleurs, il va peut-être encore arriver. Il n'est pas impossible qu'il ait eu un accident ou quelque chose comme ça. Ou alors, peut-être qu'il utilise une horloge sur vingt-quatre heures et qu'il a confondu 14 heures avec, euh, 4 heures de l'après-midi… Vous savez quoi, on n'a qu'à l'appeler, juste pour voir. »

J'ai sorti mon téléphone et j'ai découvert que la batterie était morte. « Ça ne vous dérange pas si j'utilise votre fixe ? ai-je demandé à Helen. Il y a peu de chances que ça marche. Mais on peut toujours essayer. »

Je n'ai pas mentionné le fait que j'avais déjà essayé de l'appeler deux fois depuis mon portable dans la salle d'attente. Helen a posé lourdement son gros téléphone gris sur la table basse entre nous, une expression indéchiffrable sur le visage. J'ai composé le numéro de Jon et, grâce aux instructions d'Helen, j'ai pu mettre le téléphone sur haut-parleur. Je connaissais son numéro par cœur. Je savais aussi qu'il ne décrochait jamais. J'ai dit à Helen qu'on avait de grandes chances de tomber directement sur son répondeur. Elle a hoché la tête d'un air compréhensif, et Jon a décroché à la première sonnerie.

— Allô ?

— Oh, allô, Jon, ici Helen Yim. Je suis thérapeute de couple et…

— Ah, oui. Bonjour. Maggie est avec vous ?

Je me suis penchée vers le téléphone et j'ai dit que j'étais là. J'étais là, j'étais désolée, et je souffrais le martyre, peut-être à un point qui nécessitait une intervention médicale, et tout était tellement clair, maintenant que j'entendais sa voix : j'avais fait une erreur. Je ne voulais plus faire de yoga, ni regarder des vieux films déprimants, je ne voulais plus être mature et mesurée. D'accord, c'était dur d'être mariés, mais c'était encore plus dur d'être divorcés. Je ne voulais plus vivre comme ça. Je voulais qu'il me reprenne. Le souffle d'Helen s'est étranglé dans sa gorge. À l'autre bout du fil, Jon ne disait plus rien.

— Oh putain, ai-je dit.

— Ouais, a répondu Jon. Putain.

— Et, euh… Tu en penses quoi ?

Jon a eu un petit rire sec et incrédule.

— Allez, Mag…

Je ne l'avais pas entendu prononcer mon nom depuis six mois. Mes larmes m'ont semblé tout à fait de circonstance.

— Réfléchis cinq minutes, ai-je dit en m'essuyant les yeux. Je suis assez forte pour admettre que je t'aime encore, que pour moi il y a encore de l'amour dans toute cette histoire.

— Je sais, c'est ce que tu as dit dans ton e-mail.

— Bon, d'accord. Et toi alors ?

— Et moi quoi ?

— Tu sais bien, ai-je tenté. Est-ce que tu… ?

— Je t'ai aimée, vraiment, Maggie, m…

— Alors si c'est le cas, tu ne trouves pas ça dingue de tout envoyer valser, juste parce que… Parce que quoi ? Que ça t'a paru moins bien pendant cinq minutes ? Parce qu'on avait quelques doutes ? Moi, en ce moment, j'ai exactement autant de doutes sur cette histoire de divorce, donc c'est peut-être ça, la vie, tu vois ? Peut-être qu'on n'est jamais satisfaits de nos choix, et que c'est normal, et dans ce cas on ne devrait pas divorcer parce qu'en fait, tout va bien.

Helen m'a passé un mouchoir et je me suis tamponné le visage. Quand j'ai écarté ma main, un fil de morve vert laiteux est resté suspendu à mon nez. J'ai écrasé le mouchoir en boule et je me le suis appuyé sur le nez. La conversation ne prenait pas du tout la tournure que j'aurais voulue. Je me suis aperçue avec horreur que cette séance que j'avais vendue – à Helen, à mes amis, à moi-même – comme une sorte d'entretien de départ était en fait dans mon esprit une occasion pour se réconcilier. Une chance de lui demander à nouveau : « Est-ce que ça marche, tout ça ? » pour que cette fois, il se batte et qu'il insiste que oui.

— Je ne veux pas faire semblant d'être forte, ai-je poursuivi, et là ma voix a commencé à sonner comme celle de la désaxée dans un thriller psycho-sexuel. J'ai fait tout ce que j'étais censée faire, et ça ne marche pas. Je ne vais pas me trouver. Je n'en ai même pas envie. J'habite dans une cave. Je fais des cauchemars et la nuit, je me retrouve à essayer de dormir en petite cuillère avec des gens que je ne connais même pas si bien que ça, parce que je n'ai pas l'habitude de dormir avec quelqu'un quand ce n'est pas une vraie relation. C'est avec toi que j'ai l'habitude de dormir.

— Dans un de tes messages, tu m'as dit que tu avais un copain.

— Euh, oui, eh ben… Ça a duré dix minutes environ, mais maintenant, c'est fini.

— D'après tes messages, tu voyais des tas de gens. Je suis sûr que tu finiras par trouver quelqu'un.

— Je ne veux pas trouver quelqu'un, ai-je hurlé.

Me sentir tomber si bas me procurait un étrange sentiment de toute-puissance. Ainsi donc, on pouvait être à ce point pathétique et continuer malgré cela à respirer : par certains côtés, c'était un exploit.

— On a pris cette grande, cette énorme décision tous les deux, et maintenant il faudrait qu'on parte chacun de notre côté et qu'on trouve autre chose, tout en sachant qu'on s'est plantés la première fois ? Pas question, désolée. Non.

L'expression pincée d'Helen, qui exprimait jusqu'ici la concentration, a laissé place à un rictus plus ouvertement perturbé.

— Si je peux me permettre, est-elle intervenue, pardon, ici Helen. Je peux vous demander quelle est la fréquence de ces messages vocaux ?

Je me suis reculée dans mon siège pendant que Jon lui disait la vérité. Que depuis que nous nous étions séparés, je lui envoyais des SMS et des e-mails presque tous les jours, et parfois plusieurs fois par jour. Qu'il avait cessé de répondre à mes appels depuis sept mois, mais que les messages ne s'étaient pas arrêtés, qu'ils n'avaient fait que devenir de plus en plus longs et, selon ses propres termes, « nettement plus barjos ».

— Je ne suis pas d'accord, ai-je dit.

— Le jour de la Saint-Valentin, tu m'as laissé un message en trois parties où tu chantais cette chanson de Bernadette Peters en entier.

— Je ne vois pas de quoi tu parles.

Jon a chanté quelques mesures de « No One Is Alone », de la comédie musicale de 1987 de Stephen Sondheim, *Into the Woods.*

— Oh. Eh bien, en fait, ce n'est pas vraiment une chanson de Bernadette Peters. Mais elle a enregistré une reprise sur son album *Sondheim, etc.* parce que c'est une de ses préférées. Et d'abord, je ne l'ai pas chantée en entier, je voulais juste te faire écouter le refrain, et un couplet très évocateur, qui dit qu'on fait tous des erreurs, que ça arrive, et que peut-être ce n'est pas si…

— Ça ne m'intéresse pas, Maggie.

— Je crois que c'est important d'être précis.

— Ça ne m'intéresse pas, tout ça, a-t-il répété. Je ne veux pas que tu me contactes.

— Pourquoi tu ne me l'as pas dit ? Comment tu as pu disparaître comme ça ?

Jon a laissé échapper un soupir exaspéré.

— Je ne sais pas. Peut-être parce que j'étais en colère. Je ne sais pas comment tu as pu croire que tu pouvais suggérer qu'on divorce, et ensuite attendre de moi que je te tienne la main tout du long.

— Parce que tu me l'as promis, ai-je gémi. Tu m'as dit que tu le ferais.

— Est-ce que tu as couché avec Calvin ?

Les lèvres d'Helen étaient tellement pincées que j'ai commencé à me faire du souci pour sa respiration.

— Je ne crois même pas que tu le penses, a-t-il repris, quand tu parles de se remettre ensemble. Je crois que tu es stressée de devoir prendre des décisions toute seule. Si ça se trouve, c'est simplement parce que tu t'ennuies.

Je lui ai dit que oui, je m'ennuyais. Être triste tout le temps, c'était ennuyeux, merde ! Il ne s'en est pas ému. J'ai essayé de le mettre de mon côté, j'ai évoqué les promesses que nous nous étions faites, ce jour-là sur la plage où le soleil couchant lui avait donné l'impression de se sentir en sécurité, je lui ai rappelé nos blagues sur les noms de bébés, la vie future sur laquelle nous étions d'accord. Est-ce que les gens ne traversaient pas des mauvaises passes ? Des mauvaises années ? Est-ce que ça valait la peine d'être aussi malheureux, dans le seul espoir de retrouver le bonheur ? Les mots se déversaient de ma bouche à toute allure, en un flot mélodramatique. Moi non plus, je n'étais pas sûre de penser tout ça. Je voulais arrêter de me demander ce que je voulais, comment vivre, qui essayer d'aimer. Je voulais que les choses redeviennent comme avant.

— Ça, c'est impossible, a dit Jon.

— D'accord. Alors je veux faire mon deuil.

— Faire son deuil, ça n'existe pas.

— Ah bon ? Mais putain, POURQUOI ?

J'ai hurlé la question à Helen en même temps qu'à Jon. Faire son deuil, est-ce que ce n'était pas le fonds de commerce de tous les thérapeutes ? Helen attendait justement le bon moment pour intervenir.

— Malheureusement, nous arrivons à la fin de la séance. Je, euh… En temps normal, je proposerais de trouver ensemble une date qui nous convient à tous, mais…

— Ça ne sera pas nécessaire, Helen, je vous remercie, a dit Jon.

Je sentais les yeux d'Helen rivés sur moi mais je n'arrivais pas à la regarder en face.

— Je suis désolée, ai-je dit. Vraiment désolée.

— Moi aussi, a dit Jon.

— Tu peux m'envoyer un texto n'importe quand, tu sais, si tu changes d'avis et que tu veux me parler. Sinon, on pourrait essayer de se donner rendez-vous, peut-être au milieu d'un pont, ou alors...

Jon a soupiré. Je me suis demandé s'il était couché sur son lit dans la nouvelle maison où il vivait sans moi, s'il avait des colocataires ou une amante, s'il avait acheté un petit costume à Janet. Je me suis demandé s'il portait le pantalon de survêtement que je lui volais tout le temps, s'il sentait toujours l'odeur de ce gel douche détestable qu'il utilisait depuis la fac, s'il restait encore un tout petit bout de lui qui ressentait quelque chose pour moi.

J'ai regardé par terre en mâchouillant une mèche de cheveux et j'ai attendu qu'il dise quelque chose. Je suis restée silencieuse, rigide face à Helen, en espérant qu'elle n'entendait pas les gargouillements bizarres qui sortaient de mon ventre, et en me demandant à quelle vitesse je pourrais m'enfuir de là une fois que ce serait fini. J'ai regardé l'heure. L'horaire de la séance était dépassé de huit minutes.

— Jon, écoute, je...

Au moment précis où j'ai commencé à parler, j'ai compris qu'il avait raccroché. Le bourdonnement de la tonalité a retenti et mon ventre s'est contracté sous l'effet des brûlures d'estomac. Je ne quittais pas des yeux une tache sur la moquette devant moi, qui devenait floue puis nette à nouveau tandis que je surnageais dans des vagues de honte et de nausée, tout en luttant contre une déconcertante envie de rire. Helen a ouvert la bouche et l'a refermée. L'idée que j'avais fait perdre ses moyens à une psy était très angoissante.

« JE VAIS BIEN, ai-je glapi pour la mettre à l'aise. Ne vous en faites SURTOUT PAS pour moi parce que, comme je viens de vous le dire, je vais VRAIMENT TRÈS BIEN. »

Je souriais comme une candidate dans un concours de beauté pour enfants : un sourire vide, énorme, avec des yeux terrifiés. Les joues me brûlaient. J'ai coincé mon pouce dans la manche de mon cardigan et je me suis tamponné les coins des yeux à petits coups secs. Helen s'est penchée en avant, les avant-bras sur les cuisses, les doigts croisés. Nos yeux se sont rencontrés. J'ai souri d'un air gêné et j'ai laissé échapper un soupir tremblant et résigné.

Elle m'a rendu mon sourire et elle a dit : « J'aimerais vraiment que vous reveniez me voir la semaine prochaine. »

Le grand jour d'Emily et Patrick

9 mars 2019

15 h 00 L'ÉCHANGE DES VŒUX – Famille et amis sont accueillis dans les jardins (couverts et chauffés) pour une cérémonie d'engagement laïque.

Le mariage avait hélas pour thème *Gatsby le Magnifique,* avec en prime une touche de « Féerie hivernale » (en gros, ils avaient installé une fontaine à vodka sculptée dans un cube de glace).

Pour être dans le thème *Gatsby,* j'avais mis un rouge à lèvres foncé et un bandeau ridicule avec une plume accrochée dessus, mais je l'ai retiré presque aussitôt après mon arrivée. En dehors de cela, j'étais habillée dans un style qu'Amirah aurait qualifié de « puputе semi-classe » : une robe avec un imprimé à fleurs parfait pour un mariage et un décolleté cache-cœur périlleux. Je l'avais louée sur un site Internet où des femmes assez riches pour posséder ce genre de choses mais pas suffisamment pour ne pas regarder à la dépense pouvaient louer 20 dollars par jour leurs vêtements à 400 dollars, frais d'envoi et nettoyage non inclus. La robe ne m'allait pas, mais peut-être que c'était moi qui n'allais pas. En temps normal, je pouvais résoudre mes incertitudes vestimentaires en envoyant quelques photos au groupe WhatsApp, sauf que ces jours-ci, c'était hors de question. Ce n'était pas le moment de compter sur eux pour recevoir des compliments.

Je me suis frotté le coin de l'œil en essayant de ne pas faire baver mon trait d'eye-liner, plus sophistiqué qu'à mon habitude. La mariée était une amie de lycée, donc je m'étais sentie obligée de faire un effort. Emily, qui était belle comme un cœur, épousait un homme qu'elle avait rencontré au travail. Depuis cinq cents jours exactement, elle tenait sur ses différents profils de réseaux sociaux un compte à rebours de la durée qui la séparait du mariage. Sa robe était magnifique : simple et actuelle, avec une espèce de petite cape fantaisie sur l'arrière. J'avais vu sur Instagram les photos des dix autres tenues qu'elle avait envisagées, et celle-ci était de loin la plus jolie. La robe soulignait sa silhouette spectaculaire, sculptée, comme je l'avais également appris en ligne, avec l'aide d'une coach privée dont le programme s'intitulait #MariéeMusclée. Son futur mari portait un lacet de cow-boy en guise de cravate.

Même si l'idée semblait au départ venir d'eux, le couple avait ignoré le thème des Années folles. Cela expliquait peut-être pourquoi les demoiselles d'honneur affichaient cet air désabusé dans leurs robes sacs à sequins – une commande groupée, sur une boutique en ligne qui avait récemment été dénoncée, sans aucune conséquence, pour avoir exploité des travailleurs dans ses usines du tiers-monde. Sous la rotonde, elles n'en finissaient pas de réajuster leurs vêtements pour trouver une pose avantageuse, pendant qu'Emily et Patrick dissertaient à tour de rôle sur la chance incroyable qu'ils avaient de vieillir non seulement avec l'amour de leur vie, mais aussi avec leur meilleur ami.

« Je déteste les couples qui écrivent leurs vœux eux-mêmes, a chuchoté Merris. Ça prend tellement plus longtemps qu'une cérémonie civile standard, et personne n'est jamais fichu de dire quoi que ce soit de solennel. »

Quand Jiro avait décliné mon invitation sur les marches de la fac, je m'étais résignée à aller seule au mariage et cette idée me convenait, jusqu'au matin de l'événement où j'étais montée à l'étage, paniquée, pour demander à Merris si elle n'avait pas une tenue habillée. L'idée d'affronter tout cela – la cérémonie, les slows, les conversations superficielles – sans une personne sarcastique pour me tenir la main était au-dessus de mes forces. Nous avons regardé Emily déclarer à Patrick que ce serait un honneur pour elle de s'abstenir de le déranger les jours de match jusqu'à la fin de leurs jours. Merris a levé les yeux au ciel tandis que les autres invités s'esclaffaient, l'air complice.

Il y a eu quelques lectures hésitantes, puis le photographe a demandé aux mariés de refaire le baiser parce que Patrick avait poussé la mariée hors-champ dans un élan de passion. Gênés, nous avons patienté un long moment pendant qu'ils signaient les papiers, après quoi l'heureux couple a été déclaré officiellement mari et femme. Tout le monde a applaudi. Un quartet a commencé à jouer une reprise jazzy d'une chanson pop qui parlait de vivre pour toujours, et les demoiselles d'honneur mal à l'aise se sont faufilées dans l'allée, cramponnées à leurs garçons d'honneur respectifs. Nous avons fait des bulles au passage d'Emily et de Patrick, rayonnants, qui riaient de soulagement : « Et voilà, c'est fait. Pour toujours ! Ou pas ! »

16 h 30 Le vin d'honneur – Rejoignez les mariés dans le patio autour d'un cocktail créé pour l'occasion, avec des canapés et des jeux d'extérieur.

« Qu'est-ce que c'est que ça ? » a demandé Merris quand je lui ai apporté une coupe d'un liquide rose vif, avec quelque chose qui scintillait sur le bord. Elle a pris son verre et tâté les granules du bout des doigts.

— Du sel, peut-être ? ai-je répondu en haussant les épaules. Le barman a dit que c'était un classique mexicain revisité à la sauce canadienne. Donc ça doit être un genre de margarita au sirop d'érable.

Merris a goûté la poudre et fait la grimace.

— Bonté divine, du sucre pétillant. Et sinon, comment allez-vous ? a-t-elle demandé en avalant une petite gorgée, puis une plus grande.

Je lui ai dit que ça allait, malgré ma crise de panique du matin. Je ne lui ai pas dit que mes amis proches en avaient marre de moi et que c'était bien normal, ni que j'avais été sentimentalement humiliée par deux hommes en deux semaines. Mieux valait rester positive : j'avais perdu deux kilos et demi grâce à mon appli de suivi des calories et j'étais en train de tester une sorte de jeûne par intermittence. Si ma vie personnelle était un désastre, mon fil Twitter en revanche se portait très bien.

En gros, il me suffisait d'écrire une variation quelconque sur le thème « les hommes sont des salauds » pour que des dizaines de femmes expriment aussitôt leur approbation, ai-je expliqué. L'autre jour, j'avais tweeté les hommes c'est des déchets, sans savoir exactement ce que je voulais dire par là, mais j'avais dû toucher une corde sensible parce que j'avais eu au moins quatre-vingts reTweet, ce qui pour moi était beaucoup.

Ces derniers temps, je m'étais mise à suivre différents comptes qui débitaient à longueur de journée des contenus du même genre : captures d'écran d'échanges horribles sur Tinder, récits dégradants de rendez-vous catastrophiques, selfies avec visage en larmes et décolleté profond, etc. Évidemment, c'était pour plaisanter – sauf qu'aucun de ces posts n'était particulièrement drôle. Cependant, ils m'apportaient un certain réconfort. Je pouvais faire n'importe quoi – aller chez un inconnu à 4 heures du matin, envoyer deux textos de suite à une femme qui n'était manifestement pas intéressée… –, et si les choses tournaient mal, comme c'était souvent le cas, il me suffisait de me remettre sur pied et d'utiliser toute cette aventure pour produire des contenus légers. Il se trouverait peut-être même des gens pour prendre ces contenus au sérieux et se les approprier : c'est trop moi. Trop moi ! Nous étions toutes ensemble dans la même galère.

J'aimais penser à la sororité qui nous unissait, mes amies d'Internet et moi, nous qui avions pris momentanément congé de notre respectabilité et nous déclarions célibataires par choix, même si nous détestions ça. Elles seules pouvaient comprendre les coups de fil, les textos, l'incident chez la psy. Elles comprenaient même mon habitude de composer le numéro de Jon depuis la cabine téléphonique déglinguée au coin de la rue du campus, le doigt posé sur le levier pour raccrocher, plantée là sans bouger à me demander quoi faire, jusqu'à ce que la honte soit trop forte et que je rentre dans l'immeuble pour pleurer dans les toilettes du troisième étage, avant de tester un nouveau style de trait d'eye-liner. Je ne pouvais pas raconter à mes vrais amis, à ma famille où à Merris à quel point la séance de thérapie s'était mal passée, et d'ailleurs je n'avais rien avoué là-dessus en ligne non plus, mais il était confortable de savoir qu'il y avait des gens qui pouvaient me comprendre, en théorie.

17 h 00 La séance photo – Les intimes (sans oublier Bacon, le chiot secouriste !) passent devant le photographe. Pour les autres invités, la fête continue !

Amy m'a retrouvée debout à côté d'un radiateur d'extérieur emmailloté de dentelle, en train de regarder les témoins en pleine séance photo « délire » (pour les hommes, étalage de grimaces franchement dérangeantes ; pour les femmes, quelques langues tirées sans conviction). Un garçon d'honneur particulièrement enthousiaste, le plus petit du groupe, a proposé que tous montrent leurs fesses au photographe.

La mariée a regardé son mari avec une expression qui disait « Pitié, pas ça », et quand le moment est arrivé, seul le petit a baissé son pantalon.

« J'ai l'impression que tu m'évites », a dit Amy. Elle portait une robe taille basse et son rouge à lèvres dessinait un adorable arc de cupidon à la mode des années vingt. « Pourquoi tu ne t'es pas déguisée ? Tu aurais pu te coiffer avec une petite frange repliée comme font les gens. »

Je lui ai expliqué qu'une frange courte sur une personne dotée de mon rapport taille-hanches faisait toujours peur : les gens craignaient qu'on leur inflige un spectacle burlesque, ou un sermon sur le fait que Marilyn Monroe portait du 44.

— Mon dieu, c'est déprimant, non ? ai-je soupiré.

— Je ne trouve pas, a dit Amy. Si tu veux mon avis, la beauté n'a pas de taille. Moi, je me préfère quand je suis en forme et que je mange sainement, mais je pense que tu peux avoir la forme que tu veux : tu seras toujours aussi magnifique.

Elle m'a serrée contre elle dans un élan d'affection.

— Non, je veux dire tout ça, ai-je dit en indiquant de la main le photomaton, les jeux de plein air et les couples qui se désignaient eux-mêmes comme « les convives ». L'avalanche ne fait que commencer. Ça va être mariage sur mariage. Tous ces printemps et tous ces étés à claquer notre fric, à féliciter des gens et à trouver quelque chose à redire sur la déco.

Amy a demandé si j'avais beaucoup d'invitations à d'autres mariages.

— Pas encore, mais ça va arriver, et je les accrocherai à mon frigo, et chaque fois que je sortirai mon lait d'amande, ça me forcera à me souvenir qu'une fille avec laquelle je suis allée en colo a trouvé l'amour et pas moi.

— Ces temps-ci, le taux de divorce s'est stabilisé autour de 45 %, a dit Amy, les sourcils froncés. Donc la moitié des couples pour qui tu dois acheter des services de table sont condamnés.

— C'est assez pessimiste de ta part, me suis-je étonnée.

— C'est vrai, non ? C'est parce que je suis empathique. Je m'ajuste au climat émotionnel des gens qui m'entourent, même les gothiques-prise-de-tête comme toi.

— Ma période d'étude c'est la Réforme, pas l'époque gothique.

— Oui, je sais. Mais tu dégages une énergie très gothique.

À l'autre bout de la salle, Ryan le clown thérapeutique était vêtu d'une culotte de golf grotesquement bouffante au-dessous du genou. Sa tenue était tellement risible que j'en ai déduit qu'il tenait beaucoup à mon amie, même si je présumais qu'il avait l'habitude de porter des vêtements ridicules au travail. Il a fait un grand signe enthousiaste en direction d'Amy. Celle-ci lui a répondu en faisant le même geste et a indiqué que l'une des boissons qu'elle tenait à la main lui était destinée. Elle s'est tournée vers moi.

— Tu pourrais arrêter de faire la gueule, s'il te plaît ? Déjà que tu as amené une vieille dame comme cavalière, tu ne vas pas casser l'ambiance en plus de ça.

Amy est partie d'un pas léger tandis que j'essayais de comprendre comment dégager une impression de bonheur, ou au moins de confiance en moi. Je me suis presque aussitôt avouée vaincue et j'ai commandé une tequila-limonade. De l'autre côté de la salle, Emily a laissé son jeune époux la soulever sur ses épaules. La tête du marié disparaissait sous l'énorme jupe à froufrous qu'elle avait passée pour la soirée.

18 h 00 Le dîner – Rejoignez votre table pour déguster le dîner concocté par Recyclage, le restaurant bio et local préféré des mariés.

Les tables étaient nommées d'après des couples célèbres de l'histoire, même si la *wedding planner* avait utilisé les mots « célèbres » et « histoire » au sens très large. Merris et moi étions à la table « Sandy & Danny », avec un groupe très hétéroclite de connaissances de travail et de parents éloignés des mariés, qui de toute évidence avaient été regroupés une fois que les autres tables avaient été formées et qu'il ne restait plus que des individus isolés. J'étais assise entre Merris et un type maigre prénommé Jesse qui était là avec sa partenaire Darragh, une femme sans soutien-gorge couverte de taches de rousseur.

Darragh était tellement plus belle que son partenaire que j'aurais pu m'en étonner, si je n'avais pas déjà rencontré au cours de la soirée trois cents autres couples semblables à celui-ci. Au fond, Jesse n'était pas si hideux que ça, mais sa copine était nettement plus attirante que lui selon tous les critères possibles et imaginables : plus drôle, plus sexy, plus intelligente et plus charmante. Je me suis souvenu d'une blague que je faisais parfois à Simon, en disant que sortir avec un mec plus beau que moi était une manière de subvertir les critères de la relation hétéro-patriarcale. Il ne fallait pas que je pense à Simon.

— J'ai travaillé avec Patrick à la marina de Port Hope, a dit Jesse en écrasant une noisette de beurre trop dur sur un petit pain au levain et aux céréales. Ça date, vous voyez. Et vous ?

Une femme plus âgée de l'autre côté de la table a eu l'air de se réveiller en sursaut. De toute évidence, la nature de la relation entre Merris et moi était une source d'interrogations pour nos compagnons de table.

— Moi j'étais au lycée avec Emily, ai-je répondu. Et ça, c'est mon amie Merris.

— J'ai bouché un trou à la dernière minute, a déclaré Merris en faisant bonjour de la main, ce qui n'a pas semblé clarifier grand-chose pour le reste de la tablée.

Darragh s'est penchée en avant :

— Et donc, vous êtes… ?

— Ensemble ? ai-je dit. Non, non, c'est bien plus sexy que ce que tu crois. J'habite dans sa cave.

Des serveurs ont fondu sur notre table pour y déposer les portions les plus minuscules qui soient de « carpaccio de betterave marinée », et Darragh m'a souri comme la princesse Diana en visite chez les orphelins.

— Moi aussi, j'ai habité dans une cave. Je crois que j'ai toujours ma lampe à UV anti-déprime saisonnière.

Mon estomac a gargouillé : je n'avais jamais rien autant désiré de ma vie que de manger un petit pain, mais la « fenêtre de repas » dictée par mon programme de jeûne ne démarrait qu'à 18 h 30.

En attendant, je n'avais droit qu'à des liquides transparents, donc j'ai repris de la tequila, puis je suis partie aux toilettes où j'ai rédigé un Tweet sur le sentiment qu'on ressent dans les mariages, quand on a envie de mettre le feu à la tente de réception.

20 h 00 Les discours – Les proches d'Emily et de Patrick prennent le micro, suivis des mariés eux-mêmes !

Tout le monde a félicité les couples à n'en plus finir. Ce mariage, c'était la décision la plus intelligente qu'ils aient jamais prise ; c'était le destin ; ils se complétaient à la perfection, et chacun d'eux serait accueilli à bras ouverts dans sa belle-famille. Leurs parents avaient extrêmement hâte de leur donner de l'argent, et ils espéraient qu'ils se mettraient le plus vite possible à avoir des rapports sexuels pour faire des enfants, de préférence le soir même.

Les banalités prononcées auraient pu fournir la matière à un jeu à boire : un shot quand une belle-mère pleure, un autre quand quelqu'un dit « ma personne préférée », un autre encore quand une demoiselle d'honneur prononce un discours qu'elle a clairement trouvé en tapant les mots discours mariage humour sur Google. C'était pénible à regarder, mais je connaissais d'expérience le plaisir sans égal qu'il y avait à être les destinataires de cette parade de compliments tout faits.

Entre mon petit jeu à boire personnel et les toasts aux heureux mariés, j'ai eu vite fait de vider mon verre. Je me suis tournée vers Merris et je lui ai proposé d'aller lui en chercher un autre.

— Nous devrions peut-être boire de l'eau gazeuse, a-t-elle répondu. Prenons notre temps.

— Ne vous en faites pas, ai-je répondu. La tequila, c'est un remontant.

Je me suis levée et je me suis dirigée vers le bar, en me faufilant parmi les couples entre deux âges et les cousins venus de tout le pays avec leurs milliards d'enfants. Arrivée là, je suis tombée sur Amy et je lui ai dit que j'allais reconquérir le cœur de Simon. Elle m'a écoutée patiemment lui exposer mes différentes stratégies : je pouvais lui laisser un message secret dans la section commentaires de Food6, ou bien lui envoyer un biscuit avec son visage imprimé dessus, ou encore m'arranger pour apparaître sur l'écran géant à un match de foot.

— Je veux quelque chose de gros, qui ait un impact, ai-je expliqué. Pour lui montrer que je reconnais que j'ai merdé.

Amy a froncé les sourcils. Sur la scène, le frère du marié racontait une histoire qui reposait sur une série d'insinuations balourdes autour d'une transaction avec une travailleuse du sexe.

— Désolée, mais je ne crois pas que ça puisse marcher, s'est excusée Amy quand je lui ai confié ma meilleure idée : dire à son propriétaire que j'étais sa sœur pour pouvoir entrer en cachette dans son appartement et le remplir de ballons. Ce genre de choses fonctionnait toujours dans les films.

— Oui mais bon, je ne veux pas te vexer, a-t-elle répondu, mais tout ça, c'est de la fiction. Les seules personnes qui apprécient ces grandes manifestations en public, ce sont les femmes qui regardent ces films-là.

J'ai fini ma tequila-limonade et je suis passée au vin blanc. Le sucre me donnerait de l'énergie, et j'en avais besoin : même si ma fenêtre de repas était maintenant ouverte, le plat principal était un poulet à la Kiev pané et je devais éviter les aliments de couleur marron. À l'autre bout de la salle, j'ai vu Jesse ramasser la serviette de Darragh qui était tombée par terre. Amy s'est raclé la gorge.

— Hé, euh, je viens d'aller vite fait sur Twitter, a-t-elle dit. Et j'ai l'impression que… Je ne sais pas, j'ai vu certains des trucs que tu as écrits sur la cravate de Patrick, la déco, tout ça, et je me dis juste que… Tes posts sont publics et si les mariés les voient, ça va leur faire de la peine.

— C'est pour rire ! ai-je répondu. Ça me semble évident.

— Oui bien sûr, a dit Amy. Bien sûr, c'est clair. Mais quand même, peut-être que tu pourrais arrêter de tweeter le mariage en temps réel ?

J'ai pris mon verre et je suis retournée à ma table au moment où Emily prenait le micro et entamait la lecture d'un poème en acrostiches sur le mot ENGAGEMENT.

21 h 00 LE DANCEFLOOR EST OUVERT ! – Après la première danse, vous êtes invités à rejoindre les mariés sur la piste. Des prix seront décernés aux chorégraphies les plus folles (cousin Eddie, à toi de jouer !)

« Ma copine te trouve très belle », a murmuré Jesse alors que je participais, contre toute attente, à une chenille géante. Intéressant. Dans le code international des couples, la signification de cette phrase était bien connue : « Tu as l'air bi et nous nous sommes toujours considérés comme un couple assez évolué pour un plan à trois. »

Malgré un début de conversation difficile, la table « Sandy & Danny » avait fini par tisser des liens indestructibles grâce au temps qu'il nous avait fallu attendre avant l'arrivée du plat principal. Quand le concours de danse a commencé, la plupart d'entre nous étaient très partants, pour ne pas dire complètement bourrés. Même Merris était un peu pompette – l'oncle célibataire de Patrick lui faisait boire des rasades de sa flasque –, et Jesse et Darragh s'étaient révélés plus amusants que prévu. Jesse avait volé des canapés qui restaient sur un plateau abandonné, et ils avaient tous deux participé avec enthousiasme à quelques tours de mon jeu du Juste Prix, qui consistait à calculer le coût des différents éléments du mariage. Nous avons estimé que l'addition s'élevait à un total de 40 000 dollars, c'est-à-dire environ deux fois et demie le coût d'une année de master sans bourse.

À mi-chemin dans nos calculs délivrés d'une voix pâteuse, nous nous sommes aperçus que personne à la table n'était marié. Darragh, qui venait de l'Oregon, a dit qu'au départ, sa position était de ne jamais se marier tant que cela ne serait pas ouvert à tous. « Et puis un jour, ils ont légalisé le mariage gay et là, je me suis dit : peut-être que je pense tout simplement que le mariage, ça fait chier. » J'ai levé mon verre au mariage qui fait chier. Jesse a dit que les femmes divorcées étaient sexy, et Darragh lui a jeté un regard qui voulait dire « vas-y doucement, mec ». Elle a bu une petite gorgée en m'envoyant un clin d'œil. « Tiens donc », ai-je pensé. « Ça alors… »

22 h 30 Le gâteau de mariage – Le moment est arrivé de déguster le gâteau citron-lavande avec son glaçage au mascarpone et son coulis de myrtilles… sans gluten, en l'honneur du marié !

Des shots sont apparus sur la table, que nous avons tous descendus. Tout le monde a fait mine de s'extasier quand Emily a barbouillé de mascarpone le nez de son mari et qu'il a fait semblant de s'indigner. Je me suis forcée à rire, mais avec quelques secondes de retard parce que j'étais distraite par la perspective du plan à trois.

Jon et moi avions essayé une fois, enfin plus ou moins, mais nous avions raté notre coup et la fille, une ancienne collègue avec qui j'avais travaillé dans un bar, avait passé la majeure partie de la soirée à me rassurer sur le fait que j'étais sexy tandis que Jon faisait la vaisselle. Il y avait trop de chances pour que ça dérape, compte tenu de tous les décalages entre nos centres d'intérêt, nos expériences et nos niveaux respectifs de confiance en nous. Jesse ne me plaisait pas particulièrement mais il était très gentil avec Darragh. L'idée de pouvoir à nouveau faire partie d'un couple, même si ce n'était pas le mien, était très tentante. Je voulais me glisser dans leur intimité comme dans un sac de couchage et faire une petite sieste.

— Vous êtes vraiment accro, a dit Merris en se penchant vers moi.

J'ai sursauté : comment avait-elle deviné ?

— Vous n'avez pas lâché votre téléphone plus de trois minutes d'affilée, a-t-elle remarqué en souriant.

— Oh. C'est vrai. Oui, c'est terrible.

J'ai expliqué à Merris que je n'étais pas la seule. Nous avions tous le cerveau détraqué de la même manière. Je ne lui ai pas avoué que dernièrement, j'avais ouvert mon ordinateur portable et écrit Maman dans la barre de recherche de Google, alors que mon idée de départ était de téléphoner à ma mère. J'ai recouvert mon téléphone avec ma serviette et j'ai essayé d'avoir l'air calme et posée. J'ai léché un reste de glaçage sur mon couteau dans l'espoir de ressembler à Angelina Jolie. Je n'ai réussi qu'à me couper la langue. Pour désinfecter la blessure, j'ai repris un shot.

Merris avait l'air fatiguée. « Je ne vais pas m'en aller sans vous, a-t-elle dit. Mais commençons à nous préparer à partir, d'accord ? »

Je lui ai offert un shot, qu'elle a refusé, et je l'ai remerciée une fois encore d'être venue avec moi. « Ça compte beaucoup pour moi, ai-je dit en lui tapotant le bras. Je ne sais pas ce que je serais devenue sans vous cette année. »

Merris m'a lancé un regard sceptique et a ostensiblement tendu le bras vers son sac à main.

« Oh maman, s'il te plaît, laisse-moi rester encore un peu ! ai-je pleurniché. D'habitude, je ne dépasse jamais l'heure du couvre-feu. »

Le visage de Merris s'est adouci et j'ai su que j'avais gagné une heure ou deux : il ne m'en fallait pas plus. Je n'étais pas très à l'aise en talons et ma fenêtre de repas se refermait à une heure du matin. Le vieil oncle s'est penché vers Merris pour l'interroger sur sa broche vintage extravagante, alors je l'ai laissée se débrouiller, finissant au passage les gougères au fromage que nous avions stockées un peu plus tôt quand les hors-d'œuvre étaient encore en circulation mais que le repas n'avait pas encore été servi. Sous la serviette de table, mon téléphone s'est illuminé. C'était un texto de Jesse, qui avait obtenu mon numéro de téléphone à un moment donné entre la chenille et la danse des canards. Viens nous rejoindre aux WC.

J'ai levé les yeux de mon téléphone. Jesse, qui était à trente centimètres de moi, m'a jeté un regard qui se voulait coquin et aguicheur. J'ai répondu par un grand sourire, même si l'idée me semblait débile. Je savais bien que personne ne faisait vraiment l'amour dans les toilettes. C'était juste un truc que les scénaristes de télévision avaient inventé. Malgré tout, il était agréable d'être désirée par sa belle compagne et de savoir qu'il y avait un manque dans leur relation à eux aussi : ce soir, ils voulaient se servir de moi pour combler ce manque.

23 h 30 Le petit creux de fin de soirée – Tous ces pas de danse vous ont donné faim ? La fée de la pizza passera dans le jardin juste avant minuit !

Les toilettes de la salle étaient chics mais pas assez spacieuses. Les mariés (ou plus précisément, les parents des mariés) avaient fait installer des W.-C. supplémentaires dans le parc, et c'est dans un de ceux-là que nous nous sommes faufilés discrètement, avec une bouteille d'amaretto piquée au bar.

J'en ai avalé une gorgée tandis que Darragh fermait et verrouillait la porte et que Jesse traçait des petites lignes de poudre blanche. Je me suis abstenue de demander ce que c'était ou d'évoquer la présence de Fantanyl dans les drogues en poudre venues d'Ontario. Je me suis penchée sur la tablette du lavabo et j'ai reniflé à fond, en faisant comme si j'avais l'habitude.

— Alors, a demandé Jesse, tu crois que tu te remarieras un jour ?

— Chéri ! l'a interrompu Darragh en lui envoyant un coup de poing dans le bras. Elle ne veut pas parler de ça à un mariage.

— Ding dong ! Bonne réponse ! ai-je chanté.

Je me suis risquée à poser la main sur la cuisse de Darragh pour souligner qu'elle avait raison. Je lui ai dit qu'aller à un mariage alors que j'étais divorcée me donnait l'impression d'être un vieux déchet rabougri.

— Tu n'es pas rabougrie, a dit Darragh en sortant entièrement mon sein de ma robe.

Jesse, qui s'était agenouillé dans un coin et s'affairait avec sa carte de crédit, s'est levé et s'est approché.

— Regarde ça, chéri, a-t-elle susurré.

D'un seul coup, la voix de Darragh était devenue complètement différente. Son visage semblait avoir été dessiné par un caricaturiste auquel on aurait demandé de représenter une personne excitée sexuellement.

Les deux ont échangé un long regard intense. Jesse n'a même pas regardé mon sein : il l'a brièvement frotté du plat de la main avant de se jeter sur le visage de Darragh en marmonnant le mot « douceur ». J'ai espéré que je n'avais pas l'air aussi bourrée que lui, même si nous avions autant bu les uns que les autres. J'ai tendu la main vers eux dans un élan maladroit, mais finalement je n'ai pas osé et j'ai arrêté mon geste au dernier moment.

Jesse a assis Darragh sur la tablette et ils ont commencé à se lécher le visage, en tendant de temps à autre un bras dans ma direction pour pétrir la première partie de mon corps qui leur tombait sous la main. Ils gémissaient beaucoup, alors qu'aucun des deux ne stimulait une partie de l'autre qui aurait été susceptible de produire ce genre de réaction. J'ai commencé à jouer avec les cheveux de Darragh, jusqu'au moment où je me suis rendu compte que j'étais en train de les diviser comme si j'allais lui faire une tresse.

J'ai ôté mes mains des cheveux de Darragh. J'ai ressenti l'impression qu'on a quand on regarde un film porno qui d'un seul coup devient immonde, et qu'on sait que, même une fois qu'on aura refermé son ordinateur, on sera encore perturbée pendant une bonne heure. Peut-être que c'était parce que j'avais la tête qui tournait. J'ai regardé dans leur direction et j'ai remarqué que Darragh était maintenant par terre. Comme je ne savais pas trop quoi faire, je me suis accroupie à côté d'elle en essayant de prendre une expression sexy.

Six minutes plus tard, Jesse avait joui dans la bouche de Darragh, tandis que j'étais assise par terre à côté d'elle. Il a poussé ma tête vers celle de sa copine : le fait qu'il s'attende à ce que j'entre en contact avec son éjaculat de seconde main alors que j'étais encore habillée et que je n'avais quasiment pas participé à ce soi-disant « plan à trois » ne m'a pas emballée. J'ai entrepris de me relever et je me suis aperçue que je titubais sur mes chaussures à talon.

— Je crois que je vais y aller, ai-je annoncé en me retenant au siège des toilettes.

— Trghveugleuf ? a dit Darragh en passant son bras autour de moi. Elle a levé un doigt en l'air et a avalé. Pardon. Tu veux fumer ?

Jesse a sorti de sa poche sa vapoteuse de cannabis et me l'a passée. Il avait l'air tout à fait décontracté et satisfait. Il n'avait même pas reboutonné son pantalon : je voyais son sexe flaccide par la fente de son caleçon. Pour ma part, je me sentais… pas exactement stressée, mais j'avais une conscience aiguë de mes dents dans ma bouche, des os de ma mâchoire et de mes tempes. Au moins, ils avaient retrouvé leurs voix normales. J'ai aspiré la fumée qui sentait la barbe à papa et je me suis demandé comment j'allais bien pouvoir raconter toute cette histoire pour qu'elle ait l'air amusante. J'en étais sûre : quelle que soit la technique, je ferais ça très bien.

Mais si, l'expérience avait été amusante. D'une certaine manière. Même s'il n'y avait pas eu de sexe à trois à proprement parler, le fait que l'occasion se soit présentée prouvait au moins que j'étais une femme moderne et libérée. Adossée à la porte des toilettes, j'ai savouré l'arôme de la vapoteuse comme si c'était une de mes bougies parfumées, en tentant d'ouvrir les yeux le plus grand possible. Jesse a raconté que le polyamour était à l'origine une manière de vivre plus naturelle pour les animaux, et Darragh a expliqué que c'était à cause de ça qu'ils s'étaient fait faire leurs tatouages. Tout ce qu'ils disaient était consternant, mais je me sentais très très bien.

J'ai entendu le bruit de la porte qui s'ouvrait avant de m'apercevoir que j'étais couchée sur le sol à l'horizontale, et j'ai levé les yeux vers Amy qui était debout au-dessus de moi.

— Qu'est-ce que tu fais là ? a demandé Amy entre ses dents, tandis que Jesse tentait de se couvrir et que Darragh criait « occupé ! ».

— Je prends soin de moi, ai-je répondu en levant la tête vers elle avec un grand sourire.

1 heure du matin EXTINCTION DES FEUX ;) – On ne voudrait pas vous mettre dehors, mais il commence à se faire tard !! Les amis et membres de la famille qui ont une chambre à l'hôtel sont invités à rejoindre leur navette gratuite. Les autres sont priés de trouver un moyen de transport sobre et sans risque !

Amy m'a fait la leçon pendant toute la durée de la pause pizza et au-delà. Nous étions debout sous cette rotonde ridicule et je n'arrêtais pas de lui demander de parler moins fort. Elle m'a assuré qu'elle était en train de chuchoter, je lui ai demandé de répéter et elle a répété « JE SUIS EN TRAIN DE CHUCHOTER », alors je lui ai répondu « Mais parle moins fort ! Tu me fous la honte ! »

Amy avait dit à Ryan de nous laisser un peu d'espace mais je le voyais qui rôdait à quelques mètres et nous regardait attentivement, tout en prélevant les olives d'une part de pizza qu'il réservait, j'en étais sûre, à sa précieuse bien-aimée, une fois qu'elle aurait fini de m'expliquer à quel point j'étais débile et irresponsable. J'avais du mal à me concentrer sur ce qu'elle me disait parce que c'était ennuyeux et que j'allais merveilleusement bien, et aussi parce que j'avais la bouche très sèche.

— Je me fais du souci pour toi, a-t-elle dit. Tu as lu le livre ?

— Quel livre ?

— *Les Rêves les plus fous.* Il y a quelques poèmes dedans que je relis quand…

Je savais que je n'aurais pas dû rire comme ça. Mais je ne pouvais pas m'arrêter.

— Désolée. Je suis vraiment super désolée, mais… Évidemment que je l'ai pas lu.

— Et pourquoi ?

— Amy, sérieux.

— Et ta psy, qu'est-ce qu'elle est devenue ?

— C'est pas parce que j'aime pas tes poésies de merde que j'ai besoin d'un psy.

— Ce n'est pas la question.

Je lui ai dit que je ne voulais pas apprendre à me connaître. Je voulais dire un truc drôle et passer à autre chose. Mais avant tout, je voulais être assez bien gaulée pour porter des shorts en jean. J'ai expliqué ma théorie : si j'arrivais à raffermir la peau au-dessus de mes genoux avec un objet qui ressemblait à un genre de sonar, ça aurait le même effet qu'une thérapie et ça me coûterait beaucoup moins cher, parce qu'il suffisait de deux à trois séances pour voir des résultats.

— C'est normal de sentir ça, ai-je dit. Il n'y a rien de plus normal.

Amy a eu un claquement de langue agacé, et j'ai marmonné quelque chose sur l'utilisation abusive de l'enjambement dans les poésies sur Instagram. Alors que je cherchais mon téléphone dans mes poches, je me suis souvenue que ma robe n'avait pas de poches et j'ai essayé de dissimuler la chose en faisant semblant d'avoir une jambe qui me grattait très fort. J'ai laissé tomber mon gloss par terre et j'ai failli tomber en le ramassant. Je me suis vite relevée, mais je n'aurais pas dû me mettre debout aussi vite. J'ai posé les deux coudes sur une table voisine et j'ai saisi une part de gâteau à moitié mangée qui était posée dessus.

— Je ne crois pas que…, a commencé Amy, mais j'en avais trop entendu.

— Peut-être que le divorce, pour moi, c'est plus dur que pour les autres, ai-je crié plus fort que je ne l'aurais voulu.

Au fond, peut-être que j'ai fait exprès de crier parce que Amy commençait à m'énerver.

Elle m'a répondu, les bras croisés, avec ce ton responsable si particulier que prennent les gens ivres quand ils ont affaire à plus ivre qu'eux :

— Et pourquoi ce serait plus dur pour toi que pour moi ?

— Je ne sais pas. Parce que j'ai un esprit trop critique ? Parce que je ressens les choses très profondément ? Parce que moi, il ne me suffit pas d'aller à Tulum avec mes treize meilleures copines et de poster une photo de soleil couchant avec la légende

« *Te Amo, Mexico* » pour me sentir miraculeusement guérie ?

— C'est méchant, ce que tu dis, a dit Amy.

Elle s'est enveloppée dans son pashmina – un pashmina !!! –, elle a baissé les yeux et elle a fait remarquer qu'il y avait du glaçage sur ma robe. (J'ai espéré que c'était du glaçage.)

— T'as pas compris, ai-je repris. Toi et moi, on est très différentes.

— On n'est pas si différentes que ça. En tout cas, tes amis sont d'accord avec moi.

J'ai dit à Amy qu'elle disait n'importe quoi. Elle ne connaissait même pas mes amis.

— En tout cas, je sais qu'Amirah est fiancée, a-t-elle déclaré. Et elle m'a demandé de ne pas t'en parler parce qu'elle a peur que tu l'agresses là-dessus.

J'ai essayé de pouffer ironiquement et j'ai juste réussi à postillonner une quantité considérable de miettes de gâteau et de salive dans différentes directions. Je me suis essuyé le coin de la bouche en répétant « même pas vrai » un certain nombre de fois. J'ai frissonné légèrement et quelque chose de chaud m'est tombé sur les épaules. Merris était arrivée avec nos manteaux.

— C'est l'heure de faire une sortie, a-t-elle annoncé en me tapotant le dos pour me réconforter. De toute manière les « Sandy & Danny » sont plus ou moins dispersés.

Merris m'a jeté un regard inquiet, et je me suis aussitôt sentie furieuse : contre Amy qui nous avait forcées à parler comme ça devant tout le monde ; contre Emily qui avait organisé ce mariage, m'obligeant à porter un bandeau à plumes ; contre Amirah qui avait fait… je ne sais pas quoi.

J'ai dit à Merris que je ne pouvais pas partir avec elle. Il fallait que j'aille faire un tour. J'avais besoin de me vider l'esprit, parce qu'une certaine personne – et je ne donnais pas de nom, mais tout le monde savait très bien de qui je parlais – se comportait comme une MERDE, et qu'un jour cette personne allait se sentir vraiment trop conne, parce que j'allais me faire aspirer toute la graisse du menton et me la faire réinjecter sous les yeux, et ce jour-là on verrait bien si ce n'était pas cette personne-là, que je NE NOMMAIS PAS, la plus conne de nous deux.

— Très intéressant, a dit Merris. Et maintenant, si nous mettions nos manteaux ? Je vais nous appeler un taxi.

Ses mots étaient pleins de sollicitude, malgré son ton détaché.

J'ai refusé le taxi en rappelant à Merris qu'il était important pour tout le monde – surtout pour les femmes ! – de faire ses dix mille pas par jour. Je lui ai souhaité « bien le bonsoir », ce que j'ai aussitôt regretté, mais avec une petite révérence très réussie.

— Tu n'es pas en état d'aller où que ce soit toute seule, a dit Amy.

Je l'ai ignorée et je me suis tournée vers Merris, ma vraie cavalière de la soirée. Mon alliée. Je lui ai dit qu'elle était une femme raisonnable, une femme intelligente. Et même, d'ailleurs, la femme la plus intelligente que j'aie jamais rencontrée, et que donc elle devait comprendre que la vie était compliquée, que les expériences étaient compliquées, et que justement j'étais en plein milieu d'une expérience plutôt assez compliquée sur les bords. Mais évidemment, tout ça, ce n'était pas grave, hein ? Pas vrai ?

— Je pense que nous aurons tout le temps de discuter de ça, a dit Merris en scrutant la rue d'un air impatient. Mais je ne crois pas que nous allons le faire ce soir.

Ryan est arrivé avec ses gros sabots pour s'assurer qu'Amy allait bien.

Ils pouvaient bien aller se faire foutre, tous.

Merris a sorti son téléphone et l'a tenu à bout de bras comme le font les personnes âgées pour regarder l'écran en plissant les yeux. Amy était en train de lui expliquer le principe de la tarification dynamique quand je me suis enfuie à toutes jambes, en me félicitant intérieurement pour mon plan de génie : j'allais retourner discrètement dans la salle par l'autre côté afin de demander une petite ligne vite fait à Darragh, avant de partir marcher. Peut-être que j'irais à pied jusque chez Simon, à l'autre bout de la ville. Mon grand geste, j'allais le faire maintenant. Après tout, j'étais vraiment superbe. Pourquoi pas maintenant ?

J'ai trottiné le long du bâtiment. J'entendais le claquement de mes talons, je sentais le vent dans mes cheveux et je savais tout au fond de moi que la scène avait quelque chose de très cinématographique. J'ai entendu Amy et Merris qui m'appelaient, le son des talons vertigineux d'Amy et celui des chaussures plus raisonnables de Merris qui me prenaient en chasse. Que pouvaient-elles contre moi ? J'avais de bonnes jambes, incroyablement fortes et rapides, et elles,

elles étaient vieilles et stupides et nulles et vieilles. J'ai passé le coin du bâtiment en riant toute seule, j'ai descendu à pas trébuchants un escalier de béton en m'accrochant à la rampe. Je me sentais concentrée et vivante.

J'étais arrivée à la moitié de l'escalier quand j'ai entendu Merris tomber.

L'hôpital était un hôpital : un endroit déprimant et stérile, qui réussissait l'exploit d'être à la fois trop éclairé et incroyablement glauque. Tout en me picorant les cuticules, j'ai regardé autour de moi pour trouver un endroit où m'asseoir. Deux femmes entre deux âges qui avaient l'air d'être sœurs étaient allongées sur le dernier banc disponible et remplissaient un Sudoku en pleurant à moitié. Elles avaient l'air d'être là depuis le jour de leur naissance. Les effets de la drogue s'étaient dissipés. J'avais l'impression d'être la pire merde qui ait jamais vu le jour.

Chaque instant avait été horrible : Merris par terre ; Ryan qui braquait sur elle la torche de son portable tandis qu'Amy lui demandait de compter à l'envers à partir de dix ; le petit attroupement qui s'était formé pendant que j'appelais les secours et que je répétais les mots qu'Amy me criait ; l'arrivée des infirmiers, qui avaient rapidement ausculté les poignets, les chevilles et les genoux de Merris avant de la charger sur un brancard. Une seule personne avait le droit de monter dans l'ambulance avec elle et j'ai dit « S'il te plaît, Amy », alors elle m'a laissée monter. Au moment où les portes se refermaient, je l'ai vue tomber en larmes dans les bras de son clown.

Merris avait l'air tellement vieille sur ce brancard, même si elle avait passé l'intégralité du trajet à protester que c'était scandaleux de l'avoir mise là-dessus. En parlant avec elle, on pouvait facilement oublier qu'elle avait plus de soixante-dix ans. Elle faisait parfois des blagues sur ses membres arthritiques ou bien sur les gens qui lui cédaient automatiquement leur siège dans le bus, mais dans l'ensemble elle était pleine de vie, plus aiguisée que jamais, indestructible. J'ai sorti mon téléphone et j'ai cherché des statistiques sur les chutes chez les personnes âgées, ce qui s'est aussitôt révélé être une mauvaise idée.

Au bout du couloir, près de la réception, un homme qui saignait de la tête essayait d'uriner dans une bouteille d'eau, tandis que deux policiers rudoyaient une femme qui avait l'air confuse et bouleversée. Tous les gens qui passaient sur des chariots poussés par des infirmières me semblaient potentiellement morts. Je m'étais toujours sentie supérieure quand je disais aux Américains qu'au Canada, nous avions accès à des soins de santé gratuits : j'ai décidé que la prochaine fois, je ne leur parlerais pas de cet hôpital. J'ai demandé à un homme qui tenait un petit enfant sur ses genoux si je pouvais m'asseoir à côté de lui. Il m'a regardé fixement : je ne savais pas s'il ne me comprenait pas ou s'il était en colère, ou bien trop fatigué pour prêter attention à une femme qui portait des sandales ouvertes en plein hiver. L'enfant dans ses bras a dit : « Ça fait dix mille millions d'heures qu'on est là. »

J'ai replié ma stupide robe de location autour de mes genoux et je me suis assise par terre. Mon téléphone avait 1 % de batterie. Je n'avais aucune idée de la durée qu'allaient nécessiter les différents tests de Merris. Il y avait une prise électrique sous un banc, entre les femmes au Sudoku et un homme en tenue de sport qui soutenait son bras gauche de l'autre main en grimaçant. J'ai essayé d'atteindre la prise depuis ma position assise, en me penchant derrière eux et en glissant mon bras le long du mur, mais il est vite devenu évident que j'allais devoir m'allonger par terre pour l'atteindre. J'étais à moitié sous le banc, les doigts tendus pour donner une dernière poussée décisive au chargeur, lorsque quelqu'un s'est arrêté devant moi et a prononcé : « Maggie ? »

J'ai remonté les yeux au-dessus des sabots d'hôpital qui me faisaient face et j'ai vu le visage contrarié d'Amirah. Elle portait une blouse violet clair et un stéthoscope décoré d'un petit bonhomme de neige en peluche que je reconnaissais d'un dessin animé où il était question de ne pas avoir peur de qui on est. L'hôpital où elle travaillait était de l'autre côté de la rue. Amy avait dû lui envoyer un texto.

J'ai rampé pour sortir de sous le banc, bousculant au passage les sœurs Sudoku.

— Tu t'es énervée contre Amy ? a-t-elle demandé.

— Non. Oui. Amirah, merde, c'est terrible. C'est vraiment vraiment terrible.

— Merris va bien ?

— Je ne sais pas. Ils lui font une radio. Ils ne veulent pas me laisser entrer parce que je ne suis pas de sa famille.

J'ai essuyé de mon bras un mouton de poussière et mes yeux se sont emplis de larmes.

— Putain, mais qu'est-ce qui s'est passé ?

Je n'aimais pas du tout le ton exaspéré d'Amirah. Elle avait déjà l'air d'être à bout de nerfs, alors qu'elle venait tout juste d'arriver.

— Je n'ai pas vu, ai-je expliqué. Elle était derrière moi. Il faisait tellement froid… Peut-être qu'il y avait du verglas, ou bien qu'elle a trébuché… Je ne sais pas.

J'ai passé le bout de mon doigt sous mon œil et je l'ai retrouvé taché de miettes de mascara. J'aurais voulu qu'Amirah me serre dans ses bras pour me réconforter, ou bien qu'elle me prenne la main et qu'elle m'emmène loin d'ici.

— Tu t'es fiancée ? ai-je demandé en reniflant.

Amirah a fouillé dans ses poches et en a sorti un mouchoir : un geste gentil exécuté avec froideur. Je l'ai pris et je me suis mouchée, puis j'ai essuyé ce qui restait de mon rouge à lèvres.

— Oui. Je n'ai pas envie d'en parler maintenant.

— Pourquoi tu ne m'as rien dit ?

— Je t'ai dit que je ne voulais pas en parler.

— Eh bien, félicitations, ai-je dit, avant d'ajouter, au cas où elle m'aurait crue sarcastique : Je suis sincèrement contente pour toi.

— Merci.

Un bip a sonné et elle a sorti de sa poche un véritable bipeur Tam-tam. Mon amie héroïque, occupée à sauver des bébés, qui prenait une pause pour venir me ramasser à la petite cuillère sur le sol de l'hôpital. Je me suis redressée et j'ai réajusté le devant de ma robe obscènement diaphane. J'avais la tête qui tournait : je me suis demandé si c'était la panique ou bien les premiers signes d'une gueule de bois imminente. J'avais mal à la mâchoire.

— Je crois que je n'étais pas encore prête pour aller à un mariage, ai-je gémi. De manière générale, les mariages, ça fait péter les plombs à tout le monde.

Amirah s'est assise à côté de moi mais n'a rien répondu.

— Surtout notre génération, tu vois ? Comme si on nous avait promis une vie parfaite qui ne se matérialise jamais.

— Oh mon Dieu, désolée mais non ! s'est insurgée Amirah. Tu ne vas pas me refaire ta tirade débile sur le capitalisme et le putain de spleen des millénials. Je ne vais pas t'écouter encore une fois raconter tout ça. C'est que des conneries. Et en plus, tu es intelligente donc tu dois le savoir, quelque part en toi, que c'est des conneries. Mais qu'est-ce que tu as dans la tête ? Je ne suis même pas sûre que tu aies quelque chose dans la tête, ça me rend dingue !

— Désolée. J'ai été une mauvaise amie.

— Oui, en effet.

Même si je savais que c'était vrai, je ne m'attendais pas à ce qu'Amirah me donne raison. Je me suis rendu compte que je devais être encore un peu défoncée, parce que j'ai senti un désir brutal et inattendu de lui mettre mon poing dans la figure. J'ai préféré secouer la tête d'un air incrédule.

— Je souffre, ai-je dit. Je passe une année difficile.

— Oui, et Amy aussi. Et elle, elle ne me traite pas comme de la merde, elle ne s'énerve pas après tout le monde sur Internet, et elle ne parle pas de sa rupture comme si c'était un problème de société. Si vous vous êtes séparés, toi et Jon, ce n'est pas parce que le concept du mariage est périmé. Vous vous êtes séparés parce que ça ne marchait plus entre vous, et c'est une chose normale qui arrive à des millions de gens. Ce n'est pas forcément un gigantesque complot. Ça ne fait pas de toi quelqu'un d'unique. C'est dur, c'est tout.

— Mais…

— Non, non. Ça suffit.

Amirah s'est levée. Je me suis dit qu'il valait sûrement mieux que je la regarde dans les yeux avant qu'elle parte, alors je me suis péniblement remise debout.

— Ça fait plusieurs semaines que Lauren a proposé qu'on te prenne à part pour te dire que tu déconnes. Et en plus, j'ai dit non, tu te rends compte ?

J'ai souri faiblement. L'idée que mes amis veuillent se réunir exprès pour décider que faire de leur pauvre copine larguée me paraissait avant tout horrible, mais aussi plutôt mignon. Je me suis hasardée à l'attirer vers moi pour la serrer dans mes bras. Cette fois, elle s'est laissé faire. Son stéthoscope était glacé contre ma peau nue. Elle m'a tapoté le dos et j'ai senti son huile pour cheveux de luxe sous l'odeur plus puissante du savon antibactérien.

— Je suis vraiment désolée, ai-je dit dans son épaule.

— Je sais, a-t-elle répondu en se dégageant calmement de mon étreinte. Et donc, tu as sniffé de la coke sur la bite d'un mec ?

Je lui ai expliqué que la cocaïne n'était pas à proprement parler *sur* sa bite, mais qu'en effet elle s'était trouvée dans le voisinage d'une bite. Elle a répondu que les deux scénarios étaient aussi crades l'un que l'autre, et que j'étais objectivement incapable d'être seule. D'ailleurs, je ne l'avais jamais réellement été depuis le début de ma vie d'adulte : mes amis avaient l'impression que je cherchais maladroitement à fuir ma solitude plutôt que de l'affronter avec élégance et courage.

— J'essaie, ai-je répondu. Je sais que je n'y arrive pas très bien, mais j'essaie.

L'un des avantages d'être dans un hôpital, c'était que tout le monde avait l'air de passer un sale moment, donc je pouvais pleurer sans paraître bizarre. Amirah m'a tendu un autre mouchoir.

— Alors essaie un peu mieux, a-t-elle dit. Il se passe plein de choses autour de toi et tu es en train de tout rater. Il faut que j'y aille. Bois de l'eau, d'accord ? Et envoie-moi un texto. Pas tout de suite, mais fais-le.

Amirah est partie et je me suis laissée glisser par terre. Je suis restée assise toute seule pendant trois minutes ou neuf heures, à ruminer sur la déception que je causais à mes amis et sur tout ce que j'étais en train de rater. Peut-être qu'eux aussi, ils allaient me larguer. En tout cas, Amy aurait eu de bonnes raisons de ne plus jamais m'adresser la parole. Je me suis demandé si je devrais envoyer un e-mail d'excuses à Emily, ou même à Jesse et Darragh. J'avais l'impression de passer la moitié de mon temps à faire des choses et l'autre moitié à m'en excuser, ce qui n'était pas un ratio souhaitable.

Mon téléphone a vibré sous le banc : il était rechargé. J'ai pris la place laissée libre par le sportif, j'ai ouvert Twitter et j'ai supprimé mes derniers (trente-sept ?!) Tweet sans pouvoir me résoudre à les relire. J'ai ouvert mon dossier photos et j'ai fait défiler celles du mariage. Emily, belle et heureuse, dansait avec son mari qui la regardait avec adoration. Mon téléphone avait regroupé les images dans un diaporama intitulé « Nouveaux souvenirs », où l'on voyait une photo d'une petite fille d'honneur avec son bouquet de fleurs, suivie d'une autre, prise par Jesse, de Darragh et moi en train de montrer nos seins, le tout sur fond de musique jazz.

Mes autres « Souvenirs » étaient variés : une compilation de toutes mes photos de nourriture ; un diaporama d'un séjour à la campagne quelques années plus tôt, où Lauren portait un nouveau survêtement de velours qui avait transformé sa personnalité pour tout le week-end ; le dernier Noël avec Ed, Hannah, ma mère et Jeff, son gentil compagnon bizarre ; mon mariage.

J'ai fait défiler les images de Jon et moi, étourdis et rayonnants. Tout le monde dit que les mariées sont trop stressées pour profiter de leur propre mariage, mais moi j'avais passé le meilleur moment de ma vie à parader d'un bout à l'autre du jardin de ma mère dans ma robe de soie hors de prix, à recevoir les compliments, les vœux de bonheur et les enveloppes de cash. C'était tellement facile d'être certaine.

Merris n'était restée que brièvement à notre mariage et elle était partie presque aussitôt, quand la fête avait démarré pour de bon. Elle portait un genre de tunique de couleur vive avec un collier d'origine ethnique inconnue et elle nous avait offert un vase bizarre, même si nous avions demandé de l'argent avec l'objectif ambitieux de le « mettre de côté » pour acheter une maison. Après la cérémonie, elle m'avait serrée dans ses bras en disant : « C'est une belle journée. Il est important de garder le souvenir des belles journées. »

Et maintenant, je l'imaginais dans une salle sordide en train de se faire photographier les os. J'aurais dû faire semblant d'être sa cousine, sa jeune maîtresse ou sa fille. J'aurais dû être là-dedans avec elle. Au lieu de ça, j'étais dans cette pièce qui sentait le café refroidi, en train d'archiver mes photos de mariage dans un dossier intitulé « Oups ». J'ai commencé à chercher sur Google des kinés près de chez Merris et à étudier différents scénarios catastrophe, découvrant au passage ce qu'étaient la fracture-avulsion, la bursite et la déchirure labrale. Je me suis demandé s'il ne fallait pas que je rentre à la maison et que je déménage avant qu'ils laissent sortir Merris. Je me suis demandé s'il ne fallait pas que je démissionne de mon travail. J'ai supprimé le numéro de téléphone de Jesse.

Au matin, les gens avec lesquels j'étais arrivée ont été remplacés par de nouveaux duos : mères et fils, couples âgés, colocataires, jeunes amoureux, frères et sœurs d'un certain âge. Tout le monde était soit en train d'attendre quelqu'un, soit en train d'accompagner quelqu'un. J'espérais que Merris était d'accord pour que je l'attende. J'espérais que mes amis m'attendraient. Plus que tout, j'aurais voulu pouvoir envoyer un texto à une personne qui se souciait de moi et parler de ce qui m'arrivait avec une entité bienveillante, mais j'avais littéralement épuisé toutes mes possibilités. À l'autre bout de la salle, un homme a posé sa tête sur l'épaule de son partenaire, tandis qu'une femme vomissait quelque chose de vert.

Un fantasme

Je me réveille un matin et je me dissous. Ce n'est d'abord qu'un scintillement au bout de mes cheveux, mes pointes fourchues étincellent jusqu'à n'être plus rien, mais bientôt ce rien s'étend, remonte chaque mèche et gagne mes épaules. Quand je sors de mon lit, mes mains ne sont plus qu'un million de particules disparates. Je sens un fourmillement dans mes avant-bras et je sais que bientôt, ils auront eux aussi disparu.

Au départ, bien sûr, j'ai peur. J'ai peur de mourir. Mais ce qui m'arrive n'a rien à voir avec la mort. Je suis toujours là, sauf que je n'ai plus d'avant-bras, ce qui, au fond, est un scénario idéal.

Mes pensées sont là – mes émotions aussi, ce que j'aime et ce que je déteste, mon affinité pour la couleur orange – mais au moment où je veux prendre ce qui reste de moi pour l'emmener faire un tour dans la rue, je me rends compte que personne ne m'observe. La moitié inférieure de mon cœur pâlit et se pixélise, et je me surprends à penser que ce n'est peut-être pas si mal, que c'est peut-être même idéal, de vivre le reste de ma vie à l'état de brouillard informe. Personne ne reproche au brouillard d'être ce qu'il est. Le brouillard n'a pas de difficultés à entrer dans un jean taille haute. Le brouillard n'a jamais gâché l'ambiance d'une soirée à cause d'un mot déplacé.

Je laisse mes jambes s'élever dans les airs, d'abord mes mollets marbrés de veines, puis le reste, et disparaître. Je ne penserai plus jamais à mes jambes. Mes amis et ma famille devront s'adapter à cette nouvelle manière de me connaître. À la longue, ils finiront par apprécier le fait que je sois nulle part et partout à la fois, plutôt que de les décevoir, d'oublier d'apporter ma bouteille de vin à la soirée et de boire tout le leur, de faire des histoires au moment de prendre une photo de groupe. Plutôt que de se sentir étouffés, rebutés ou ennuyés par mes grosses émotions stupides, ils seront apaisés par ma nouvelle incarnation atmosphérique. Ma présence sera une brise tiède, comme dans ce film où Mandy Moore joue une lycéenne qui meurt d'une leucémie.

Une lumière chaude envahit mon torse qui explose, se dispersant à l'infini comme l'univers à son commencement (je crois). Je ne ressens plus que du soulagement : je n'ai plus besoin de m'occuper de rien. Aucune importance si je ne fais pas mes étirements le matin, si je n'ai jamais réussi à méditer, si mon visage est rond et mon corps en voie de décrépitude, si je suis une mauvaise amie, une fille ingrate et une personne incompétente face aux problèmes sociaux.

Je suis une brume délicate. Personne ne peut me regarder, me toucher ni me voir. Je ne veux pas qu'on me touche, et ce n'est pas grave – personne ne veut me toucher, et même si c'était le cas, cela ne me servirait à rien. Je suis une volée, une nuée de particules qui ondule doucement, je me déplace sans efforts autour de la Terre sans y laisser de trace. Personne ne me manque et je n'ai jamais rien raté.

Merris avait quelques contusions à la hanche mais aucune fracture. Il lui fallait maintenant du repos et quelques mois de rééducation, et surtout il fallait qu'elle évite de tomber à nouveau. Quand elle a fini par émerger des urgences, il était près de cinq heures du matin et elle marchait avec un déambulateur. J'avais eu beau enchaîner les bouteilles d'eau minérale pendant plusieurs heures, ma gueule de bois était pleinement installée et j'avais l'impression que mon corps avait absorbé l'éclairage fluorescent de la salle d'attente.

— Vous n'auriez pas dû m'attendre, a-t-elle dit.

Je ne savais pas si elle était touchée ou en colère.

— Mais si, ai-je répondu. Je vais appeler un taxi.

Notre Uber est arrivé, j'ai plié le déambulateur dans le coffre et j'ai aidé Merris à monter à l'avant. J'ai demandé au chauffeur d'être prudent et de faire de son mieux pour éviter les bosses et les nids-de-poule. Il a dit « d'accord », et il a fait tout le contraire. Nous avons remonté Dundas Street sur les chapeaux de roues dans la brume du petit matin. Les rues étaient vides à l'exception de quelques travailleurs de nuit et de quelques hommes assis devant un campement de fortune. À un feu rouge, un couple qui avait l'air de se disputer nous a dépassées. (La fille faisait usage de cette tactique imparable qui consiste à marcher à grande vitesse en talons hauts, à un mètre environ devant son adversaire.) J'ai décidé que je ne parlerais que si j'avais quelque chose d'utile à dire. J'ai eu beau réfléchir, je n'ai rien trouvé. Des rafales de vent tourbillonnaient dans mon crâne vide.

J'ai dû m'endormir, parce que je me suis réveillée en ronflant au moment où la voiture empruntait l'allée de la maison.

Je me suis essuyé les coins de la bouche et j'ai dit : « On est arrivées » à Merris qui a répondu : « oui » et a ouvert sa portière au prix de grands efforts. J'ai couru ouvrir le coffre, j'ai sorti le déambulateur, j'ai remercié le chauffeur et j'ai accompagné Merris vers les marches du perron avec un excès de prévenance à la mesure de ma culpabilité.

Une fois entrées, nous avons péniblement monté les quelques marches restantes. J'ai demandé « ça va ? » et Merris m'a répondu : « Il faut que vous arrêtiez de me poser cette question. » Je l'ai soutenue jusqu'à sa chambre, je lui ai promis de lui préparer ses repas, de lui faire son ménage, de l'aider avec ses rendez-vous, ses médicaments, ses courses, ses cours… tout ce qu'elle voudrait. « Vous vous faites trop de souci pour moi, a-t-elle protesté. Je vais m'en sortir. »

Je l'ai mise au lit avec une poche de glace, une grande bouteille d'eau et des antidouleurs. J'ai calé des oreillers derrière son dos et j'ai arrangé sa couette bien comme il faut. Elle a souri et m'a pressé la main. Elle a grimacé en se penchant en avant. Je lui ai dit que j'allais déménager.

« Eh bien », a-t-elle commencé, et j'ai cru un instant qu'elle allait tenter de me retenir. « Prenez tout le temps qu'il vous faudra pour trouver un endroit qui vous convient. »

Quand je suis descendue à pas feutrés, j'ai entendu Inessa et Betty dans la cuisine. Il était 5 h 45 mais elles se levaient toujours obscènement tôt pour bricoler ici et là, plier du linge et faire du café trop clair dans une immense carafe en plastique. Je suis restée sur le palier en me disant qu'elles allaient peut-être s'en aller une fois que l'eau aurait fini de bouillir. Quoi qu'il arrive, je ne pouvais pas les regarder en face. Il allait falloir que j'attende.

— Je ne voulais pas d'elle ici, a dit Inessa. Je l'ai toujours dit, j'étais contre depuis le début.

J'ai entendu un placard qui s'ouvrait, le tintement de deux mugs qu'on sortait. Elles avaient l'air parties pour rester là.

— Ness, arrête, a dit Betty. Je suis sûre qu'elle t'entend.

— Je sais bien qu'elle m'entend, elle est juste là dans l'escalier.

J'ai évalué les possibilités que j'avais : rester ici en silence et espérer qu'elles ne regardent pas dans le couloir ; sortir en courant sans me retourner ; entrer dans la cuisine l'air de rien, sortir des boules Quies imaginaires de mes oreilles et faire semblant de ne pas les avoir entendues ; remonter discrètement et me cacher sous le lit de Merris. Finalement, j'ai bégayé : « Oh, bonjour, euh, je… », je me suis précipitée dans la pièce et je me suis mise à boire au robinet comme une gerboise.

— Pardon, ai-je dit en relevant la tête pour reprendre ma respiration. Soif.

Il était vrai que j'avais soif. Ma bouche était sèche et mon haleine chargée. Mon corps tout entier était endolori d'avoir passé la nuit sur le sol et les bancs de l'hôpital, j'avais l'impression que mes narines étaient gonflées, mon crâne me faisait mal. Je préférais ne pas penser à la tête que j'avais. Les deux femmes m'ont considérée brièvement, puis se sont tournées l'une vers l'autre et ont poursuivi leur conversation.

— Je suis sûre qu'elle a honte, a dit Betty en s'adressant uniquement à Inessa. Et c'est tout à fait justifié, mais nous ne devons pas enfoncer le clou.

— Moi je pense que si, a répondu Inessa. Elle profite de la culpabilité de Merris.

Pour occuper mes mains qui tremblaient, j'ai pris une pomme sur le comptoir que j'ai débitée en fines lamelles sur une planche à découper. Les deux femmes ont continué à faire comme si je n'étais pas là. J'ai failli leur dire que je faisais des donations mensuelles à des associations charitables et que je votais depuis toujours pour les Verts.

— Je l'ai toujours dit, il suffirait que Merris l'appelle et tout serait réglé en une heure, a dit Betty. Une fille ne peut pas en vouloir à sa mère indéfiniment, ce n'est pas naturel.

Je me suis écartée du comptoir et tournée vers les deux femmes. Les yeux d'Inessa se sont posés sur moi un court instant avant de revenir à Betty. Elle a eu une petite toux, que sa colocataire n'a pas eu l'air de remarquer. J'ai détourné les yeux, feignant d'être fascinée par les moulures décoratives qui encadraient le plafond de la cuisine.

— J'ai cru qu'à la mort de Gene, leur relation allait s'améliorer mais à l'enterrement, elles se sont à peine regardées en face, a dit Betty... Qu'est-ce que vous avez, vous ?

J'avais arrêté de faire semblant de ne pas m'intéresser à leur conversation : je me suis retrouvée directement face à elles, l'air ahuri, tendant devant moi une soucoupe de fines lamelles de pomme, la tête remplie de centaines de question. J'ai posé la pomme coupée devant Inessa, qui m'a regardée comme si je venais de lui servir une assiette d'excréments humains.

— Merris a une fille ? ai-je demandé.

Inessa a levé les yeux au ciel avec un petit rire agacé, mais Betty m'a communiqué quelques informations : sa fille avait une dizaine d'années de plus que moi ; elle travaillait dans une banque ; elle ressemblait à Merris mais avec les cheveux de la même couleur que son père ; leur relation avait toujours été difficile mais quelques années plus tôt, elles s'étaient fâchées pour de bon ; Merris n'aimait pas parler d'elle ; elle vivait en Espagne. Inessa a fini par se lever en disant « ça suffit, maintenant » et elle s'est dirigée vers le comptoir avec la soucoupe de tranches de pomme. Elle a sorti d'un tiroir un sachet de congélation, elle a glissé les pommes dedans et elle me l'a tendu, pour me signifier que notre moment ensemble touchait à sa fin et qu'elles ne m'en diraient pas plus sur les secrets de famille de Merris.

Je suis rentrée dans ma chambre et j'y suis restée jusqu'à la fin du mois. Je n'en sortais que pour aller au travail, me nourrir ou visiter des appartements, et le jeudi pour emmener Merris chez le kiné. Je l'aidais à monter dans la voiture, je la conduisais jusqu'à un petit immeuble gris dans le nord de la ville, et j'attendais dans la salle d'attente sous un diagramme du fascia plantaire, tandis qu'un Australien trop amical l'aidait à faire des étirements et des contorsions censés faciliter sa guérison. Puis je la raccompagnais chez elle. Parfois, Merris me faisait poliment la conversation. Si ça venait d'elle, je lui répondais, mais la plupart du temps je préférais écouter la radio en regardant droit devant moi, et laisser la honte envahir mon cerveau comme les parasites d'un transistor.

Chez moi, je prenais des bains et je buvais des boissons à base de CBD dans l'espoir qu'elles me fassent de l'effet, mais je sentais bien que ça ne marchait pas tellement. Je jetais des bouts de bois à Lydia et je restais à peu près sobre, en tout cas sans boire d'alcool. J'essayais de lire – des romans, des magazines, des dissertations d'étudiants, qu'importe – mais je finissais toujours par me retrouver sur mon téléphone. Mon activité principale consistait à lire une page d'un livre, puis à le poser pour regarder un écran pendant douze à quarante-sept minutes. À l'écran, il se passait toujours quelque chose de tragique : un cas de harcèlement sexuel au travail, la mort soudaine d'un animal domestique, une pub qui tentait d'utiliser des mots d'argot. Dans ses stories Instagram, Simon semblait être en train d'introduire subtilement une nouvelle femme de sa vie. J'avais d'abord remarqué une veste d'apparence féminine sur son canapé, à l'arrière-plan d'une photo de nouvelles bouteilles de bière qu'il venait d'acheter, puis le rire d'une femme hors-champ dans une vidéo de lui qui faisait un strike au bowling. À en croire sa voix, elle était jolie.

De temps à autre, je recevais un e-mail : un magasin d'ameublement qui m'avertissait d'une offre spéciale à ne pas manquer, des nouvelles de l'opération au cerveau du cousin d'un ami d'ami. En effet, une nuit, après avoir pris plusieurs cachets de mélatonine, j'étais tombée sur sa page de levée de fonds et j'avais donné 50 dollars en ajoutant une petite note qui disait bon rétablisSEMENT. Et maintenant, je recevais une newsletter toutes les heures pour me dire comment il allait (pour citer l'une des participantes de *Real Housewives* : « Pas bien, connasse ! ») et me réclamer une donation supplémentaire. Si je me désabonnais, je ne pourrais plus jamais me regarder en face, mais je n'avais pas non plus 50 dollars supplémentaires à ma disposition, ou en tout cas pas pour lui.

Les seuls e-mails auxquels je répondais étaient ceux qui provenaient de propriétaires d'appartements ou bien de mes étudiants, avec lesquels je m'efforçais d'agir de manière un peu plus professionnelle. Dans l'intention de les amadouer, j'avais aussi supprimé la note de participation orale dans leur évaluation finale. J'ai pris rendez-vous avec Sara dans un café, j'ai répondu à ses questions sur les programmes de master et je l'ai laissée me parler de son rêve d'étudier un jour à Londres. Son enthousiasme m'a donné l'impression d'être une usurpatrice. J'ai reconquis un semblant de crédibilité en tant que figure d'autorité en payant son latte matcha pendant qu'elle était aux toilettes.

Le groupe WhatsApp a repris son cours sans moi, continuant de déverser liens, captures d'écrans et questions sur ce que fabriquaient nos anciens copains de classe, le gouvernement et nos corps. Je faisais de mon mieux pour prendre mes distances tout en évitant de me murer dans le silence, saupoudrant là où cela me semblait nécessaire des haha de soutien ou des émojis cœur. Après une semaine environ de prise de distance, j'ai fait envoyer à Amirah et Tom un panier de fruits pour les féliciter. Amirah m'a envoyé une photo du panier ridiculement bariolé avec le message : tom est allergique aux fraises… saboteuse, puis je rigole merci c'est trop bon. J'ai répondu tu ne voudrais pas aller boire un coup un de ces jours ? juste un thé vert et 45 à 50 min de contrition au max. Amirah a laissé s'écouler deux heures avant de répondre ok ça marche, je vais voir s'ils font des chemises en crin chez aritzia. Enhardie par mon succès, j'ai aussi fait envoyer un panier de fruits à Amy. J'ai écrit sur la carte : « Je suis vraiment désolée, appelle-moi s'il te plaît. » Elle ne m'a pas appelée.

Je buvais trois litres d'eau par jour, ce qui fait qu'à l'exception d'une demi-heure ici ou là, je passais la majorité de mes journées aux toilettes. C'était ça, la vie, me disais-je : j'allais passer les vingt prochaines années à successivement m'hydrater et pisser jusqu'à ce qu'il ne reste plus d'eau sur terre, ce qui m'indiquerait que le moment est venu de mourir.

Les appartements que je visitais étaient délabrés et inabordables. J'ai commencé à regarder les annonces à Kingston.

Un jour, après la séance de kiné, l'horrible Australien a poursuivi Merris dans le parking.

— Yo Merris ! a-t-il crié. Tu as oublié tes bandes d'exercice, ma chérie.

— Oh quel dommage, a répondu Merris. Moi qui les aime tant.

L'Australien ne lui a pas rendu son sourire. Il a posé les deux mains sur le toit de la voiture et il s'est adressé à elle comme si elle était un enfant qui refuse de mettre son manteau pour sortir en plein hiver.

— C'est hyper important que tu fasses tes exercices, a-t-il expliqué. À ton âge, si tu ne prends pas soin de ta mobilité, tu peux la perdre à tout jamais.

Merris lui a pris les bandes des mains sans rien dire. Dans la voiture, elle a gardé le silence.

— Qu'est-ce qu'il en sait, celui-là ? ai-je lancé en montant le son de la radio. Je suis sûre qu'il a attrapé un variant grave de la chlamydia qui n'existe que chez les koalas.

Merris n'a pas réagi.

— Je suis désolée, ai-je dit. Vraiment, je…

— Ça suffit, Maggie, par pitié. Je suis fatiguée et j'ai mal partout. J'ai l'impression d'avoir deux cents ans et je n'ai pas envie qu'on recommence une fois de plus. Ce n'est pas votre faute.

— C'est un peu ma faute.

— En tout cas, ce n'est pas seulement la vôtre. Tout cela, c'est aussi une punition que je me suis attirée.

Je lui ai demandé ce qu'elle pensait avoir fait pour mériter une punition. Elle a rabattu le pare-soleil et examiné son visage dans le miroir.

— Oh, je ne sais pas, a-t-elle soupiré. Ma paresse, ma mesquinerie, ma vanité… À vous de voir.

Elle a passé les mains sur son cou pour étirer sa peau.

— Vous savez combien je dépense en crèmes par an ?

Nous sommes passées devant une procession du Carême : un groupe de personnes âgées portaient une Sainte Vierge au-dessus de leurs têtes. Je me suis aperçue que j'avais laissé mon clignotant et que j'étais encore en train d'avertir les autres automobilistes d'un virage à droite que je n'avais nullement l'intention de prendre. Je l'ai éteint. À la radio, un homme qui possédait un entrepôt de vente de meubles annonçait à grands cris une semaine de bonnes affaires à ne pas rater.

— Betty m'a dit que vous aviez une fille, ai-je commencé, les yeux sur la route, en faisant de mon mieux pour dégager une forme non invasive d'empathie.

Merris a rabattu le pare-soleil.

— Eh bien, la voilà, la raison, n'est-ce pas ? Irruption tardive d'un instinct maternel déplacé, source de complications déplaisantes.

Je lui ai jeté un regard furtif et quelqu'un m'a klaxonné parce que je m'approchais dangereusement de la voie d'à-côté.

— Pourquoi vous ne m'avez pas parlé d'elle ?

— Vous ne m'avez rien demandé.

Elle avait raison, ce qui ne faisait qu'empirer les choses. Depuis le début de l'année, et peut-être même depuis que je la connaissais, j'avais dû lui poser en tout et pour tout trois questions. Nous nous sommes garées dans l'allée et nous sommes restées là au point mort. Le radiateur sous le siège soufflait sur l'arrière de mes jambes déjà surchauffées.

— C'est nul de ma part, ai-je dit. Je suis désolée.

— Ne vous excusez pas. Je suis convaincue que cela fait partie de votre charme. Les relations avec les gens plus jeunes sont très simples : tout ce qu'ils veulent, c'est parler d'eux. C'est une forme d'intimité que je choisis par pure paresse, parce qu'elle ne comporte aucun risque.

— Qu'est-ce qui s'est passé avec… ?

— Danielle ? a encore soupiré Merris. Je ne sais pas. Je crois que je n'arrivais pas à être la mère dont elle avait besoin, et elle ne me l'a jamais pardonné. Pendant toute son enfance, elle me réclamait des choses que, pour une raison ou pour une autre, je ne pouvais ni ne voulais lui donner. Et puis son père est tombé malade, et nous avons réagi toutes les deux de manières complètement opposées. C'est un peu triste, tout cela. Je préfère ne pas m'attarder là-dessus.

Merris a enfilé ses gants et ajusté son écharpe pour amorcer une sortie. Je voulais lui dire que j'étais prête à l'écouter parler de n'importe quoi, à entrer chez elle, à faire un thé et à lui demander de tout me raconter depuis le début. Je lui ai dit qu'elle avait passé plus qu'assez de temps à écouter mes histoires pathétiques et que si un jour elle avait envie, justement, de s'attarder là-dessus…

— Je n'en ai pas envie, a-t-elle répondu. Merci.

— Vous avez été tellement généreuse avec moi. Je regrette de ne pas avoir été une meilleure amie pour vous.

— Oh, Maggie. Nous ne sommes pas amies. Nous sommes seulement deux femmes qui traversent un moment difficile.

J'ai tourné la clé et le doux ronron du moteur s'est interrompu. Il pleuvait un peu et j'ai vu Inessa qui nous surveillait depuis la fenêtre de sa chambre au premier étage. Quand elle a vu que je l'avais remarquée, elle a refermé d'un coup ses rideaux.

— Et moi, j'aimerais, si vous le voulez bien, qu'on essaie d'être amies, ai-je proposé. Je sais que j'ai poussé le bouchon un peu loin en venant vivre ici, mais ce n'est pas seulement parce que je suis en dépression que j'ai envie d'être avec vous. En fait, je vous trouve assez géniale.

Merris a éclaté d'un rire léger et j'ai contracté tous les muscles de mon corps.

— La vraie question, c'est laquelle de nous deux a poussé le bouchon trop loin, mais je n'ai pas le temps de penser à tout cela. Bref, je dois rentrer et travailler avec mes élastiques. Je risque de perdre ma mobilité, vous savez.

Elle a ouvert la portière et défait sa ceinture de sécurité, elle a lentement posé un pied dehors, puis l'autre. Je l'ai aidée à entrer, comme je le faisais chaque semaine. Nous sommes restées dans le hall, elle m'a dit « Merci, mon petit » et je suis descendue au sous-sol où je suis restée un moment allongée par terre.

J'ai déménagé quelques jours plus tard, très tôt le matin, principalement pour éviter Inessa. J'ai laissé une carte de remerciements et une boîte de fruits secs de luxe. La nuit d'avant, je m'étais couchée tard pour épousseter et frotter chaque surface du studio et remettre les lieux dans l'état où je les avais trouvés. Alors que je passais la touche finale aux robinets de la salle de bains, Lydia a descendu l'escalier en haletant, elle a sauté sur mon lit et elle est restée là. Le lendemain matin, je l'ai embrassée pour lui dire au revoir et j'ai laissé son énorme langue entrer un petit peu dans ma bouche, chose que je refusais en temps normal mais qu'elle avait l'air de vouloir désespérément. J'ai ouvert la porte qui menait au rez-de-chaussée et elle s'est précipitée dehors, pressée d'aller manger, baver partout et dormir au soleil. J'ai laissé mes clés sur le comptoir de la cuisine avec le cadeau et j'ai pris un bus pour Kingston où mon père m'attendait.

Une semaine plus tard, j'ai utilisé l'argent qui aurait normalement dû servir à mon loyer pour me payer quatre séances avec Helen. En vue du premier rendez-vous, j'ai commencé à rédiger une note sur mon téléphone avec des thèmes potentiels de discussion, ce qui me semblait très astucieux jusqu'au moment où j'ai ouvert le document dans son bureau beige et bien chauffé et que j'ai lu ces mots : « jambes » ; « est-ce que la paix intérieure existe vraiment » ; et « avoir un crâne c'est quand même un truc de fou ». J'ai laissé tomber la liste et nous avons parlé de Merris (mon rapport avec elle), de mon corps (mes sentiments négatifs vis-à-vis de lui) et des cadres de portes.

— Récemment, ai-je expliqué, j'ai appris que tous les hommes hétérosexuels avaient une compulsion qui les pousse à lever la main et à taper dans le haut du cadre de la porte quand ils passent dessous. Vous avez déjà entendu dire ça ?

— Vaguement, a répondu Helen.

Elle a remis en place le nœud de son foulard en soie et a avalé une gorgée de tisane. Son mug était décoré de petites abeilles souriantes.

— En fait, je ne sais pas du tout pourquoi ils font ça. Ça me tue de penser que tous les hommes, ou même certains d'entre eux, font ça depuis toujours. Ils n'ont rien de mieux à faire ?

Helen a noté quelque chose.

— Et qu'est-ce qui vous contrarie en particulier dans ce comportement ?

Quand elle a retourné son mug pour saisir la poignée, j'ai vu qu'il y était écrit BEE CALM en lettres capitales dégoulinantes de miel.

— Ça ne me contrarie pas, ai-je répondu. Je trouve juste ça bizarre.

— Au contraire, j'ai l'impression que cela vous contrarie beaucoup.

Un long silence thérapeutique et gênant s'est installé.

— Je ne sais pas, ai-je hésité. Je crois que je me demande seulement : est-ce que c'est ça que feraient les femmes, si elles ne s'encombraient pas le cerveau à se demander si elles sont trop vieilles, ou trop grosses, ou trop connes, ou trop intelligentes, ou menacées par un danger quelconque ? Elles penseraient à des putains de… cadres de portes ?

Je me suis aperçue qu'en effet, j'avais l'air plutôt en colère. Je me suis excusée. Je devais avoir lu trop de discussions en ligne sur le harcèlement de rue.

— En vérité, je n'ai même pas le droit d'être en colère sur quoi que ce soit. Statistiquement parlant, je fais partie des gens les plus chanceux qui aient jamais vécu sur terre.

Helen m'a répondu que si c'était vrai d'un point de vue historique, j'avais malgré tout le droit d'avoir des sentiments, même s'ils étaient hostiles ou déplaisants. D'après elle, ces sentiments faisaient inévitablement partie de l'existence, et il valait mieux les remarquer et les formuler que faire comme s'ils n'existaient pas.

— D'accord, ai-je admis. Avoir un seuil de tolérance aussi bas me met en colère. Par exemple, je peux fonctionner tout à fait normalement tant que je n'ai aucune incertitude dans ma vie, mais dès que j'attends après quelque chose, ma journée entière est foutue.

J'ai regardé Helen. Elle avait l'air de quelqu'un qui doit incarner le mot « placide » pour un jeu de mime.

— Malheureusement, ai-je poursuivi, la manière dont je définis ce « quelque chose » peut inclure à peu près n'importe quoi : une réponse à un e-mail, des likes sur un Tweet, les résultats d'un frottis de routine… C'est comme si j'avais l'impression d'avoir des démangeaisons allergiques à longueur d'année. Et une autre chose qui me met en colère, c'est la mode du *glamping*[1].

1. Le *glamping*, contraction de « glamour » et « camping », désigne un type d'hébergement touristique populaire dans les pays anglophones qui propose des séjours dans des logements

— D'accord…

— C'est bien moins agréable que de dormir à l'intérieur. On dira ce qu'on voudra. Et aussi, je déteste toutes ces astuces de déco d'intérieur pour les locataires, et toutes ces idées mignonnettes qu'on s'invente, juste pour accepter les conditions pourries dans lesquelles on vit. Je ne trouve pas romantique de payer le prix d'une chambre d'hôtel pour dormir dans un camping-car dans le jardin d'une personne plus vieille et plus riche que nous, même si on peut faire un feu de camp. J'ai 37 000 dollars de dettes à cause de mes études. Pourquoi est-ce que, en plus de toutes les humiliations qu'on doit encaisser, on devrait être aussi la génération qui accepte d'avoir une salle de bains qui ferme avec une porte coulissante ?

— Je vois, a dit Helen. Intéressant. Quelles émotions ressentez-vous en ce moment ?

— Je suis gênée. Je sais que je ne devrais pas penser à toutes ces choses-là. Je devrais penser, par exemple, aux inégalités. Et d'ailleurs, j'y pense. Il y a des jours où j'oublie complètement à quel point je déteste mon corps, et où je vais cliquer sur une carte qui montre tous les endroits qui vont être submergés par la mer dans trente ans. Et il y a d'autres jours où je ne pense à rien d'autre qu'à mon corps, toute la journée, et je sais que c'est nul.

— Ce que vous pensez, c'est une chose, a dit Helen. Mais qu'est-ce qui est important pour vous ?

---

insolites (yourte, roulotte, cabane, etc.) et plus confortables qu'une tente traditionnelle.

Je lui ai dit que l'important pour moi, c'était de faire le bien, mais dans un sens très général et presque abstrait, et que je n'avais aucune idée précise de par où commencer.

— Je me dis : comment est-ce que je pourrais savoir ce qui est important pour moi, ou même ce que je dois faire ? Je n'en sais rien. Je n'ai même pas réussi à choisir la bonne personne, et en plus je ne sais pas ce que veut dire l'expression « capitalisme tardif ».

La séance s'est poursuivie : j'expliquais mes petites théories et mes préoccupations débiles, Helen hochait la tête et, selon les cas, affirmait quelque chose ou prenait des notes. Même si mes paroles semblaient tout droit sorties d'un numéro un peu raté d'*Adbusters*[1], il était extrêmement agréable de pouvoir formuler tout haut ces presque-pensées ridicules, d'autant plus que je n'avais pas à me soucier de les mettre en forme parfaitement. J'étais enchantée de pouvoir exprimer gauchement et approximativement mes petites idées mesquines et inutiles. Les partager avec quelqu'un d'autre ne m'aurait mené à rien, mais il était agréable d'y penser dans ce cadre, où le personnel restait personnel. D'accord, il y avait dans le monde beaucoup de grandes choses pas bien, mais il y avait aussi des petites choses pas bien (et, comme s'était empressée de le souligner Helen, il y avait aussi un certain nombre de petites choses bien, même s'il était rare qu'elles se retrouvent au centre de la conversation).

1. *Adbusters* est une revue militante anticapitaliste publiée depuis 1989 à Vancouver, Canada, et qui est à l'origine du mouvement des « casseurs de pub ».

Je lui ai parlé de ma théorie selon laquelle l'intimité était une arnaque. Je lui ai dit que je n'étais pas sûre d'aimer mon travail. Je lui ai dit à quel point il était satisfaisant de tweeter les hommes et d'avoir aussitôt une inconnue qui me répond que oui, elle me comprend, c'est tellement ça. Je lui ai raconté le yaourt, l'appli de suivi des calories, la poudre de cacahuète. Je lui ai dit que je n'en revenais pas d'avoir été terrassée par quelque chose d'aussi ordinaire qu'un chagrin d'amour. Je lui ai dit que j'en avais marre d'avoir le sentiment d'être la plus grosse femme qu'Emilio Zara soit capable d'imaginer.

— Emilio… ?

— Oh, c'est le nom qu'on donne, mes amis et moi, au directeur du stylisme chez Zara, ai-je expliqué. Je crois qu'il ne s'appelle pas vraiment comme ça, mais on avait besoin d'une personne concrète sur qui diriger notre colère.

J'ai expliqué qu'on l'imaginait comme un genre de cerveau sadique, comme la marionnette maléfique dans *Saw*, sauf que son plan machiavélique consistait à réduire aux larmes des femmes par ailleurs bien dans leur peau dans ses cabines d'essayage branlantes.

— Chaque fois que je vais dans un de ces magasins, j'ai l'impression d'être la femme la plus mal foutue au monde. En fait, c'est un peu la même chose que d'être divorcée.

— Comment ça ?

Je lui ai expliqué que divorcer me faisait le même effet que d'être coincée dans un chemisier Zara : je me débattais, et clairement ce n'était pas la bonne taille, mais j'aurais trouvé encore plus gênant d'essayer de l'enlever, de sortir de la cabine et de devoir admettre : « J'ai essayé, mais ça n'a pas marché. » Peut-être qu'il serait plus facile de ne pas chercher à m'extraire de ce chemisier. Peut-être que je ferais mieux d'ouvrir tout grand le rideau, de déclarer que c'était le meilleur chemisier que j'aie jamais porté, d'insister pour le garder sur moi en sortant du magasin, et de le porter tous les jours en riant aux éclats, bien qu'il me coupe la circulation dans les bras.

— Est-ce que cela vous est déjà arrivé ? a demandé Helen. De rester coincée dans un chemisier ?

— Oh, des tas de fois. En général, on s'aperçoit toujours qu'il y a quelque chose qui ne va pas au moment de passer les épaules, mais c'est tellement tentant de forcer pour voir.

— Et comment cela finit-il ?

— Mal. À chaque fois. Je me retrouve en sueur, en panique, désespérée, en train de me débattre sans oser appeler à l'aide, et en général, pour sortir du chemisier, je suis obligée de le déchirer.

Helen a plissé légèrement les yeux et pris encore quelques notes sur son bloc. Je me suis penchée vers elle.

— Écoutez, ai-je dit. Je sais que ça ne dépend pas de moi mais si c'est possible, j'aimerais qu'on évite d'utiliser le mot « traumatisme ».

Helen s'est déplacée dans son fauteuil, l'air amusé. Je me suis demandé si cela voulait dire qu'elle m'aimait bien, ou si elle regardait toujours ses patients de cette manière. Je me suis aperçue que je voulais vraiment qu'elle m'aime. Elle a tapoté un côté de son visage avec son stylo et elle a croisé les jambes.

— Vous voulez qu'on parle de ce qui s'est passé la dernière fois ? a-t-elle demandé.

— Pas vraiment.

— D'accord. Peut-être que la question serait plutôt : en êtes-vous capable ?

Recherches Google, 4 avril

combien d'œufs par jour risque santé
avis psychothérapeute toronto helen yim
marijuana douleurs seniors
recette beurre de marrakech
shakespeare fumait cannabis vrai ?
que sait un bébé nouveau-né
boire 4L d'eau par jour vrai ?
emplois temps partiel kingston
bars branchés kingston
bernadette peters medley
autopartage
nerf vague existe vraiment ?
comment porter pantalon large grosses fesses
citations repos se reposer
john donne « nocturne de la sainte lucie »
john donne poèmes sexy
forum reddit r/relations
forum reddit r/conseils amitié
forum reddit r/psychothérapie
reddit = réseau d'incels ?

meilleurs oreillers problèmes de dos
technique alexander débutants gratuit
modèle CV moderne
définition lettre de motivation
gémeaux cancer amitié compatibilité
vendre collages etsy
« travail en équipe » synonyme
livraison un seul café
comment réparer une amitié
tendance poils pubiens 2019
vidéos gym moins de 10 minutes
régime méditerranéen patates
fibres vraiment importantes ?
définition fibres
mode incognito twitter
meilleurs endroits tourisme en solo sans danger
mange prie aime île
streaming île de la tentation gratuit
kit décoloration à la maison

La météo était passée d'un froid dur (glace, grêle) à un froid mou (pluie, boue) et je m'étais installée chez mon père, dans un bungalow à trois chambres près de Sydenham qu'il s'était mis à appeler « le club des divorcés ». Au départ, je prévoyais d'aller vivre chez ma mère qui, historiquement, était la plus tolérante de mes deux parents, mais elle était en train de passer aux choses sérieuses avec Jeff et j'ai dû me rabattre sur le club des divorcés.

À ma surprise, mon père et moi nous étions installés sans difficultés dans la routine de la cohabitation : nous prenions le petit déjeuner ensemble, puis nous vaquions à nos occupations respectives jusqu'au dîner. Le mercredi, j'empruntais sa voiture pour aller à Toronto donner mes cours et travailler dans mon bureau, voir Helen et dormir sur le canapé de Lauren. Le jeudi, je donnais un autre cours et je conduisais Merris chez son kiné, ou bien je faisais quelques courses avant de revenir chez mon père pour faire du vélo d'appartement dans le débarras et contempler l'état dramatique de mon compte en banque. Le week-end, je travaillais dans un magasin de fromages qui sentait très mauvais.

Mon père avait acheté sa maison alors que j'étais déjà partie vivre à Toronto, donc je n'y étais pas vraiment habituée. Parfois, j'ouvrais l'armoire à draps en pensant aller à la salle de bains, et je ne savais pas où se rangeaient les casseroles et les poêles dans le joyeux bordel de sa cuisine. Je dormais dans un lit simple dans une chambre aux murs en lambris, à laquelle je m'efforçais de trouver un style minimaliste élégant, ou même un côté *cocooning* pour petits budgets. Mon père était très compréhensif et me laissait tout l'espace et l'intimité dont j'avais besoin, mais je passais mon temps à guetter les différences générationnelles qui menaçaient de perturber notre paix fragile. Sur Twitter, je me suis mise à suivre quelques millénials qui vivaient avec leurs parents et devaient constamment les éduquer sur la manière de devenir des gens bons et conscients. À en croire ces Tweet, il était bien plus facile de vivre avec des enfants : ils passaient leur temps à débarquer dans le salon en prononçant des remarques accidentellement profondes – « Maman, pourquoi les hommes politiques c'est jamais des femmes ? », etc. – alors que moi, je me retrouvais avec un boomer de sexe masculin sur les bras. L'enfer.

— Regarde-moi ça, a-t-il lancé un matin en me montrant un vrai journal en papier qu'il s'était procuré je ne sais comment. Des employés de fast-food qui veulent qu'on augmente le salaire minimum.

Quinze dollars de l'heure pour travailler chez McDonald's.

Il a eu un claquement de langue désapprobateur et je me suis frotté les mains, prête à me lancer dans mon discours. Je n'avais pas particulièrement envie de crier après mon père, mais que voulez-vous ? J'avais affaire à un petit-bourgeois classiste et je savais, moi qui avais lu les bons articles, qu'une certaine responsabilité m'incombait. « Papa… » ai-je commencé, mais il n'avait pas terminé.

— Quinze dollars, ce n'est pas assez, a-t-il poursuivi. Avec l'inflation.

— Oh, ai-je dit. Ah bon.

En baissant les yeux, j'ai remarqué que ma position n'était pas sans évoquer celle des Power Rangers, debout jambes écartées, poings sur les hanches.

— Eh bien, ai-je rebondi, ils n'auraient pas à s'inquiéter de ça si on mettait en place le revenu universel.

Il a avalé une grande gorgée de café et m'a regardée d'un air placide. « Ça, c'est bien vrai », a-t-il répondu, avant de retourner à son journal. Pour évacuer un peu de la colère vertueuse qui s'était accumulée en moi, je l'ai attaqué sur sa croyance que la bulle immobilière allait un jour éclater, me permettant ainsi d'acheter une maison.

Je suis retournée dans ma chambre et j'ai supprimé de mon téléphone Twitter, Tinder, Hinge, Instagram, Bumble, TikTok et Facebook, puis je les ai re-téléchargés une semaine plus tard, avec en plus une appli qui servait à limiter le temps pendant lequel j'avais accès à Internet. J'ai téléchargé une autre appli qui me montrait où se trouvait la lune dans le ciel et si elle était croissante ou décroissante. J'ai téléchargé un « éradicateur de fil d'actualité » qui promettait de ressusciter ma capacité de concentration en remplaçant la suite sans fin de posts d'amis, de marques et de journalistes dénonçant le silence des médias par une citation inspirante. La première citation, « Rien n'est impossible. Tout est un possible », était attribuée à l'actrice Audrey Hepburn.

Sur Instagram, je me suis désabonnée des comptes de toutes ces femmes minces qui pique-niquaient au soleil, et je me suis mise à suivre un compte sur le concept de *radical softness*[1] où l'on voyait principalement des femmes grosses et ivres de joie qui dansaient en culotte. Parfois, on voyait aussi leurs animaux de compagnie. J'ai regardé une fille en Corée qui peignait des tableaux représentant les courbes gracieuses de ses amies. J'ai écouté le livestream d'un champ de tulipes aux Pays-Bas. J'ai consulté un site Internet qui permettait de regarder le monde depuis la fenêtre d'une personne inconnue. Je me suis coupé et décoloré les cheveux, et j'ai résisté au besoin quasi physique de partager sur Internet une photo de ma nouvelle coupe. En guise de compromis, j'ai envoyé plusieurs live photos au groupe WhatsApp ; tous ont admis qu'ils avaient eu tort, que c'était une excellente

---

1. Le *radical softness* (ou « douceur radicale ») est un courant apparu dans les années 2015 sur les réseaux sociaux qui, en détournant l'iconographie traditionnellement associée à la féminité, fait l'éloge de la douceur et du partage des émotions comme armes subversives contre le capitalisme et/ou le patriarcat.

idée et que j'avais l'air, pour citer Lauren, potentiellement abîmée mais absolument sexy, donc : bilan positif.

J'ai mis un gros frein sur les posts, même si la compulsion était toujours là : ce besoin d'avoir quelque chose à dire, de me manifester, de « partager ». Dès que je disais ou partageais quelque chose (un Tweet sur mon cycle menstruel, une photo de fleurs près du lac avec la légende « go printemps !! »), je me sentais immédiatement et viscéralement honteuse, et souvent j'effaçais ce que je venais de poster. Ce réflexe ne m'aidait pas tellement. En réalité, par beaucoup d'aspects, la suppression du post me causait une humiliation bien plus cuisante que de le laisser en ligne, parce que c'était justement le fait d'avoir publié ce post, cette expression de ma compulsion, qui me faisait honte. Je n'avais pas besoin par-dessus le marché de l'admettre devant tout le monde.

Je ne savais pas d'où me venait cette aversion. Personne dans mon entourage ne semblait ressentir la même chose. Clive et Lauren avaient commencé à « faire des lives » le vendredi soir où ils buvaient, riaient et jouaient des sketches comiques écrits très approximativement pour un public de six ou sept personnes. Des amies qui paraissaient complètement normales dans la vraie vie prenaient des vidéos au ralenti d'elles-mêmes en train de pleurer et les postaient sur TikTok, accompagnées de messages qui expliquaient qu'il fallait se respecter mais aussi oser sortir de sa zone de confort. Un type que je croisais souvent dans la cuisine du département à la fac s'est avéré avoir un compte Twitter très connu où il répondait pas ce soir, chéri à différents leaders mondiaux.

Parfois, je me demandais : pourquoi ne pourrais-je pas moi aussi poster une petite blague, ou traiter de connard un grand de ce monde ? Pourquoi ne pas partager des photos qui me font me sentir belle ? Pourquoi ne pas documenter ma vie, mon visage, mes humeurs ? Et d'autres fois, l'idée d'installer mon téléphone avec un retardateur dans ma salle de bains, de me mordre la lèvre inférieure encore et encore, puis de poster la seule image qui me plaisait sur les quatre cents que je venais de prendre me paraissait aussi vulgaire et dérisoire que de me pencher en avant et de montrer mon cul au monde entier.

Une nuit, j'étais dans le débarras en train de faire des « étirements » après une session de vélo d'appartement, ce qui consistait principalement à m'allonger par terre avec mes jambes posées à la verticale contre le mur. En général, j'utilisais ces moments après le sport pour essayer de me reconnecter avec moi-même, mais quand je le faisais trop longtemps, je finissais toujours par être submergée par le souvenir de mes coups de téléphone, de mes messages et de mes SMS à Jon, ou bien par l'image de Merris allongée par terre dans le parc, ou par l'expression sur le visage d'Amy quand elle m'avait dit que j'étais méchante. Me rappeler ces moments était horrible. Je savais en théorie que l'erreur est humaine, mais il devait certainement y avoir une limite à la quantité totale d'erreur permise à chaque être humain.

J'ai pensé au premier soir avec Simon : « Comment savoir si ce que j'ai fait était juste une erreur idiote, ou bien si c'est une indication de ma vraie personnalité ? » Je n'en savais toujours rien, mais je commençais à me dire que plutôt que de penser à cette erreur en permanence, il valait peut-être mieux essayer de ne pas la reproduire. J'ai rapproché péniblement mes fesses du mur, j'ai tiré mes jambes vers le haut et j'ai étendu mes bras de chaque côté de mon corps, jusqu'à ce que ma main gauche se referme sur mon téléphone. De l'autre côté du mur, j'entendais le piétinement lourd de mon père, probablement occupé à se préparer un de ses casse-dalles-à-la-papa (il nous avait récemment acheté des pots de compote de pomme individuels, un pour lui et un pour moi) ou à regarder les informations en même temps sur sa télévision et sur son iPad.

J'étais en train de contempler des vieilles photos que j'avais envoyées à Simon ou reçues de lui, quand l'écran est devenu noir et son nom est apparu. J'ai contemplé mon téléphone, confuse, pendant quelques secondes, avant de comprendre que c'était un appel. Simon était en train de m'appeler.

J'ai porté le téléphone à mon oreille d'un geste hésitant, comme si c'était une mauvaise blague.

— Allô ?

— Maggie, salut, a-t-il dit de sa voix aussi chaleureuse et assurée que dans mes souvenirs. Désolé de t'appeler. Je pensais à toi et j'ai eu une envie soudaine, mais peut-être que j'aurais mieux fait d'aller faire un tour ou quelque chose dans le genre.

J'ai répondu que ce n'était pas un problème et je lui ai demandé comment il allait. Évidemment, il allait bien. Il avait beaucoup de travail. Ses parents avaient déménagé. Il bricolait son vélo en prévision du printemps. Je lui manquais et il voulait savoir si on pouvait se voir pour discuter un peu.

— Je suis vraiment désolée, ai-je dit. Pour la dernière fois qu'on s'est parlé.

— Moi aussi, je suis désolé. J'ai beaucoup réfléchi, et j'ai l'impression qu'on est allés trop vite. Je veux dire, c'était génial de te rencontrer, et encore plus génial de ressentir quelque chose, pour une fois, plutôt que de souffrir en permanence de ma séparation. Mais je crois qu'on aurait dû faire l'effort de garder un peu de légèreté, prendre le temps d'apprendre à se connaître. Bref, j'aimerais bien t'inviter à sortir, et on verra si on a envie de se revoir une semaine plus tard.

— Waouh, ai-je répondu. Merde.

— Bon. D'accord. Pas grave. Tant pis.

— Non, je veux dire merde dans le bon sens du terme.

— Mais évidemment, tu veux dire le sens bien connu.

— Enfin, ai-je soupiré en regardant le plafond, je veux dire aussi merde dans le mauvais sens, parce que je ne peux pas te voir. Helen et moi avons décidé de mettre cet aspect-là de ma vie entre parenthèses.

— Qui est Helen ?

Il allait adorer ce que je me préparais à lui dire. Il allait en faire pipi dans son jean.

— C'est ma psy.

Simon n'a rien dit, ce qui est une astuce typiquement empruntée aux psys. Malheureusement, sa technique a fonctionné et je me suis embarquée dans une longue tirade sur le fait que nous faisions le bon choix. Le choix de la maturité ! Au bout du compte, nous avions pris la décision la plus sage. D'accord, il me plaisait et je lui plaisais, mais en tuant cet élan dans l'œuf, j'évitais de décevoir Helen. Et finalement, c'était aussi un bon moyen pour chacun de nous d'éviter de décevoir l'autre. Tout avait dégénéré si vite la première fois.

— Moi, j'appelle ça du contre-investissement, a conclu Simon.

— Je ne sais pas ce que ça veut dire, mais ne me l'explique pas.

— D'accord. Bon, appelle-moi si jamais tu changes d'avis.

— D'accord.

Encore un silence.

— C'est un peu gênant, ai-je commencé, mais je n'ai pas été seule depuis très longtemps, et si je ne reste pas un peu dans cet état, je n'arriverai jamais à comprendre ce que j'aime vraiment et ce que je veux, ni même peut-être à ressentir quoi que ce soit, donc il faut que pour les semaines ou les mois à venir, je vive comme une bonne sœur bien sage, et après ça, qui sait ? Peut-être que j'aurai raté mon ouverture, et que toutes les personnes qui en valent la peine seront déjà prises, et que je resterai toute seule jusqu'à la fin de mes jours.

— Je ne crois pas que ça arrivera, a dit Simon. Mais c'est un projet honorable.

Une part non négligeable de mon être était en train de me hurler : mais vas-y, cours vers ce beau mec et vers la douceur qu'il te propose, c'est peut-être la toute dernière fois que ça t'arrivera. Mais je pensais vraiment ce que je lui avais dit. Ce n'était pas le bon moment. J'ai fermé les yeux et j'ai dit : « Merci, Simon », et j'ai cru l'entendre sourire.

Quand il a eu raccroché, j'ai recherché le mot « contre-investissement », puis j'ai passé vingt minutes à essayer de composer un Tweet où je demandais dans quelle banque ils proposaient des contre-investissements. C'était tellement nul que je ne l'ai même pas sauvegardé en brouillon.

Je suis entrée dans la cuisine et j'ai dit à mon père que je voulais renouer avec mon intériorité. Il a levé les yeux de ses mots croisés un bref instant.

— Ah bon ?

— Ça a l'air d'une évidence, ai-je expliqué, mais on n'est pas forcé de dire tout ce qu'on pense et tout ce qu'on ressent en permanence à tous les gens qui nous entourent. Même quand on a envie de le faire. On peut garder les choses pour soi. Parfois, ça peut faire du bien.

— Cuillère, a-t-il dit en remplissant la colonne 10 verticale. Bravo, ma chérie. Tu sais bien que si tu es contente, je suis content aussi.

Je lui ai dit que cette prise de conscience m'avait conduite à des expérimentations très productives. Quand j'étais confrontée à une pensée, à une expérience ou même, soyons fous, à une émotion, je pouvais choisir de l'écrire quelque part pour résister à l'impulsion d'écrire un Tweet ou un SMS, ou bien noter intérieurement ce que je ressentais, ou même – éventualité qui me semblait improbable et peut-être même inventée – passer à autre chose.

— Ma foi, a-t-il répondu tout en comptant les lettres du mot « pétrichor ». Tu nous aurais épargné beaucoup de soucis si tu avais découvert tout ça quand tu étais au lycée, mais mieux vaut tard que jamais.

— Je suis sérieuse, ai-je insisté en sortant le lait du frigo.

Je lui ai dit que depuis peu, je m'étais rendu compte qu'il ne m'était presque jamais rien arrivé de ma vie que je n'aie aussitôt partagé avec quelqu'un d'autre. Après tout, c'était pour moi l'un des principaux attraits du mariage : avoir quelqu'un sur qui déverser toutes mes conneries, avec qui commenter mes décisions, quelqu'un qui était censé m'écouter pour toujours. J'ai versé le lait sur un énorme bol de céréales, que j'ai laissées crépiter un instant avant d'y enfoncer ma cuillère et d'en avaler une bouchée.

— Bien entendu, a répondu mon père, l'intérêt du couple, c'est que tu sois toi aussi forcée d'entendre les conneries de l'autre, si je peux me permettre. J'imagine que ce n'était pas ton point fort.

Je n'ai pas répondu, même s'il n'avait pas tort.

— J'ai vu maman hier, ai-je dit. Elle est encore en colère contre toi.

— Et elle a raison. J'ai été un salaud.

Je lui ai demandé ce qui s'était passé entre eux, pour de vrai. Il m'a dit qu'il avait presque fini sa grille de mots croisés et qu'il préférait me laisser renouer avec mon intériorité.

— En dehors du fait que ça ne te regarde pas, a-t-il ajouté, je ne peux pas te le dire parce que je ne sais pas. À l'époque, je croyais que je le savais, mais plus le temps passe, plus je vois à quel point je ne comprenais rien à ce qui m'arrivait. Ce que j'en pense est très différent de ce que ta mère en pense. Aucun de nous deux n'a entièrement raison, et pourtant nos versions sont toutes les deux exactes.

Je lui ai dit que j'étais déçue d'entendre ça. La distance était censée nous apporter davantage de lucidité, pas moins.

— Je crois quand même que je suis plus lucide, a répondu mon père. Avec le temps, j'ai arrêté de me raccrocher à ma version des faits, j'ai accepté que deux choses puissent être vraies en même temps, et qu'on ne tombera peut-être jamais d'accord sur ce qui n'a pas marché exactement. Cela dit, je suis sûr qu'elle sera d'accord avec moi sur le fait qu'on n'aurait jamais dû aller à cette soirée échangiste chez les Carlson.

Le visage imperturbable, j'ai attendu qu'il me dise que c'était une blague. Il est resté concentré sur ses mots croisés. J'ai jeté un coup d'œil par-dessus son épaule et j'ai dit : « Prolixe ».

Il a rempli les cases. « C'est toi qui le dis. »

Je suis retournée dans le débarras et je suis montée sur le vélo d'appartement. Quand est arrivée la fin du mois d'avril, j'avais réussi à compléter l'équivalent d'un triathlon et l'accomplissement de ce but risiblement modeste m'a fait un effet plus agréable encore que les drogues. Un jour que je courais une portion de mes vingt kilomètres, j'ai buté contre une racine qui émergeait du trottoir et je suis tombée de tout mon poids sur le côté de mon corps où se trouvait ma petite banane de sport qui contenait mes clés, mon portable et quelques élastiques à cheveux. J'ai couru mes trente minutes, je suis arrivée chez moi et je suis entrée dans la douche. Plus tard ce soir-là, j'ai voulu envoyer au groupe WhatsApp une photo d'un bâtonnet de poisson pané qui ressemblait à une bite, et j'ai découvert que ma chute avait fissuré mon écran de téléphone. Il fonctionnait toujours mais il était moins agréable à utiliser et je craignais de me couper le bout du doigt avec un éclat de verre. Oh mon Dieu, ai-je pensé, exactement comme dans l'épisode de *Black Mirror* où le type s'enfonce des bouts de verre sous les ongles !

Les semaines se sont écoulées, toutes semblables : les journaux, les bols de céréales, les allers-retours à Toronto en voiture. J'avais l'impression d'avoir beaucoup de chance et je m'ennuyais un peu. J'aidais Merris à faire ses courses et un brin de ménage, et je l'évitais au travail, même si elle m'invitait parfois à boire un thé quand je la reconduisais chez elle après le kiné. J'ai lu quelques poèmes du livre d'Amy et je les ai franchement détestés mais j'ai ressenti de la tendresse pour la personne qui me les avait offerts, capable d'apprécier la comparaison entre le cœur d'une femme et une maison en feu. Amirah et moi avons organisé notre séance à base de thé vert et de contrition, et je suis allée avec elle à une soirée caritative à l'hôpital écouter une chorale d'anesthésistes. C'était à chier et nous nous sommes amusées comme des folles à chuchoter et à pouffer au dernier rang.

J'ai vu Clive, Lauren et Lauren Sensible, en tête à tête, et je me suis efforcée de les écouter et d'être une meilleure amie. Certaines fois, j'y suis arrivée. Ces rencontres me procuraient une satisfaction silencieuse mais elles ne suffisaient pas à apaiser le sentiment de honte qui remontait en moi toutes les quelques heures, comme un reflux gastrique, pour me rappeler que j'étais une ratée, que j'étais retournée habiter dans la ville où j'avais grandi et que je me nourrissais de compotes de pomme achetées par mon père.

Malgré tout, je parvenais parfois à trouver du plaisir dans quelques instants agréables : quand je trouvais une place près de la fenêtre dans le bus, quand il restait juste assez de café pour me remplir une seconde tasse, quand je rentrais du supermarché avec des fleurs, quand j'arrivais à ne pas mettre les tomates dans le même saladier que les bananes. Au cours d'une de nos séances désormais hebdomadaires, j'ai décrit ces moments à Helen. Alors que je sortais de son bureau, j'ai réussi à apercevoir ce qu'elle avait noté : « trouve du plaisir dans les petites banalités de la vie ».

J'étais bien d'accord : la vie était faite de banalités. Il y avait tout le temps des choses qui arrivaient.

Remarques émotionnellement dévastatrices prononcées par ma psy l'air de rien

Pour commencer la séance d'aujourd'hui, je voudrais vous demander de ne pas essayer de me faire rire. Ce n'est pas que vous n'êtes pas drôle, mais j'aimerais voir où nous mènerait cette séance si nous laissions de côté toute notion de divertissement.

Quand vous dites que vous êtes « accro » au fait d'acheter des chemisiers trop petits et de les porter quand même, est-ce que c'est une réelle compulsion que vous ressentez, ou bien est-ce qu'il s'agit encore d'un exemple de jargon emprunté à Internet ?

À notre dernière séance, j'ai été frappée par votre phrase où vous disiez rechercher une sorte d'exfoliant pour la personnalité. J'aimerais examiner ce qui a pu conduire votre psyché à fusionner ainsi moralité et produits de beauté. Je crois que vous établissez un lien très étroit entre travail esthétique et travail émotionnel : est-ce que cela vous paraît correct ?

J'apprécie l'importance que vous accordez à l'authenticité, mais je ne pense pas qu'une femme – ou qui que ce soit, d'ailleurs – devienne un cliché dès lors qu'elle a « aussi » des complexes au sujet de son cou.

Vous dites que vous ne ressentez pas le besoin de parler à votre famille de vos rencontres avec des femmes, parce que aucune d'elles n'a été sérieuse jusqu'ici. Est-ce que ces rencontres ne pourraient pas devenir sérieuses si vous commenciez à les prendre plus au sérieux ? Est-ce que vous n'évitez pas sciemment de le faire pour vous épargner les tracas administratifs que représenterait un coming out ?

Votre désir de jeter votre téléphone du haut d'un pont, ou dans une étendue d'eau quelconque, est revenu à plusieurs reprises dans nos conversations. Vous imaginez le sentiment de liberté que cela vous procurerait. Vous parlez de l'euphorie absolue que vous ressentiriez en étant séparée de votre téléphone pour des raisons indépendantes de votre volonté. Mais qu'est-ce qui vous empêcherait de… pardonnez-moi si c'est une évidence, mais… qu'est-ce qui vous empêcherait de tout simplement l'éteindre ?

À votre avis, que ressentiriez-vous si vous deviez… clôturer le compte Instagram de votre chat ?

Je me demande s'il ne serait pas utile pour nous d'établir une distinction entre les concepts de cercle d'amis, de communauté élargie et d'audience imaginaire. Il me semble qu'ici, vous effectuez un raccourci : il s'agit vraiment de types de relations très différents, qui sont liés à des obligations et à des pratiques elles aussi très différentes. Et bien entendu, l'une de ces entités n'existe que dans votre tête.

Si vous n'aimez pas fumer et que vous n'êtes pas dépendante des cigarettes – comme vous l'avez dit, vous ne les aimez pas suffisamment pour vous en acheter et vous ne fumez que dans des moments de sociabilité, quand vos amis ou vos connaissances le font – alors pourquoi n'arrêtez-vous pas de fumer ? Et si vous ne voulez pas arrêter, est-ce que nous pourrions creuser un instant l'origine de votre réaction quand je vous ai qualifiée de fumeuse tout à l'heure, qui était une réaction particulièrement forte ?

Les feuillets de journal thérapeutique que je vous ai proposés sont simplement des exercices pour vous permettre de réfléchir à vos émotions et à vos réactions à ces émotions. Donc il ne m'appartient pas d'évaluer ces réponses, et encore moins de vous « noter ».

Quand vous dites que vous ne trouverez plus jamais quelqu'un qui veuille vivre une relation longue avec vous, cela m'attriste beaucoup personnellement. Peut-être que nous devrions d'abord nous demander si vous êtes prête à vivre une relation longue avec vous-même ?

Une bouteille d'un litre d'eau avec le logo X-Cycle coûte, je ne plaisante pas, 9 dollars. J'en ai acheté une et je me suis inscrite au cours « Plaisirs coupables », qui me promettait une séance de vélo (et plus largement, une expérience de vie) inoubliable. La fille à l'accueil a trouvé ma demande d'inscription légèrement bizarre, mais elle a fini par céder. Et c'était bien normal : une fois qu'on avait payé le plein tarif (cinquante ! trois ! dollars !) pour un de ces cours, on devenait pour un temps un genre de reine. J'ai récupéré mes chaussures à clips et ma bouteille d'eau hors de prix, et je me suis dirigée vers les vestiaires.

J'étais épuisée et anxieuse. Le matin même, Lauren m'avait fait comprendre avec tact que notre arrangement de squattage de canapé touchait à sa fin, et les rendez-vous de Merris chez le kiné avaient été réduits à un par mois. Le deuxième semestre se terminait deux semaines plus tard et je n'aurais bientôt plus de raison de venir en ville, ni d'endroit où dormir quand j'y allais. J'ai posé mon sac et j'ai grignoté ma barre de protéines, qui me promettait « une explosion de saveur chocolat-beurre de cacahuète » mais qui bien entendu avait un goût de sable.

Tout en luttant pour entrer dans ma brassière de sport, j'ai écouté deux filles à moitié nues qui étaient en train de remplir leur sac de tampons et d'élastiques à cheveux mis à disposition gratuitement par la salle (la grande classe).

— Il va falloir que quelqu'un parle à Kira, a dit la plus grande et la plus nue des deux. Ses stories commencent à devenir franchement glauques.

— Oui, c'est vrai, a répondu l'autre en ajustant sa culotte dans le miroir et en se mettant sur la pointe des pieds pour examiner ses fesses. Genre OK, on a compris que tu es célibataire. Mais n'empêche, je les regarde tous les jours.

— Ça atteint un tel stade, a soupiré l'autre, que je ne sais pas si je dois la mettre en sourdine ou au contraire activer les notifications pour ne plus en rater une seule.

J'ai tiré sur mon legging et j'ai décidé d'enfiler mes chaussures à l'accueil pour rejoindre mes acolytes du groupe « Plaisirs coupables » X-Cycle.

Le cerveau de l'opération « Plaisirs coupables » était une personne au physique de rêve répondant au nom de Blake. Amy m'avait tellement parlé de ses séances d'abdos-fessiers qu'en voyant Blake en personne, j'ai eu l'impression de rencontrer une célébrité. Iel avait un sourire resplendissant, des bras titanesques et semblait avoir dans les quatorze ans. Son tee-shirt marqué du logo X-Cycle était découpé, avec un décolleté très profond, un peu comme un bavoir inversé. Iel dégageait une charge d'énergie positive suffisante pour propulser un bateau de petite taille. Sur le tableau en liège où était punaisé le programme de la journée, la feuille de présence nous informait que Blake était « prêt·e à tout donner ». J'ai regardé les autres participantes qui sautillaient dans le hall et distribuaient des bises aux inconnues et des claques sur les fesses de leurs amies. Je me suis demandé d'où me venait cette appréhension à l'idée de « tout donner ».

Blake a serré dans ses bras une fille vêtue d'un short en résille et lui a demandé des nouvelles de son chien lorsque soudain, la fille s'est baissée, s'est accroupie et a attrapé ses orteils pour s'étirer. Elle ressemblait à toutes les femmes rassemblées dans ce hall aux murs vert vif : des cheveux blond cendré, des abdos visibles et une tête à travailler dans la finance. Je me suis assise sous une inscription en néon qui disait NO LIMIT et j'ai fait de mon mieux pour avoir l'air naturelle et sûre de moi, ce qui était loin d'être le cas. J'avais l'impression d'être une image vivante de l'« Avant », entourée de dizaines de filles qui représentaient l'« Après » et s'appelaient toutes Amber. Et pourtant, ai-je raisonné, j'avais tout autant qu'elles le droit d'être là. N'avais-je pas consulté le programme du cours ? Et ne disposais-je pas moi aussi de 53 dollars ? (Enfin, je ne les avais plus, mais en tout cas j'avais payé, et c'était le principal.) Pour finir, Blake a soufflé dans un petit sifflet qu'iel portait autour du cou et a ouvert tout grand les portes du studio, en rappelant aux participantes de prendre leurs bouchons d'oreilles parce que « pas question que je descende de mon vélo en plein cours, juste parce que vous ne supportez pas ma playlist ! ».

Une fois entrée, je me suis faufilée derrière le premier rang et je me suis installée sur le vélo numéro 23, en plein milieu de la seconde rangée. En temps normal, j'étais plutôt du genre à me mettre tout au fond quelque part dans un coin mais cette fois-ci, j'avais un plan. J'ai posé ma bouteille d'eau sur le petit porte-bouteilles et j'ai clippé mon pied droit à la pédale. Quand Amy est entrée, j'ai baissé la tête en faisant semblant de régler la hauteur de mon siège. Elle ne m'a pas remarquée, et je n'ai pas relevé la tête quand elle a fixé ses clips et commencé à pédaler lentement, en se balançant d'avant en arrière sur ses pieds pour étirer ses tendons et ses mollets. C'était agréable de la voir sans prendre le risque de déterminer si elle-même avait envie de me voir. Je l'ai regardée resserrer sa queue-de-cheval et j'ai espéré qu'elle ne m'apercevrait pas avant le moment fatidique.

Amy et moi ne nous étions pas parlé depuis le mariage, sauf si l'on compte l'envoi du panier de fruits et le message que j'y avais joint, m'excusant par avance si elle n'aimait pas l'ananas. Comme le panier ne m'avait pas été retourné, j'avais résolu de ne pas la déranger. Quand je sentais un besoin pressant de lui envoyer un SMS ou de composer un de mes grands e-mails, j'ouvrais un Google doc intitulé « Points » et j'ajoutais un point sur la page. Regarder ce document (qui totalisait pour le moment quatre-vingt-sept points) me donnait l'impression d'être une déséquilibrée, même si j'avais réussi à m'abstenir de lui laisser le moindre message vocal larmoyant, ce qui pour moi n'était pas rien. Lors de nos séances, Helen me demandait comment je m'en sortais sur ce front et chaque semaine, quand je lui rapportais que j'avais laissé Amy tranquille, Helen me disait qu'elle était fière de moi. Je faisais mine de trouver ces bilans inutiles et même infantilisants, sauf qu'au fond de moi, je savais que si Helen ne me disait pas toutes les deux ou trois séances qu'elle était fière de moi, j'allais m'effondrer. Je ne lui avais pas parlé de mon projet d'aujourd'hui : mon ultime tentative de reconquérir Amy. Je n'étais pas sûre qu'elle aurait été tout à fait d'accord.

Blake a fermé la porte derrière iel et a fait clignoter l'interrupteur de la salle. « Allez, la team, tout le monde en selle ! » a-t-iel hurlé dans le studio. « Je vais vous demander d'envoyer une bonne dose d'énergie dans vos fesses, parce que je vous préviens : elles vont en avoir besoin ! » Les deux bombes installées de chaque côté de moi ont laissé échapper un gloussement averti. Les cours d'X-Cycle étaient réputés pour être intenses. Avant que je ne détruise notre amitié, Amy et moi avions pris des cours de fitness dans différents studios, mais jusque-là j'avais évité ceux d'X-Cycle. J'avais dit à Amy que c'était parce que le studio se trouvait tout à l'ouest de la ville, à l'opposé de chez Merris, mais en réalité, c'était à cause du tableau d'honneur.

En effet, X-Cycle était connu pour son tableau d'honneur : un grand écran à l'avant de la salle qui affichait sans pitié un classement de tous les participants, avec des statistiques en temps réel sur l'intensité de leur effort et leur vitesse de pédalage. Les instructeurs consultaient le tableau et hurlaient aux cyclistes encouragements et réprimandes, en les interpellant par leur nom devant tout le monde : « KylieG, tu ne donnes pas tout, là ! », ou encore « Milf73, c'est ça, ma belle, sens la résistance ! » Je ne pouvais pas imaginer quelque chose qui me fasse moins envie que d'être montrée du doigt pendant une séance de sport collective.

Le cours a démarré par un échauffement en douceur, qui a vite laissé place à une chorégraphie effrénée et harassante. J'ai fait de mon mieux pour suivre la cadence, en me balançant d'avant en arrière et en secouant la tête au rythme de la musique. Blake n'arrêtait pas de nous répéter que nous étions des superstars, et iel nous encourageait à « trouver la source de la puissance » dans nos corps bien-aimés, qui nous avaient fait le cadeau de nous porter toute la journée et de nous conduire jusqu'à cette pièce sombre et remplie de machines d'entraînement high-tech. Iel nous a demandé de réfléchir à ce qui nous plaisait le plus dans le fait de bouger et, à ma grande surprise, j'ai obtempéré.

J'aurais pu être tentée de me moquer de l'attitude de Blake, de sa positivité sans relâche et de ses phrases toutes faites sur le rythme qu'il fallait sentir dans notre corps et le stress qu'il fallait laisser à la porte. Mais au lieu de cela, tandis que mes jambes travaillaient dans le noir, j'éprouvais à quel point elles étaient plus puissantes qu'à la même époque l'an dernier. Je me sentais forte et heureuse. En fait, je me sentais reconnaissante. En dehors du plan que j'avais en tête, j'étais venue au cours de Blake pour

« repousser mes limites » : c'est ce que je m'étais efforcée de faire ces derniers temps, même si le seul fait de le reconnaître m'humiliait jusqu'au plus profond de mon corps mal entretenu. Blake a monté le son et nous a encouragées à augmenter la résistance de nos vélos. C'était le moment d'attaquer la montée.

J'ai inspiré à fond et j'ai poussé sur mes pieds, la jambe gauche vers le bas, la jambe droite vers le haut, en rebondissant au rythme d'une chanson qui parlait d'être une salope extrêmement puissante. Les cuisses me brûlaient, je sentais des gouttes de sueur se former et dégouliner le long du faux plat de mon dos. J'ai regardé autour de moi et je me suis aperçue que je ne me laissais pas distancer par les Amber – non sans effort, évidemment, mais je tenais le coup.

Pendant les longues heures que j'avais passées sur mon vélo d'appartement, je m'étais inquiétée de ne pas progresser. De toute évidence, mon apparence n'avait pas changé, ce qui était le seul moyen que je connaissais de mesurer l'efficacité d'un programme de fitness. Même si à force je m'étais mise à rouler plus longtemps, à nager plus vite, à courir plus facilement, je n'avais pas maigri pour autant. Les tablettes de chocolat n'étaient pas apparues du jour au lendemain et je ne m'étais pas métamorphosée subitement. Au mieux, j'avais bonne mine, mais la transformation s'arrêtait là. Il faut dire que pendant mes longues soirées dans ma ville natale, je n'avais pas grand-chose de mieux à faire. J'avais commencé à ressentir l'effet des soi-disant endorphines qui, d'après les gens en lycra, se dégagent du corps quand on fait des mouvements fatigants.

« Et maintenant, on va se challenger au niveau de la respiration », a hurlé Blake. J'avais déjà pris de l'avance en la matière. J'ai pédalé plus fort et mon nom s'est élevé dans le classement, jusqu'à se rapprocher de celui d'Amy qui planait dans le haut du tableau depuis le début du cours. Blake a réprimandé une personne dont le pseudo était TheRealSpinShady : « Pardon, mais je ne vais pas accepter qu'une personne avec un pseudo pareil cale en pleine montée ! Tu vas au bout de ta résistance, ma chérie, ou bien tu rentres chez toi ! » Blake a consulté l'ordinateur portable à côté de son vélo.

« OK, on a une cycliste qui est en train de mettre le feu au tableau d'honneur. X-Cycle, un gros hourra pour encourager… AMY-PARDONNE-MOI ! » Blake s'est interrompu·e pour vérifier son écran. « Son nom, c'est… Amy, pardo… Oui, c'est bien ça ! AMY-PARDONNE-MOI, attention, la voilà ! Elle a fait une grosse bêtise et elle est là pour payer… ET ELLE PÉDALE, vas-y bébé ! »

Devant moi, Amy a ralenti et s'est mise debout sur ses pédales. Elle s'est essuyé le visage avec sa serviette et elle a regardé à gauche, puis à droite. Elle a bu une gorgée d'eau et s'est rassise sur sa selle. J'ai pédalé plus fort. L'icône avec mon pseudonyme a continué de monter sur le tableau… puis elle s'est mise à redescendre. D'autres cyclistes plus en forme étaient en train de me doubler. Si je ne gagnais pas la course, je n'aurais pas droit à la proclamation finale, au moment spécial qui me permettrait de me racheter. Mon nom a dégringolé jusqu'à la moitié basse du tableau, et avec lui ma dernière chance de mettre mon plan à exécution, comme Hugh Grant sous la pluie, comme John Cusack et son radiocassette, comme Andrew Lincoln avec ses pancartes.

La musique a changé et, dans le bref intervalle entre les deux morceaux, j'ai glapi : « AMY ! C'EST MOI ! » Amy s'est arrêtée à nouveau de pédaler et s'est retournée. Je lui ai adressé un sourire dément, les cheveux dans les yeux, hors d'haleine. « JE SUIS DÉSOLÉE », ai-je crié d'une voix essoufflée.

— Putain, mais qu'est-ce que tu fous ?

— Je…

La musique s'est muée en une techno insistante et le cours s'est poursuivi sans nous : tout en balançant la tête en rythme, les cyclistes ont enchaîné sur une série compliquée de pompes triceps.

— REPRENDS-MOI, S'IL TE PLAÎT ! ai-je hurlé. TU M'AS DIT QUE LES FEMMES APPRÉCIAIENT LES GRANDES MANIFESTATIONS EN PUBLIC !

Étrangement, je n'avais pas cessé de pédaler. Je ne sais pas si j'étais prise par l'ivresse du cycliste ou bien si cette montée d'adrénaline était juste le produit de mon intense désespoir, mais je me sentais surpuissante. En revanche, les sentiments d'Amy étaient plus difficiles à déchiffrer. La musique s'est calmée, elle a penché la tête sur le côté et elle a chuchoté-crié :

— On ne pourrait pas parler de ça tout à l'heure ?

— Ouais, bonne idée ! a braillé Blake. Bon, ça suffit. Allez la team, on passe au niveau supérieur !

Les cyclistes ont commencé à onduler sur leurs vélos, se propulsant au-dessus de leurs guidons à la force des abdos, telle une sublime colonie d'otaries gainées de lycra. J'ai suivi leur exemple en me dandinant maladroitement d'avant en arrière. Quelques participantes se sont mises à m'observer. Mais finalement, les instructions de Blake ont pris le dessus et elles m'ont laissée en paix. J'ai regardé mon nom glisser peu à peu vers le bas du tableau.

Dans les cours X-Cycle, le dernier morceau était toujours une musique lente et vaguement émouvante qui permettait aux instructeurs de prêcher la pleine conscience, l'amour de soi et l'importance de revenir régulièrement au studio pour profiter d'un programme exclusif alliant cardio, haltères et « adréna-fit ». Blake nous a dit que nous pouvions être fiers de nous, que n'était pas toujours facile de se montrer vulnérables et de se mettre en danger en participant à un cours collectif. Iel nous a encouragés à fermer les yeux, à nous laisser porter par le flow et à laisser tous nos blocages derrière nous en quittant le studio.

L'instrumental a laissé place à une voix d'homme : « Nous nous aiderions tous les uns les autres si nous le pouvions », a dit doucement l'enregistrement dans le studio obscur, « les êtres humains sont ainsi faits. Nous voulons donner le bonheur à notre prochain, pas lui donner le malheur. » Puis la musique a repris le dessus. Le morceau était niais, et je trouvais cela réconfortant. Il était ridicule, et j'étais heureuse de l'entendre. Deux choses opposées pouvaient donc être vraies en même temps ! C'est ainsi que, les fessiers en feu, j'ai versé quelques larmes dans un cours de spinning en écoutant un remix techno du discours de Charlie Chaplin dans *Le Dictateur*, situation que j'ai trouvée surprenante mais, à la lumière des changements de l'année écoulée, pas si improbable.

La classe s'est terminée et Blake a rendu hommage au cycliste qui avait donné la meilleure performance, un homme très beau en débardeur filet et short minuscule dont le nom sur le tableau d'honneur était Brian2000. Blake l'a éclairé de sa lampe torche et les participants l'ont acclamé en faisant tourner leur serviette autour de leur tête en hommage à son exploit. C'était le moment où j'avais prévu de faire mon discours à Amy, si tout s'était déroulé conformément à mon plan. J'ai consulté mon score final : douzième sur trente-sept. Très loin du podium.

Je me suis déclippée et remise sur mes pieds dans le studio, le visage rouge vif, couverte de sueur, encore haletante. Blake a ouvert la porte et donné des high five aux cyclistes qui sortaient dans le hall en discutant de leurs projets pour le lendemain et en échangeant des plaisanteries sur les calories de leur brunch déjà brûlées et leur bloody mary bien mérité. J'ai noté que plusieurs d'entre eux m'observaient et se chuchotaient à l'oreille des commentaires sur la folle qui avait essayé de reconquérir le cœur de sa copine, ou quelque chose dans le genre, en plein milieu d'un cours de spinning. Tandis que le dernier groupe de queues-de-cheval tressées sortait de la salle d'un pas conquérant, j'ai vu Amy qui s'attardait près de la porte.

— J'ai vraiment cru que tu apprécierais plus que ça, ai-je balbutié en piétinant maladroitement vers elle dans mes chaussures à clips.

Amy a inspiré une bouffée d'air invraisemblablement longue, et je me suis résignée à un avenir où nous ne serions plus amies, où je serais obligée de la bloquer de mes réseaux sociaux pour m'empêcher de tomber, en scrollant, sur des images de sa vie idéale sans moi. C'est là qu'elle a souri. « Honnêtement ? Ça aurait dû marcher. Ou plutôt, ça aurait pu marcher. Enfin, je comprends ce que tu as essayé de faire, mais le résultat final était complètement ridicule. »

Je lui ai dit que je m'excusais de m'être mal comportée au mariage d'Emily, de l'avoir sous-estimée, de ne jamais lui avoir dit à quel point son amitié – l'immense surprise et la joie réelle qu'elle m'avait procurées – avait compté pour moi durant cette année. C'était tout cela que j'avais voulu exprimer avec ce geste, mais j'avais seulement réussi à empirer les choses et en prime, à faire croire à tous les gens d'X-Cycle qu'elle était impliquée dans une sorte de mélodrame lesbien.

Amy s'est tamponné le visage et a jeté sa serviette dans une corbeille prévue à cet effet.

— Je n'ai pas trouvé ça si désagréable, a-t-elle dit en se baissant pour défaire ses lacets et placer ses chaussures dans une autre corbeille. En tout cas, c'était très attentionné de ta part. Et puis je suis impressionnée que tu sois arrivée en haut du tableau d'honneur.

Je lui ai dit que j'avais l'impression que tous les ligaments de mes jambes avaient fondu.

— Blake, c'est le diable, a-t-elle répondu en riant. Mais d'un autre côté, pour moi, c'est aussi un peu Jésus. Chaque fois que je dois aller à une soirée, je vais à cinq cours dans la semaine et après ça, je suis hyper bien gaulée.

Amy s'est appuyée contre le mur en tirant sur sa cheville gauche pour étirer son quadriceps.

— À part ça, si je peux me permettre, tes cheveux sont vraiment sublimes, a-t-elle dit. Tu vas adorer ça, être blonde. C'est un gros cliché, mais c'est vrai que les blondes s'amusent plus que les autres.

Sa bonne humeur affectueuse m'a fait paniquer. J'avais besoin d'être sûre qu'elle m'avait pardonné, d'avoir la confirmation que nous étions quittes. Je voulais une promesse par écrit, affirmant qu'elle savait que j'étais ridicule, collante, mesquine, râleuse et franchement bizarre, et qu'elle m'aimait comme ça, et qu'elle pensait toujours que ce serait sympa d'aller de temps en temps boire un verre ou dîner ensemble et d'échanger des textos. Je n'aimais pas faire partie de ces gens qui en demandent trop, mais j'étais comme ça.

Amy m'a attirée contre elle dans une accolade poisseuse.

— Tu m'as manqué, a-t-elle avoué. J'allais t'appeler un jour ou l'autre, mais je suis contente que tu aies fait le premier pas. Hé, tu as entendu, à la fin du cours, il y a une fille qui a pété par la chatte ! On va se choper un yaourt glacé ?

Exercice de tenue d'un journal intime : se connaître soi-même

Asseyez-vous dans un endroit tranquille avec un cahier vide ou une feuille de papier. Écrivez librement pendant 10 à 15 minutes sans vous corriger ni vous juger. Cherchez à répondre à la question suivante : Qu'est-ce que je veux ? *Si vous trouvez cela difficile, pensez à la question inverse :* Qu'est-ce que je ne veux pas ?

Je veux me tenir droite. Je veux une bonne vie. Je veux vouloir passer moins de temps sur mon téléphone.

Je veux que ça fasse une différence si je boycotte Whole Foods. Je ne veux pas, surtout, avoir des rides. Je veux une cuisine avec plein de lumière naturelle et un petit rail pour accrocher mes poêles et mes casseroles. Je veux savoir si les vitamines servent à quelque chose. Je veux des pantalons qui me vont. Je veux être prise au sérieux, juste ce qu'il faut. Je ne veux pas en savoir autant sur la vie de gens que j'ai rencontrés une fois en 2008. Je veux être plus proche de ma sœur.

Je veux que mes amis sachent qu'ils comptent pour moi. Je veux accepter que je compte pour eux. Je veux avoir foi en ne serait-ce qu'un seul homme politique et/ou humain de sexe masculin. Je veux avoir l'impression de comprendre ce qui se passe aux informations. Je ne veux pas en savoir davantage sur ce qu'il y a au fond de l'océan. Je veux un travail épanouissant qui me rapporte un salaire décent. Je veux faire l'amour dans un hôtel de luxe. Je veux savoir de quelle quantité de protéines j'ai vraiment besoin, et si j'en mange assez ou non. Je ne veux plus jamais manger de pudding aux graines de chia. Je veux que quelqu'un me regarde avec amour. Je ne veux pas que ce soit mièvre.

Je veux être calme. Je veux un parfum de créateur. Je veux être le genre de femme qui sait préparer des crêpes en un tournemain. Je veux aimer le stretching. Je veux être sincère quand je dis à quelqu'un « pas de problème ». Je veux être bonne en sport, ou à défaut être bonne perdante. Je veux être en couple avec quelqu'un qui considère que mes qualités constituent mon Vrai Moi et que mes défauts sont gérables. Je ne veux pas sortir avec quelqu'un qui me trouve pas mal, sans plus. Je veux tomber amoureuse facilement. Je veux être plus douce. Je veux boire moins. Je veux être ouverte, chaleureuse et ne pas juger les gens. Je veux être jolie avec les cheveux mouillés.

Je veux faire plus que signer des pétitions et aller dans des manifs où je me sens trop timide pour chanter les slogans à voix haute. Je veux apporter mon aide à ceux qui ont besoin d'aide. Je veux être végétarienne, plutôt que d'être quelqu'un qui parle beaucoup des deux jours par semaine où elle ne mange pas de viande. Je veux supprimer mon compte Facebook. Je veux supprimer mon compte Instagram, qui si j'ai bien compris appartient plus ou moins à Facebook. Je veux faire des choses qui me donnent l'impression d'être utile. Je veux être utile. Je veux prendre ma retraite un jour. Je ne veux plus écrire de mauvais papiers sur *Hamlet*.

Je veux faire une bonne première impression. Je ne veux pas me stresser pour des choses insignifiantes. Je ne veux pas regarder par habitude les profils, sur les réseaux, de gens qui m'ont fait de la peine, qui m'ont fait me sentir inférieure, ou que je considère comme inférieurs à moi. Je veux avoir une idée, même très basique, de ce à quoi je ressemble. Je ne veux pas passer mon temps à me raconter à moi-même et aux autres que je me « suffis à moi-même ». Je veux me sentir jeune, ou au pire vieillir incroyablement bien. Je ne veux pas regarder mon visage tous les jours. Je crois que je veux faire quelque chose pour la planète. Je veux savoir ce qu'est ce quelque chose.

Je veux penser à tout sauf à la forme de mon ventre, ou à si je suis une bonne personne, ou à qui veut me baiser, ou à si quelqu'un m'aimera un jour comme je suis. Je ne veux pas célébrer mes boutons aux fesses ni honorer mes varices. Je veux savoir que je suis une fille bien qui fait de son mieux, qui mérite d'être aimée et qui a des varices, d'accord, mais sans qu'elles occupent une trop grande partie de mon temps.

Je veux savoir quoi vouloir. Je veux ne pas trouver cet exercice totalement gênant, de même que la majorité des choses que je fais à longueur de journée. Je veux que mes tortellinis cuisent plus vite.

Les cours à la fac se sont terminés, et j'ai eu encore moins de raisons d'aller à Toronto. J'ai fait quelques trajets pour passer chercher des copies d'étudiants et aider Merris chez elle, mais je n'y passais plus la nuit, ce qui fait que pour venir en ville, il me fallait soit faire six heures de route dans la journée, soit prendre un bus très désagréable ou un train très cher. J'aimais l'idée d'avoir quelque part où aller, même si je trouvais mon travail inintéressant, ou en tout cas pas à la hauteur des deux heures de train à 85 dollars l'aller simple.

Quand je suis allée vider mon bureau pour l'été, je me suis laissée retomber dans ma routine familière : une tasse de café trop léger à la cafetière de la cuisine, une heure à cliquer sans but sur Internet, quelques minutes d'étirements conçus pour le travail de bureau, un peu de classement et de rangement. J'ai trouvé un reçu chiffonné dans un exemplaire de *L'Utopie* et j'ai levé les yeux au ciel en redécouvrant mes annotations enthousiastes dans les marges. J'ai fermé le document Word interminable qui contenait mon mémoire et j'ai parcouru quelques CV.

J'aidais Merris à trouver un nouvel assistant de recherche. Nous nous étions accordées sur le fait que c'était la meilleure chose à faire, même si nos rendez-vous après le kiné se prolongeaient de plus en plus. Elle avait commencé à me raconter sa vie dans l'ordre chronologique, en partant d'un accident de patin à glace à l'âge de huit ans qui, apparemment, avait joué pour elle un rôle fondateur. Nous en étions tout juste à son premier mariage, à l'âge de dix-neuf ans, et je faisais mon possible pour ne pas lui demander de sauter quelques années pour me raconter l'histoire de sa fille plus ou moins secrète. J'ai mangé un sandwich au fromage et j'ai fait suivre à Merris les candidatures qui me semblaient prometteuses.

Olivia est passée par là, avec un cabas rempli à ras bord de copies. Le sac était décoré d'un chat mal dessiné et quand je lui ai demandé d'où il venait, j'ai appris que c'était un cadeau qui venait d'un refuge pour chats où elle faisait du bénévolat. Je considérais comme un exploit incompréhensible qu'une personne puisse 1) s'engager sur le long terme dans une activité charitable et 2) garder l'information pour elle pendant quelque durée que ce soit. Je lui ai demandé si elle pourrait m'emmener avec elle un jour. « Bien sûr ! » a-t-elle répondu. Puis, inquiète, elle a ajouté : « Ne porte pas des chaussures auxquelles tu tiens trop. »

Une semaine plus tard, je me tenais devant le refuge félin anti-euthanasie SOS Chatons sans toi (j'avais mes réserves sur le nom), dans une rue de l'East End pleine d'entrepôts et de cabinets dentaires suspects, juste au-dessous de l'autoroute. Je me suis demandé s'il y avait dans les environs un de ces arbres qui sentent le sperme, ou bien si quelqu'un s'était livré à des activités répréhensibles dans le parking. L'intérieur du bâtiment était aseptisé, suréclairé et baigné d'un vacarme assourdissant causé par ses pensionnaires à quatre pattes, à peine compensé par la tranquillité insistante des bénévoles vêtus de pantalons fuseaux et de gilets fantaisie.

Ma journée d'essai a été horrible. Pendant qu'Olivia s'amusait avec une portée de chatons, j'étais chargée de nettoyer des cages imprégnées d'urine et de servir leur repas à des animaux tristes en essayant de ne pas les traumatiser. Ma plus grande victoire a été de parvenir à convaincre une énorme créature à trois pattes du nom de Colin de venir manger au centre de la pièce, ce qui, paraît-il, est une marque de confiance. Je me suis efforcée d'offrir à Colin une caresse réconfortante pour lui montrer qu'il pouvait faire confiance aux humains, même si l'un d'eux l'avait fait souffrir dans le passé. Il a grogné dans ma direction, puis a vomi.

Non loin de moi, Olivia jouait avec ses chatons rayés. « Ils donnent toujours les boulots les plus rudes aux nouveaux », a-t-elle remarqué, couverte de chatons de la tête aux pieds. « Ça permet de faire le tri et de se débarrasser des gens qui ne viennent que pour les caresses. » Elle a éclaté de rire en agitant des plumes pour amuser son armée écaille-de-tortue, tandis que j'épongeais le vomi de Colin et que je saupoudrais de vermifuge des morceaux de thon au naturel.

En dehors d'Olivia, tous les gens qui travaillaient au refuge étaient bizarres, ce qui ne me dérangeait pas. Si j'étais là, c'était certainement que j'étais bizarre moi aussi, et j'avais déjà retenu ma leçon concernant les hobbies pour adultes. En plus, j'aimais les chats, même ceux qui étaient méchants et sentaient mauvais, même le gros Colin. Je comprenais leurs besoins et je n'avais pas de difficultés à y répondre. J'ai rempli les formulaires demandés, j'ai acquis le polo à logo réglementaire, et on m'a donné accès au calendrier partagé sur Google.

C'était apaisant d'être parmi les animaux, de passer du temps sans parler au milieu de gens que je ne connaissais pas, de voir des enfants, des couples et des hommes âgés qui venaient chercher leur futur animal de compagnie. C'était gratifiant d'aider une créature inquiète et mécontente à comprendre qu'elle était en sécurité, et que sa vie allait être moins dure. En rentrant chez moi, j'ai regardé les profils d'adoption de mes nouveaux amis, qui à mon avis ne les mettaient pas du tout en valeur : Ne vous fiez pas à l'allure un peu chiffonnée de Dunstan ! Avec ses manières de drama-queen, Carrie vous semblera peut-être bizarre au premier abord. Tomasina n'est pas du goût de tout le monde. Fallait-il vraiment ouvrir sur ce genre de déclarations ? Ces animaux avaient déjà eu des vies suffisamment difficiles. Leurs noms aussi étaient gratinés : quel genre de psychopathe appelle son chat « Meghan » ?

Quelques semaines après mon arrivée au refuge, Olivia a donné sa chance à Tinker, un charmant vieux matou borgne au museau buriné. (Sa bio disait : Tinker est un vrai papy bougon, qui n'hésitera pas à vous mettre un petit coup de griffe pour se faire respecter.) Après avoir consulté son fiancé, ils ont décidé d'« agrandir la famille » et ont entamé le processus d'adoption. Je travaillais à l'accueil le jour où elle est venue le chercher en compagnie d'Aidan, le Roi des œufs durs. En les regardant s'affairer autour de leur nouvel ami, je me suis dit : « Ce chat va devoir se mettre à la randonnée. » Alors qu'ils s'éloignaient, je me suis avoué que j'étais jalouse de Tinker.

Quand ma journée s'est terminée, j'ai jeté ma blouse dans un panier et j'ai enfilé une nouvelle robe moins couverte de poils. J'ai retouché mon maquillage dans la minuscule salle de bains du personnel, et j'ai essayé de forcer mes cheveux à prendre une forme normale. La plupart du temps, je rentrais directement à Kingston après le travail, mais Lauren m'avait donné la permission spéciale de dormir chez elle deux nuits entières. J'étais contente de rester en ville plus longtemps que d'habitude pour goûter une version un peu plus exaltante de l'existence – ou du moins, une version où j'allais à des soirées. J'avais pris mon dimanche de congé au magasin de fromage et volé une paire de chaussures à ma mère, et Clive nous avait invités chez lui (en compagnie de dix-sept inconnus que je prévoyais d'ignorer) pour célébrer les fiançailles d'Amirah et Tom.

J'ai traversé la ville en tramway et j'ai marché jusqu'à Trinity-Bellwoods, en m'arrêtant en chemin pour acheter un cadeau au jeune couple – un livre d'art ? avec des photos en grand format ? de plages ? – et des provisions. J'ai regardé les grappes d'étudiants qui mangeaient de la glace au charbon et je me suis entraînée à pratiquer la compassion sans jugement vis-à-vis des hommes trop vieux pour s'amuser à marcher sur un fil et des mamans riches qui se plaignaient parce que leur coloriste était parti en vacances. Dans cet endroit, toute personne âgée de plus de trente ans avait un chien. Toute personne âgée de plus de trente-cinq ans avait une poussette. Je me suis attardée dans un coin du parc qui s'appelait la « Prairie des toutous » où les chiens pouvaient jouer sans être attachés en laisse, et j'ai attendu que mon désir de les filmer me soit passé. Au moment où je remettais avec fierté mon téléphone dans ma poche, j'ai fait tomber le contenu de mon bánh mì végétarien sur le devant de ma robe.

Je ne voulais pas être la première à arriver à la soirée, mais je ne voulais pas non plus traîner dans le parc toute la journée en empestant la carotte et le vinaigre de riz, alors je suis montée dans le bus dans l'espoir que Clive ait un stick détachant ou je ne sais quel autre gadget que possèdent les hommes organisés. Je me suis assise du côté de la fenêtre pour profiter du soleil de la fin mai, et j'ai lu un livre sur une femme qui massacre toute sa famille, mais avec un angle féministe chic. Quelque part entre Dundas et Harbord, Jon est monté dans le bus.

Voici ce qui s'est passé : j'étais distraite par un bruit bizarre et continu, alors j'ai levé les yeux pour comprendre d'où il provenait. De l'autre côté du couloir, quelques sièges devant le mien, un sac de sport noir laissait échapper un long grognement grave. On apercevait à l'intérieur un nuage de fourrure grisbrun : c'était un chat furieux qui se jetait contre les parois de sa prison de toile et de filet. En le voyant, j'ai pensé que Janet me manquait. Elle aussi, elle avait l'habitude de tourner en rond dans son sac, jusqu'à ce que… Ah.

C'était Janet. Son petit museau pressé contre la fenêtre avant du sac laissait apparaître une canine tordue, reconnaissable entre mille. Le sac avait un porte-clé smiley accroché à la fermeture éclair, le même que j'avais essayé plusieurs fois de décrocher sans succès. Et au-dessus, portant le sac sur ses genoux, il y avait Jon.

J'ai senti mon cœur battre dans mes oreilles. Je n'étais plus qu'une grosse poche de sang bourdonnant. J'ai jeté un regard furtif à Jon, qui ne m'a pas remarquée : un casque sur les oreilles, il était absorbé par son téléphone et ne prêtait pas attention aux frasques de Janet, même s'il tapotait de temps à autre le sac d'un geste rassurant. Il avait l'air bien. En forme. Il était habillé chic, contrairement à son habitude : un pull léger que je ne reconnaissais pas, par-dessus une chemise qu'une de ses sœurs lui avait offerte pour son anniversaire l'année précédente. Il avait l'air d'aller à un entretien de travail, ou à une fête, ou à un rendez-vous amoureux.

Il m'était arrivé de me représenter cette scène une ou deux fois (par jour) pendant les trois cent cinquante-trois derniers jours. J'avais tellement de choses à dire, j'avais imaginé cette rencontre sous tellement de formes différentes. J'aurais pu chanter exactement la bonne chanson, évidemment, ou bien tomber à genoux et m'excuser, ou alors sortir une réplique intelligente mais dévastatrice, rejeter mes cheveux par-dessus mon épaule d'un mouvement de la tête et m'en aller. J'aurais pu admettre que j'étais encore en colère contre nous deux. J'aurais pu lui expliquer ce que j'avais appris avec Helen : que couper tout contact avec quelqu'un quand on est au milieu d'une procédure juridique n'était pas forcément une manière très constructive de poser des « limites », et que son attitude nous avait privés des petites interactions qui auraient pu nous permettre de désamorcer des moments comme celui-ci. J'aurais pu le prendre dans mes bras, pour voir ce que ça faisait.

Le bus s'est arrêté à nouveau. Je me suis demandé s'il me reconnaîtrait avec ma nouvelle coupe de cheveux. Je me suis demandé si je n'allais pas attraper Janet et m'enfuir. J'ai inspiré à fond, je me suis levée et je suis passée devant eux – ma chatte dans son sac de transport pourri que j'avais acheté dans un vide-grenier, mon mari dans une chemise que j'adorais – ma petite famille. Je suis descendue du bus et les portes se sont refermées derrière moi. Je me suis adossée au mur de l'abribus et j'ai attendu que ma respiration ralentisse. Mes yeux se sont embués mais je n'ai pas éclaté en sanglots, et quand je les ai levés à nouveau pour voir le bus partir, Jon était en train de me regarder. Je n'ai pas cherché à faire quelque chose de cool ni quelque chose de bien, j'aurais juste aimé qu'il sache que j'étais désolée que les choses aient tourné de cette manière et que j'espérais qu'il allait bien. J'aurais voulu lui promettre que moi aussi, j'allais m'en sortir, probablement, et que même si ce n'était pas le cas, ce n'était plus son problème.

Je crois que j'aurais apprécié aussi qu'il me fasse au revoir par la fenêtre avec la petite patte de Janet, mais ce n'aurait pas été une bonne idée de la sortir de son sac dans les transports en commun. La lèvre supérieure de Jon a frémi et le bus a démarré, et j'ai regardé notre vie d'avant s'éloigner dans le bus sur Ossington Avenue.

Après cela, évidemment, il a fallu que j'attende un autre bus, ce qui était très pénible.

Pour finir, j'ai décidé d'y aller à pied et je suis arrivée chez Clive environ une heure plus tard. Je me suis faufilée parmi les invités pendant que le père de Tom prononçait un discours sur la joie que c'était pour sa femme et lui d'accueillir Amirah dans leur famille. Les parents d'Amirah, très mignons, se tamponnaient les yeux, et Tom souriait d'un air béat aux platitudes de son père. Décidément, c'était chaque fois la même chose.

Une femme brune avec un bébé (depuis peu, on commençait à voir des bébés à ce genre de soirées) était debout devant moi, à côté d'une grande blonde dont les boucles d'oreilles spectaculaires me faisaient envie. La blonde s'est penchée par-dessus le bébé de son amie et a murmuré :

— Je ne sais pas combien de soirées comme celle-ci, je vais encore pouvoir supporter.

— Ne te stresse pas, Rachel, a dit la brune. Ça te fait toujours cet effet-là.

— J'ai trente-deux ans. Trente-deux ans, et je n'ai jamais été ne serait-ce que fiancée.

Je comprenais ce que ressentait Rachel. Les mariages affluaient de tous côtés. Depuis mes vingt-cinq ans, l'évolution des vies amoureuses et des familles des autres avaient constitué les jalons sociaux de mes années : l'hiver, entre Noël et la Saint Valentin, il y avait les fiançailles, puis au printemps les mariages faisant suite aux fiançailles de l'année précédente, et enfin, à l'automne, quelques connasses tombaient enceintes. Mes réseaux sociaux étaient à l'avenant : des filles de mon école primaire, les doigts de la main gauche en éventail, dans des posts impossibles à distinguer des publicités pour des bagues de fiançailles qui apparaissaient juste au-dessus ; des amies dans des bars insolites où les gens buvaient dans des bocaux à confiture ; des bébés assis à côté d'un tableau noir où étaient notés leurs derniers progrès… J'avais beau cliquer rigoureusement sur « Ça ne m'intéresse pas » chaque fois qu'apparaissaient des publicités pour HarpisteModernePourMariages.com, j'étais harcelée de posts par ce compte.

Je ne ressentais aucune pression en voyant ces images. J'avais déjà été mariée, et ce n'était pas génial. Mais il ne m'était jamais venu à l'idée que ce n'était pas génial non plus de ne pas être mariée. La blonde s'est glissée devant moi à la recherche des toilettes. Elle était tellement belle qu'on avait du mal à imaginer qu'elle puisse avoir des problèmes quels qu'ils soient.

Ces derniers temps, j'avais beaucoup lu sur le régime intuitif : j'ai donc laissé mon intuition me guider jusqu'à un plat de feuilletés aux champignons et aux poireaux. J'en ai mangé sept, tout en sachant que j'allais me sentir ballonnée, ce qui n'était probablement pas l'objectif de ce régime alimentaire, mais je me suis dit que le plus important, c'était le processus d'apprentissage. L'événement était sans alcool, par respect pour les parents d'Amirah qui croyaient par ailleurs que Tom travaillait pour une « brasserie de kombucha », concept qu'elle avait inventé mais dont elle avait été ravie de découvrir qu'il existait vraiment. Je me suis servi encore un verre d'eau gazeuse et j'ai jeté un coup d'œil à travers la pièce.

Tom était tout seul à l'autre extrémité du buffet, occupé à lire avec soin les petites cartes que Clive avait préparées pour expliquer chaque plat. Je me suis approchée pour lui poser à voix basse des questions attendues sur les bières artisanales. Il était sympathique, comme à son habitude, et connaissait un nombre incalculable de choses sur le houblon. Comme je peinais à assimiler le flot d'informations sur la filtration des levures, j'ai tenté de m'assurer qu'il était du genre à apprécier les gros livres de photos de plages.

— Pas facile, comme question, a hésité Tom. J'adore le bord de mer, mais je ne suis pas sûr d'aimer le sable.

J'ai décidé que l'essentiel, c'était qu'il aime mon amie, et je lui ai dit que j'étais très heureuse pour Amirah et lui.

— Merci, a dit Tom. Tu crois que tu pourrais te remarier un jour ?

— Elle préfère se recentrer sur elle-même pour le moment, a répondu Amy, surgie de nulle part dans une minirobe bohème chic et très chère, en m'attirant vers le balcon. Il faut que je lui demande quelque chose en privé, on revient dans cinq minutes !

— Pitié, ne dis pas aux gens que je me « recentre sur moi-même », ai-je supplié tandis qu'elle refermait la porte-fenêtre derrière nous. C'est trop gênant.

— Pourtant, c'est exactement ce que tu m'as dit que tu faisais.

Nous sommes restées dehors et j'ai regretté de ne pas avoir pris mon pull. Le temps s'était un peu réchauffé mais à l'ombre, il faisait encore froid. En bas, dans la cour pavée de briques, une femme était en train de perdre un affrontement contre un petit chien maigrichon. Amy m'a regardée d'un air solennel et a approché son visage du mien.

— J'ai vu sur Spotify que tu avais beaucoup écouté cette playlist sur la confiance en soi, a-t-elle déclaré. Alors je voulais te rappeler une chose : il n'y a pas de mal à aller mal.

Un des cousins sexy d'Amirah est sorti fumer et nous a fait un petit signe de tête amical. J'ai répondu à son salut, puis j'ai baissé la voix et je me suis approchée d'Amy parce que je ne voulais pas que les gens m'entendent parler de la playlist. J'avais essayé plusieurs fois de changer mes paramètres sur Spotify, et je n'avais aucune idée de comment m'y prendre.

— On en reparle une autre fois ? ai-je chuchoté.

— Tu m'as expliqué que tu essayais de le penser vraiment quand tu disais que tu préférais être seule, a-t-elle poursuivi d'une voix tonitruante, en tout cas beaucoup plus forte que nécessaire. Et je trouve ça génial que tu te donnes cet objectif. Tu vas y arriver !

Elle m'a mis une grande claque dans le bras et le cousin a regardé encore une fois dans notre direction. Amy lui a fait un grand sourire.

— Ma copine a décidé de faire une pause avec les mecs, a-t-elle expliqué. Elle vient de traverser un mauvais divorce. Moi aussi, je suis divorcée, mais je ne suis pas aussi disciplinée !

Le cousin, visiblement ravi de l'apprendre, s'est présenté. Il s'appelait Sam. Il était fan de hockey, DJ à ses heures et, à en croire son langage corporel, célibataire. Il travaillait dans l'immobilier.

— Quelle coïncidence ! s'est exclamée Amy. Je cherche justement un endroit où vivre.

— Incroyable, a répondu Sam. Je vais te passer mon numéro.

Parfois, c'était aussi facile que ça. J'ai dit à Amy que je n'étais pas au courant qu'elle voulait déménager.

— Et ton appartement dans la résidence ? ai-je demandé.

— Finalement, c'est Greg qui l'a gardé. J'en ai eu marre de me bagarrer et j'ai fini par lui dire : c'est bon, prends-le. Techniquement, c'est lui qui avait tout payé donc je m'en fous. Et en plus, maintenant, j'ai un bon petit pactole pour me trouver un autre endroit.

Amy a adressé encore un grand sourire au cousin, tandis que je scrutais son visage à la recherche d'un signe de douleur cachée.

— Et… ça va ? ai-je demandé.

— Très bien ! a répondu Amy avec une sincérité apparente. Maintenant, je suis juste en mode « qui vivra verra ».

— Mais grave ! est intervenu Sam. Moi aussi, c'est ma philosophie, à 100 %.

— Et tu vas emménager avec Ryan ?

— Ryan et moi, on s'est séparés, a-t-elle dit. Ça fait quelques semaines. On voulait des choses complètement différentes. Mon Dieu, on ne s'est pas parlé depuis des siècles !

Sam a aperçu l'opportunité et s'en est saisi. Il a fait un pas en avant en orientant son corps de manière à m'exclure discrètement de la conversation. Je les ai laissés discuter de la dernière saison des Maple Leafs (Amy avait entendu dire qu'ils étaient en grande forme cette année) et j'ai retrouvé Amirah et les Lauren dans la cuisine.

— Quel cousin ? a demandé Amirah. Si c'est Daniyal, c'est un vrai charognard.

Elle voyait Sam d'un meilleur œil, mais elle m'a avertie qu'il était déjà sorti avec la cousine de son ex-colocataire, et aussi avec une fille que Lauren Sensible connaissait de son travail. J'ai répondu que j'étais bien contente d'avoir mis le frein sur les rencontres. On aurait dit que la ville contenait un stock inépuisable de femmes célibataires, et je ne me sentais pas d'attaque pour entrer dans la compétition.

— Elles sont toutes tellement belles, ai-je soupiré.

— Oui, a acquiescé Lauren. Et en plus, en majorité, elles sont plus faciles à vivre que toi.

Amy nous a rejointes, les joues roses, tout excitée, tenant à la main un cocktail sans alcool très élaboré.

— J'ai une nouvelle théorie, a-t-elle annoncé. Je pense que la trentaine, objectivement, c'est le meilleur âge. En fait, avoir trente et un ans, c'est exactement la même chose que d'en avoir vingt-six, sauf qu'on est plus intelligente, plus sexy, et qu'on s'y connaît un peu plus en carrelage.

J'ai dit que quand j'entrerais dans la trentaine, j'habiterais probablement encore dans mon lit simple chez mon père.

— Tu pourrais éviter de casser l'ambiance pendant cinq minutes ? a grogné Amy. Demain Sam m'emmène visiter des appartements, et je crois que c'est un peu un *date* donc tu ne peux pas venir, mais je t'enverrai des photos.

— Vraiment ?

— Comment ça, vraiment ? a répondu Amy, perplexe. Oui, vraiment. On va regarder les deux-pièces, mais je suis sûre qu'il y a des tas de trois-pièces aussi.

— Mais… quoi ?

— Oh putain. Meuf, je te demande si tu veux bien être ma coloc. Ou ma locataire, peut-être. Ça fait un peu bizarre, mais on s'en fout.

— Très bizarre, ai-je confirmé d'un ton qui se voulait sarcastique mais qui au final sonnait plutôt sincère.

Je ne pouvais pas cacher que j'étais émue. Je m'en suis aperçue parce que Lauren Sensible s'était mise à me frotter le bras.

— De toute manière, il faut que tu reviennes à Toronto, a déclaré Amy. Ton truc d'habiter à Kingston, c'est vraiment chiant. L'autre jour, une pote m'a demandé ce que tu devenais et je te jure, j'ai failli lui dire que tu étais morte. Donc voilà, parfait, tu vas habiter avec moi. OK, il me regarde, il me regarde, mais putain, te mets pas à pleurer comme ça, merde !

Messages d'anniversaire que je ne tenais pas spécialement à recevoir

À la salle d'escalade TOUS À BLOC, nos membres font partie de la famille. Félicitations : vous avez réussi à grimper une année de plus ! Passez nous voir aujourd'hui et nous vous offrirons gratuitement une Boule Nutritive, un Shot Protéiné ou une deuxième dose de Poudre Végétale. Et n'oubliez pas : tous à bloc !!

coucou ! je sais qu'on n'a pas été en contact depuis le lycée mais je voulais te souhaiter un bon anniversaire pour tes 30 ans parce que je sais que ça peut être un moment un peu lourd, et d'après ce que j'ai vu sur Insta, tu as eu une année pas évidente. je te souhaite la meilleure journée possible, et si tu veux des infos sur un moyen de doubler ton revenu en travaillant depuis chez toi cette année, fais-moi signe ! je fais partie d'une communauté vraiment top de mamans entrepreneuses, je suis sûre que ça te plairait… amour et lumière <3

JOYEUX ANNIVERSAIRE, MARGARET · MERCI DE FAIRE PARTIE DE LA FAMILLE TL BANK · VOTRE SOLDE : 135,33 $·

Maggie, un petit courriel de ta NANA !!! – Je te souhaite un très AGRÉABLE anniversaire aujourd'hui, en te rappelant s'il te plaît d'ESSAYER de ne pas te faire de nouveaux tatouages ! je te fais suivre un lien vers un article épatant du *New York Times* que ta mère m'a envoyé sur une jeune femme qui découvre une nouvelle carrière en s'inscrivant dans un cours d'informatique. Peut-être une IDÉE pour toi ? Grosse bise, NANA.

C'EST TON JOUR BIYAAAATCH – Pour célébrer ton grand jour (et les Gémeaux en général !), nous t'envoyons une liste de célébrités qui ont le même signe que toi, comme Sir Ian McKellen et la plupart des serial killers ! Big love de toute l'équipe d'AstroDuJour.

bon anniv amiga, j'espère que tu vas bien :P fais-moi signe si tu es libre ce soir… ps c'est calvin

« Sept choses à faire avec un gâteau d'anniversaire (dont une à laquelle vous avez probablement déjà pensé) » – HBD de la part de Food6 !

Bonjour Maggie, Merci pour votre demande d'informations sur l'épilation à lumière pulsée. Malheureusement, ce traitement n'est pas adapté pour les personnes ayant votre couleur de peau, car vos poils sont trop clairs pour que le laser fonctionne. C'est dommage, car les roux ont souvent des poils très épais :(Bonne nouvelle quand même : le salon Stripp'd spécialisé dans l'épilation à la cire vous offre une réduction de 15 % sur l'épilation brésilienne le jour de votre anniversaire. Envie d'une peau douce pour le grand jour ? N'hésitez pas à prendre rendez-vous !

Olivia m'a dit que c'était ton anniversaire, donc je voulais te dire que d'un point de vue médical, l'atrophie musculaire commence à trente ans. Profite bien. Jiro

Le matin de mon anniversaire, l'air était vif et lumineux. J'ai décidé d'« entamer la décennie du bon pied » en allant courir, mais j'ai fini par faire le tour du quartier d'un pas tranquille dans ma tenue de sport. Hannah m'a envoyé des fleurs, ma mère a téléphoné pour me ressortir son discours traditionnel sur le supplice de son accouchement, auquel j'ai répondu par mes remerciements traditionnels pour m'avoir donné la vie et pour tous ses efforts. Elle m'a dit qu'un jour je saurais ce que c'est, j'ai répondu « ça m'étonnerait », et elle m'a dit « tu changeras d'avis ». Dix minutes plus tard, mon père m'a appelée et le même échange s'est reproduit quasiment mot pour mot, à l'exception du chapitre sur la déchirure vaginale. Je me suis demandé si Jon allait m'écrire.

Je me suis douchée, j'ai brossé mes cheveux et j'ai regardé mon visage dans le miroir, ce qui m'a décidée à commander un nouvel onguent, un produit français dont j'ai lu sur Internet qu'il allait soit me brûler la peau, soit la rendre parfaite. Dans un geste de restreinte, je me suis abstenue de cliquer sur le produit recommandé pour l'accompagner, une glaire japonaise qui me faisait terriblement envie. J'ai rangé ma chambre et je me suis donné pour objectif d'aller faire encadrer mes affiches, parce que les femmes de trente ans possèdent des affiches dans des cadres.

Je suis allée au supermarché et j'ai acheté des ingrédients pour le dîner. Amy voulait faire un poulet rôti (« C'est le plus adulte de tous les dîners faciles à préparer ! »), mais j'essayais d'être végétarienne pour de bon, donc nous allions manger des spaghettis, du pain à l'ail et une grosse salade césar, comme une famille dans une série télé.

Après avoir perdu la bataille du menu, Amy a insisté pour que je la laisse créer un « paysage de table ». Elle a couvert la vieille table en bois vermoulu qu'elle avait héritée de ses parents avec un drap ancien, puis elle a recouvert ce dernier de différents objets glanés dans tout l'appartement : vieilles bougies, cristaux, fleurs séchées, etc. J'étais sceptique durant l'installation mais quand elle a reculé d'un pas pour rectifier la position de quelques feuilles autour desquelles elle avait enroulé une guirlande scintillante, je n'ai pas pu nier que c'était superbe.

« Devine où j'ai trouvé l'idée, a dit Amy. Reese Witherspoon. »

La vie avec Amy était beaucoup plus agréable que je ne l'aurais imaginé. Elle était ordonnée, attentive et elle détenait les codes Netflix de son père. Notre seule vraie dispute avait porté sur un poster géant qu'elle avait acheté pour le salon sans me consulter : une photo en noir et blanc montrant la silhouette d'une surfeuse sur fond de vagues léchant le sable, surmontée de l'inscription « J'AI BESOIN DE LA MER CAR ELLE EST MA LEÇON ». (« Tu fais du surf ? » lui avais-je demandé. « Non, avait-elle répondu. Mais c'est tout comme. ») J'avais cédé et maintenant, le poster était accroché dans la cuisine, sur le grand pan de mur à côté du frigo. Lauren m'avait adressé une grimace moqueuse en entrant dans la pièce. Lauren Sensible avait dit à Amy qu'elle trouvait que c'était « important de penser à la mer, des fois ». Amy avait acquiescé.

Le système de climatisation de l'appartement se composait de deux caisses fixées en équilibre précaire dans nos fenêtres de chambre à toutes les deux, ce qui fait que quand Amirah et Clive sont arrivés, il faisait incroyablement chaud dans la cuisine. Amy, sublime, la peau veloutée, évoluait sans effort entre les pâtes sur la gazinière, le pain dans le four et la salade pimpante présentée dans un saladier géant que je n'avais jamais vu, sorti comme par magie du fond d'un placard.

Pour ma part, je ne m'en sortais pas aussi bien. Je m'étais fait un brushing pour l'occasion, mais j'avais déjà été forcée de remonter mes mèches en un chignon approximatif sur le dessus de ma tête pour les empêcher de se coller à mon cou.

« Tu as des couleurs », a dit Amirah en entrant, un cadeau et une bouteille de vin à la main. « Bon anniversaire. » Elle a embrassé ma joue transpirante, l'air faussement dégoûtée, puis elle m'a embrassée sur l'autre joue.

En arrivant, Clive a remarqué la banderole qu'Amy avait fabriquée, a levé les sourcils et n'a rien dit. Amy l'a pris dans ses bras comme un vieil ami.

— J'espère que personne n'a de restrictions alimentaires dont il ne m'a pas parlé, a-t-elle déclaré d'un ton maternel, un poing calé sur la hanche. J'ai posé la question dans le WhatsApp parallèle et personne n'a rien dit, donc si vous avez un problème avec le gluten, c'est vous que ça regarde.

— Il y a encore des endroits où on peut acheter un tablier en 2019 ? a demandé Lauren.

— Muji, a répondu Amy. Et un peu partout, en fait. Asseyez-vous.

Les plats étaient parfaits, riches et savoureux. J'ai entassé une deuxième portion sur mon assiette tandis que Clive nous racontait son dernier fiasco sur Grindr, puis Lauren a fait monter les enchères avec une histoire de Tinder :

— Le premier *date* était génial, vraiment un des cinq meilleurs rencards de ma vie. Il était beau, il était drôle et il sentait le feu de bois. On s'est envoyé des textos non-stop toute la semaine, et quand on s'est revus le vendredi, il s'était rasé la barbe pour se faire UN BOUC !

— Et il t'avait dit quelque chose là-dessus ? s'est écriée Amy.

— Pas un mot.

— Et il ne t'a pas prévenue avant, quand vous échangiez des textos ?

— Rien.

Amy a déclaré que c'était très mal élevé de sa part.

— Tu ne peux pas comme ça imposer un bouc à quelqu'un.

— Je ne vois pas où est le problème, a dit Lauren Sensible, pleine d'espoir.

— Avec le bouc, il avait l'air d'un gamer, a dit Lauren. Un gamer qui possède un faucon apprivoisé.

Lauren Sensible s'est ralliée à son point de vue et le dîner s'est poursuivi. Nous avons bu du vin rouge, nous avons ri très fort et nous nous sommes dit mutuellement que nous étions beaux. Nous avons trop mangé, échangé des ragots éhontés et nous nous sommes plaints de notre travail, de notre famille et de nos vies tout à fait satisfaisantes, bercés par une playlist concoctée par un algorithme qui avait pour titre : « Dîner de darons ».

Lauren m'a demandé quand le divorce serait finalisé et je lui ai répondu en toute honnêteté que je ne savais pas.

— Ça ne dépend pas de moi, ai-je dit. Tout ce que je sais, c'est que je n'ai plus un rond.

— Et est-ce que Jon t'a appelée, aujourd'hui… ? a demandé précipitamment Lauren.

Amirah lui a fait signe de la fermer tandis que je secouais la tête.

— Helen dit qu'il faut que je me fasse à l'idée qu'on ne se parlera peut-être plus jamais.

Je n'ai rien dit concernant le bus.

— Et Simon ?

— Lauren, enfin ! a protesté Amirah, avant de prendre la situation en main. Comment ça va, au refuge pour chats ?

Je leur ai raconté que ma cheffe m'avait autorisée à écrire des bios plus percutantes pour les profils d'adoption des chats. Ça lui avait plu et son amie, la propriétaire d'une société de vente en ligne de cosmétiques, m'avait demandé de faire la même chose pour elle en écrivant des descriptions de sérums, d'huiles et d'essences. Le travail pour le refuge n'était pas payé mais la dame des produits de beauté m'avait donné 200 dollars. J'espérais négocier pour qu'elle me confie d'autres travaux, et j'allais peut-être m'inscrire à un cours du soir en communication, en rédaction ou quelque chose dans le genre, au cas où je me déciderais à quitter la fac et à gagner ma vie un jour.

— C'est ironique, a dit Lauren. Quand on pense que Jon faisait le même b… Aïe !

Amirah a desserré ses ongles de la cuisse de Lauren et a remarqué que c'était une bonne idée de garder sous la main des options comme celle-ci. Peu après que nous avons eu fini le pain à l'ail, Amy a fait tinter sa fourchette contre son verre à pied comme une demoiselle d'honneur.

— Alooooors…, a-t-elle commencé en souriant, le dos encore plus droit qu'à l'accoutumée, comme si elle avait tout prévu. Dans ma famille, quand c'est l'anniversaire de quelqu'un, on fait un tour de table et chacun dit quelque chose qu'il aime chez la personne dont c'est l'anni…

— Non !

Amy a continué à parler sans même me regarder :

— Chacun dit quelque chose qu'il aime chez la personne dont c'est l'anniversaire, c'est trop mignon et tout le monde est content. D'accord ? Je commence. Quand j'ai rencontré Maggie, elle était en vrac…

— Amy, pitié.

J'ai gardé les yeux rivés sur ma serviette de table posée sur mes genoux, tandis qu'Amirah, Lauren et compagnie s'efforçaient avec plus ou moins de succès de ne pas éclater de rire. C'était mon pire cauchemar et le leur aussi. Tout mais pas ça.

— Elle était complètement en vrac, a poursuivi Amy sans se démonter. Tellement ronchon et malheureuse, et en plus, elle avait encore cette espèce de frange. Je me suis dit : c'est qui, celle-là ? Mais je lui ai donné mon numéro malgré tout, et je suis contente de l'avoir fait parce qu'en fait, elle est super gentille et elle a un cœur en or, et en plus elle arrive à enchaîner deux sessions de X-Cycle coup sur coup mieux que tous les gens que je connais, enfin, sauf Laura, et aussi ma copine Sidra du boulot qui a des quadriceps de malade… Bref. Et aussi, je crois – enfin, je sais d'expérience – que c'est dur de traverser ce qui lui est arrivé cette année, et c'est hyper courageux de continuer à avancer, et d'essayer de découvrir par soi-même ce que la vie nous réserve, quand on avait déjà tout prévu avec quelqu'un d'autre. Je sais qu'elle s'est donné beaucoup de mal, et je suis honorée d'avoir pu faire ce bout de chemin avec elle.

Le reste de la table a gardé le silence pendant une minute. Mes amis se sont tortillés sur leur chaise, mal à l'aise, et j'ai passé ma langue sur mes dents. J'ai avalé ma salive plusieurs fois. Ça ne m'a pas vraiment aidée. J'ai ouvert la bouche pour dire quelque chose mais si je me mettais à parler, ma voix allait craquer. Alors je suis restée comme ça, interdite, les yeux fixés au plafond.

— Bon, on en a tous marre de voir Maggie pleurer, pas vrai, donc je vais prendre la parole, a commencé

Clive en remplissant son verre tandis que je me tamponnais les yeux discrètement.

À l'autre bout de la table, Amy rayonnait, visiblement enchantée du résultat.

— Elle est fatigante, hein ? a poursuivi Clive. Elle parle fort, elle est incapable de partager une barquette de frites et elle discute pendant les films.

La table a explosé, et tous se sont mis à échanger des titres de films que je leur avais gâchés : les fois où j'avais spoilé la fin, demandé le nom d'un personnage qui venait d'être présenté ou souligné le moment où quelqu'un prononce le titre du film dans le film. Clive a continué :

— Je ne comprends pas ce qu'elle fait dans la vie, et quand elle essaie de m'expliquer, je me dis : tous ces gens, ça fait des siècles qu'ils sont morts et j'espère qu'ils vont le rester, alors stop. Cette fille, c'est un cauchemar de A à Z mais techniquement, si on se met en colère contre elle, c'est de la biphobie, donc voilà. Bon anniversaire, espèce de poufiasse, on t'aime.

J'ai souri à Clive, reconnaissante qu'il ait réussi à gérer pour le mieux la sincérité de l'occasion. Lauren Sensible a ouvert la bouche et s'est aussitôt mise à larmoyer, alors l'autre Lauren est intervenue pour raconter l'histoire d'un anniversaire particulièrement gratiné qu'on avait passé ensemble à la fac dans une salle de bowling. La soirée avait donné lieu à plusieurs ratages amoureux, à des gueules de bois monumentales, et aussi à 50 dollars d'amende à cause d'une paire de chaussures de bowling massacrée dans un accident de bière-pong. Ce n'avait pas été le moment le plus glorieux de ma vingtaine.

— Mais quand même, tu étais repartie avec un beau gosse ce soir-là, m'a dit Lauren. Est-ce que ce n'est pas ça, le plus important ?

— Je crois que c'était toi, a dit Amirah.

— Oui, c'était toi, a confirmé Lauren Sensible. Je m'en souviens, parce que Maggie avait vomi ses tacos sur ma couette.

Clive et moi avons confirmé que l'histoire était arrivée à Lauren et non à moi.

— Bon. Enfin, ce que j'essayais de dire, c'était : bon anniversaire, Maggie, et félicitations à moi. Je lève mon verre au beau gosse du bowling, où qu'il soit.

Un débat a suivi pour déterminer s'il était vraiment si beau que ça – évidemment, Lauren insistait sur le fait que oui, tandis que le reste d'entre nous rejetaient sa perspective révisionniste. Amirah a avalé une gorgée d'eau et s'est préparée pour son tour de parole.

— L'image que j'ai retenue de ton mariage…

— Et voilà, ça recommence, a soupiré Clive, les bras croisés. On venait juste d'arrêter les grandes eaux.

— Non, non, c'est positif, je vous jure, a dit Amirah en se retournant vers moi. L'image que j'ai retenue de ton mariage, c'est toi dans ta robe – et elle était canon, soyons honnêtes, peu importe comment ce mariage s'est terminé : c'était une putain de merveille –, tu étais assise là dans ta belle robe, en train de croquer dans un de ces hamburgers qu'ils nous avaient apportés à une heure du mat, et tu pleurais toutes les larmes de ton corps.

J'ai laissé échapper un grognement, étonnée et un peu gênée.

— Je ne m'en rappelle pas.

— Eh bien, c'est ce qui s'est passé, a poursuivi Amirah. On était sorties en douce pour manger un morceau et débriefer, et tu t'es mise à chialer. Pour donner un peu le contexte, je suis sûre que tu étais bourrée, mais tu étais hyper contrariée parce que tu trouvais que ce n'était pas juste qu'il n'existe pas de cérémonie pour déclarer son amour et son engagement à ses amis.

Lauren Sensible a éclaté de rire :

— Oh punaise, je me souviens ! Tu avais du ketchup sur les seins, et tu m'as dit que j'étais aussi importante pour toi que n'importe quel partenaire.

— Je crois que sa phrase exacte c'était : « Les amis, ça devrait aussi être des maris », a précisé Clive.

— Tu étais vraiment à fond, a ajouté Lauren.

— Tu nous as demandé de nous prendre par la main et de nous jurer de nous aimer pour toujours, a confirmé Amirah. Tu appelais ça nos « vœux ».

Mon visage a viré à un rouge encore plus profond que celui provoqué par le vin, la chaleur et le repas. Amy a ouvert des yeux énormes :

— J'hallucine que tu ne te rappelles pas d'avoir fait ça.

— Le barman n'arrêtait pas de me resservir des gin-tonics, ai-je gémi. Il avait un stock spécial pour moi sous le bar, et je pouvais lui commander tout ce que je voulais sans faire la queue. Il appelait ça : « le jus de la mariée » !

Les visages autour de la table ont tous exprimé une vive désapprobation face à l'expression « jus de la mariée », et Amirah a repris de haute force le contrôle de son anecdote.

— Tout ça, c'est pour dire que je pense que tu avais raison, et…

— Je vous demande pardon, ai-je dit d'une voix faible. Pour ça, pour tout…

— Détends-toi, j'ai presque fini, a poursuivi Amirah. Et puis, ça suffit les grandes excuses, on a compris : tu étais une petite tornade de merde, et maintenant, tu n'es plus… entièrement comme ça.

Elle a éclaté de rire et moi aussi, mais je craignais de vomir, ou de me recroqueviller devant elle, ou de prendre feu tellement j'étais gênée.

— Je veux que tu saches, a-t-elle continué. Ce que je t'ai dit quand tu étais bourrée et que tu mangeais ce burger, je le pense vraiment : tu es quelqu'un que je promets d'aimer pour toujours.

J'ai regardé Amirah de l'autre côté de la table. Elle avait l'air un peu timide et elle était exceptionnellement belle. Elle a mangé quelques pâtes qui restaient dans son assiette et sa bague de fiançailles a scintillé dans la lumière des bougies.

— Amy, j'espère que tu es contente, a-t-elle conclu. J'ai donné ma dose de sincérité pour toute l'année.

Amy avait l'air contente, en effet. Elle a écarté sa chaise de la table, s'est tamponné la bouche avec sa serviette d'un geste gracieux et a répondu :

— Ce moment était à la hauteur de mon paysage de table.

Nous avons débarrassé et Lauren a apporté le gâteau. Il était très visiblement fait maison : un cœur vert biscornu couvert d'épais globules roses.

— Ce sont des rosettes, a expliqué Clive. Il y a de l'eau de rose dans le glaçage. On appelle ça un thème.

Entre les rosettes, il y avait un message écrit à la poche à douilles, en lettres penchées orange : ÇA IRA MIEUX L'AN PROCHAIN. Mes amis n'ont pas chanté la chanson mais se sont contentés de découper le gâteau et de brailler à l'unisson : « Anniversaire ! » Le cadeau d'Amirah était une boisson italienne de couleur brune, à siroter dans un service de verres minuscules offert par Lauren.

Nous avons rempli nos verres et porté encore un toast, mais cette fois à rien de particulier. La boisson marron était sucrée, épaisse et herbacée. En la savourant à petites gorgées, j'avais l'impression d'être une femme élégante et mesurée, sauf qu'une fois finis nos premiers verres, nous en avons versé une quantité gigantesque sur des glaçons pour la mélanger avec du bourbon, idée que nous avions volée sur le site NationLibation.com.

Amy m'a offert un pendentif portant le mot JOIE, et Clive m'a promis de me cuisiner un énorme dîner chez lui à une date de mon choix. Lauren Sensible m'a offert un bon pour une pédicure. « Tu verras, c'est super, a-t-elle dit. Les employées sont très désagréables, et elles y vont tellement fort sur tes cals aux pieds que c'est franchement douloureux. »

Nous avons mangé une deuxième tournée de gâteau, cette fois avec les doigts, et Hannah et Ed nous ont appelés sur Facetime à un moment d'agitation extrême : Amy avait lancé un brainstorming collectif pour trouver des réponses spirituelles aux dizaines d'hommes qui se bagarraient pour obtenir son attention sur les applis de rencontres. Lauren l'avait convaincue d'envoyer un message disant « trop sexy tes WC » à un homme dont le profil comprenait quatre photos identiques de lui dans sa salle de bains.

— Vous êtes les pires ! a hurlé Amy avec un immense sourire pour nous montrer qu'elle plaisantait.

L'homme a répondu un instant plus tard : haha, absolument, et ils ont convenu de se rencontrer la semaine suivante.

Clive nous a dit que sa sœur était enceinte et menaçait d'appeler l'enfant « Khaleesi », Lauren a annoncé qu'elle envisageait de reprendre des études, Amirah nous a autorisées à porter ce qu'il nous plairait quand nous serions ses demoiselles d'honneur, et Lauren Sensible a admis qu'elle avait déjà commencé un Pinterest pour réfléchir à des tenues pour nos futurs mariages. Bref, il se passait un tas de choses et j'étais contente d'être là pour y assister.

Amirah est rentrée à minuit pour rejoindre Tom qui sortait du travail. Les autres sont partis environ une heure plus tard, alors que les bougies étaient complètement consumées et la nappe couverte de miettes, de taches de vin et de déchets laissés par une tentative avortée de roulage de joint. La voix enjôleuse de Billy Holiday nous parvenait de la cuisine, où Amy chantait en chœur en entrechoquant la vaisselle. J'ai ramassé un bout de cire sur la table et j'ai essayé d'éviter de penser à ce qui allait inévitablement se produire : le moment où tout bascule. Quand j'ai senti que je ne pouvais pas lutter, j'ai mis mes chaussures et j'ai dit à Amy que je devais aller chercher quelque chose à la pharmacie de nuit.

— Ah. Des soucis de ventre ? a-t-elle demandé. J'ai déjà remarqué que tu avais une relation tumultueuse avec les produits laitiers.

Je lui ai dit que non, que c'était un problème gynécologique un peu pénible.

— Oh oui, c'est tellement pénible ! a-t-elle confirmé, avec un niveau d'empathie particulièrement élevé pour quelqu'un qui ne dispose d'aucune information spécifique.

J'ai remarqué, et ce n'était pas la première fois, la chance que j'avais de vivre avec une personne aussi investie dans ma santé émotionnelle et digestive.

— Merci beaucoup pour la soirée, ai-je dit. Le repas, la table… Tout était génial. Moi aussi, je suis contente de t'avoir donné mon numéro.

— Oh, tout le plaisir était pour moi ! a répondu Amy en souriant. Allez, va te faire réparer la chatte.

Ce dont j'avais besoin, ce n'était pas de médicaments pour la chatte. C'était de chialer un bon coup, bien salement. Pas des larmes douces et attendrissantes comme celles que j'avais versées plus tôt avec mes amis : plutôt de celles qu'on ne peut pleurer que quand on est seule, dans un lieu précis que j'avais choisi exactement pour cet usage. J'avais découvert cet endroit peu après avoir emménagé avec Amy, quand il m'était apparu clairement qu'elle entendait tout ce que je disais ou faisais dans ma chambre, même quand je me cachais sous ma couette.

— Je ne suis pas médecin, mais ton vibromasseur est en fin de vie, avait-elle déclaré lors de notre premier dimanche après-midi ensemble, quand j'avais fini par émerger d'une longue matinée solitaire en compagnie d'une série de vidéos où deux femmes faisaient de la lutte et où la gagnante avait le droit de pénétrer la perdante.

Ça ne me dérangeait pas qu'Amy soit au courant. J'avais entendu une fois la longue négociation entre elle et Sam pour savoir si c'était du premier degré quand il lui avait demandé de s'asseoir sur son visage. Ce n'était pas grave, tout le monde avait des rapports sexuels. Mais Amy était trop gentille pour être mise au courant de mes gros craquages – elle se sentirait obligée de m'offrir une infusion à la menthe et de me raconter comment Jennifer Lawrence s'y prenait pour affronter le « blues du dimanche » –, et ceux-ci se produisaient trop régulièrement pour que je n'aie pas un endroit où m'y abandonner.

C'était un peu gênant, mais le lieu en question était un cimetière. Enfin, plutôt le jardin d'une église où se trouvaient quelques tombes. Les pierres tombales avaient un petit charme macabre, certes, mais l'endroit me convenait surtout parce que l'église et la pelouse qui l'entourait étaient encerclées d'un haut mur de pierres, et se trouvaient au bord d'une rue très fréquentée, si bien que n'importe qui – c'est-à-dire n'importe quelle personne normale, mature, en quête d'un peu d'intimité et de catharsis émotionnelle – pouvait entrer dans le jardin, se faufiler sous la barrière et tout lâcher. Les voitures qui passaient recouvraient tous les sons, le mur était frais au toucher et me cachait aux yeux des passants, et en plus, je ne risquais pas de me faire surprendre par quelqu'un qui entrerait dans l'église parce que notre société avait tourné le dos à Dieu.

J'avais passé beaucoup de temps dans le jardin de cette église, même si j'en avais par-dessus la tête de pleurer. Comment était-il possible que j'en aie encore besoin ? J'allais de mieux en mieux. En fait, c'était peut-être ça, le problème. Ces derniers temps, toutes les fois que je percevais quelque chose de beau, que je ressentais du plaisir ou de la joie, une immense et douloureuse tristesse me tombait dessus. Ma gorge se contractait, mon visage rougissait, et j'avais besoin de me rendre au plus vite dans un coin tranquille pour être seule et sangloter.

J'ai descendu Dundas Street où les bars étaient en train de se vider : des grappes de gens paradaient dans des vêtements ostensiblement neufs, achetés en prévision de l'été ; des couples se décidaient timidement à s'embrasser ; un groupe de femmes poursuivaient leur amie qui courait, une seule chaussure au pied, en hurlant « Tiff ! Arrête ! » et en protestant entre elles que c'était vraiment, vraiment chiant quand Tiff faisait ça ; des hommes se mettaient des grandes claques dans le dos comme s'ils venaient de survivre à une épreuve exténuante et non de passer six heures assis à boire des bières ; des serveurs accablés mettaient les gens dehors tout en allumant leur cigarette d'après-service. À l'intérieur d'une boulangerie qui ne vendait que des cookies à 9 dollars et rien d'autre, un vieil homme essuyait des plaques de cuisson. Il a remarqué que je l'observais, alors il m'a adressé un petit signe de la main facétieux qui m'a fait sursauter et j'ai pris la fuite.

J'ai tourné à gauche pour emprunter une rue courbe et silencieuse. C'était une rue bordée d'arbres, sombre et déserte, et mes grosses sandales bizarres faisaient trop de bruit en claquant sur le trottoir. Un raton laveur a traversé la route à pas furtifs et plongé dans une poubelle qui s'est renversée. Un peu plus loin, une voiture est passée en laissant échapper par ses fenêtres ouvertes une chanson incroyablement populaire qui disait que la fête de ce soir était le meilleur moment de notre vie.

L'église a fini par apparaître devant moi. En la voyant, ma respiration s'est accélérée et ma poitrine s'est serrée, comme si j'étais le plus demeuré des chiens de Pavlov. Je suis passée sous l'arche de pierre du cimetière, en essayant de me souvenir s'il fallait inspirer par le nez et expirer par la bouche ou bien le contraire. Quelle que soit la réponse, j'avais l'impression de faire l'inverse.

Je me suis adossée contre la surface rugueuse du mur et j'ai senti l'humidité de la terre imprégner le bas de ma jupe. J'ai ouvert grand les yeux et grincé des dents mais en vain : les larmes étaient en train d'arriver. « Mais quelle connerie ! » me disais-je. « Quelle perte de temps. » J'avais survécu au gros méchant divorce – plus stressant qu'un déménagement et tout juste un peu moins stressant que la mort, d'après ce que disaient les gens –, j'allais à mes petites séances de thérapie, je faisais de l'exercice, je buvais un nombre incalculable de verres d'eau chaque jour. Je ressentais de la joie, je voyais la beauté de l'existence. Les bonnes choses étaient revenues ! Et pourtant, ces bonnes choses arriveraient – il y aurait toujours des choses qui continueraient d'arriver – en l'absence de la personne avec laquelle j'aurais voulu les partager. Ce que j'avais vécu ce soir, ce n'était qu'un anniversaire parmi une infinité d'anniversaires qu'il allait manquer, de bonnes nouvelles qu'il n'allait pas célébrer, de ragots que je n'allais pas lui raconter en rentrant à la maison après avoir expressément promis de les garder pour moi. Je m'étais donné tout ce mal pour garder la tête hors de l'eau et maintenant, je regardais autour de moi et je découvrais que j'étais toute seule au milieu d'un immense océan terrifiant.

Un camion est passé dans un grondement, puis le silence est retombé. J'ai fourré le col de mon tee-shirt dans ma bouche et j'ai éclaté en sanglots. Pour accélérer le processus, je me suis allongée sur l'herbe et j'ai tenté de penser à des choses positives. J'étais en bonne santé et en sécurité. Ma carrière prenait une nouvelle direction, les œillets sur ma commode étaient toujours en vie. Le lendemain, j'allais déjeuner avec Merris dans un restaurant polonais qu'elle appréciait et où tous les plats sentaient le chou. Ensuite, je pourrais faire tout ce que je voudrais : rester couchée, lire, me promener jusqu'au lac et regarder le paysage. Il allait faire beau toute la semaine et il y aurait du gâteau pour le petit déjeuner jusqu'à ce qu'on ait fini les restes. Je pouvais même le manger au lit si ça me chantait.

Pendant mon mariage, j'avais pris l'habitude d'appeler notre lit « le Restaurant », parce que j'adorais y manger. Jon trouvait ça dégoûtant et il avait endossé le rôle des services sanitaires, déterminé à faire fermer le restaurant pour toutes sortes d'infractions du type miettes ou boissons renversées. Avec le temps, je le savais, les petits détails comme celui-ci allaient s'effacer de ma mémoire ; je penserais de moins en moins à notre histoire et à l'horreur relative de sa conclusion. Un jour, je me coucherais dans mon lit avec un sandwich et je me demanderais : « Comment j'appelais ça, déjà ? », et je ne m'en souviendrais plus. J'ai poussé un grognement à l'idée d'y arriver pendant une journée, ou ne serait-ce que quelques heures. Les choses prenaient tellement de temps. Et elles allaient en prendre encore beaucoup.

J'ai soupiré à l'idée des moments pas sexy qui m'attendaient : les soirées toute seule chez moi avec mes pensées et mes émotions, les efforts acharnés pour apprendre à me connaître et peut-être (beurk) à m'aimer, l'immense calvaire – et le privilège tout aussi grand – de décider ce que je voulais faire de ma vie, de mes week-ends, de mon cœur. Les fantasmes de karaoké et l'obsession des applis qui avaient marqué les premiers jours de mon divorce laissaient place à la réalité : une progression laborieuse, discrète et légèrement honteuse vers… Vers quoi ? Vers la perspective d'arriver un jour à ouvrir les yeux et à comprendre que j'avais de meilleures raisons de me prendre la tête ? Tout ça, je le savais déjà. L'idée m'avait tourmentée toute l'année.

Je suis restée encore un peu par terre en regardant le ciel et en essayant de faire redescendre mon degré de pétage de plombs d'un huit à un cinq ou un six plus gérable. Helen m'avait appris des exercices pour le cerveau et j'en ai essayé quelques-uns, qui consistaient à observer le monde environnant et à nommer les textures, les formes et les couleurs que je voyais. J'ai fredonné et j'ai fait des gargarismes, rassurée par l'idée que personne derrière ce mur ne pouvait m'entendre, cachée là à stimuler désespérément mon nerf vagal. Je me suis vite sentie plus posée et plus présente. (Le plus énervant, dans ces exercices, c'était qu'ils marchaient.) Je me suis assise et j'ai laissé échapper un gros soupir lourd de sens, les genoux repliés contre ma poitrine. À l'intérieur de mon soutien-gorge, mon sein gauche a vibré. J'ai sorti mon téléphone et j'ai lu le message : pas sûr que je sois censé t'écrire mais je voulais te souhaiter un bon anniversaire. bise, S.

J'ai ouvert la bouche et j'ai passé les doigts sur le col humide et mâchouillé de mon tee-shirt. J'ai regardé fixement le message, en ajustant la luminosité de mon téléphone jusqu'à ce que mon visage brille dans le noir, et j'ai laissé échapper un petit bruit étonné, quelque part entre le hoquet et le gémissement. La signature du message était du Simon tout craché : tendre, sincère et un peu trop formelle. Un jour, il m'avait avoué qu'il composait tous ses textos importants à l'avance dans son appli de Notes, et qu'il ne faisait un copier-coller que quand il avait déterminé exactement ce qu'il voulait dire. Je l'ai imaginé en train de tester différentes signatures : PS ici Simon ; gros bisou S ; ton amant de jadis, Simon. Je me suis baissée pour me gratter une piqûre de moustique à l'arrière de la cheville et j'ai éclaté de rire.

Et maintenant ? ! Et maintenant, putain ? La tentation de l'appeler où d'aller chez lui était très forte. Mais il ne m'avait pas invitée, il m'avait juste souhaité bon anniversaire. Il n'allait absolument pas me demander qu'on se voie, n'empêche qu'il m'avait envoyé un message affectueux après minuit, ce qui n'était pas rien. Mais alors, j'allais… l'appeler demain ? Voir si ça lui disait de se « faire un ciné » ? Quelle idée extravagante. J'ai ri aussi fort que j'avais pleuré, les épaules secouées de soubresauts, le visage dans les mains. « Pauvre débile, ai-je pensé. Tu es mignonne, mais tu es quand même une grande malade mentale. »

J'ai essayé de me recentrer, de trouver le calme. Mais comment aurais-je pu y parvenir ? Dans la lueur bleutée de mon téléphone, les fesses écrasées à même la terre, assise en plein milieu d'un cimetière, j'ai eu une minuscule épiphanie. Si ce n'était pas Simon maintenant, alors ce serait quelqu'un d'autre, un autre jour : est-ce que ce n'était pas complètement dingue ? J'allais devoir comprendre comment aimer ces gens sans perdre les pédales, et une toute petite part de moi allait devoir croire que c'était pour de bon. Et le plus dingue dans tout ça, c'était la possibilité qu'un jour, en effet, ce serait peut-être pour de bon.

J'ai pensé à l'année qui m'attendait : je n'avais aucune idée de ce qui se passerait, de qui je rencontrerais et de ce que ferait cette personne. Il allait m'arriver des choses, et j'allais prendre des décisions. Parfois, ça marcherait, et d'autres fois non. Et j'allais continuer comme ça, encore et encore, jusqu'à ce qu'idéalement je devienne extrêmement vieille et que je meure dans mon sommeil, peut-être avec quelqu'un de bien à mes côtés, ou alors un chat qui me mangerait ensuite la moitié du visage, mais ça n'aurait plus d'importance parce que je serais déjà en train de flotter dans ce néant infini auquel je n'arrivais jamais à penser trop longtemps sans me retrouver tremblante et couverte de sueur. C'était drôle, cette idée que j'allais exister pendant des années et des années encore, que de nombreux événements allaient survenir, et que tout me semblerait *énorme* et *décisif*. Et ce serait vrai, mais ce serait tout aussi faux. Je passerais sans cesse d'un état à un autre, et ces états ne dureraient pas parce que rien ne dure.

Je me suis essuyé le nez et j'ai fredonné encore un peu. Une brise tiède a fait frémir les arbres au-dessus de moi, décrochant un gros marron qui est tombé à mes pieds. J'ai regardé l'église vide, la pleine lune là-haut, si belle et absurde. J'ai appuyé sur le côté de mon téléphone et le message a disparu. Puis je me suis levée sans m'arrêter de rire, et je suis repartie chez moi.

Épilogue

Les papiers sont arrivés un mardi, au milieu d'une pile constituée d'un magazine, d'une facture d'eau et d'une carte postale envoyée par une copine d'Amy (« Dallas sans toi, c'est pas pareil, ma salope ! »). Prudemment, j'ai ouvert l'enveloppe et laissé l'épais paquet de feuilles sur le comptoir le temps de préparer du café et de me faire griller un muffin.

Les endroits que je devais signer étaient signalés par des Post-it. J'ai pensé un instant lire le document en entier, mais Lori m'avait déjà annoncé à quoi m'attendre : partage équitable des biens, abolition de toute responsabilité financière ultérieure, consentement mutuel à la dissolution du mariage... Je connaissais le topo.

L'idée m'a traversé l'esprit qu'il valait mieux ne pas laisser d'empreintes de doigts graisseuses sur des documents juridiques importants. J'ai posé mon muffin.

En feuilletant les papiers pour arriver au premier Post-it, je me suis aperçue que la signature de Jon avait changé. Elle semblait plus ample, plus arrondie, le P de son nom de famille plus ostentatoirement semblable à un P. Peut-être qu'il l'avait enjolivée pour l'occasion. Mais peut-être aussi que je m'en souvenais mal, ou bien que je l'avais oubliée. On aurait dit l'écriture d'un inconnu.

J'ai écrit mon nom sous le sien et j'ai terminé le muffin. Plus tard dans la journée, j'allais faire d'autres choses.

Remerciements

Les remerciements à la fin de mon dernier livre (*I Can't Believe It's Not Better*) étaient un pavé interminable. Je vais donc essayer, cette fois-ci, de rester concise, même s'il y a tellement de gens que je tiens à remercier qu'il va m'être difficile de ne pas m'étendre en longueur. Merci par avance pour votre patience (que j'ai déjà commencé à mettre à l'épreuve).

Un énorme merci à mes merveilleuses agentes, Marya Spence et Claire Conrad, et à leurs assistant·es de l'agence Janklow & Nesbit. Leur soutien à chaque étape de mon travail m'a permis d'accomplir l'impossible ; je n'aurais jamais pu trouver le personnage de Merris sans Marya. C'est aussi grâce à mes agentes que j'ai pu rencontrer Kishani Widyaratna et Jessica Williams, une équipe de choc qui, grâce à sa sagesse et à son humour, a permis au livre d'aboutir à sa forme finale. Je leur suis particulièrement reconnaissante, ainsi qu'à leurs assistant·es et à l'équipe presse et marketing de 4th Estate et de William Morrow, et aux très nombreuses personnes qui ont contribué à l'impression, à la distribution et à la commercialisation de ce roman. Merci à Sari Shryack et à Jo Thomson pour avoir créé les magnifiques couvertures de ce roman.

De nombreuses personnes m'ont apporté des retours qui m'ont permis d'améliorer mon livre à ses débuts. Merci à Katie Baker, Emma Herdman, Nathan Foad, Adam Howard, Marisa Melzer, Liz Watson, Amy Reed, Catherine Liao, Helen Gould, Neha Patel, Emily Whalen, Hali Hamilton, Emily Stubbings, Celeste Yim, DJ Mausner, Sarah Hagi, Mark Lund, Rose Johnson, Caroline O'Donoghue, Dolly Alderton, Adam Burton et Josie Long pour les conversations, les e-mails et les conseils qui ont contribué à façonner le roman. Plus particulièrement, Tess Degenstein, Kathryn Borel, Laura Dawe, Lauren Oyler et Joel Golby ont dû endiguer d'énormes quantités de SMS concernant le livre, et malgré cela ont accepté de le lire en entier, et même plusieurs fois dans certains cas. Un grand merci à vous.

Merci à Paul Bogaards pour son soutien et ses conseils tout au long de ce processus inédit pour moi. Merci à Abby Singer et Rob Kraitt de Casarotto Ramsay & Associates, à Cara Masline et Katie Newman de 3Arts et à leurs assistant·es pour leur soutien sans relâche.

Enfin, je voudrais exprimer toute ma reconnaissance à mes proches et à ma famille qui m'ont aidée à traverser diverses crises, fictives ou réelles. Un gros merci au Five Poots, le groupe WhatsApp qui m'a servi d'inspiration ; à Peter et Janice, mes parents, qui m'ont toujours encouragée avec une ferveur qui touche au comique ; à mes deux sœurs Alice et Melissa pour leur humour et leur bienveillance ;

et enfin, à Stephen Carlick, qui est forcé d'écouter chacune de mes idées et de mes blagues pour la première (et la quarantième) fois, et dont la tendresse imperturbable a été l'une des grandes surprises de ma vie.

Ce livre existe grâce au travail de toute une équipe.

Communication : Caroline Babulle, Sandrine Perrier-Replein, Sabrina Bendali, Inès Paulin, Adélaïde Yvert.

Coordination administrative : Martine Rivierre.

Studio : Pascaline Bressan, Barbara Cassouto-Lhenry, Joël Renaudat.

Fabrication : Muriel Le Ménez, Céline Ducournau, Bernadette Cristini, Sophia Paroussoglou, Isabelle Goulhot.

Commercial, relation libraires et marketing : Catherine Lauprêtre, Perrine Therond, Ombeline Ermeneux, Élise Iwasinta, Morgane Rissel, Arthur Rossi, Aurélie Scart.

Cessions de droits : Elisabeth Stempak, Benita Edzard, Lucile Besse, Sonia Guerreiro, Costanza Corri.

Gestion : Sophie Veisseyre, Chloé Hocquet, Isabelle Déxès, Camille Douin.

Services auteurs : Viviane Ouadenni, Jean-François Rechtman, Catherine Reimbold.

Ressources humaines : Mylène Bourreau.

Juridique : Laëtitia Doré, Anaïs Rebouh, Valérie Robe, Lucie Bergeras, Julia Crosnier.

Avec le soutien des équipes d'Interforum et d'Editis qui participent à la création, la diffusion et la distribution de ce livre.

Canoros Vehit Canentes

pcq
cmb
édition pré-presse
livres numériques

44400 Rezé

#lisez!
engagé
www.lisez.com
Pour plus d'information :
Imprimé sur du papier issu de forêts gérées durablement.

Achevé d'imprimer en mai 2023
par Normandie Roto Impression s.a.s.
61250 Lonrai (Orne)
Dépôt légal : mai 2023
N° d'édition : 65535/01 – N° d'impression : 2301842

Imprimé en France